Laura Andersen

Das Haus der tausend Fenster

D1942358

PIPER

Laura Andersen

Das Haus der tausend Fenster

Roman

Aus dem Englischen von
Sabine Schulte

PIPER

Mehr über unsere Autorinnen, Autoren und Bücher:
www.piper.de

Wenn Ihnen dieser Roman gefallen hat, schreiben Sie uns unter Nennung des Titels »Das Haus der tausend Fenster« an *empfehlungen@piper.de*, und wir empfehlen Ihnen gerne vergleichbare Bücher.

Von Laura Andersen liegen im Piper Verlag vor:
Das geheime Turmzimmer
Das Haus der tausend Fenster

Unser Versprechen für mehr Nachhaltigkeit
• Klimaneutrales Produkt
• FSC®-zertifiziertes Papier
• Hergestellt in Europa

FSC www.fsc.org MIX Papier | Fördert gute Waldnutzung FSC® C083411

Deutsche Erstausgabe
ISBN 978-3-492-31730-6
1. Auflage Februar 2022
2. Auflage September 2022
© Laura Andersen 2021
Titel der englischen Originalausgabe:
»The Forgotten Boy«, 2021
© der deutschsprachigen Ausgabe:
Piper Verlag GmbH, München 2022
Dieses Werk wurde vermittelt durch die
Literarische Agentur Thomas Schlück GmbH, 30161 Hannover.
Redaktion: Kerstin von Dobschütz
Umschlaggestaltung und -abbildung:
Johannes Wiebel | punchdesign unter Verwendung von
Motiven von shutterstock.com und AdobeStock
Satz: Satz für Satz, Wangen im Allgäu
Gesetzt aus der Dante
Druck und Bindung: CPI books GmbH, Leck
Printed in the EU

1

Juliet

November 2018

Dieses Gebäude ist ein St. Pancras in Miniaturformat, dachte Juliet.

Wobei *Miniatur* wohl kaum ein passendes Wort war, um Havencross zu beschreiben, überlegte sie weiter. Das Herrenhaus war ein Mammutbau, gigantisch und überwältigend. Zwar mochte das ausgedehnte Gemäuer nicht so viel Platz beanspruchen wie St. Pancras mitsamt seinem Hotel, aber dafür war Londons berühmter Bahnhof von Häusern umgeben, von tobendem Stadtleben und wimmelnden Menschen, sodass das Auge in jedem Moment von etwas Neuem angezogen wurde. Hier in Northumberland hingegen gab es nichts weiter zu sehen als Havencross, dieses überladene neugotische Bauwerk, das seine extravagante Silhouette mit den gemauerten Ziegelsteintürmen und den gemeißelten Pinakeln gegen den grauen Himmel warf.

Und erst die Fenster: Havencross hatte spitz zulaufende Fenster mit filigranem Maßwerk, Bleiglasfenster und Giebelfenster, kleeblattförmige Fenster, die sich unter Spitztürmchen versteckten. Hundert Augenpaare konnten Juliets Ankommen aus ebenso vielen Fenstern beobachten.

In den nächsten fünf Monaten würde sie allerdings die

Einzige sein, die hier aus den Fenstern schaute. Vor fast zweihundert Jahren war das Haus für eine fünfzehnköpfige Familie samt Personal erbaut worden, und später hatte es als Internatsschule für neunzig Jungen gedient. Als Juliet die Stelle angenommen hatte, war sie nicht auf einen derart einschüchternden Reichtum an Baustilen und auch an Raum gefasst gewesen.

Sie begann sich auszumalen, wie Havencross wohl im Dunkeln wirken würde, brach das jedoch schnell wieder ab, denn sie war Meisterin darin, Unangenehmes so lange zu ignorieren, bis es nicht mehr möglich war.

Feigheit, nannten manche das. »Nicht den Teufel an die Wand malen«, hatte ihre Großmutter dazu gesagt, und dieser Ausdruck gefiel Juliet besser.

Nell Somersby-Sims, Rechtsanwältin und Cousine um ein paar Ecken, die die Beschreibung von Havencross verfasst und Juliet für die nächsten fünf Monate eingestellt hatte, wartete draußen vor der hochherrschaftlichen Doppeltür. Als Juliet hielt und das Fenster ihres Leihwagens herunterließ, sagte Nell: »Fahr bis ganz nach hinten durch und dann nach links, da findest du Platz, um den Wagen abzustellen.«

»Möchtest du einsteigen?«, fragte Juliet.

»Ich gehe durchs Haus, und wir treffen uns dann am Waschkücheneingang.«

Ist mir recht, dachte Juliet, denn ihr war noch nicht ganz wohl dabei, auf der linken Straßenseite zu fahren. Es war zwar unwahrscheinlich, dass sie auf dem Weg zur Rückseite des Hauses Gegenverkehr haben würde, aber trotzdem. Zurzeit fand sie es wichtig, kompetent zu wirken. Bei allem, was sie tat. Ausnahmslos.

Auf der Rückseite des Herrenhauses wurden die gotischen Verzierungen von der nüchternen Struktur des ursprünglichen Gebäudes aus dem fünfzehnten Jahrhundert abgelöst. Nell Somersby-Sims – auch wenn sie eine entfernte Cousine war, Juliet konnte nicht anders, als sie in Gedanken mit ihrem vollen Oberschichtsnamen anzusprechen – wartete jetzt an der soliden Eichentür, die in die Waschküche führte, während Juliet ihre Sachen aus dem Auto holte. Nell trug Stiefel mit zehn Zentimeter hohen Absätzen, die für die City gedacht waren, nicht für Gepäcktransporte über verwilderte Wirtschaftshöfe.

Juliet ließ ihren Koffer und ihre Umhängetasche auf den Fliesenboden der viktorianischen Waschküche fallen und betrachtete die Kupferbottiche und die Gestelle, die man früher mit schwerer, nasser Wäsche behängt und an die Decke hochgekurbelt hatte.

Hastig sagte Nell: »Für die schweren Sachen und für alles, was an den Wänden oder am Fußboden befestigt ist, bist du natürlich nicht zuständig. Wenn du dann wieder fort bist, lassen wir ein Umzugsunternehmen kommen und das ganze Haus ausräumen. Deine Aufgabe ist es, die alten Kommoden, Kleiderschränke und Regale durchzusortieren und solche Dinge.«

»Ja, du hast mir den Job sehr genau beschrieben.«

Eigentlich war es gar kein richtiger Job. Zum einen würde man Juliet nicht bezahlen, oder jedenfalls nicht gleich. Vorerst war es eine Art Tausch. Nach drei Jahren als Lehrbeauftragte für Viktorianische Geschichte in Maine hatte Juliet flüchten müssen – sowohl aus Maine als auch aus ihrer zerbrochenen Ehe. Mit dreißig war sie wieder bei ihren Eltern untergeschlüpft, und ihr Erspartes war nur noch eine ferne Erinnerung … kein schöner Zustand. Sie hatte unbedingt etwas tun wollen, aber nicht die Energie gehabt, selbst die Initiative zu ergreifen, und so war sie in England gelandet, ohne richtig zu wissen, wie sie hergekommen war. Angefangen hatte das alles, als ihre Mutter vor drei Wochen von einer britischen Anwältin – oder Notarin – kontaktiert worden war. Es ging um den Verkauf eines alten, unbewohnten Anwesens, das sich in Familienbesitz befand.

Havencross.

Juliet war zum Teil aufgrund ihres Bewerbungsgespräches über Skype eingestellt worden und zum Teil, weil ihre Mutter angeboten hatte, das Gehalt aus ihrem eigenen Anteil vom späteren Verkaufserlös zu bezahlen. In erster Linie aber hatte man sie angeheuert, weil sie bereit war, allein in einem eintausenddreihundert Quadratmeter großen Haus mitten im Nationalpark Northumberland zu wohnen, an einem rasch dahinströmenden Fluss und zehn Meilen vom nächsten Dorf entfernt. Fünf Monate lang. Fünf Wintermonate.

Havencross sollte in ein exklusives Country Hotel umgewandelt werden, von der Art, die im Herbst Jagdveranstaltungen boten, im Winter Schneeschuhwandern und lodernde Kaminfeuer, im Frühling und im Sommer Angeln und Wandern und dazu einen Küchenchef aus dem Ausland sowie Viersterne-Luxusbetten. Doch bevor die kostspieligen Renovierungen beginnen konnten, musste das Haus von den Hinterlassenschaften einiger Generationen befreit werden.

Nell gab ihr einen kurzen Überblick über das Erdgeschoss, aber als sie anbot, ihr auch den Rest des Hauses zu zeigen, winkte Juliet ab. Sie sah, dass die junge Frau gern wieder loswollte. Und Juliet selbst wollte Nell auch gern los sein, ungeachtet ihrer verwandtschaftlichen Beziehung. Die hätte ebenso gut gar nicht existieren können, denn Juliet hatten den Namen ihrer Cousine vor drei Wochen zum ersten Mal gehört.

Nicht, dass sie etwas gegen Nell Somersby-Sims persönlich gehabt hätte. Mit ihrem schimmernden, schulterlangen Bob, den mit Gel manikürten Nägeln und dem Bleistiftrock in Größe sechsunddreißig war sie wirklich eine nette Frau. Aber Juliet konnte Nells Zweifel förmlich hören: Das geht bestimmt klar, wir haben diese Frau ja nicht eingestellt, um irgendetwas Wesentliches zu tun, sie ist kaum mehr als ein Frühwarnsystem, und es ist ja nicht so, als würde jemand eine unglückliche Wissenschaftlerin vermissen, wenn sie mal fünf Monate lang anderswo ist.

Juliet hatte sich im Umgang mit schönen, beruflich erfolgreichen Frauen schon immer in der Defensive gefühlt. Und nach den letzten drei Jahren, in denen ihre Hormone verrücktgespielt hatten, ihr Mann gleichgültig geblieben war und tiefer Kummer sie bedrückte, war sie überzeugt, dass sie im Grunde unsichtbar war.

»Das ist nur in deinem Kopf«, hatte Duncan ungeduldig gesagt. »Wenn dir dein Aussehen oder deine Emotionen nicht gefallen, wenn es dir nicht passt, dich unsichtbar zu fühlen, dann tu doch was dagegen!«

Im Moment jedoch sehnte Juliet sich geradezu danach, unsichtbar zu sein. Doch, ja, Miss Somersby-Sims, ich komme hier klar, dachte sie. Hier ist ein Grundriss vom Haus, sehr hilfreich, und alle nötigen Schlüssel sind auch da, und es ist sehr nett von dir, dass du für eine Woche Lebensmittel besorgt hast, und ich kann es kaum abwarten, mich in die Arbeit zu stürzen …

Beim Hinausgehen zögerte ihre Cousine an der Waschküchentür. »Rachel Bennett kommt jeden Donnerstag und putzt im Wohnbereich. Sie ist die nächste Nachbarin hier. Auf der Straße sind es fast drei Meilen bis zu ihrer Farm, aber wenn man den Fußweg über die Felder diesseits des Flusses nimmt, ist es nicht so weit. Die Familie Bennett lebt schon ewig hier – wenn du etwas über die Gegend und ihre Geschichte wissen möchtest, ist Rachel genau die richtige Ansprechpartnerin.«

»Das ist schön, danke.«

»Du kannst mich jederzeit mobil erreichen, wenn du Fragen hast oder etwas Unerwartetes auftaucht. Ganz viel Glück.«

Noch bevor Nell in ihrem schnittigen Audi vom Hof gebraust war, machte Juliet die Hintertür zu und lehnte sich dagegen. Sie schloss die Augen und spürte ihr Herzklopfen.

Allein. Genau das hatte sie sich gewünscht.

Oder nicht?

2

Juliet

2018

Als Erstes hatte Juliet das vor, was sie immer als Erstes tat, wenn sie auf Reisen war – auspacken und Ordnung schaffen, um nicht im Chaos wohnen zu müssen. Nell Somersby-Sims hatte sie zu ihrer Unterkunft im Erdgeschoss geführt, einem Wohnzimmer und einem Schlafzimmer mit einem Bad aus den 1940er-Jahren, die Clarissa Somersbys letztes Zuhause gewesen waren. Clarissa war 1894 auf Havencross geboren und mit achtundneunzig Jahren in diesen Räumen verstorben. Juliet war zwar in Bezug auf den Tod nicht abergläubisch – in den vergangenen sechs Monaten hatte sie zeitweise kaum an etwas anderes gedacht –, doch in dieser kleinen Wohnung bekam sie Platzangst, daher schleppte sie ihr Gepäck trotzig die Treppe hinauf und erkundete dann auf eigene Faust das zweite Stockwerk. Nein, das erste Stockwerk, korrigierte sie sich, schließlich befand sie sich nicht mehr in den USA, sondern in England, und hier zählte man das Erdgeschoss als Stockwerk nicht mit. Allerdings spielten solche sprachlichen Unterschiede im Moment wohl kaum eine Rolle, denn sie war allein im Haus und musste auch nicht befürchten, im Fahrstuhl auf den falschen Knopf zu drücken.

Juliet hatte das Exzentrische an der englischen Architektur immer geliebt, aber ein Gebäude wie dieses brachte sie mit ihrer Liebe an ihre Grenzen. Es war als Wohnhaus für eine Familie errichtet worden, in einer Zeit, als große Familien und eine noch größere Anzahl an Dienstboten in den Gesindestuben die Regel waren. Später hatte man es den Bedürfnissen eines Jungeninternates angepasst, und im Zweiten Weltkrieg war es dann requiriert und in ein militärisches Ausbildungszentrum umfunktioniert worden. Diese wechselhafte Geschichte führte dazu, dass Juliet ein Weilchen brauchte, um herauszufinden, wofür die einzelnen Räume ursprünglich genutzt worden waren.

Gleich oben an der Treppe lagen zwei sehr große Zimmer, die als eine Art Empfangsräume gedient haben mussten, auch wenn sie nicht so groß waren wie die hallenähnlichen, formaleren Räumlichkeiten im Erdgeschoss. In einem der beiden Räume schmückten Steinreliefs, die verschiedene Instrumente und Noten darstellten, die Kamineinfassung und die Friese, daher vermutete Juliet, dass es sich hier um ein Musikzimmer gehandelt haben musste. Der andere Raum war vielleicht einst ein Morgenzimmer gewesen, jenes den Frauen aus der Oberschicht vorbehaltene Zimmer, in dem sie ihre private Korrespondenz erledigen und sich in weniger förmlicher Kleidung zeigen konnten als in den allgemein zugänglichen Bereichen des Hauses.

In beiden Räumen stand ein buntes Sammelsurium von Möbelstücken, von einem Chippendale Sideboard über den Nachbau einer mittelalterlichen Bank, auf der zehn Schuljungen nebeneinander Platz gefunden hätten, bis hin zu Militärschreibtischen aus Metall. Als Clarissa in den späten Siebzigerjahren nach Havencross zurückgekehrt war, hatte sie sich offenbar entschieden, diese Räumlichkeiten nicht zu nutzen.

Hinter diesen beiden Zimmern erstreckten sich nach Osten und nach Westen hin lange Flure. Im Westflügel befanden sich Schlafzimmer verschiedener Größen und ein riesengroßes Badezimmer, das in voller Art-déco-Pracht ausgestattet war, mit mintgrünen Fliesen sowohl auf dem Fußboden als auch an den Wänden.

Das geräumigste Schlafzimmer lag ganz am westlichen Ende des Gebäudes. Vier der schmalen, nahezu bodentiefen Fenster mit den schweren grünen Damastvorhängen lagen an der Seite des Hauses, und zwei gingen auf den Fluss hinaus. In diesem Zimmer standen ein wuchtiges Mahagonibett, das hier oben zusammengebaut worden sein musste, weil man es im Ganzen niemals die Treppe hätte hinauftragen können, und eine schöne Frisierkommode. Eingebaute Regale flankierten den marmornen Kamin. Eine Tür führte in ein viktorianisches Ankleidezimmer, von dem aus eine weitere Tür in ein kleineres Schlafzimmer abging, das wohl den Ehemännern gedient hatte, die im Bett ihrer Gattin nicht immer willkommen gewesen waren.

In diesen Räumen gab es viele Dinge, die sortiert werden mussten, denn sie waren in jüngerer Zeit erneut vollgeräumt worden, mit Büchern, Papierstapeln und sogar Truhen mit altmodischer Kleidung. Es mussten Clarissas Zimmer gewesen sein, bevor das Alter sie gezwungen hatte, nach unten zu ziehen. Juliet freute sich zwar darauf, das alles durchzugehen, und die vier Fenster an der Seite boten einen wunderschönen Blick auf den ursprünglichen, ummauerten Garten, aber sie verspürte nicht den geringsten Wunsch, hier zu schlafen.

Schließlich entschied sie sich für ein Zimmer im ältesten Teil des Hauses. Es war nicht allzu groß, aber sie fand es bezaubernd. Es hatte unterschiedlich steile Dachschrägen und einen Fenstersitz, und die leuchtenden Farben der handbemalten Tapete waren zu einem freundlich milden Hintergrund verblichen. Die Holztäfelung hatte man irgendwann einmal in einem dunklen Grünblau angestrichen; die Innenausstattung erinnerte Juliet an das *House of the Seven Gables* in Salem, Massachusetts. Duncan und sie hatten Salem immer geliebt. Auf der anderen Seite des Flurs befand sich ein ähnlicher Raum, den sie als Arbeitszimmer oder kleines Wohnzimmer nutzen konnte.

Die Sonne war schon untergegangen, als Juliet ausgepackt hatte und entschied, dass es ungefährlich war, die nächste Toilette aufzusuchen. Zum Duschen würde sie später allerdings nach unten in die Wohnung wandern müssen. Nell und ihre Chefs hatten in den wichtigsten Teilen des Hauses bereits die Elektrik erneuern lassen. Aber selbst mit den nagelneuen Glühbirnen im Korridor und in der Eingangshalle schien Havencross Licht zu schlucken.

Früher hatte Juliet sich vor Dunkelheit gefürchtet. Eine Nachbarin hatte einmal bemerkt, sie wisse immer, wann Duncan nicht da sei, denn dann brenne die ganze Nacht lang Licht im Haus. Doch seit Mai hatte Juliet im Innern für Angst vor eingebildeten Gefahren keinen Raum mehr. Daher stieg sie, nachdem sie sich in der Küche Suppe warm gemacht hatte, wieder in den ersten Stock hinauf und dann weiter bis ins Dachgeschoss des viktorianischen Gebäudeteils.

Sie wollte sich einen Überblick verschaffen, wo wie viel Arbeit anfiel. Und ja, sie inspizierte eine ganze Reihe kleiner

Dienstbotenkammern, die mit Kartons und ausrangierten Haushaltsutensilien vollgestellt waren. Am meisten aber überraschte sie ein luftiger Raum mit hoher Decke, der, nach dem schnurlosen Telefon zu urteilen, noch lange nach dem Zweiten Weltkrieg benutzt worden war.

Das konnte nur Clarissa gewesen sein, denn soweit Juliet wusste, hatte seit sechzig Jahren niemand anderes mehr auf Havencross gewohnt. Voller Neugier betrachtete sie die Regale und den Schreibtisch. Das hier war nicht das Zimmer oder das Büro einer traurigen, exzentrischen Einsiedlerin gewesen; obwohl es seit vielen Jahren nicht mehr benutzt wurde, strahlte es immer noch so viel Lebendigkeit und geistige Eigenständigkeit aus, dass Juliet vermutete, sie hätte sich gut mit Clarissa verstanden. Und warum auch nicht? Clarissa war die Großtante ihrer Mutter gewesen. Damit war sie selbst Clarissas … na ja, jedenfalls war sie irgendwie mit ihr verwandt.

Hier oben hing bloß eine trübe Funzel an der Decke, daher sah Juliet sich nur flüchtig um. In den Schubladen entdeckte sie sowohl getippte als auch handgeschriebene Seiten, und der kurze Blick auf die Regale erweckte den Eindruck, dass sich hier jemand sehr für englische Geschichte interessiert hatte.

Gerade wollte Juliet das Licht wieder ausschalten, da sah sie aus dem Augenwinkel auf einem der unteren Bücherbretter etwas schimmern. Es war ein Silberrahmen, in dem ein altes Foto von einem kleinen Jungen steckte.

Dunkles Haar, runde Wangen, ein gestärktes weißes Hemd und Kniebundhosen aus einer Zeit noch vor dem Ersten Weltkrieg; selbst in der Erstarrung auf der Schwarz-Weiß-Fotografie besaß der Junge einen unwiderstehlichen

Charme. Als würde er Juliet jeden Moment mit breitem Lächeln in die Arme springen wollen.

Juliet betrachtete den Jungen viel länger, als die Aufnahme selbst es rechtfertigte. Erst als der Kummer sie zu ersticken drohte, floh sie in die Sicherheit ihres Schlafzimmers und zu ihren Schlaftabletten.

3

Juliet

2018

Schon immer war Juliet aufgefallen, dass sie in der ersten Nacht an einem fremden Ort schlecht schlief. Doch in der letzten Zeit war es normal gewesen, dass sie trotz der Tabletten nicht richtig schlafen konnte, daher war sie nicht müder als sonst, als der Wecker klingelte. Sie checkte ihre Nachrichten und antwortete auf eine SMS, die ihre Mutter um Mitternacht in Pennsylvania abgeschickt hatte:

> Was macht das Spukhaus?

Juliet schrieb zurück:

> Bisher noch keine Gespenster, bloß viel Staub und eine Menge Kartons.

Als Juliet der Job angeboten worden war, hatte ihre Mutter einen ganzen Nachmittag lang in Erinnerungen an die Großtante Clarissa geschwelgt. Juliets englische Großmutter war im Alter von zehn Jahren aus England nach Philadelphia umgezogen, und anschließende Familienbesuche in der Heimat hatten sich meistens auf London beschränkt.

Aber mit vierzehn hatte Juliets Mutter, während ihre Eltern die Schweiz bereisten, eine Augustwoche bei ihrer Tante Clarissa auf Havencross verbracht.

»Brillant«, hatte ihre Mutter gesagt. »Ich meine, wirklich brillant, Clarissa war ein Genie. Sie hatte in Cambridge einen *Master of Arts* erworben und in Deutschland Mathematik studiert. 1940, als Frankreich in den Waffenstillstand mit den Deutschen einwilligte, hielt sie sich in Paris auf, aber was sie im weiteren Verlauf des Krieges gemacht hat, wusste niemand. Sie wollte nicht darüber sprechen. 1974 habe ich sie besucht, und sie war erst im Jahr zuvor nach Havencross zurückgekehrt. Damals muss sie schon fast achtzig gewesen sein.«

»Und das Haus?«, hatte Juliet gefragt, denn das würde ja ihr Arbeitsfeld sein.

Ihre so gesprächige Mutter hatte sich mit der Antwort Zeit gelassen. »Es erschien mir nicht wie ein Haus, das jahrelang leer gestanden hatte. Außer Clarissa und mir hielt sich niemand darin auf, und trotzdem wirkte Havencross … bewohnt. Als hätte das Haus ein Eigenleben, oder als würde es sich an das Leben in seinen Mauern erinnern. Man spürte, dass das Haus aus sich heraus weiterlebte, egal, wer es gerade bewohnte.«

Und obwohl ihre Mutter alle Geschichten über Geistererscheinungen lachend abgetan hatte, war in Juliet ein unbestimmtes Gefühl von … Möglichkeiten geweckt worden. Wäre sie vor sechs Monaten nicht komplett abgestürzt, dann hätte sie sich vielleicht sogar für Möglichkeiten interessiert. Jetzt aber wollte sie einfach nur arbeiten.

Das Schönste an der einsamen Arbeit in einem unbewohnten Haus war, dass sie bedenkenlos in Leggings und einem alten Highschool-Sweatshirt herumlaufen konnte, das sie auf dem Dachboden ihres Elternhauses aus einem Karton gefischt hatte. Sie frühstückte in Clarissas kleiner Küche im Stehen Toast und Joghurt und beschloss, dort anzufangen, wo sie sich gerade befand, nämlich in den letzten Wohnräumen ihrer Großtante.

Die Küche war so unpersönlich gehalten wie in einer Mietwohnung, bis auf das blau-weiße Porzellan, das bei einem Antiquitätenhändler einen guten Preis erzielen würde. Oder vielleicht wollten auch entferntere Verwandte einige Stücke davon haben? Juliet notierte sich auf dem Handy, dass sie Nell deswegen fragen wollte, und ging dann rasch sämtliche Schränke und Schubladen durch. Als sie in der Küche weiter nichts Interessantes fand, begab sie sich in Clarissas Schlafzimmer.

Selbst mehr als fünfundzwanzig Jahre nach Clarissas Tod hatte der Raum den Geruch nach hohem Alter bewahrt, eine Mischung aus gepuderter Haut und muffiger Wärme. Die Matratze war in eine Art Segeltuch eingewickelt, das kleines Getier fernhalten sollte, aber das Bettgestell war eine schöne Arbeit aus Kirschholz, mit geschnitzten Girlanden aus Ranken und Blumen. Der Kamin war mit glasierten viktorianischen Fliesen umrandet, und oben auf dem Sims standen zwei leere Kristallvasen.

Juliet öffnete einen Kleiderschrank, der offenbar von dem gleichen Schreiner hergestellt worden war, der auch das Bett angefertigt hatte, und machte ihre erste faszinierende Entdeckung: eine Unmenge an Vintage-Kleidung.

Tolle Wollsachen in Grau und Elfenbein und mit Hahnentrittmuster, feines Kaschmir, Samt und geblümte Baumwollkleider im Schrägschnitt, mit hoch angesetzter Taille und Schmetterlingsärmeln nach der Mode der 1930er-Jahre. In einer Hutschachtel, die selbst schon ein Sammlerstück war, lagen mehrere Modeartikel, die auch auf einer Hochzeit der Royals nicht fehl am Platze gewesen wären. Juliet entschied, dass sie ebenso gut hier in Clarissas Schlafzimmer beginnen konnte, jene Stücke zu sammeln, die einzeln für einen Verkauf geschätzt werden sollten.

Juliet hatte reichlich Packmaterial zur Verfügung, das in der Waschküche lagerte. Die nächste Stunde verbrachte sie damit, Kartons zu falten und die robusteren Stücke in säurefreies Papier einzuwickeln. Sie notierte sich, dass sie Nell anrufen und um Kleiderschutzhüllen bitten wollte. Nachdem sie einige Kartons ordentlich an einer Wand aufgereiht hatte, wandte sie sich der Frisierkommode zu.

Sie sah nicht so teuer aus und war nicht so schön verziert wie das Bett und der Kleiderschrank, doch mit den elegant geschwungenen Beinen und den Wellenkanten hatte sie viel Charme. Die kleine Frisierkommode erinnerte Juliet an den Schreibtisch, den ihre Eltern ihr zum zwölften Geburtstag geschenkt hatten, ebenfalls ein Möbelstück für ein Mädchen im Übergang von der Kindheit zur Jugend. Hatte Clarissa bis zum Schluss an diesem Stück aus ihrer Kindheit gehangen?

Die Schubladen enthielten nur edles Briefpapier, auf dem oben Clarissas Initialen eingeprägt waren, und verschiedene schöne Füllhalter, die Juliet als mögliche Verkaufsobjekte beiseitelegte. Oben auf der Frisierkommode standen drei Fotografien, in den gleichen silbernen Rahmen wie die Aufnahme, die Juliet am vergangenen Abend im ersten Stock entdeckt hatte.

Das mittlere Foto zeigte eine Familie, aufgenommen in

der gleichen Zeit wie der Junge auf dem Foto oben. Es hätte den Titel tragen können: »Erfolgreicher viktorianischer Gentleman, umgeben von seiner Bilderbuchfamilie«. Neben einem Herrn mittleren Alters mit Koteletten saß eine jünger wirkende Frau, deren kerzengerade Haltung vermuten ließ, dass sie ein Fischbeinkorsett trug. Sie hatte vier Kinder – ein pummeliges Kleinkind, das sie auf dem Schoß hielt, ein kleines Mädchen von etwa drei Jahren mit einer riesengroßen Schleife um den Kopf, ein deutlich älteres Mädchen und einen Jungen –, es war eben der strahlende, schelmische Junge, den Juliet oben schon gesehen hatte. Sie spürte einen Schmerz in der Brust, als würde Stacheldraht um ihr klopfendes Herz festgezurrt, und legte das Familienfoto mit der Vorderseite auf die Frisierkommode.

Auf dem größten Foto war Havencross abgelichtet, so, wie man es von der langen, geschwungenen Auffahrt aus sah. Plötzlich sah Juliet ein Bild von Clarissa vor sich, wie sie mit den Fingern das Glas des Fotos berührte, als sie zu alt wurde, um ohne große Mühe nach draußen zu gehen und sich an diesem Anblick zu erfreuen.

Die dritte Aufnahme wirkte am wenigsten gestellt. Sie kam einem Schnappschuss so nah, wie es damals möglich war. Der Kleidung nach zu urteilen, musste die Fotografie um den Ersten Weltkrieg herum entstanden sein. Zwei junge Frauen saßen auf der Vordertreppe des Gebäudes. Beide trugen helle Blusen und dunkle Röcke, die ihnen eben bis zu den Knöcheln reichten. Eine der Frauen hatte ein aufgeschlagenes Buch auf dem Schoß, und mit ihrem offenherzigen, großzügigen Lächeln sah sie aus, als würde sie gern und häufig lachen. Auf dem Schwarz-Weiß-Foto konnte man nur erkennen, dass ihr Haar heller war als das ihrer

Gefährtin. Feine Strähnen und Löckchen hatten sich aus ihrer Frisur gelöst und umschwebten ihre Wangen und ihren Hals.

Das Haar der anderen Frau war ordentlicher hochgesteckt. Selbst dieses hundert Jahre alte Foto ließ erahnen, dass es dunkel geschimmert hatte. Etwas an den ausgeprägten Wangenknochen und dem markanten Kinn erinnerte Juliet an ihr eigenes Spiegelbild. Es war jedoch keine physische Ähnlichkeit, sondern eher das Leid, das ihre Züge prägte. Das Lächeln dieser Frau war weniger offen und schüchterner als das ihrer Gefährtin, und sie hatte die verschränkten Arme auf die Knie gestützt.

Nachdem Juliet die Fotos eine ganze Weile ergebnislos betrachtet hatte, sagte sie sich, dass die Personen darauf sich ihr wohl kaum vorstellen würden, und betrat das letzte Zimmer der Suite im Erdgeschoss. Es war eine kleinere Version des Arbeitszimmers, das sie am Vorabend im Dachgeschoss entdeckt hatte. Sie konnte sich vorstellen, dass Clarissa, alt und nicht mehr sicher auf den Beinen, gezwungen gewesen war, ihre wichtigsten Bücher und Dokumente nach hier unten mitzunehmen. Daher vermutete Juliet, dass die Auswahl in diesem Raum ihr einen guten Überblick über Clarissas Gedankenwelt zum Ende ihres Lebens hin verschaffen würde.

Die Bücher bestätigten, dass sie sich für englische Geschichte interessiert hatte. Allerdings beschränkten sich die Nachschlagewerke und Geschichtsbücher jetzt auf das fünfzehnte Jahrhundert. Juliet überflog die Titel auf dem kleinen Regal neben dem weinroten Ledersessel. Es waren vor allem Sachbücher, viele davon über die Rosenkriege. Aber Juliet fand auch ein zerlesenes Exemplar von *Alibi für einen*

König, dem berühmten Kriminalroman von Josephine Tey, der sich der Rehabilitierung von König Richard III. widmete, dessen Ruf in der Tudorzeit so gelitten hatte.

Außerdem gab es ein Regal mit Schriften zur Regionalgeschichte, darunter ein Büchlein über Havencross. Manche dieser Werke waren kaum mehr als zusammengeheftete Fotokopien.

Juliet saß im Schneidersitz vor den Bücherregalen auf dem Fußboden und fragte sich, was der Grund für Clarissas Interessen war. Das Haus, natürlich, und das Interesse an der Geschichte des Familiensitzes war absolut nachvollziehbar. Aber warum hatte sie sich ausgerechnet auf den Konflikt zwischen den Adelshäusern York und Lancaster konzentriert? War Havencross in die lange zurückliegenden Rosenkriege verwickelt gewesen? Juliets Spezialgebiet war die Sozialgeschichte der Viktorianischen Epoche und der Regierungszeit von Eduard VII. Ihr Wissen über frühere Jahrhunderte war bruchstückhaft.

Spontan wählte sie einige Geschichtsbücher aus, um sie bei den Mahlzeiten und im Bett zu lesen. Wenn sie fünf Monate hier verbringen wollte, brauchte sie neben dem Putzen und Aussortieren auch etwas zum Nachdenken. In dieser Stimmung nahm sie auch das Foto von den beiden Frauen mit. Nell Somersby-Sims hatte gesagt, die Reinigungskraft gehöre zu einer Familie, die seit Generationen in der Gegend lebte. Vielleicht konnte diese Frau Juliet die Geschichte hinter diesem überraschend bewegenden Schnappschuss erzählen.

4

Diana

September 1918

Noch bevor Havencross in Sicht kam, hatte Diana Neville bereits ungute Vorahnungen. Wer lebt denn mitten im Niemandsland?, dachte sie ärgerlich, erkannte jedoch, dass ihr Ärger im Grunde Angst war. Und gerechterweise musste man sagen, dass Havencross bereits eine ganze Weile nicht mehr als privater Wohnsitz genutzt worden war, auch wenn die Familie Somersby, als sie das Anwesen in eine Schule umgewandelt hatte, ihre Wohnräume für sich behalten hatte. Trotzdem …

Eine schmale Brücke verband das Westufer des Flusses mit dem Ostufer. Hätte Diana ein Fahrzeug gelenkt, das schwerer und breiter war als ihr Motorrad, dann hätte sie vielleicht Bedenken gehabt. Und selbst während sie jetzt ihre Douglas vorsichtig über die Brücke steuerte, betrachtete sie besorgt das stahlgraue Wasser unter sich. Sie konnte zwar schwimmen, doch den eisigen Gewässern des Nordens war nicht zu trauen.

Internatsschule Havencross verkündete das schmucklose Schild auf der anderen Seite der Brücke, und nach kaum einer Minute tauchte das Gebäude auf. Aus einer kleinen Bodensenke ragten zuerst Türme und Türmchen hervor, die sich wie ein mittelalterliches Märchenschloss gegen das verwaschene Blau des Himmels abhoben. Dann kam rasch das ganze Haus zum Vorschein, und obwohl Diana sich vorgenommen hatte, sich nicht beeindrucken zu lassen, staunte sie mit offenem Mund. Neunzig Schüler? Dieses Herrenhaus konnte dreimal so viele Jungen beherbergen. Es zu heizen, musste ein Vermögen kosten.

Diana hatte ihr Gepäck vorausgeschickt, zusammen mit der Warnung, dass sie per Motorrad anreisen würde. Niemand sollte erschrecken, wenn die neue Schulkrankenschwester in Drillichhosen, kniehohen Stiefeln und Lederhandschuhen erschien. Sie hatte sich einige Sätze zurechtgelegt, um sich vorzustellen und auch gleich zu verteidigen, aber die Frau in der Eingangstür begrüßte sie mit einem freundlichen Lächeln.

»Miss Neville? Ich bin Beth Willis, die Schulsekretärin. Willkommen auf Havencross.«

Die Eingangshalle war drei Stockwerke hoch, und auf jedem Stockwerk teilte die Prunktreppe sich in offene Treppenabsätze rechts und links. Die Wände waren in einem cremeweißen und dunkelgrünen William-Morris-Muster gefliest, und eine Mahagonitäfelung reichte bis in Kopfhöhe.

Mrs Willis wirkte so munter und adrett wie ein englischer Sperling. »Ich führe Sie schnell herum, damit Sie einen Eindruck vom Haus bekommen, und dann zeige ich Ihnen Ihr Zimmer«, sagte sie. »Und natürlich auch die Krankenstation. Wenn Sie nicht zu müde sind.«

Aus dem Mund einer anderen Frau hätten diese Sätze leicht herablassend klingen können. Aber Mrs Willis war jung, vielleicht Anfang bis Mitte dreißig, sie hatte sanfte braune Augen, lächelte viel, und an ihrer Bluse steckte eine schwarze Schleife. War sie Witwe? Heutzutage gab es in England ja so viele Witwen. Diana fragte sich, ob Beth Willis wohl Kinder hatte.

Wie sich herausstellte, hatte sie zwei Söhne auf der Schule. »Nach den Sommerferien ist mein Jüngster dann auch dabei«, vertraute sie Diana an. »Übrigens, wollen wir uns nicht duzen? Ich bin Beth.« Diana willigte gern ein.

Das Gebäude war so gut aufgeteilt, wie es in diesem besonderen Fall nur möglich war. Alle Räume rechts von der Eingangshalle gehörten zur Schule: Im Erdgeschoss befand sich ein Speisesaal mit fünf langen Tischen, im ersten Stock, der sich über einen Verbindungsflur bis hin zu dem langen Ostflügel hin erstreckte, lagen die Klassenzimmer und im zweiten Stock die Schlafsäle.

Das oberste Geschoss des Mittelbaus war für die Zimmer der Angestellten reserviert. »Aber du bist in einem privateren Teil untergebracht«, sagte Beth. Getrennt von den männlichen Mitarbeitern, hieß das. Außer Beth, die in einer Wohnung im Westflügel lebte, und Diana selbst wohnten hier nur noch zwei weitere Frauen: die Köchin, die ihr Zimmer in der Nähe des Küchenbereiches hatte, und Clarissa Somersby. Miss Somersby war nicht nur die Direktorin der Schule, sondern auch das letzte Familienmitglied, das noch auf Havencross lebte. Es war ja klar, dass sie keine Mansarde bewohnte.

Die Krankenstube lag im zweiten Stock am Ende des Ostflügels. Der luftige Raum hatte eine hohe Decke und frisch geweißte Wände, und eine lange Fensterreihe gab ihm etwas von einer Miniatur-Kathedrale. Vier Betten standen darin, aber falls nötig würde der Platz für doppelt so viele reichen. Diana lachte vor Freude auf, als Beth ihr das angrenzende Sprechzimmer zeigte, das ihr auch als Büro dienen würde. Es lag in einem der Rundtürme, und von hier aus hatte man den Blick über die Dächer bis zum Fluss. Wenn Diana sich auf die Zehenspitzen stellte, konnte sie eben gerade einen Teil der Brücke sehen, über die sie gekommen war.

»Ich hoffe, es gefällt dir«, sagte Beth. »Unsere letzte Krankenschwester war ein bisschen altmodisch. Sie hatte seit der Eröffnung der Schule, also seit 1898, hier gearbeitet, und das sah man den Räumen an. Miss Somersby hat mich im Büro beurlaubt, damit ich hier renovieren konnte. Ich hoffe, das ist annehmbar so.«

»Annehmbar? Ich habe die letzten drei Jahre in Feldlazaretten und Armeezelten verbracht. Danach ist das hier wunderschön.« Diana wandte sich vom Fenster ab und betrachtete den hellen Eichenschreibtisch, den cremeweiß und blau gestreiften Läufer auf dem frisch gestrichenen Dielenboden und die Untersuchungsliege mit dem weißen Überwurf. Er wirkte so strahlend sauber, als könnte er aktiv alles abweisen, was mehr war als ein schlichter Schnupfen oder ein verstauchter Fuß. Leiser fügte Diana hinzu: »Ich bekomme hier fast ein schlechtes Gewissen.«

»Bitte nicht.« Die Sekretärin mit dem sanften Gesicht stieß diese Worte überraschend heftig aus. »Du darfst kein schlechtes Gewissen haben. Mein Mann ist in einem Feldlazarett bei Verdun gestorben. Nach seiner Verwundung hat er noch drei Tage gelebt, dann kam die Infektion – ich weiß, was die Krankenschwestern dort für ihn getan haben. Ich weiß, dass sie bei ihm gesessen und ihm geholfen haben, einen Abschiedsbrief an mich und die Jungen zu schreiben. Ich weiß, dass er nicht allein war, als er gestorben ist. Deswegen darfst du dich nicht schuldig fühlen, wenn du jetzt ein besseres Leben hast. Du hast es verdient.«

Diana zwinkerte eine Träne fort, dann drückte sie Beth die Hand. »Wir alle haben es verdient.«

Von der Krankenstation aus führte Beth sie durch eine Tür in einen Flur mit niedrigeren Decken und unebenem Fußboden. Auch wenn Beth nicht darauf hingewiesen hätte, wäre Diana klar gewesen, dass sie einen deutlich älteren Teil des Hauses betreten hatten.

»Ein Herrenhaus aus dem fünfzehnten Jahrhundert«, sagte Beth. »Es ist so solide gebaut, dass sich die Erhaltung über die Jahrhunderte hinweg lohnte.«

Nach der Tiefe der Fensternischen zu schließen, mussten die Mauern hier sehr dick sein. Dianas Zimmer ging von einem kurzen Flur mit vier Räumen ab und wurde als Einziges bewohnt. Eins der Zimmer war zu einem großen Bad umgebaut worden, und selbst jetzt im September zitterte Diana vor Kälte und hoffte bloß, dass das Wasser für die Badewanne richtig heiß sein würde. Die niedrige Balkendecke in ihrem Zimmer, die charmanten Winkel und die Faltwerk-Täfelung waren viele Generationen älter als die Ausstattung des Haupthauses, aber der große Kamin und die helle Bettwäsche machten den Raum gemütlich.

Zum Glück waren Dianas Koffer bereits eingetroffen. Nachdem sie sich von Beth verabschiedet und ihr versprochen hatte, mit ihr und ihren Söhnen zu Abend zu essen, begann sie mit dem Auspacken. So bequem ihre Motorradkleidung auch war, sie konnte die Sachen nicht ewig anbehalten.

Doch ihre Verwandlung in eine respektable Krankenschwester, der man bedenkenlos die Gesundheit von neunzig Knaben anvertrauen konnte und die sich von einem Lehrerkollegium aus fünfzehn Männern nicht irritieren lassen würde, wurde jäh unterbrochen. Sie trug zwar schon ihre schickliche, blau-weiß gestreifte Hemdbluse und den grauen Flanellrock, aber sie hatte ihre festgeflochtenen Zöpfe, die unter dem Motorradhelm praktisch waren, aufgelöst und stand in einer Wolke aus wirren Locken mitten im Zimmer, als jemand mehrmals rasch hintereinander an die Tür klopfte.

»Herein«, rief Diana in dem Glauben, Beth habe noch etwas vergessen.

Aber die Frau, die nun eintrat, war eindeutig keine Sekretärin. Diana hatte Clarissa Somersby zwar noch nicht persönlich kennengelernt, aber es bestand kein Zweifel, dass die Direktorin von Havencross vor ihr stand. Sie sah jünger aus, als Diana erwartet hatte, und sie war hübscher. Hatten Schuldirektorinnen denn nicht immer graue Haare und kräftige Augenbrauen? Miss Somersby hatte ihr dunkles Haar in seidenglatten Schlingen wie einen Rahmen um ihr zartes Gesicht mit den hohen Wangenknochen gelegt. Um Letztere beneidete Diana sie glühend, denn selbst während sie als überarbeitete Front-Krankenschwester abgenommen hatte, war ihr Gesicht unbeirrt rund geblieben. Wenn sie ihr Aussehen hätte beschreiben sollen, hätte sie eine durchschnittliche Größe genannt, ein durchschnittliches Gewicht und eine unauffällige Haarfarbe irgendwo zwischen Braun und Mittelblond … aber meistens machte sie sich keine Gedanken darüber. Außer, wenn sie einer Frau wie dieser Schulleiterin gegenüberstand.

Mit vornehmer Oberschichtsstimme sagte die Eingetretene jetzt: »Ich bin Miss Somersby. Ich weiß, dass wir eigentlich erst für später verabredet sind, aber ich wollte sichergehen, dass alles in Ordnung ist. Sind Sie zufrieden mit dem, was Sie bisher gesehen haben?«

Diana besann sich auf ihre hart erarbeiteten Lektionen in Würde und Stärke, auch wenn man vierundzwanzig Stunden durchgearbeitet hatte und bis zu den Ellbogen mit Blut verschmiert war. Sie richtete sich gerade auf und antwortete: »Mehr als zufrieden. Havencross ist eine schöne Schule, und die Krankenstation ist wunderbar modern. Vor allem, wenn ich daran denke, wo ich herkomme.«

»Gut.« Dianas wilder Haarschopf und die Motorradjacke auf dem Bett waren Miss Somersby nicht entgangen. »Gegen Ihr Motorrad habe ich nichts einzuwenden, aber die Jungen haben selbstverständlich nichts daran zu suchen.«

Als würde Diana riskieren wollen, dass ihrer Douglas ein Leid geschah. »Natürlich nicht.«

»Dann erwarte ich Sie also in einer Stunde in meinem Büro, Miss Neville.« Miss Somersby hielt inne und fügte in weniger kühlem Tonfall hinzu: »Neville ist ein Name aus Nordengland. Sind Sie mit dem Haus Neville verwandt?«

»Sie meinen, die Nevilles aus den Rosenkriegen? Das Adelsgeschlecht, aus dem der Graf von Warwick, der Königsmacher, stammte? Wenn überhaupt, dann bin ich nur sehr entfernt mit den nordenglischen Nevilles verwandt. Meine Familie lebt seit Generationen in London, und der einzige Krieg, den wir kennen, ist der gegenwärtige.«

Doch von Plaudereien hielt Miss Somersby offenbar nichts. So plötzlich, wie sie eingetreten war, war sie auch wieder verschwunden. Die Tür hatte sie offen gelassen. Diana atmete auf und trat an die Frisierkommode, um ihr Haar zu bändigen.

Da schlug die Tür hinter ihr so plötzlich zu, dass sie ihre Haarbürste fallen ließ. War das ein Windstoß gewesen, der unerwartet durch das eben geöffnete Fenster hereingekommen war? Oder aber Clarissa Somersby, die sich entschieden hatte … zu was? Ihre neue Angestellte zu ermahnen, sie solle stets auf der Hut sein?

Aber auf der Hut, wovor?

5

Diana

September 1918

Drei Tage später, nach dem Frühstück, trudelten die Jungen ein. Im ganzen Haus waren die Lehrer damit beschäftigt, Schüler aufzunehmen, sich um Gepäck zu kümmern, Eltern taktvoll, aber möglichst schnell von ihren jüngeren Sprösslingen zu trennen und die älteren Jungen vom Herumtoben abzuhalten. Diana arbeitete fast sechs Stunden lang ohne Unterbrechung in ihrem neuen Sprechzimmer.

Sie hatte die Aufgabe, die Krankenakten der zurückkehrenden Schüler zu aktualisieren und für die neuen Schüler mit den Eltern zusammen eine gründliche Krankengeschichte zu erstellen. Diesen Luxus hatte sie sich bisher kaum leisten können, aber nun notierte sie sich auch unbedeutendere Krankheiten, wie Masern und Windpocken sowie kleinere Verletzungen, etwa einen Knöchelbruch beim Sturz von einem Baum oder einen Fahrradunfall, nach dem eine Wunde hatte genäht werden müssen. Der ängstlichen Mutter eines asthmatischen Neunjährigen versicherte sie, dass seine körperlichen Aktivitäten genau überwacht werden würden, und sie wiegelte höflich ab, als sie einem Vater versprechen sollte, dass sein Sohn, obwohl er im letzten Winter einen Anfall von rheumatischem Fieber gehabt hatte, nicht verweichlicht werden würde.

Manche Eltern hatte ältere Söhne im Krieg verloren; manche der Jungen hatten ihre Väter verloren. Geduldig hörte Diana einer Mutter zu, deren einziges Kind jetzt im Herbst auf Havencross anfangen sollte.

»Ich wollte ihn eigentlich nicht wegschicken«, gestand die Mutter. »Mein Mann hat seit 1915 in Frankreich gekämpft, und gerade erst wurde er wegen seiner geschädigten Lunge zum Invaliden erklärt. Aber mein Sohn hat darum gebettelt, ein Jahr lang auf ein Internat gehen zu dürfen. Ich habe gesagt, er kann es sich jederzeit anders überlegen, und ich würde ihn sofort abholen, wenn er das möchte. Ich wünschte bloß, ich wüsste, was das Beste für ihn ist.«

»Es wird ihm hier bestimmt gut gehen«, sagte Diana aufmunternd. »Wir passen auf ihn auf.«

»Ehrlich gesagt«, sprach die Mutter mit viel leiserer Stimme weiter, »ich glaube, Luke ist froh, dass er von zu Hause wegkommt. Sein Vater ist … nicht mehr so wie früher. Zu viel Lärm, zu viel Theater, die kleinsten Kleinigkeiten lassen ihn aus der Haut fahren.«

Diana dachte an ihren älteren Bruder, der früher so unbeschwert gewesen war und den sie seit Monaten nicht mehr hatte lächeln sehen. »Das tut mir sehr leid. Der Krieg fordert einen furchtbaren Preis, auch von denen, die ihn überleben.«

Im Flüsterton, der ihre Verzweiflung nicht verbarg, fragte die Mutter: »Wird es jemals wieder besser?«

»Die Zeit heilt viele Wunden.« Doch das war so ungefähr das Überflüssigste, was sie je gesagt hatte, dachte Diana bedrückt. Ja, die Zeit konnte heilen. Aber nicht immer und nicht jeden Menschen. Als die besorgte Mutter wieder fort war, machte Diana sich eine Notiz, dass sie persönlich auf Luke achtgeben wollte.

Im Laufe des Nachmittags ebbte der Strom von Eltern und auch einigen Großeltern ab, und Diana sorgte dafür, dass auf der Krankenstation peinliche Ordnung herrschte und der Vorratsschrank mit Medikamenten und Verbandszeug für kleinere Verletzungen gefüllt war. Dann begann sie ihre Notizen zu einem kurzen Bericht für Clarissa Somersby zusammenzustellen, mit der ein Treffen anberaumt war, bevor die ganze Schule sich zum Abendessen versammelte.

Während des Nachmittags hatte Diana ständig auf Schritte gelauscht, die zu ihrem Sprechzimmer unterwegs waren. Doch die Schritte, die sie jetzt hörte, klangen anders als alle vorherigen. Männlich, kräftig, aber mit einem leichten Zögern in der Bewegung, sodass ihr medizinischer Verstand den Neuankömmling sofort unter »Soldat, verwundet« einordnete.

»Schwester Neville? Diana Neville?«

Sie wandte sich zur Tür, um auch diesen Vater mit einem professionellen Lächeln zu begrüßen.

Er hatte braunes Haar, war von schlankem Wuchs und hielt sich aufrecht wie, ja, wie ein Soldat. Aber er war noch zu jung, um einen Sohn an dieser Schule zu haben. Also musste er vermutlich einer der Lehrer sein. Diana hatte sie noch nicht alle kennengelernt.

Doch während ihr diese Gedanken und Eindrücke durch den Kopf schossen, nahm ihr Körper intuitiv etwas wahr, das sie aufspringen ließ. Sie ging auf den jungen Mann zu, und er lächelte ihr entgegen.

»Sie sind es wirklich«, sagte er. »Ja, Schwester Neville, von Thiepval bis hierher ist es ein weiter Weg.«

Diana hatte in den drei Jahren ihrer Schwesterntätigkeit im Krieg viele Soldaten kennengelernt, trotzdem musste sie sich jetzt nicht auf den Namen besinnen. »Oberleutnant Murray! Was machen Sie denn hier?«

»Ich? Ich stamme aus Northumberland. Ich bin keine fünf Meilen von hier entfernt aufgewachsen. Die Frage ist, was eine Krankenschwester aus London so weit oben im Norden macht. Und nennen Sie mich nicht mehr Leutnant. Ich bin Joshua Murray.«

»Wie heißen Sie?«, hatte Diana den Soldaten gefragt, aus dessen linkem Unterschenkel ein Knochen herausragte. Damit hatte sie zu verhindern versucht, dass der Schock ihm das Bewusstsein raubte. Er sollte sich auf das Hier und Jetzt konzentrieren.

»Joshua«, hatte er mit zusammengebissenen Zähnen hervorgestoßen. »Joshua Murray.«

»Bleiben Sie wach, Joshua. Wir bringen Sie sofort in den OP. Wir kümmern uns um Sie.«

»Versprochen?«

Es war nicht das erste und auch nicht das fünfhundertste Mal gewesen, dass Diana diese Frage hörte. Aber als sie ihm in die Augen sah und sagte: »Ich verspreche es Ihnen«, klangen diese Worte tief in ihrer Brust nach. In ihrem Herzen? Wo auch immer. Im Kriegsgebiet war kein Platz für Herzen. Und so hatte sie bei seiner Operation assistiert, ihn durch die ersten achtundvierzig Stunden danach begleitet und ihn auf den Transport zurück nach England vorbereitet, wo er sich erholen sollte. Genau so hatte sie auch alle anderen Soldaten behandelt, die überlebt hatten.

Aber jetzt stand er hier vor ihr, er stand auf beiden Füßen, statt auf einem Feldbett zu liegen, und er war mindestens eine gute Handbreit größer als sie. Er war frisch rasiert, seine Wangen waren nicht mehr eingefallen, und er trug weder eine zerfetzte Uniform noch Lazarettkleidung, sondern einen Dreiteiler, und das alles war so merkwürdig. Träumte sie vielleicht?

Seine Miene veränderte sich, er runzelte besorgt die Brauen. »Alles in Ordnung? Wollen Sie sich nicht wieder setzen?«

Diana fing an zu lachen. »Ob *ich* mich setzen will? Ich kann kaum glauben, dass Sie wieder auf den Beinen sind. Als ich Sie das letzte Mal gesehen habe …«

»Sie hatten mir versprochen, dass Sie sich um mich kümmern würden. Wollen Sie mir jetzt sagen, dass das einfach Ihr Standardsatz für alle Soldaten war? Und dass Sie eigentlich damit gerechnet haben, dass ich sterben würde?«

In Feldlazaretten wurde nicht viel gelächelt, wenigstens nicht so, wie Joshua Murray sie jetzt anlächelte. Auf einmal hielt Diana es doch für eine gute Idee, sich wieder hinzusetzen. Aber er sollte nicht das letzte Wort behalten.

»Jedenfalls habe ich nicht damit gerechnet, dass Sie in die Krankenstation eines Jungeninternats hereinspaziert kommen, so, als gehörte die ganze Schule Ihnen. Was machen Sie hier?«

Joshua deutete auf Dianas Stuhl, und sie setzte sich dankbar, während er sich einen Stuhl von der Wand heranzog. Er drehte ihn um, ließ sich rittlings darauf nieder und stützte die Ellbogen auf die Rückenlehne. Diana warf rasch einen Blick auf sein Bein, aber unter den gut sitzenden Hosen war nichts zu sehen. Sie war sich ziemlich sicher, dass er keine

Stützschiene trug, und das war wahrhaftig mehr, als sie erwartet hatte.

»In Anbetracht der Tatsache, dass ich in der Zeit, als Sie mit mir zu tun hatten, meistens nur mehr oder weniger bei Bewusstsein war, will ich Ihnen Ihr Unwissen verzeihen. Bevor ich zu Oberleutnant Murray wurde, war ich Joshua Murray und hatte einen Magister in Altertumswissenschaften und Geschichte. Nach meinem Abschluss wollte ich eigentlich in Oxford bleiben, aber dann hatte mein Vater einen Schlaganfall, und ich wurde zu Hause auf der Farm gebraucht. Zum Glück ist Havencross unser nächster Nachbar, und die Somersbys waren so freundlich, mich einzustellen. Ich hatte gerade erst ein Jahr lang hier unterrichtet, als der Krieg ausbrach.« Er sah Diana aufmerksam an. »Jetzt sind Sie dran. Wie kommt es, dass eine Krankenschwester, die in London geboren und aufgewachsen ist, sich hier oben in der Wildnis wiederfindet?«

»Es gibt nicht viele Stellen für Krankenschwestern, jedenfalls nicht, wenn man den Krieg hinter sich lassen möchte. Ich weiß, das ist selbstsüchtig, aber –«

»Das ist nicht selbstsüchtig.«

»Vielleicht nicht. Aber meine Mutter versteht es nicht. Und schon gar nicht die Geschichte mit Northumberland. Ihrer Ansicht nach endet die Zivilisation irgendwo um Coventry herum.«

Diana hatte noch weitere Gründe für ihre Entscheidung gehabt, aber davon brauchte Murray nichts zu wissen. Niemand brauchte zu wissen, dass es in London einfach viel zu viele Menschen gab. Nachdem Diana jahrelang in überfüllten Zelten und Feldlazaretten gelebt hatte, nach der ständigen Belastung durch Verwundete, die sich in den Krankenstationen drängten, nach dem unerbittlichen Donnern schwerer Geschütze, die nie weiter als drei Meilen entfernt waren und Tag und Nacht feuerten, hatte sie Stille herbeigesehnt. Einsamkeit. Ein Internat mit neunzig Jungen mochte zwar nicht wie der ideale Zufluchtsort erscheinen, war aber bestimmt besser als das, was sie bis in ihre Träume hinein verfolgte.

Joshua Murrays braungrüne Augen erschienen ihr allzu wissend. Aber sie war ihm dankbar für sein Taktgefühl und wohl auch ein gewisses Verständnis, denn er sagte nur: »Sie werden hier sehr beliebt sein, Miss Neville. Neunzig Jungen und fünfzehn Lehrer … Die Hälfte davon wird sich bis Michaeli in Sie verlieben.«

»Und die anderen?«

Murray grinste. »Die anderen sind Dummköpfe.« Und damit stand er auf und stellte schwungvoll seinen Stuhl zurück an die Wand. »Wir sehen uns beim Essen.«

Diana lauschte seinen verklingenden Schritten. Ja, er zog das linke Bein eindeutig ein wenig nach. Es musste immer noch deutlich schwächer sein als das rechte, aber das verbarg er gekonnt. Wer im Krieg gewesen war, verstand es, vieles zu verbergen.

Es hatte keinen Sinn, sich noch einmal an die Arbeit zu machen. Diana räumte ihre Akten und ihren Schreibtisch auf und schaute auf die Uhr. Noch zehn Minuten bis zu ihrer Unterredung mit Miss Somersby. Als sie ihr Notizbuch, das sie überallhin begleitete, an sich nahm, erklangen erneut Schritte im Flur.

Zuerst machte ihr Herz einen Satz, weil sie dachte, Joshua Murray käme zurück, aber diese Schritte waren zu leicht. War es einer der Jungen? Aber nein, Diana meinte, ein leises Rascheln zu vernehmen, wie von einem längeren Kleid.

In der Erwartung, dass Beth Willis gleich anklopfen würde, stand sie auf. Obwohl Beth sogar noch mehr zu tun hatte als Diana, hatten die beiden Frauen seit ihrer Ankunft jeden Tag ein wenig Zeit miteinander verbracht.

Als die leichten Schritte vor ihrer Tür stehen blieben, öffnete Diana mit einem Lächeln zur Begrüßung.

Doch ihr Lächeln erstarb sofort. Vor der Tür stand nicht Beth. Vor der Tür stand niemand.

Der Flur war menschenleer.

6

Juliet

2018

Nachdem Juliet monatelang im Bett gelegen und Netflix geguckt hatte, bot körperliche Arbeit jetzt den großen Vorteil, dass sie davon problemlos müde wurde. An ihrem ersten richtigen Arbeitstag war sie abends um sieben schon im Schlafanzug, was ihr allerdings gar nicht so früh erschien, weil es draußen schon seit drei Stunden stockfinster war. Eigentlich wollte sie noch lesen, schreckte aber Stunden später plötzlich hoch, weil ihr das Buch, auf der ersten Seite aufgeschlagen, auf die Brust gefallen war. Während Juliet sich die Stelle auf dem Brustbein rieb, wo eine Ecke sie getroffen hatte, überlegte sie, dass es wenigstens niemanden gab, der den blauen Fleck sehen würde. Sie drehte sich auf die Seite und sah auf ihr Smartphone. Vier Uhr morgens. Als sie merkte, dass sie auf die Toilette musste, stand sie mit einem Seufzer auf.

Warum waren schöne alte englische Häuser bloß so verdammt kalt? Selbst in Thermoshirt und Wollsocken zitterte Juliet, als sie endlich die Toilette am anderen Ende des Flurs erreichte. Sie zog an der Kette des Spülkastens und flitzte zum Klang der stöhnenden Rohre in ihr Zimmer zurück.

Es waren nicht nur die Rohre. Als deren Klopfgeräusche zusammen mit dem Wasserrauschen verklangen, hörte Juliet, dass etwas wie ein sanftes Flüstern durch die Luft wehte. Wie ein Luftholen vor dem Sprechen oder wie das Echo nach einem Schritt.

Juliet fuhr herum, aber natürlich war alles leer. Das gesamte Gebäude mit seinen dreizehnhundert Quadratmetern war menschenleer. Draußen war es eisig kalt, und wenn sie sich das Geräusch nicht eingebildet hatte, mussten es Mäuse sein, die sich auf der Suche nach Wärme und Obdach durch die Wände arbeiteten. Bitte mach, dass es bloß Mäuse sind, dachte Juliet, als sie sich wieder ins Bett flüchtete. Bitte keine Ratten. Und auch keine Waschbären.

Sie hörte nichts mehr, bis sie im Morgengrauen schließlich wieder einschlief.

Als sie irgendwann wach wurde, staunte sie, denn sie hatte ohne Schlaftablette bis zehn geschlafen – und sie verspürte einen Bärenhunger. Beides war schon so lange nicht mehr vorgekommen, dass sie sich kaum noch daran erinnern konnte. Rasch zog sie Jeans und einen Wollpulli an, und sie war schon mitten auf der Haupttreppe, da hörte sie eindeutig Geräusche im Haus. Menschengemachte Geräusche, es sei denn, die Gespenster hatten gelernt, mit einem Staubsauger umzugehen.

Als sie das Erdgeschoss erreicht hatte, setzte Juliet ein Lächeln auf. Sie fand die Frau mit dem Staubsauger im Raum rechts von der Eingangshalle. Das musste Rachel Bennett sein, die Nell zufolge einmal in der Woche zum Putzen kam. Juliet schob sich vorsichtig in ihr Blickfeld, um sie nicht zu erschrecken.

Rachel Bennett sah sie und schaltete sofort den Staubsauger aus. Sie war jünger, als Juliet erwartet hatte, höchstens Mitte dreißig, und sie hatte ein offenes, fröhliches Gesicht mit runden Wangen und den entsprechenden Grübchen.

»Ms Stratford, ich hoffe, ich habe Sie nicht gestört.«

»Bitte nennen Sie mich doch Juliet. Natürlich nicht. Ich wollte nur kurz Hallo sagen, dann bin ich Ihnen nicht mehr im Weg.«

»Möchten Sie frühstücken? Ich mache Ihnen gern etwas fertig.«

»Nein, nein«, sagte Juliet bestürzt. »Sie sind doch nicht ... ich meine, kochen kann ich selbst.«

Mit einem Klicken stellte Rachel den Staubsauger hochkant. »Sie würden mir einen Gefallen tun. Kochen ist mir viel lieber als Staubsaugen. Außerdem bin ich fürchterlich neugierig, und Ihnen Frühstück zu machen gibt mir die Chance, Ihre dunkelsten Geheimnisse zu erfahren.«

Sie wollen meine dunkelsten Geheimnisse nicht wissen, dachte Juliet, dafür sehen Sie viel zu glücklich aus. Aber ihr fiel keine elegante Art ein, Rachels Angebot weiterhin abzulehnen, ohne dass es klang, als wäre sie die Chefin der jungen Frau.

»Danke, Ms Bennett, gern. Wenn ich sage, ich kann selbst kochen, will das wenig heißen.«

»Ich bin Rachel. Wollen wir uns nicht duzen?« Und ohne eine Antwort abzuwarten, redete sie weiter: »Ich hab frisches Brot mitgebracht – komm, jetzt sag mir mal, was du sonst noch essen möchtest.«

Mit »frischem Brot« meinte Rachel, »handgeknetet und erst vor einer Stunde aus dem Ofen geholt«. Außerdem gab es selbst gemachte Himbeermarmelade, ein Dutzend Eier, die nie einen Supermarkt gesehen hatten, und Frühstücksspeck aus der Region. Während Rachel den Speck und die Eier briet, plauderte sie über sich selbst.

»Ich bin zum Studieren in den Süden gegangen und dann in Leeds geblieben, als ich geheiratet habe. Antonia, meine Frau, arbeitet im IT-Bereich, und ich habe drei Söhne bekommen und zwischendurch immer mal wieder gejobbt, aber eigentlich wollte ich nur wieder zurück auf die Farm. Dann ist im letzten Frühjahr meine Mutter gestorben, und mein Vater brauchte Hilfe im Haus und bei der Pflege meiner Großtante, also bin ich im Juni mit den Jungen wieder hier hoch in den Norden gezogen. Antonia konnte aushandeln, dass sie zwei Tage in der Woche von zu Hause aus arbeitet, sodass sie von Dienstag bis Donnerstag in Leeds ist und die übrige Zeit dann hier. Es ist zum Verrücktwerden, wenn sie sich beklagt, dass ›der Himmel hier zu groß‹ ist oder dass es ›auf der Farm so stinkt‹. Aber sie macht sich einfach über uns lustig, sie weiß gut, dass wir uns hier sehr wohlfühlen.«

Es war nicht einfach, Rachel zu unterbrechen, aber Juliet fand das recht erholsam. Es war anders als mit Duncan, der einfach den Klang seiner eigenen Stimme geliebt hatte. Schließlich schaffte sie es, beiläufig zu fragen: »Deine Jungs hatten nichts gegen den Umzug? Wie alt sind sie denn?«

»Acht, sieben und fünf. Der Älteste hat sich anfangs über den Schulwechsel beklagt, aber so richtig wichtig war ihm das dann auch wieder nicht. Sie toben so gern draußen herum, und sie lieben die Tiere auf dem Hof. Welchem Jungen würde das nicht so gehen?«

Juliet musste den Blick senken. *Hätte dir das gefallen, Liam?*, dachte sie. *Hättest du voller Freude in den Wäldern von Maine und am Strand herumgetobt?*

»Und du machst hier also Inventur und schmeißt alles Unbrauchbare raus?«, fuhr Rachel fort, während sie geschickt zwei auf beiden Seiten gebratene Eier auf einen Teller gleiten ließ und ihn Juliet reichte. Sie schenkte sich eine Tasse Tee ein und lehnte sich gegen die Arbeitsfläche. »Hier erzählt man sich, dass du Professorin bist.«

Offenbar gab es in der Gegend hervorragende Quellen für Klatsch und Tratsch. »Das ist reichlich übertrieben. Ich bin noch nicht einmal mit meiner Dissertation fertig.« Juliet aß einen Bissen Ei und seufzte fast vor Vergnügen.

»In welchem Fach promovierst du denn?«, fragte Rachel.

»Allgemein habe ich mich auf die Frauengeschichte der Viktorianischen Epoche und der Zeit Eduards VII. konzentriert. Für meine Doktorarbeit hatte ich angefangen, die Geschichte von Frauen am Arbeitsplatz in der Zeit während des Ersten Weltkriegs zu erforschen, aber inzwischen unterrichte ich meistens Einführungsseminare in Geschichte.« Duncan hatte das gar nicht gefallen. Studienanfängern beizubringen, wie man die Universitätsbibliothek für Recherchen nutzte, war ihm für seine Frau einfach zu wenig. Jahrelang hatte er Juliet gedrängt, ihre Dissertation fertig zu schreiben.

Wahrscheinlich war genau das der Grund gewesen, warum sie so herumgetrödelt hatte. Ihr persönlicher passiver Widerstand.

Als Rachel sie ehrlich interessiert ansah, erzählte Juliet spontan von einer Idee, die ihr sofort gekommen war, als sie von Havencross gehört hatte. »Ich habe mich schon immer für die Grippe-Pandemie von 1918 interessiert. Ich weiß, dass Havencross damals ein Internat war, und jetzt überlege ich, ob ich vielleicht über Clarissa Somersby schreibe. Sie war ja eine sehr junge Direktorin, und ich möchte gern wissen, wie sie zurechtgekommen ist, als die Grippe hier in der Gegend wütete.« Juliet trank einen Schluck Tee. »Ich werde natürlich gründlich recherchieren müssen, um herauszubekommen, ob das als Stoff für eine ganze Doktorarbeit reicht.«

»Ich denke, schon«, erwiderte Rachel mit einem belustigten Unterton, der Juliet überraschte. »Die Grippe brach im Internat genau bei Kriegsende aus. Als medizinisches Personal hatten sie auf Havencross nur eine Schulkrankenschwester, die in Frankreich im Lazarett gearbeitet hatte. Damals haben alle Bewohner von Havencross, die selbst nicht erkrankt waren, mitgearbeitet und sich um die Kranken gekümmert.«

Juliet legte ihre Gabel hin – es war fast peinlich, wie schnell sie gegessen hatte – und betrachtete Rachel nachdenklich. Ihre Worte klangen, als würde sie über etwas sprechen, das erst vor wenigen Jahren geschehen war. »Woher weißt du das alles? Wenn diese Art der Oral History hier in der Gegend so lebendig ist, bin ich sehr daran interessiert.«

»Wir können dir noch mehr bieten als nur Oral History«, sagte Rachel mit einem beinahe spitzbübischen Grinsen. »Die Schulkrankenschwester, die damals auf Havencross gearbeitet hat, war nämlich meine Urgroßmutter. Manche Fakten wurden in Form von Geschichten weitergegeben, aber meine Großtante Winnie besitzt auch schriftliche Quellen, wenn du so etwas haben möchtest. Ich bin mir ziemlich sicher, dass sie in irgendwelchen Truhen oben auf dem Boden im Farmhaus verstaut sind.«

»Hätte deine Familie etwas dagegen, wenn ich in diesen Dokumenten herumstöbern würde?«

»Etwas dagegen?« Rachel lachte. »Großtante Winnie würde sich wahnsinnig freuen! Sie hat immer versucht, uns für das Zeugs zu interessieren, aber bei mir sind nur die wichtigsten Ereignisse hängen geblieben. Meine Oma ist auf der Farm geboren und aufgewachsen, aber unsere Großtante war diejenige, die sich so sehr für Havencross interessiert hat. Komm doch mal nachmittags zu uns rüber und bleib dann zum Abendessen. Du brauchst auch nicht vorher anzurufen. Aber mach dich darauf gefasst, dass du mehr Geschichten zu hören kriegst, als du verarbeiten kannst. Wahrscheinlich wird sie dir dann als Zugabe sogar noch das Gespenst von Havencross auftischen, ich hoffe also, dass du dich nicht so leicht ins Bockshorn jagen lässt.«

»Ich hab mir schon gedacht, dass es hier ein Gespenst geben muss. Wenn ein Gebäude so lange steht, sammeln sich darin zwangsläufig Tragödien an.« Über Tragödien und Geister wusste Juliet Bescheid. Sie hatte ihr Zuhause verlassen, weil sie dort von Gespenstern verfolgt wurde. Die Vergangenheit und der Tod fremder Menschen konnten sicherlich nicht schlimmer sein.

Als Rachel sich wieder dem Staubsauger zuwandte, war Juliet so entspannt und so inspiriert wie schon lange nicht mehr. Daher entschied sie sich, den Stapel der Bücher über Regionalgeschichte durchzublättern, die sie in Clarissas Zimmer entdeckt hatte. Sie nahm ihr Notizbuch zur Hand und fing an, die Bücher nach Hinweisen auf das Internat auf Havencross, das Jahr 1918 und die Spanische Grippe durchzusehen.

Doch schon im ersten Buch wurde sie abgelenkt. Es war so alt, dass sie nur eine Hektografie in Händen hielt, und es war in der steifen Prosa eines bestimmten Typs von Regionalhistoriker verfasst. Deshalb war es kein schlechtes Geschichtsbuch, bloß das Lesen war stellenweise etwas mühsam.

Obwohl Havencross heutzutage in erster Linie als Sitz des Gideon Somersby mit seiner großen Familie und seinem noch größeren, mit Eisenbahnen erworbenen Vermögen bekannt ist, reicht die Geschichte dieses Anwesens viel weiter in die Vergangenheit zurück. Der Name leitet sich vom Kloster Havencross her, das vom 12. Jahrhundert bis ins späte 14. Jahrhundert hinein an selbiger Stelle existierte. Zwar ist von dem ursprünglichen Kloster kaum noch etwas vorhanden, aber Teile davon wurden 1430 im Fundament von Havencross Hall verbaut. Die Ländereien waren ein Geschenk des minderjährigen Königs Heinrich VI. an einen nützlichen Lord aus der Gegend, der ihn bei der Überwachung der Grenze zu Schottland unterstützte. Im Besitz der Familie Deacon verblieb Havencross allerdings nur bis 1471, als die letzten Familienmitglieder aus den Aufzeichnungen verschwanden.
In alten Sagen, die stets mit Vorsicht zu betrachten sind, wird behauptet, dass die Familie ein gewaltsames Ende fand, und in den nachfolgenden Jahrhunderten gab es häufig Berichte, wonach der Geist eines kleinen Jungen erschienen sein sollte. Ohne den Glauben an das Übernatürliche bestärken zu wollen, muss man doch einräumen, dass die Rosenkriege eine Zeit voller Umwälzungen und Tod waren, nicht zum Wenigsten im Jahre 1470, als Richard Neville, der 16. Graf von Warwick, sich gegen König Eduard IV. erhob. Einige wenige Stimmen behaupten, dieser Junge müsse einer der beiden Neffen von König

Richard III. sein, die dieser angeblich 1483 im Tower ermorden ließ. Jedoch braucht man sich nur zu vergegenwärtigen, dass der ältere Junge in jenem Jahr, nämlich 1470, eben erst geboren war und mit den rätselhaften Vorgängen in jenem Jahrzehnt folglich kaum etwas zu tun gehabt haben kann.

Aha, das erklärte, warum Clarissa sich für die Rosenkriege interessiert hatte, dachte Juliet. Es war eine faszinierende Geschichte, allerdings fragte sie sich, was eine alte Dame in ihren letzten Lebensjahren dazu bewogen haben konnte, sich so ausgiebig mit diesem Thema zu beschäftigen. Juliet notierte sich, dass sie Rachels Großtante fragen wollte, was sie über Clarissa Somersby wusste. Vielleicht konnte die alte Dame ihr mehr berichten, als sie aus den wenigen Erzählungen ihrer Mutter erfahren hatte.

7

Ismay

Mai 1453

Zu jener Zeit kam es zwischen König Heinrich VI. und Richard Plantagenet, dem 3. Herzog von York, zu jenen Streitigkeiten, die mit dem Tod von nahezu allen Adeligen des Landes endeten. Jene nämlich, die mit dem Herzog rivalisierten, klagten ihn des Hochverrats an und beteuerten, er trachte danach, das Königreich für sich und seine Söhne zu gewinnen. Man verlangte von ihm ein feierliches Gelübde, dass er niemals die Herrschaft über das Königreich anstreben würde. Zudem wurde ihm streng verboten, jemals seine eigenen Ländereien und die Grenzen seiner Burganlagen zu verlassen. Viele seiner Freunde nahmen es sich sehr zu Herzen, dass einem Unschuldigen solcher Schaden zugefügt wurde, und sie beschlossen, die Feinde des Herzogs vom Königshof zu entfernen.

Ismay Deacon gab sich Mühe, so groß und aufrecht wie eine feine Dame zu stehen, während sie in der Eingangshalle von Ludlow Castle darauf wartete, ihren neuen Vormund kennenzulernen. Mit ihren zehn Jahren war sie praktisch erwachsen, was kümmerte es sie also, dass der Herzog von York nach dem König der reichste Mann Englands war? Ismay stammte von schottischen Königen ab, und ihre Mutter sollte stolz auf sie sein können.

Doch bei der Erinnerung an ihre Mutter kamen ihr fast die Tränen, daher blinzelte sie heftig und zwang sich, an etwas anderes zu denken. Ludlow Castle war eine schöne Burg, voller Leben und Betriebsamkeit, denn der Haushalt des Herzogs war groß. Von seinen Kindern waren sieben am Leben geblieben, und Ismay hatte ihre Namen auswendig gelernt.

Anne, Eduard, Edmund, Elizabeth, Margaret, George, Richard. Diese große Geschwisterschar war ein wenig beängstigend für sie als Einzelkind. Und jetzt war sie ein verwaistes Einzelkind.

Ein plötzliches Getöse ließ Ismay zusammenfahren, und bevor sie die Quelle ausmachen konnte, prallte jemand so heftig gegen sie, dass sie stürzte.

»Entschuldigung! Ich habe dich nicht gesehen. Hast du dir wehgetan?«

Ismay schluckte kräftig und schaute zu einem hochgewachsenen Jungen auf, der sich jetzt über sie beugte und ihr eine Hand reichte, um ihr beim Aufstehen zu helfen. Vielleicht war er auch gar kein Junge mehr. Er hatte ein atemberaubendes Lächeln, das auch nicht verschwand, als eine befehlsgewohnte weibliche Stimme sagte: »Eduard! Hab ich euch nicht ermahnt, im Haus nicht so wild zu spielen?«

»Tut mir leid, Mama. Wenigstens habe ich dieses Mal nichts zerbrochen. Oder jedenfalls glaube ich das.« Mit fragendem Blick wandte er sich an Ismay: »Ich habe dir doch nichts gebrochen, oder?«

Sie schüttelte den Kopf, denn ihre Stimme hatte sie verlassen. Das also war Eduard von York. Er wirkte viel älter als elf Jahre.

Herzogin Cecily kam die Treppe herunter und schaute von ihrem Sohn zu ihrem neuen Schützling. »Verzeihen Sie meinem Sohn, Lady Ismay. Seine Unachtsamkeit wird nur noch von seiner Dreistigkeit übertroffen.« Doch in ihrem Tonfall lag eher Zuneigung als Kritik.

»Mir ist nichts geschehen«, sagte Ismay. »Ich hatte selbst nicht achtgegeben.«

»Sie haben eine lange Reise hinter sich. Mein Gatte ist gerade einige Tage unterwegs, und bis zu seiner Rückkehr habe ich Ihnen ein eigenes Zimmer zugedacht. Ich weiß, dass andere Kinder für Sie ungewohnt sind.«

»Danke, Milady.«

»Ich zeig's ihr, Mama«, erbot Eduard sich.

Sein Angebot erschreckte Ismay. Worüber sollte sie bloß mit ihm sprechen? Ihr würden bloß kindische und dumme Sachen einfallen.

Aber die Herzogin schüttelte den Kopf. »Der Schreiber erwartet dich. Du hast zu tun.«

Eduard grinste und küsste seiner Mutter die Hand, bevor er, zwei Stufen auf einmal nehmend, die Treppe hinaufstürmte.

Die Herzogin betrachtete Ismay, als wäre sie eine verwirrende Störung in ihrem Haushalt. Sie jagte Ismay ebenso viel Angst ein wie ihr ältester Sohn, wenn auch auf ganz andere Weise. Ismays Mutter war ganz Lachen und Musik gewesen. Herzogin Cecily von York wirkte, als sei Lachen unter ihrer Würde.

Aus dem Strom der Menschen, die durch die Halle wanderten, winkte die Herzogin einen Jungen zu sich. »Zeigst du Lady Ismay ihr Zimmer? Es liegt am gleichen Gang wie meins.«

Dieser Junge war jünger als Eduard und etwas blasser, aber eindeutig mit ihm verwandt. »Soll sie nicht bei den Mädchen wohnen?«, fragte er.

»Noch nicht. Dein Vater wird das entscheiden.« Die Herzogin wandte ihre Aufmerksamkeit wieder Ismay zu. »Ich lasse Ihnen Wasser hochbringen, damit Sie baden können. Heute werden Sie auf Ihrem Zimmer zu Abend essen. Morgen früh werde ich dann nach Ihnen schicken.«

Das mochte vielleicht klingen, als gewähre sie Ismay als Ehrengast einen großen Gefallen, aber auch wenn die Herzogin sie mit Lady Ismay ansprach, wusste Ismay doch, dass sie von den Kindern des Hauses ferngehalten werden sollte, bis der Herzog entschieden hatte, ob sie vornehm genug war, um weiterhin in seinem Haushalt zu bleiben. Dass er das Vermögen, das mit der Vormundschaft einherging, einstreichen wollte, hieß noch nicht, dass er Ismay bei sich behalten würde. Er konnte sie ebenso gut in ein Kloster schicken.

Das Klosterleben, überlegte Ismay, könnte sehr angenehm sein. Jedenfalls ruhig. Und es würde keine hochnäsigen Herzoginnen und keine hübschen Jungen geben, die ihrer Mutter das Wort im Munde umdrehten.

Sie spürte eine behutsame Berührung an der Schulter. »Ist alles in Ordnung?«

Es war der jüngere Bruder, der diese Frage stellte, viel freundlicher, als der ältere Eduard mit ihr gesprochen hatte. Als sei ihr Befinden ihm wirklich wichtig.

Ismay nickte und stellte dann fest, dass sie ihre Stimme

wieder in der Gewalt hatte. »Es ist weit von Havencross bis hierher.«

»Und du bist ganz allein gereist?« Er fragte das, ohne abwertend oder mitleidig zu klingen.

Mit gespielter Tapferkeit hob Ismay das Kinn. »Da war niemand, der mich hätte begleiten können.«

Da ist niemand mehr, wiederholte sie im Stillen. *Ich bin allein auf der Welt.*

»Aber jetzt hast du uns. Wenn du uns willst.« Sein Lächeln war nicht so atemberaubend wie das seines großen Bruders. »Ich heiße Edmund«, sagte er. »Willkommen in der Familie.«

8

Diana

September 1918

Am zweiten Samstag nach Schuljahresbeginn nutzte Diana ihren ersten freien Nachmittag, um ihre Schwesterntracht abzulegen, ihre Lederstiefel anzuziehen und ihre Motorradbrille aufzusetzen. Sie schob ihre geliebte Douglas aus dem Pferdestall und fuhr unter den bewundernden Blicken einiger Jungen, die vorne auf dem Rasen Kricket spielten, mit mehr Schwung, als nötig gewesen wäre, aus dem Hof.

Ihr Vater hatte ihr die Douglas geschenkt, nachdem Diana sich mit sechzehn Jahren auf der Enfield ihres großen Bruders versucht hatte. Um in dichtem Verkehr zurechtzukommen und enge Kurven und schnelles Bremsen zu üben, gab es kein besseres Trainingsgelände als London, und bereits wenige Wochen nach der Kriegserklärung arbeitete Diana als Botin für das Kriegsministerium. Im Dezember 1914 hatte ein Sanitätsoffizier dann beobachtet, wie Diana, damals einundzwanzig Jahre alt, auf ihrem Motorrad eine Haarnadelkurve bewältigte. Er war ihr gefolgt und hatte sie gefragt, ob sie in Frankreich einen Sanitätswagen fahren wolle.

Das war vor fast vier Jahren gewesen, aber Diana kam es vor, als wäre es viel länger her. Damals war sie fröhlich und naiv gewesen, sie hatte darauf gebrannt, sich in Abenteuer zu stürzen und Gefahren zu trotzen. Doch diese junge Frau war in Frankreich gestorben, irgendwo zwischen den Fahrten mit dem Sanitätswagen, der Ausbildung zur Krankenschwester und dem Aufbau des fortschrittlichen Lazaretts, bei dem sie 1916 mitgeholfen hatte, nur hundert Meter von der Front entfernt.

Allein auf ihrer Douglas hatte Diana das Gefühl, dass vielleicht doch nicht alle Leichtigkeit und Fröhlichkeit im Krieg geblieben waren. Und hier draußen zu fahren, unter dem unendlichen Himmel, über Flüsse und die Berge hinauf und hinunter, das musste wie Fliegen sein. Ringsherum gab es nichts als Luft und Licht, und so erreichte sie Steel Rigg, den Aussichtspunkt, von dem aus sie zum ersten Mal den Hadrianswall sah.

Sie parkte das Motorrad, nahm die Schutzbrille ab, zog die Handschuhe aus und stopfte beides in eine Packtasche. Wo genau sie sich befand, wusste sie nicht, aber es schien kein Privatgelände zu sein, denn es wurde offenbar nicht bewirtschaftet. Und zudem war sie hier in England. Niemand würde auf sie schießen, bloß weil sie über die falsche Wiese wanderte, und die Römer hatten auch keine Landminen hinterlassen.

Die alte Mauer, welche die nördlichste Grenze des Römischen Reiches markierte, passte sich dem Auf und Ab der Landschaft an. An manchen Stellen war sie so zerbröckelt, dass man sie nur noch erahnen konnte, und sie war überall mit Gras bewachsen, so, als hätte Britannien den Eindringlingen gesagt: »Baut nur eure Mauer, aber wir werden sie uns aneignen, und wir werden überdauern, auch wenn ihr längst wieder abgezogen seid.«

An einem Abschnitt der Mauer, der sich einen steilen Hügel hinaufzog, führte ein Fußweg entlang. Diana folgte ihm, bis sie einen Felsvorsprung fand, auf dem sie bequem sitzen konnte. Sie war noch nie an einem derartig stillen Ort gewesen. Die Stille war greifbar – aber keineswegs bedrückend. Stattdessen stahl sie sich in Dianas Glieder und dann auch in ihr Gemüt, bis ihr war, als hätte sie noch nie im Leben einen so tiefen Frieden empfunden. Es war richtig gewesen, dass sie sich für Havencross entschieden hatte. Sie brauchte diese Ruhe und diese Weite.

Diana saß auf dem Felsblock, bis sie steif wurde, und in der ganzen Zeit sah sie nur einen einzigen Menschen, der in der Ferne einen Hund ausführte. Gerade machte sie sich zögernd wieder auf den Weg nach unten, als sie von Westen einen Reiter näher kommen sah. Er musste sie auch gesehen haben, denn das Pferd änderte seine Richtung, und am Fuß des Hügels trafen sie aufeinander.

Joshua Murray trug an diesem ungewöhnlich warmen Tag ein offenes Hemd mit hochgekrempelten Ärmeln. Er lächelte zu ihr hinunter und sagte trocken: »Es ist gar nicht so leicht, Sie einzuholen. Ihr Motorrad ist schnell.«

»Und es braucht nicht so viel Futter und Pflege wie ein Pferd.« Trotz ihres unbekümmerten Tonfalls beäugte Diana das Tier misstrauisch. Pferde hatten in ihrem Leben bisher keine große Rolle gespielt, außer wenn sie in bestimmten Stadtteilen von London um Pferdewagen herumgekurvt war.

Mit müheloser Eleganz, die überwältigend attraktiv war, schwang Joshua sich vom Pferd. Er stockte nur ganz kurz, als sein verletztes Bein den Boden berührte. »Ich begleite Sie zum Motorrad zurück, wenn Ihnen das recht ist.«

»Das müssen Sie aber nicht.«

»Ich möchte es gern.«

In diesem Moment erinnerte Diana sich, in welchem Regiment er gedient hatte. »Sie waren doch Offizier der Kavallerie, oder?«

»Ja, bei den Northumberland Fusiliers. Das ist Familientradition. Mein Großvater war auf der Krim. Ich konnte reiten, fast, bevor ich laufen konnte.«

»Und ein Pferd hat Ihnen das Bein gebrochen.« Unter Joshuas eindringlichem Blick fielen ihr Einzelheiten aus der Zeit im Feldlazarett wieder ein.

»Eine Kugel hat mein Bein zertrümmert«, berichtigte er sie. »Dass das Pferd auf mich gestürzt ist, hat die Verletzung dann noch verkompliziert. Klingt wie ein Wortspiel.«

»Es ist bekannt, dass komplizierte Brüche schlecht heilen.« Das war bestenfalls ein mehrdeutiger Satz.

Joshua Murrays Mundwinkel zuckte. »Bemühen Sie sich gerade, diskret zu sein? Schon gut, es macht mir nichts aus, darüber zu sprechen. Mit Ihnen nicht. Es hat acht Monate gedauert, bis ich wieder ohne Krücken gehen konnte, und ein Jahr, bis ich auch keinen Stock mehr brauchte. Aber ich habe immer noch einen, für den Fall, dass ich müde werde. Die Zeit, in der ich Bergwanderungen machte, ist wohl vorbei – aber ich kann wieder reiten. Für einen Murray ist das so wichtig wie das Atmen.«

»So geht es mir mit dem Motorrad. Solange ich selbstständig wegfahren kann, unabhängig …«

»Und allein? Ich hätte Sie nicht stören sollen. Dafür möchte ich mich entschuldigen.«

»Sie stören mich nicht.« Die Worte entschlüpften Diana, bevor sie sichs versah, und ihr stieg die Hitze in die Wangen.

»Ich meine, hier draußen stören Sie mich nicht. Wo es menschenleer und still ist.«

»Ganz anders als in Frankreich«, stimmte er ihr zu.

»Sind Sie deshalb hierher zurückgekommen?«

Seine Antwort kam aus tiefstem Herzen. »Ja.«

Auf der Suche nach einem Thema, das keine Erinnerungen an den Krieg weckte, fragte Diana: »Erzählen Sie mir von der Familie Somersby. Bei meinem Einstellungsgespräch in London hat Sir Wilfred Somersby gesagt, seine Tochter sei ein Genie, aber nicht einfach. Da habe ich mich gefragt, ob das eine Warnung sein sollte, obwohl er mir die Stelle anscheinend gern geben wollte.«

»Clarissa Somersby«, sagte Joshua sinnend. »Ich kenne sie nicht gut, denn sie ist fünf Jahre jünger als ich, aber unsere Familien haben sich manchmal getroffen, bevor die Schule gegründet wurde. Bevor Thomas verschwunden ist.«

Mit einem Ruck hob Diana den Kopf. »Thomas? Wer ist Thomas?«

»Sie sind noch nicht im Dorf gewesen, oder? Thomas Somersby war Clarissas jüngerer Bruder. 1907 ist er während eines Unwetters verschwunden. Eine Leiche wurde nie gefunden. Er war sechs Jahre alt.«

Unter ihren vom Krieg verhärteten Gefühlen spürte Diana den Kummer wie einen scharfen Stich im Herzen. Sie hatte immer gefunden, dass die Soldaten, die sie gepflegt hatte, zu jung zum Sterben gewesen waren. Aber ein Sechsjähriger, der nicht einmal krank war … »Clarissa und er hatten eine enge Beziehung?«

Joshua Murray nickte. »Sie und Thomas waren die einzigen Kinder von Sir Wilfreds erster Frau. Er hat wieder geheiratet, als Thomas noch ein Baby war, und dann noch weitere Kinder bekommen. Meine Mutter hat immer gesagt, Clarissa würde sich die Schuld an Thomas' Verschwinden geben. Normalerweise verbrachte die Familie jedes Jahr ein paar Monate auf Havencross, aber nachdem ihr Bruder nicht mehr da war, weigerte Clarissa sich, das Anwesen zu verlassen. Sie hat jeden Tag nach ihm gesucht, und dann war sie ganz lange krank. Seitdem ist sie keine einzige Nacht von Havencross fort gewesen.«

»Keine einzige? Aber bestimmt –«

»Bestimmt wollte ihr Vater da eingreifen? Das hat er natürlich versucht. Doch Clarissa hat es nie an Willenskraft gefehlt. Sie war damals erst dreizehn, aber sie war die treibende Kraft hinter der Schulgründung. Ihr Vater achtete darauf, dass sie von den Lehrern, die zu ihr ins Haus kamen, bestens ausgebildet wurde, und mit zwanzig war sie bereits seine Stellvertreterin. Als ihr Vater sich 1916 entschied, zurück in den Süden zu gehen, sorgte Clarissa dafür, dass die Schule weiterbestand. Ja, sie ist eine bemerkenswerte Frau. Sie ist tatsächlich genial.«

»Genial, aber gebrochen«, flüsterte Diana.

Murray zuckte mit den Achseln. »Sind wir das heutzutage nicht alle?«

Sie waren bei Dianas Motorrad angekommen. Er hielt sich nicht weiter auf, sondern schwang sich mühelos wieder aufs Pferd und schaute auf sie hinunter. »Das alles habe ich Ihnen nicht erzählt, um Dorfklatsch zu verbreiten oder um Mitleid mit Clarissa zu wecken. Wie Jungen überall erfahren auch unsere Schüler hier solche Dinge. Daher kursieren unter ihnen seit jeher Geschichten über den Geist eines kleinen Jungen, der hier ums Leben gekommen ist. Manchmal jagen die älteren Schüler den jüngeren damit Angst ein. Der

Tod ist ja für die meisten von ihnen kein Fremdling mehr, und es ist wohl erleichternd für sie, wenn sie ihren Kummer in ungefährliche Spukgeschichten verwandeln können. Vielleicht sollten Sie das im Auge behalten, Miss Neville.«

Er hob kurz die Hand an den Kopf, fast, als würde er salutieren, und ritt davon. Diana schaute ihm nach, und auch als er schon lange nicht mehr zu sehen war, dachte sie weiter an Thomas und an die vielen verschollenen jungen Männer, von denen sie in den vergangenen vier Jahren gehört hatte.

9

Juliet

2018

Nach der Ablenkung durch Rachels interessanten Besuch beschloss Juliet, einen Stundenplan für sich aufzustellen. Das war das Problem, wenn man seit Monaten keinen Job mehr hatte. Als Lehrbeauftragte an der Uni hatte sie in den vergangenen drei Jahren zwar mit jedem neuen Semester auch einen neuen Stundenplan erhalten, aber die Grundstruktur ihres Tages war immer gleich geblieben. Früh aufstehen, Yoga, Unterrichten, Bürostunden in irgendeiner Ecke, die der Lehrstuhlinhaber ihr zugestand, Arbeiten benoten, Vorbereitung auf die Kurse am nächsten Tag, Essen mit Duncan an den Abenden, wenn er nach Hause kam, ins Bett gehen. Selbst, als die Arztbesuche sich nach und nach mit deprimierender Regelmäßigkeit in ihr Leben drängten und sogar noch nach drei Fehlgeburten in zwei Jahren hatte Juliet sich an diese Tageseinteilung geklammert.

Doch dann war sie über Monate hinweg kaum in der Lage gewesen, die Wochentage auseinanderzuhalten. Sie unterschieden sich nur durch den allwöchentlichen Besuch bei einer Therapeutin, auf dem ihre Eltern bestanden hatten. Und obwohl Juliet nur zur Therapie gegangen war, weil Widerstand zu viel Energie gekostet hätte, hatte sie doch allmählich angefangen, die verschiedenen Fäden des Alltagslebens wiederaufzunehmen. »Fangen Sie klein an«, hatte ihre Therapeutin gesagt. »Duschen Sie jeden Tag. Mehr brauchen Sie im Moment nicht zu tun.«

Auf das tägliche Duschen war das Anziehen gefolgt, und dann sollte sie bei Tageslicht ihr Zimmer verlassen, sie sollte, statt *Parks & Recreation – Das Grünflächenamt* zu gucken, ein Buch zur Hand nehmen, und statt auf dem Sofa zu liegen, sollte sie zehn Minuten Dehnübungen machen.

Das hatte offenbar so gut funktioniert, dass sie es bis hierher geschafft hatte. Und diesen Schwung wollte Juliet nicht verlieren. Sie wollte sich nicht mehr einfach treiben lassen, sondern etwas erreichen. Die schrittweise Vorgehensweise ihrer Therapeutin hatte ihr gezeigt, wie wertvoll ein Zeitplan sein konnte. Daher nahm Juliet sich vor, die Tage einzuteilen. Anfangs wollte sie siebzig Prozent ihrer Zeit dem Putzen und Ordnungmachen in den vielen Räumen auf Havencross widmen und dreißig Prozent der Recherche für ihre Doktorarbeit. Doch wenn dann im Haus alles gut lief, konnte sie nach und nach mehr Zeit auf ihr eigenes Schreiben verwenden. Und sie brauchte deswegen kein schlechtes Gewissen zu haben, denn ein großer Teil ihres Jobs bestand einfach darin, sich den Winter über auf Havencross aufzuhalten und dafür zu sorgen, dass am Gebäude nicht unbemerkt Schäden entstanden und dass keine Einbrecher die günstige Gelegenheit nutzten. Sie verlangten nicht von ihr, dass sie einen Stundenzettel schrieb.

Sie waren in diesem Fall die Anwaltskanzlei, welche die Hotelinvestoren vertrat, womit praktisch Nell Somersby-Sims gemeint war. Weil sie gerade so produktiv war, schickte

Juliet Nell eine Mail. Sie hängte eine Liste und Fotos der wertvollen Gegenstände an, deren Verkauf sich ihrer Ansicht nach lohnen würde, und stellte auch ein paar Fragen zu Heizung und Wasserversorgung.

Nach einigem Überlegen fügte sie noch eine letzte Frage hinzu: »Hast du irgendwelche Unterlagen über die früheren Besitzverhältnisse und/oder die Geschichte von Havencross?« Es war einen Versuch wert. Wahrscheinlich waren Eigentumsrechte für Anwälte nach einer gewissen Zeit nicht mehr interessant – es war ja nicht so, als würden die Bewohner des mittelalterlichen Klosters plötzlich Anspruch auf das Anwesen erheben.

Zwei Tage lang hielt Juliet sich streng an ihren Zeitplan. Sie ging früh ins Bett und stand früh auf und wirbelte dann durch die früheren Armeebüros, warf alte Papiere weg, befreite Schreibtische und Stühle von jahrzehntealtem Staub und schob sie ordentlich an die Wände. Mit jeder Stunde wurde es leichter, das Haus so zu sehen, wie es gewesen war, als eine Familie hier gelebt und geliebt hatte oder als sich dann Dutzende von Jungen zwischen den Schulstunden und den Mahlzeiten in den Fluren gedrängelt hatten.

Am Freitagnachmittag, nachdem Juliet trotz Rachels Einladung zu einem Spontanbesuch doch vorher angerufen hatte, fuhr sie mit ihrem Mietwagen über die schmale Brücke und dann weitere drei Meilen bis zur White Rose Farm. Die weiße Rose, ein weiterer Hinweis auf das fünfzehnte Jahrhundert und die Tatsache, dass der Norden Englands in den Rosenkriegen das Haus York unterstützt hatte. Solche Bezüge schienen jetzt überall aufzutauchen.

Sie parkte vor dem niedrigen Farmhaus und stieg aus. Winifred Murray öffnete selbst die Tür und begrüßte Juliet mit einer formvollendeten Höflichkeit, die sie nervös machte. Rachels Großtante musste über achtzig sein. Sie trug einen Tweedrock, eine Strickjacke und eine dezente Perlenkette. So stellte Juliet sich die Frau des Hauses in einem Landhaus um die Zeit des Zweiten Weltkrieges vor. Die würdevolle Art der alten Dame war jedoch mit echter Herzlichkeit gepaart, und es fiel Juliet überraschend leicht, mit ihr zu sprechen.

»Rachel hat mir erzählt, dass Sie in diesem Haus aufgewachsen sind?«, sagte Juliet, nachdem sie sich zum Tee in einem verwohnten, aber freundlichen Zimmer niedergelassen hatten, wo die Regale mit Büchern vollgestopft und Bücher auch auf fast jedem freien Fleckchen gestapelt waren. Natürlich brannte auch ein Feuer im Kamin, und Juliet stellte fest, dass sie sich selten in einem so behaglichen Raum aufgehalten hatte.

»Ja, auf der White Rose Farm leben schon seit Jahrhunderten Murrays. Ganz gleich, wie weit wir umherstreifen, die meisten von uns sind hier verankert.«

»Ich hoffe, Sie empfinden meine Fragen nicht als unerträglich neugierig, aber ich möchte gern mehr über den Familienstammbaum wissen. Rachel heißt ja mit Nachnamen Bennett –«

Winifred Murray ahnte schon, was Juliet fragen wollte. »Warum Rachel nicht Murray heißt? Liebes Kind, entschuldigen Sie sich bei einer alten Frau niemals für Ihre Fragen. Es gibt wenig, was ich mehr liebe, als über mich und meine Vergangenheit zu sprechen. Also: Meine Eltern hatten vier Kinder. Zwei Mädchen und einen Jungen rasch hintereinander, und fast zehn Jahre später wurde ich dann geboren. Mein Bruder Andrew ist leider am D-Day auf einem Strand in der Normandie gefallen. In den Sechzigerjahren übernahmen meine Schwester Ellice und ihr Mann Charles Bennett die Farm und übergaben sie dann später ihrem Sohn Josiah, Rachels Vater. Daher heißt Rachel zwar mit Nachnamen Bennett, aber Sie können mir glauben, sie hat die ganze Liebe der Murrays zu dieser Farm geerbt.«

»Das habe ich gemerkt«, sagte Juliet. »Es muss schön sein, wenn man so von der eigenen Geschichte umgeben ist. Die Mutter meiner Mutter war Engländerin, aber ich könnte Ihnen nicht sagen, wo meine anderen Ahnen vor dreihundert Jahren gelebt haben. Ich glaube, das ist einer der Gründe, warum Geschichte mich schon immer fasziniert hat.«

Winifred musterte sie über ihre Teetasse hinweg. »Rachel hat gesagt, Sie würden sich für Havencross und die Spanische Grippe von 1918 interessieren.«

»Ja, das stimmt. In Ihrer Jugend war Havencross noch ein Internat, ist das richtig?«

»Bis 1939. Die Schule hatte einen Weltkrieg überstanden. Niemand hatte den Mut, sie auch durch einen zweiten zu führen. Und Clarissa Somersby war damals natürlich schon lange fortgezogen.«

»Haben Sie Clarissa persönlich gekannt?«

»Sie war meine Taufpatin. Als ich jung war, hatten wir hauptsächlich brieflich Kontakt, aber nach dem Zweiten Weltkrieg habe ich häufig in London oder Paris oder Rom den Sommer mit ihr verbracht. Sie hat mir geholfen, mich auf die Universität vorzubereiten, und mir Mut gemacht, mich nicht nur als Lehrerin oder Krankenschwester zu sehen. Nicht, dass das nicht ehrenhafte Berufe wären, aber ich habe mich für Pflege und Betreuung nie geeignet. Stattdessen habe ich dann dreißig Jahre lang im Auswärtigen Amt gearbeitet.«

Winifred stemmte sich langsam aus ihrem Sessel hoch – lediglich ihre vorsichtigen Bewegungen verrieten ihr hohes Alter – und suchte etwas in den übervollen Bücherregalen. Es war jedoch kein Buch, das sie herauszog, sondern eine Schwarz-Weiß-Fotografie in einem angelaufenen Silberrahmen. Juliet, die mit der alten Dame zusammen aufgestanden war, nahm das Foto entgegen.

Sie kannte es bereits – zwei Frauen in knöchellangen Röcken saßen auf der Vordertreppe von Havencross. Eine hatte lachende Augen und die andere markante Wangenknochen und glänzendes schwarzes Haar.

»Das Foto habe ich schon auf Havencross gesehen«, sagte Juliet. »Ich habe es bei Clarissa Somersbys Sachen gefunden.«

Winifred deutete auf die dunkelhaarige Frau. »Das ist Clarissa, und das« – sie zeigte auf Clarissas lächelnde Gefährtin – »ist meine Mutter. Sie waren bis zum Ende ihrer Tage allerbeste Freundinnen.«

»Die Schulkrankenschwester«, bemerkte Juliet, denn sie erinnerte sich an das, was Rachel über Ihre Urgroßmutter erzählt hatte. »Dann sind Sie also ihre Tochter. Und deswegen haben Sie Dokumente über die Schule und die Spanische Grippe aufbewahrt.«

»So ist es. Ich habe Noah bereits gebeten, die wichtigsten Sachen vom Boden zu holen. Sie stehen im Esszimmer.«

Für eine Historikerin war der Schatz an Quellenmaterial, das auf einem über drei Meter langen Refektoriumstisch ausgebreitet war, unglaublich verlockend. Juliet musste sich zurückhalten, um nicht sofort darüber herzufallen. Sie zwang sich, stattdessen den Erklärungen der alten Dame zu lauschen.

»Hier sind die Klassenbücher der Schule für 1918, die Lebensläufe der Lehrer und des Personals, die Lagepläne der Flügel mit den Schlafräumen, in denen die Namen der Jungen mit Bleistift eingetragen sind, Kopien der Vorschriften und der Hausordnung, die Lehrpläne für die verschiedenen Jahrgänge und so weiter. Und das hier ist das Schwesterntagebuch meiner Mutter, darin finden Sie auch den November 1918.«

Juliet juckte es in den Fingern, dieses Tagebuch sofort aufzuschlagen, aber sie zwang sich, Winifred weiter zuzuhören. Gerade wandte die alte Dame sich einigen in Plastikfolie eingeschlagenen Tageszeitungen zu. »Das sind lokale Berichte aus dem letzten Kriegsherbst, viele gute Hintergrundinformationen über den häuslichen Alltag und das Leben auf den Farmen damals hier in der Gegend und außerdem natürlich immer die neuesten Nachrichten über die Grippe. Und die Listen der Todesfälle, aufgeschlüsselt nach Orten und Wochen.«

»Perfekt«, sagte Juliet. »Haben Sie etwas dagegen, wenn ich mal für eine Woche oder so zum Recherchieren herkomme?«

Winifred Murray lachte. »Der Versuch, hier im Haus zu arbeiten, wäre Zeitverschwendung, denn hier springen drei lebhafte Jungs herum. Sind Sie mit dem Auto gekommen? Dann soll Noah Ihnen helfen, die Kartons einzuladen. Behalten Sie die Dokumente gern, so lange Sie möchten.«

Winifred Murray verließ kurz den Raum, um Noah zu rufen – Juliet nahm an, dass er einer von Rachels Söhnen war. Sie strich mit den Fingern leicht über die auf dem Tisch ausgebreiteten Schätze.

Als Mrs Murray zurückkam, deutete Juliet auf ein altes Fotoalbum. »Und was ist das?« Die alte Dame bedeutete ihr mit einem Nicken, es zu öffnen. Zu ihrer Überraschung fand Juliet darin nicht Fotografien, sondern Zeitungsausschnitte.

HIESIGER JUNGE IM UNWETTER VERMISST

DUTZENDE DURCHKÄMMEN DIE GEGEND
NACH VERMISSTEM KIND

SIR WILFRED SOMERSBY SETZT BELOHNUNG
FÜR HINWEISE AUF SEINEN SOHN AUS

SCHUH AM FLUSSUFER GEFUNDEN –
THOMAS SOMERSBY VERMUTLICH ERTRUNKEN

Juliet betrachtete die Jahreszahlen – 1907. Wenn sie sich richtig erinnerte, war Sir Wilfred der Vater von Clarissa Somersby gewesen, folglich musste der vermisste Junge ihr Bruder gewesen sein. Das war in den wenigen Geschichten, die ihre Mutter erzählt hatte, nicht vorgekommen. »Stammen daher die Geschichten, dass es auf Havencross spukt?«, fragte sie.

»Nein, nein, das Gespenst wurde schon lange Zeit vor Thomas' Tod immer wieder mal gesehen. Ich glaube, irgendwo existiert auch eine Monografie, in der versucht wird, alle diese Geistererscheinungen zusammenzutragen, aber so aus dem Stand kann ich nicht sagen, wo das Buch ist. Ich halte die Augen offen. Aber nein, die Geschichte von dem verschollenen Jungen –« Winifred Murray sprach die Worte mit besonderer Betonung aus – »geht Jahrhunderte zurück. Vielleicht ganz bis zu den Rosenkriegen.«

»Das hat Rachel auch erwähnt. Aber sie hat sicherlich nichts mit Richard III. und seinen im Tower verschwundenen Neffen zu tun, oder doch?«

Mrs Murray zuckte mit den Schultern. »Wer weiß? Es hat nie eine glaubwürdige Erklärung für ihr Verschwinden gegeben. Der Norden war stets das Machtzentrum Richards III. Wer kann sagen, ob die beiden Jungen nicht nach Havencross gebracht wurden? Vielleicht wurden sie hier in aller Stille umgebracht, vielleicht war Havencross auch bloß eine Zwischenstation, und man hat sie von hier aus später aus dem Land geschmuggelt?«

Juliet glaubte das nicht – oder jedenfalls glaubte sie nicht, dass man solche Theorien jemals beweisen könnte. Es waren bloß weitere Vermutungen in einer langen Reihe von jahrhundertealten Gerüchten und Legenden. Außerdem war der Geist, der angeblich auf Havencross umging, ein einzelner Junge, niemand hatte bisher zwei Brüder gesehen.

Mrs Murray richtete sich neben Juliet auf und sagte: »Wenn Sie mehr über das Gespenst wissen wollen, sollten Sie Noah fragen. Er hat eine eigene Geschichte damit. Und da kommt er schon. Wir packen diese Papiere zusammen, und er wird sie in Ihren Wagen laden.«

Juliet wandte sich um und wollte den Eingetretenen mit einem freundlichen Lächeln begrüßen. Doch Noah konnte unmöglich Rachels Sohn sein. Vielleicht ihr Bruder? Er war in dem unbestimmbaren Alter zwischen Mitte zwanzig und

Mitte dreißig, sein Haar war unauffällig hellbraun, und bevor sie sich von ihrer Überraschung erholt hatte, trat er rasch auf sie zu und streckte die Hand aus.

»Noah Bennett. Furchtbar nett von Ihnen, dass Sie Tante Winnie für uns unterhalten.« Doch es war eine gut gelaunte Neckerei, und Mrs Murray verdrehte bloß die Augen, so, als habe sie einen Teenager vor sich.

»Das Vergnügen ist ganz auf meiner Seite«, erwiderte Juliet, während sie sich innerlich krümmte, weil das so förmlich klang. »Ich meine, ich interessiere mich wirklich sehr für das alles hier. Für Havencross. Und an den langen Winterabenden brauche ich eine Beschäftigung.«

Sie plapperte los wie ein kleines Dummerchen. Duncan hatte immer gesagt, sie solle darauf achten, wie sie sich in professionellen Settings präsentierte. Das hier war natürlich nicht beruflich, aber es war auch nicht privat. Was war es denn eigentlich?

Aus der Nähe sah sie, dass Noah Bennett braungrüne Augen hatte und dazu die langen Wimpern, um die Frauen Männer immer beneideten. Immerhin war er so höflich, ihre Verlegenheit einfach zu übersehen. Er schüttelte ihr die Hand und half dann seiner Großtante, die Dokumente einzupacken.

Nachdem sie alles sicher in Kartons verstaut hatten und Juliet sich von der alten Dame verabschiedet hatte, führte sie Noah zu ihrem Wagen. Er packte drei Kartons auf den Rücksitz. »Sind Sie sicher, dass ich nicht hinter Ihnen herfahren und beim Ausladen helfen soll?«

»Wenn ich mit drei Kartons nicht zurechtkäme, hätte man mir lieber nicht die Betreuung von Havencross überlassen sollen«, erwiderte sie trocken.

»Sie wissen ja, dass Sie jederzeit auf der Farm anrufen können, falls Sie … irgendetwas brauchen. Meine Schwester haben Sie schon kennengelernt. Rachels Energie würde reichen, um ein kleines Kraftwerk zu versorgen. Und ich glaube, meine Nummer haben Sie auch.«

»Ich glaube, nicht –«

»Sie müsste bei den Infos sein, die das Anwaltsbüro für Sie hinterlegt haben. Meine Vermessungsfirma hatte gerade auf Havencross zu tun, als die Investoren das Anwesen besichtigten. Daher steht meine Nummer jetzt hinter: ›Im Fall von Feuer, Überschwemmung und so weiter kontaktieren Sie bitte‹.«

»Ach so.«

Er zögerte und stützte sich mit einem Arm am Rückfenster des Wagens ab. »Ja, und die Leute hielten es für eine gute Idee, wenn ich jede Woche oder so mal vorbeischauen und alles checken würde. Heizung, sanitäre Anlagen, Sie wissen schon. Problemen vorbeugen. Ich lebe eigentlich in Newcastle, aber weil ich an diesem Wochenende ohnehin zu Hause zu Besuch bin, könnte ich gleich morgen vorbeikommen, passt Ihnen das?«

Juliet konnte sich nicht an wöchentliche Überprüfungen seitens einer Vermessungsfirma erinnern. War es möglich, dass Noah Bennett sie einfach wiedersehen wollte? »Ja, selbstverständlich. Jederzeit.«

Er klopfte leicht auf ihr Wagendach, als würde er eine ganze Busladung Kinder verabschieden, und sagte: »Also dann um eins. Bis morgen.«

Gespenster, ging es Juliet durch den Kopf, als sie die White Rose Farm hinter sich ließ. *Ich hatte Gespenster erwartet*, sinnierte sie, *und die Spanische Grippe. Und Clarissa Somersby.*

Sie lächelte. *Jedenfalls habe ich nicht damit gerechnet, dass ich einem Mann mit schönen Augen und einem sexy Akzent begegnen würde, in dessen Nähe ich fast vergesse, dass ich geglaubt habe, mein Leben wäre vorbei.*

10

Diana

Oktober 1918

Die Streiche begannen Mitte Oktober, oder jedenfalls fielen sie Diana von da an auf. Anfangs dachte sie, sie wäre einfach zerstreut, wenn sie ihren Füllhalter nicht finden konnte und abends dann entdeckte, dass er gefährlich auf dem Rand des Waschbeckens im Badezimmer balancierte. Und schließlich war es auch nicht so abwegig, die Akte für McArdle, James, unter A statt unter M einzuordnen. Als Diana feststellte, dass ihr Tablett auf dem Schreibtisch stand und die Teetasse heruntergefallen und auf dem Boden zerschellt war, vermutete sie, einer der Jungen hätte nach ihr gesucht und wäre, nachdem er die Tasse unabsichtlich zerbrochen hatte, vom Tatort geflüchtet.

Tinte strömte über ihr Notizbuch, Nachrichten erreichten sie nicht, sodass sie Konferenzen verpasste, und selbst ein langer Riss in ihrem Lieblingsrock – alles das war zwar ärgerlich, aber nicht unerklärlich.

Doch als es mitten in der Nacht an ihrer Tür zu klopfen begann, war Diana klar, dass sie etwas unternehmen musste. Nicht, dass sie überrascht gewesen wäre. Sie war mit einem Bruder aufgewachsen und wusste, dass neunzig Jungen unter einem großen Dach ein bestimmtes Quantum an Übermut und Streichen mit sich brachten. Außerdem wusste sie, wie schnell in einer solchen Umgebung Dinge außer Kontrolle geraten konnten.

Sie sprach das Thema in der allwöchentlichen Konferenz an, die immer sonntagsabends stattfand, während die Jungen einen Abendgottesdienst besuchten, der von einem Geistlichen aus der Gegend im Speisesaal abgehalten wurde. Bei dieser Konferenz waren alle anwesend, die auf Havencross arbeiteten und auch wohnten: fünfzehn Lehrer, Mrs McCann, die Köchin, Beth Willis als Protokollantin, Diana selbst und Clarissa Somersby. Clarissa hatte zwar den Vorsitz, aber sie war keine diktatorische Schulleiterin. Sie war hocheffizient: Jedes Mal gab es eine getippte Tagesordnung, die von Beth verteilt wurde und nie länger war als eine Seite, und bisher hatte keine dieser Besprechungen mehr als eine Stunde gedauert. Heute standen die bevorstehenden Herbstferien auf dem Programm samt den Aktivitäten für die Schüler, die nicht nach Hause fahren würden. Außerdem berichteten die sechs Lehrer, die die Flügel mit den Schlafräumen betreuten, über das Verhalten der Schüler, und dann wurden weitere schulische Fragen besprochen, um die sich Joshua Murray als Clarissas neu ernannter Stellvertreter kümmerte. Der letzte Punkt war wie immer Dianas Wochenbericht über die Besucher der Krankenstation.

Weil Diana als Letzte an der Reihe war, ging sie von ihren Krankenberichten direkt zu dem nächtlichen Klopfen an ihrer Zimmertür über. Sie hatte es in drei der vier vergangenen Nächte gehört, und nach ihrer Frage, ob es weitere Opfer dieser Bubenstreiche gab, sah sie sich erwartungsvoll in der Runde um.

Schweigen.

Diana wartete darauf, dass Clarissa das Heft in die Hand nahm, aber die Direktorin wirkte selbst für ihre Verhältnisse ungewöhnlich abwesend. Daher zuckte Diana im Geiste mit den Achseln und stellte ihre Frage direkt an die für die Schlafräume zuständigen Lehrer. »Hat einer von Ihnen einen oder mehrere Jungen bemerkt, die nach dem Löschen des Lichts noch im Haus unterwegs waren?«

Sie musste diese Frage stellen, auch wenn sie sich ziemlich sicher war, dass die verantwortlichen Lehrer das längst erwähnt hätten.

Natürlich verneinten alle sechs.

Luther Weston, der Latein und Griechisch unterrichtete, stellte Diana eine Gegenfrage: »Sind Sie ganz sicher, dass Sie nicht …« Er zögerte bedeutungsvoll. »Dass Sie nicht geträumt haben?«

Die Arroganz, mit der er sprach, konnte man nicht erlernen, sondern nur erben. Diana war klar, dass alle in der Runde seine eigentliche Frage verstanden hatten: Sind Sie ganz sicher, dass Sie sich das Klopfen nicht eingebildet haben?

»Wenn es nur einmal vorgekommen wäre, hätte es vielleicht ein Traum sein können. Aber ich habe es in drei Nächten gehört.«

»Es wäre uns allen äußerst schwergefallen, einen Jungen auf verbotenen Wegen zu übersehen oder zu überhören.« Ohne seine aufgesetzte Höflichkeit und das herablassende Lächeln wären Westons Worte weniger kränkend gewesen. »Wir verstehen unsere Arbeit.«

Meine Kleine, hätte er noch hinzufügen können.

Scheißkerl, gab Diana im Stillen zurück. Bei der Pflege verwundeter Soldaten erweiterte man mühelos den eigenen Wortschatz.

Joshua Murray griff ein. »Wir alle verstehen unsere Arbeit gut genug, um zu wissen, wie erfinderisch die Schüler sein können, wenn sie Unfug treiben wollen. Dieses Haus ist alt. Sie springen sicherlich nicht bei jedem Knarren aus dem Bett, um der Ursache nachzugehen, Mr Weston, denn dann würden Sie keinen Schlaf bekommen. Daher kann man wohl annehmen, dass einige ältere Jungen die schnellsten und leisesten Methoden herausgefunden haben, um unbemerkt dorthin zu gelangen, wo sie hinwollen.«

Und dann gleich wieder zu verschwinden, hätte Diana beinahe hinzugefügt. Das fand sie an der ganzen Geschichte am schlimmsten – gleichgültig, wie schnell sie, wenn sie das Klopfen gehört hatte, ihre Zimmertür aufriss –, im Flur war niemand mehr zu sehen. Konnte der Übeltäter wirklich hören, wie sie auf bloßen Füßen über den Boden zur Tür tappte?

Die Alternative – dass die Person irgendwie in ihr Zimmer hineinschauen konnte – fand Diana sogar noch erschreckender.

Beth Willis legte ihren Stift hin und räusperte sich. »Wenn Sie möchten …«, begann sie ein wenig zögernd, weil sie bei diesen Besprechungen nur selten das Wort ergriff, »kann ich meine Söhne fragen, ob irgendwelche Gerüchte umgehen.«

»Das könnten wir auch selbst tun«, sagte Weston verächtlich. Mit jedem Mal, das er den Mund aufmachte, fand Diana ihn widerlicher.

Genau so, wie Beth Willis ihr noch sympathischer wurde, als sie jetzt entgegnete: »Nichts für ungut, Mr Weston, aber ich glaube, meine Jungs haben vor mir mehr Respekt als vor Ihnen. Falls es irgendwelche Geschichten über nächtliche Streiche gibt, erfahre ich die vermutlich schneller als Sie.«

Nachdem sie wie eine Sphinx geschwiegen hatte, übernahm Clarissa nun wieder den Vorsitz. »Schön, vielen Dank, Mrs Willis. Ich halte es für das Beste, wenn wir für die nächste Woche nächtliche Rundgänge ansetzen – zu jeder vollen Stunde. Sicherlich haben Sie nichts dagegen, das für die kommende Nacht zu übernehmen, Mr Weston.«

»Reine Zeitverschwendung«, murrte er, aber so leise, dass Clarissa nicht fragen konnte: »Was haben Sie gerade gesagt, Mr Weston?«

Es gab so wenig freie Lehrerstellen in England, dass Weston sich eine Kündigung nicht leisten konnte. Daher setzte er eine neutrale Miene auf und sagte: »Ich habe durchaus nichts dagegen.«

Als alle ihre Stühle zurückstießen und ihre Notizbücher und Kalender an sich nahmen, näherte Joshua Murray sich Diana unauffällig und fragte ganz leise: »Können wir uns unter vier Augen sprechen?«

Genau in diesem Moment sagte Clarissa laut: »Miss Neville, bitte bleiben Sie noch hier. Ich möchte kurz mit Ihnen sprechen.«

Diana schnitt Murray rasch eine Grimasse, ohne dass Clarissa es sehen konnte, und er lächelte. »Später«, sagte er unhörbar und folgte den anderen aus dem Raum.

Als Clarissa sie nicht einlud, sich wieder zu setzen, überlegte Diana, ob sie jetzt gefeuert werden würde. Oder zumindest getadelt, weil sie im Kollegium Unruhe geschürt hatte. Vielleicht glaubte die Schulleiterin ja ebenfalls, dass Diana sich das Klopfen bloß einbildete.

»Ich gehe davon aus, Miss Neville, dass Sie hier in der Schule nicht trinken?«

Schlimmer noch ... Clarissa glaubte, dass sie sich das Klopfen *in betrunkenem Zustand* einbildete.

»Ich trinke nicht.«

Clarissas Gesicht hellte sich auf. Sie lächelte beinahe. »Sie brauchen mich nicht so misstrauisch anzusehen, Diana. Darf ich Sie so nennen?«

»Selbstverständlich.«

»Wie alt sind Sie?«

Haben Sie nicht mal meine Bewerbung gelesen?, dachte Diana. Das hieß, dass Clarissa dem Urteil ihres Vaters blind vertraute. »Ich bin fünfundzwanzig.«

Es kam nicht oft vor, dass Diana nur so kurze Sätze von sich gab, aber das hier fühlte sich beinahe an, als müsse sie vor der Oberschwester wegen einer geringfügigen Regelverletzung Rede und Antwort stehen. Fast hätte Diana ihre Schwesterntracht überprüft und strammgestanden.

»Und ich bin vierundzwanzig. Ich hatte eigentlich nie Kontakt zu Gleichaltrigen«, fuhr Clarissa fast sinnend fort. »Da ich von Hauslehrern unterrichtet wurde, waren die viel jüngeren Geschwister meine einzigen Gefährten. Ich frage mich seit jeher, wie es wäre, wenn ich mich mit einem Menschen richtig unterhalten könnte. Mit jemandem, den ich nicht bezahle.«

»Aber Sie bezahlen mich doch.«

Clarissa seufzte. »Ja, aber eine Krankenschwester ist nicht das Gleiche wie eine Sekretärin. Sie haben Ihren eigenen ... Bereich. Eine besondere Position. Und bestimmt haben Sie eine Menge Stellenangebote erhalten. Sie sind mir nicht so verpflichtet wie andere. Wäre es Ihnen recht, mich Clarissa zu nennen? Und könnten wir uns vielleicht duzen?«

Ihre Verlegenheit führte Diana unmittelbar vor Augen, wie wenig gesellschaftlichen Umgang Clarissa Somersby gehabt hatte. Aber in dieser Verlegenheit lag eine Unschuld, die ihr zu Herzen ging. »Wenn Sie – wenn du das möchtest.«

»Ja, sehr gern.«

Als sie wieder schwiegen – Clarissa war Meisterin im Schweigen –, zog Diana die Brauen zusammen. Sie versuchte, die Atmosphäre zu deuten. »Wolltest – du sonst noch etwas besprechen?«

Clarissa spielte mit einem Stift. Mit gesenktem Blick fragte sie: »Hast du irgendetwas gesehen, Diana? Irgendetwas, das dir … unnatürlich vorkam? Licht? Oder Bewegungen?«

Diana blinzelte. »Möchtest du wissen, ob ich ein Gespenst gesehen habe?«

»Hast du eins gesehen?«

Clarissa fragte das so erwartungsvoll, dass es Diana fast leidtat, verneinen zu müssen.

»Und dein Gesicht verrät, dass du damit auch nicht rechnest. Du glaubst nicht an Gespenster.«

Diana wählte ihre Worte sorgfältig. »Clarissa, wenn mir jemals die Geister der Verdammten hätten erscheinen sollen, dann hätte ich sie schon in Frankreich gesehen.«

Mit eigenartiger Enttäuschung im Blick antwortete Clarissa: »Dass jemand verschollen ist, heißt noch nicht, dass er verdammt ist.«

Ach so, dachte Diana schuldbewusst, *Clarissa erinnert sich gerade an ihren kleinen Bruder, der verschwunden ist und nie gefunden wurde.* »Ich hab nicht gemeint –«, setzte sie an.

Clarissa winkte ab und zog sich ohne ein weiteres Wort hinter ihren Schutzschild der Schulleiterin zurück. »Wie auch immer. Unser Hauptaugenmerk gilt den Jungen. Ob sie dich ärgern wollen oder ob sonst noch etwas dahintersteckt, müssen wir herausfinden und dieses Verhalten unterbinden. Der Krieg nähert sich dem Ende. Die meisten unserer Schüler haben bereits sehr viel verloren. Wir müssen dafür sorgen, dass sie an Körper und Geist gesund bleiben.«

Solche Sätze waren für eine Schulleiterin so typisch, dass Diana überlegte, ob Clarissa sie in irgendeinem Buch gelesen hatte. Sie verließ den Raum nachdenklich und mit dem Eindruck, dass an dieser Schule und unter den Bewohnern von Havencross mehr vor sich ging, als naive Beobachter wahrnahmen.

Das hieß aber nicht, dass hier Gespenster ihr Unwesen trieben.

Diana hatte vergessen, dass Joshua Murray noch mit ihr sprechen wollte. Nun lehnte er an der Balustrade, und fast wäre sie in ihn hineingelaufen.

»Fürchten Sie nicht, das Gleichgewicht zu verlieren?«, fragte sie, denn bis auf die Steinplatten unten in der Halle war es ein tiefer Sturz.

»Nach Frankreich? Da spielen alltägliche Befürchtungen doch keine Rolle mehr, oder?«

Nein, alltägliche Befürchtungen nicht. Doch das bedeutete nicht, dass Diana durch ihre Erlebnisse in Frankreich furchtlos geworden war. In Frankreich waren ihre Ängste lediglich zu einer alles umfassenden Todesangst gebündelt worden. *Das Heulen der Granate, das Krachen der Explosion, das erdrückende Gewicht von Holz und Erde und Steinen, sie konnte nichts sehen, sie konnte sich nicht bewegen, sie konnte nicht atmen ...*

Zum Glück war es eine Angst, der sie leicht zu begegnen vermochte: Sie durfte sich nicht in engen, umschlossenen Räumen aufhalten.

Genau in diesem Moment erklärte Joshua Murray: »Ich habe eine Idee. Das nächtliche Klopfen an Ihrer Tür könnte mit Tunneln zusammenhängen. Mit Geheimgängen. Auf Havencross gibt es beides.«

Ach ja, dachte Diana müde. Natürlich.

Da sie sich nicht vor den Augen neugieriger Schuljungen in die Erkundungen stürzen konnten, musste Joshua sich vorerst mit Beschreibungen und Zeichnungen zufriedengeben. Das war Diana nur recht.

Auf ihre logische Frage: »Woher wissen Sie das?«, hatte er eine ebenso logische Antwort gegeben: »Die Murrays sind seit den Anfängen mit diesem Haus verbunden. Mein Urgroßvater hat beim Bau geholfen, und meine Großmutter war hier vierzig Jahre lang Haushälterin.«

Ihre zweite und dritte logische Frage stellte Diana nicht: *Wusste Clarissa nichts von diesen Geheimgängen? Und wenn doch, warum hatte sie die Gänge nicht als mögliche Erklärung für das spurlose Verschwinden der nächtlichen Klopfgeister erwähnt?*

Sie hatten sich in Dianas Sprechzimmer zurückgezogen, weil sie dort einerseits unter sich waren, es andererseits aber eine öffentlich zugängliche Räumlichkeit und als Treffpunkt daher unverfänglich war. Auch das hatte Diana in Frankreich gelernt – sich als eine der wenigen Frauen in einem Heer von Soldaten zu behaupten, ohne Missfallen zu erregen. Joshua versuchte, jedes Stockwerk des Hauses auf einem eigenen Blatt Papier zu skizzieren, aber es gab so viele Flügel und Asymmetrien und Türme, dass er keine ordentlichen Grundrisse zustande brachte. Er stand vor der Untersuchungsliege, auf der er die Papierbögen verteilt hatte, und tat sein Bestes.

»Schauen Sie mal.« Er nahm seine Zeichnung vom Erdgeschoss mit der Eingangshalle, von der auf der einen Seite der Speisesaal und auf der anderen ein weiterer Raum abging. Auf diesen deutete Murray nun. »Das ist der frühere Salon. Ich weiß, dass es von dort aus einen Gang zum Musikzimmer im Stockwerk darüber gibt. Gideon Somersby, der das Haus gebaut hat, war offenbar daran gelegen, dass er ins Erdgeschoss gehen und es wieder verlassen konnte, ohne die Haupttreppe benutzen zu müssen. Er tauchte dann ohne Vorankündigung plötzlich zwischen den Gästen auf. Es heißt sogar, er habe auf diese Weise entdeckt, dass seine Frau ihn mit einem Geiger betrog.«

»Aber mein Zimmer ist doch weit weg von diesen Räumen. Außerdem gehört der frühere Salon zum privaten Teil des Hauses. Soweit ich weiß, schließt Clarissa die Türen dazu immer ab, um sich vor neugierigen Jungen zu schützen. Und vermutlich auch vor ihren Streichen.«

»Das ist nicht der einzige Geheimgang. Entweder litt Gideon Somersby unter Verfolgungswahn, oder er hatte einen verqueren Sinn für Humor. Ich weiß noch von zwei anderen Gängen, hier nämlich und hier.« Joshua deutete auf zwei verschiedene Stellen auf einem weiteren fragmentarischen Grundriss.

Diana beugte sich über die Liege und versuchte, sich zu orientieren. »Das ist die Küche«, sagte sie und zeigte auf den ersten Gang.

»Dieser Gang ist nicht so spannend – es ist einfach ein überdachter Weg von der Waschküche zu den Vorratsräumen draußen. Der andere hier ist wichtiger.«

»Auf dem Flur liegen die Zimmer der Lehrer, oder?«

Joshua nickte. »Und der Eingang ist ganz am Ende. Hinter einem der Wäscheschränke. Es ist der einzige Geheimgang, in dem ich drin gewesen bin. Clarissa selbst hat ihn mir gezeigt, als ich einmal meine Großmutter hier besucht habe. Ich war – vielleicht dreizehn? Clarissa war also noch ein kleines Mädchen. Dieser Gang führt an der Außenmauer des Gebäudes entlang und dann ein Stockwerk hinauf und bis in den alten Gesindetrakt.«

Damit war die Frage, ob Clarissa von den Geheimgängen wusste, beantwortet. Aber es machte die Tatsache, dass sie bei der Konferenz nichts davon gesagt hatte, noch rätselhafter.

»Das Problem ist«, fuhr Joshua fort, »ich bin ziemlich sicher, dass dieser dritte Gang mit Brettern versperrt ist. Jedenfalls war er das, als ich das erste Jahr hier unterrichtet habe. Und die Jungen würden einigen Mut brauchen, um durch einen ganzen Flur mit Lehrerzimmern zu laufen, selbst zu nachtschlafender Zeit.«

»Das eigentliche Problem ist, dass diese Gänge anscheinend alle im Haupthaus beginnen und enden«, erklärte Diana. »Das ist logisch, wenn Gideon Somersby sie bauen ließ. Verborgene Gänge im ältesten Teil von Havencross anzulegen, wo mein Schlafzimmer ist, wäre viel mehr Arbeit gewesen – und warum hätte er sich diese Mühe machen sollen? Er hatte doch genug Platz, um ganz nach seinen Wünschen bauen zu lassen.«

»Das ist richtig. Wir haben also noch nicht geklärt, wie

die Jungen zu Ihrem Zimmer gelangen, aber das finden wir heraus.«

Und wenn es nicht die Jungen sind? Diana wagte nicht, diese Frage laut zu stellen. Dafür kannte sie Joshua Murray noch nicht gut genug. Sie hatte Clarissa zwar ehrlich geantwortet, als diese nach ihrem Glauben an Gespenster gefragt hatte, ein Detail allerdings hatte sie sowohl den anderen Lehrern als auch der Direktorin verschwiegen. Ein nahezu unbedeutendes Detail.

Die Schritte, die sich auf dem Flur entfernten, während sie zu ihrer Zimmertür stürzte, klangen nicht wie das leise Flüstern bloßer Füße oder das Flappen von Jungenpantoffeln, sondern eher wie die Schritte einer Frau.

Vor allem aber meinte Diana, jedes Mal ein leises Rascheln wie von Röcken zu hören.

Das hatte Diana bei ihren Schilderungen weggelassen, denn es auszusprechen wäre praktisch einer Anklage gleichgekommen – gegen die friedfertige Mrs McCann, gegen Beth Willis oder gegen Clarissa Somersby selbst. Gegen Clarissa, die so still dagesessen hatte, als Diana die geheimnisvollen Klopfgeräusche beschrieben hatte. Die aber auch angeordnet hatte, dass jemand stündlich vor den Schlafräumen der Schüler Wache ging. Oder wollte sie damit nur die Aufmerksamkeit von sich ablenken?

Doch warum sollte Clarissa Somersby mitten in der Nacht in ihrem eigenen Haus herumspuken, nur um Diana zu ärgern? Und was war mit den anderen Streichen – den fehlenden oder an anderer Stelle wiederaufgetauchten Gegenständen, der zerschellten Teetasse? Das alles schien keinen anderen Sinn zu haben, als Diana zu zermürben.

Oder ihr Angst einzujagen. So viel Angst, dass sie Havencross verließ? Aber Clarissa war doch die Schulleiterin. Falls sie Diana loswerden wollte, brauchte sie ihr bloß zu kündigen.

Diana wurde bewusst, dass Joshua Murray schwieg – seinem skeptischen Gesicht nach zu urteilen schon seit einer Weile. Sie schüttelte den Kopf, als wolle sie sich selbst aufwecken. »Entschuldigung. Ich glaube, es ist nicht falsch, dass diese Gänge für die Schüler verlockend sein könnten, falls sie davon erfahren. Und gefährlich. Das sollten wir im Auge behalten.«

Murray hatte seine verschiedenen Grundrisszeichnungen zu einem ordentlichen Stapel zusammengeschoben, den er nun auf Dianas Schreibtisch legte. »Keine Sorge. Weston wird heute Nacht nicht der Einzige sein, der Wache schiebt, denn ich werde ebenfalls nach Unruhestiftern Ausschau halten.« Nach kurzem Zögern fragte er: »Sie können Ihre Tür abschließen, oder?«

»Ja, aber … ich wollte hier nicht so einen Wirbel machen. Die Sache ist unangenehm, jedoch nicht beängstigend. Wie Sie schon sagten, nach Frankreich liegt die Latte für Angst sehr hoch.«

»Sie könnten aus dem alten Gebäudeteil ausziehen. Vielleicht etwas näher zu Mrs Willis.«

Allein der Gedanke, ihr privates Adlernest mit dem weiten Blick und der stillen Einsamkeit zu verlassen, verursachte Diana Gänsehaut. Nicht, dass sie im Haupthaus nicht genügend Privatsphäre haben würde – an Platz mangelte es auf Havencross wahrlich nicht –, aber Diana fühlte sich dort am sichersten, wo sie am weitesten sehen konnte.

Mit einem Lachen sagte sie: »Dann wüsste der unbekannte Übeltäter gleich, dass er mir Angst eingejagt hat.

Das wäre meiner Autorität hier nicht gerade förderlich. Machen Sie sich um mich keine Sorgen. Solange es nur auf der anderen Seite der Tür klopft, ist das kein Problem für mich.«

Sie hätte es wirklich besser wissen sollen, als so etwas zu äußern.

11

Diana

Oktober 1918

Man hätte erwarten sollen, dass diese merkwürdigen Vorkommnisse Diana einen unruhigen Schlaf beschert hätten. Doch schon in der ersten Woche in Frankreich hatte sie sich die Fähigkeit angeeignet, immer und überall einzuschlafen, sobald sie die Möglichkeit dazu hatte. Und bisher hatte Havencross dem ersten Teil seines Namens alle Ehre gemacht – es war ein sicherer Hafen für sie, und seit ihrer Ankunft schlief sie so tief und fest wie seit ihrer Kindheit nicht mehr, geborgen an diesem Zufluchtsort im Norden. Daher fand sie es umso verstörender, dass sie neuerdings mitten in der Nacht aus dem Schlaf gerissen wurde.

In dieser Nacht wurde Diana jedoch nicht von Klopfgeräuschen geweckt, sondern von der Kälte. Sie tauchte aus einem Traum auf, in dem Joshua Murray sie auf einem Pferd reiten ließ, und stellte fest, dass der Hochzeitsquilt ihrer Großmutter auf den Boden gerutscht war. Als sie sich in der Hoffnung, sie könnte ihn wieder hochziehen, ohne das Bett zu verlassen, nach unten beugte, wurden ihr plötzlich auch die übrigen Decken weggerissen.

Ohne nachzudenken, schoss Diana aus dem Bett, sprang

aber gleich wieder zurück auf die Matratze. Was war, wenn jemand sie genauso packen würde wie eben die Decken? Aber wer?

»Wer ist da?«, fragte Diana und knipste die Nachttischlampe an. Doch außer ihr war niemand im Raum.

Natürlich war niemand da. Schließlich hatte sie die Tür abgeschlossen.

Sie stand auf ihrem Bett, atmete schwerer, als ihr lieb war, und sagte laut: »Das ist doch lachhaft.«

Das machte ihr Mut, wieder hinunterzusteigen, in ihren wollenen Morgenrock und die Pantoffeln zu schlüpfen, die Tür aufzuschließen und in den Flügel mit den Schlafräumen der Schüler zu marschieren, so, als wäre sie zuversichtlich, dass sie dort die Lösung dieses Rätsels finden würde.

»Miss Neville.«

Verdammt. Der erste Mensch, auf den sie traf, musste natürlich Luther Weston sein. Sogar seine Taschenlampe wirkte unverschämt, als er den Lichtstrahl an Diana auf und ab wandern ließ.

»Falls Sie Murray suchen –«, sagte er gedehnt.

»Liegen alle in ihren Betten?«

»Abgesehen von Ihnen?«

Bevor Diana die Beherrschung verlieren konnte, schaltete jemand das Licht im Flur ein. Sie wandte sich um und sah Joshua, der einem Jungen die Hand auf die Schulter gelegt hatte.

Es war ein kleiner Junge. Austin Willis, Beths neunjähriger Sohn, hatte das verkniffene Gesicht eines Kindes, das sich bemüht, seine Angst nicht zu zeigen. Er zitterte unter dem Gewicht von Joshuas Hand.

»Guten Abend, Austin«, sagte Diana und legte dabei die

für Krankenschwestern typische Mischung aus Freundlichkeit und forscher Sachlichkeit in ihre Stimme. »Fühlst du dich krank?«

»Nein, Miss Neville. Oder –«

»Warum bist du nicht im Bett?«, brüllte Weston den Jungen an.

»Oder besser gesagt: Warum haben *Sie* nicht gemerkt, dass das Kind nicht im Bett ist?«, brüllte Joshua Murray zurück.

»Für die Schlafräume sind Sie nicht zuständig, Mr Murray. Sie haben hier nichts zu suchen.«

»Nur gut, dass ich gerade hier war, wer weiß, wo der kleine Willis sonst noch herumgestromert wäre.«

Für Hahnenkämpfe konnte Diana jetzt keine Geduld aufbringen. Sie streckte Austin die Hand hin und sagte: »Komm mit mir in die Krankenstube. Ich möchte gern sehen, ob dir auch wirklich nichts fehlt.«

Dankbar ergriff der Junge ihre Hand. Sie ließen die wutschnaubenden Lehrer zurück, die sich nun nach Belieben weiterstreiten oder aber zurückziehen konnten. Diana bedrängte Austin nicht mit Fragen. Als sie in ihrem sanft beleuchteten Sprechzimmer angelangt waren, setzte sie ihn nicht auf die Untersuchungsliege, sondern in ihren weichen Sessel. Sie hatte nicht den Eindruck, dass er krank war, und sie wollte ihn auf keinen Fall noch mehr verängstigen.

»Möchtest du mir erzählen, warum du aus dem Bett aufgestanden bist?«, fragte sie behutsam, während sie ihm eine Decke um die schmalen Schultern legte.

Seine Stimme war hoch und unsicher. »Ich wollte zu meiner Mutter.«

Etwas in der Art hatte Diana sich schon gedacht. Wie sie

wusste, hatte Beth dafür plädiert, dass ihr Jüngster nachts nicht im Schlafsaal übernachtete, sondern in ihrer Wohnung schlafen durfte.

»Hast du schlecht geträumt?«

Die Augen in seinem schmalen Gesicht wirkten wie dunkle Löcher. »Das war nicht geträumt. Er wollte, dass ich mitgehe.«

»Wer?« Diana wappnete sich. Hatte ein älterer Junge Unfug mit ihm anstellen wollen? Oder Schlimmeres? Das wollte Diana nicht hoffen.

Auf Austins Antwort jedoch war sie nicht gefasst. »Der Geisterjunge.«

Als die Sonne aufging, hatte Diana sich angekleidet und war auf dem Weg zu Clarissa Somersby, um über die Geschehnisse der vergangenen Nacht Bericht zu erstatten. Nachdem sie Austin einige bruchstückhafte Informationen hatte entlocken können, hatte sie ihn für die übrigen Nachtstunden in der Krankenstube behalten, froh über einen Grund, nicht im Dunkeln in ihr eigenes Zimmer zurückkehren zu müssen. Kurz, nachdem sie sich auf die Krankenstation zurückgezogen hatten, hatte Joshua nach ihnen gesehen – und dabei nicht den Eindruck gemacht, als wäre er in einen Faustkampf verwickelt gewesen. Diana hatte ihn gebeten, am frühen Morgen wiederzukommen und Austin zurück in den Schlafsaal zu begleiten, damit sie mit Clarissa sprechen und anschließend Beth Wills von der gestörten Nachtruhe ihres Sohnes berichten konnte. Nun bereitete sie sich darauf vor, lange und kräftig klopfen zu müssen, um die Schulleiterin aufzuwecken.

Doch das war nicht nötig. Die Tür zu Clarissas Büro

stand einen Spaltbreit offen, und drinnen war Licht. Diana blieb abrupt stehen, als sie aus dem Raum eine laute Stimme hörte. Eine laute Männerstimme. War Weston ihr zuvorgekommen?

Fast sofort unterbrach Clarissa den Mann. »Vater …«

Jetzt wunderte Diana sich erst recht. Was machte Sir Wilfred Somersby schon bei Tagesbeginn hier in der Schule? Bei ihrer Einstellung hatte er geäußert, seit er das Tagesgeschäft im Internat in die Hände seiner Tochter gelegt habe, ziehe er es vor, sich nicht einzumischen. Was hatte ihn jetzt dazu bewogen, ohne Vorankündigung auf Havencross aufzutauchen?

»Der Krieg nähert sich dem Ende, Clarissa. In der deutschen Marine kommt es zu Befehlsverweigerungen. Die Türkei hat sich nach Waffenstillstandsbedingungen erkundigt. Die Alliierten kontrollieren inzwischen ganz Frankreich und den größten Teil Belgiens.«

»Was hat das denn mit mir zu tun?«

»Vier Jahre lang herrschte auf der Welt Stillstand. Aber jetzt ändern sich die Zeiten wieder, und damit muss sich auch dein Leben ändern.«

»Ich bin –«

Sir Wilfreds Stimme übertönte die Worte seiner Tochter. »Thomas würde nicht wollen, dass du vor lauter Trauer um ihn dein Leben wegwirfst.«

Ein langes, furchtbares Schweigen entstand. Diana war klar, dass das alles nicht für ihre Ohren bestimmt war und sie sich eigentlich entfernen sollte. Aber sie blieb stehen.

»Ich habe dir jahrelang deinen Willen gelassen, Clarissa. Ich dachte, wenn ich dir erlaube, auf Havencross zu bleiben, könnte es dir helfen, deinen Kummer irgendwann zu stillen.

Dann habe ich geglaubt, der Aufbau der Schule könnte ein Antrieb für dich sein, in die Welt hinauszugehen, Kurse zu besuchen, Neues zu lernen, um es dann hier anzuwenden ... Aber du hast nichts anderes getan, als dein selbst gewähltes Gefängnis mit Dutzenden von Stellvertretern für Thomas zu bevölkern.«

»Niemand kann Thomas ersetzen.«

»Meinst du, ich wüsste das nicht, mein Kind? Du bist nicht die Einzige, die ihn geliebt hat. Wir alle haben um ihn getrauert.«

»Sylvia nicht.«

Auch ohne zu wissen, wer Sylvia war, spürte Diana, dass Clarissa eine Grenze überschritten hatte. Selbst hier draußen in der Eingangshalle schien es zehn Grad kälter zu werden.

»Was willst du damit sagen?«

»Sylvia hat Thomas und mich nie richtig gemocht. Sie hat uns akzeptiert, weil wir der Preis für die Ehe mit dir und für den Titel waren, aber sobald sie eigene Kinder hatte, sobald sie einen eigenen *Sohn* hatte, war sie ganz froh, dass Thomas nicht mehr da war und deine Aufmerksamkeit nicht mehr beanspruchte. Und dein Geld auch nicht.«

Es klatschte so laut, dass Diana zusammenzuckte und dann mitleidig das Gesicht verzog. Diese Ohrfeige würde Spuren hinterlassen.

Als Sir Wilfred wieder sprach, klang es eher kummervoll als zornig. »Clarissa, ich versuche nur, das zu tun, was für dich am besten ist. Und ich fürchte, das sind nicht immer Maßnahmen, die dir gefallen. Ich habe Thomas hier verloren. Ich will dich nicht an den gleichen Ort verlieren. Du bist jetzt vierundzwanzig. Der Krieg geht zu Ende. Ich möchte, dass du mir versprichst, nach diesem Schuljahr den Sommer über nach London zu kommen. Du wirst mit jungen Leuten deines Alters verkehren. Du wirst Kontakte knüpfen. Vor hundert Jahren hätte ich darauf bestanden, dass du heiratest – ganz gleich, wen. Aber nun wirst du Havencross zumindest für den Sommer verlassen.«

»Oder?«, fragte Clarissa, aber ihre Stimme war nicht so fest, wie sie zweifellos beabsichtigt hatte.

»Oder dies ist das letzte Schuljahr hier. Komm nach London, sonst wird das Internat geschlossen. Dann verkaufe ich die Ländereien und mache Havencross dem Erdboden gleich.«

Sir Wilfred verließ das Büro seiner Tochter so plötzlich, dass Diana keine Chance mehr hatte, in ein Versteck zu huschen. Er stutzte kurz, als er sie sah, war aber so aufgewühlt, dass er an ihr vorbeistürmte und sie nur ganz kurz in sein schmerzerfülltes Gesicht blicken konnte. Sie hätte nie gedacht, dass der würdevolle Gentleman, den sie in London kennengelernt hatte, so verzweifelt aussehen könnte.

Diana warf einen Blick auf die offene Bürotür, aber nun meldete sich endlich ihre Klugheit – oder war es ihr Wille zum Selbstschutz? –, und sie entfernte sich, bevor Clarissa entdecken konnte, dass sie dieses sehr private Gespräch belauscht hatte. Jetzt war nicht der richtige Moment, um einer immer noch trauernden Schwester zu berichten, dass ein Geisterjunge gesichtet worden war. Und auf keinen Fall wollte sie eine Krise auslösen, die bewirken konnte, dass Sir Wilfred seine Drohung noch vor dem Sommer wahr machen würde.

Obwohl Diana erst seit wenigen Wochen auf Havencross lebte, spürte sie bereits, wie der Friede sich einen Weg in ihr

Herz bahnte. Sie liebte diesen Ort. Sie liebte den Himmel über Northumberland, die Moore und die Berge und die Stille. Kein Geschützfeuer mehr. Kein Blut. Für eine Krankenschwester, die aus dem Krieg kam, gab es nicht viele freie Arbeitsstellen wie diese.

Und nur eine einzige Stelle im gleichen Haus, in dem auch Joshua Murray arbeitet, flüsterte ihr Verstand, dieser Verräter.

Was auch immer auf Havencross vor sich ging – das Klopfen mitten in der Nacht, lästige Streiche, unsichtbare Schritte, Schuljungen, die Gespenster sahen –, Diana würde der Sache einfach selbst auf den Grund gehen müssen. Und was Clarissa betraf, hatte sie nur ein Ziel: Sie wollte der Schulleiterin helfen, über den Verlust ihres Bruders hinwegzukommen. Jedenfalls so weit, dass sie im nächsten Sommer nach London gehen und so die Schule erhalten konnte.

Diana hatte Hunderte von sterbenden Männern begleitet. Bestimmt würde sie auch mit einem einzigen Gespenst und einer traumatisierten Frau ihres Alters zurechtkommen.

12

Ismay

Mai 1455

Dann kam es zu einer tödlichen Auseinandersetzung zwischen Richard Plantagenet, 3. Herzog von York, und Edmund Beaufort, 1. Herzog von Somerset, der den König, Heinrich VI., immerfort gegen den Herzog von York zu beeinflussen suchte. Das Volk jedoch liebte den Herzog von York, weil er sich für das allgemeine Wohl des Landes einsetzte. Als dieser aber erkannte, dass er gegen die Niedertracht des Herzogs von Somerset möglicherweise nicht obsiegen könne, versammelte er eine große Anzahl von Männern in der Nähe der Stadt St. Albans. Und als Heinrich VI. sich dort aufhielt, flehte der Herzog von York den König an, den Herzog von Somerset, der ein Feind des ganzen Landes war, fortzuschicken. Der König jedoch folgte der Empfehlung seiner Räte und gab dem Herzog von York Bescheid, dass er dieses nicht tun werde.

Ismays zwölfter Geburtstag verstrich auf der Burg Ludlow völlig unbemerkt. Das lag jedoch nicht daran, dass sie bloß ein Mündel und kein Familienmitglied war. Nein, die Familie des Herzogs von York hatte sie so freundlich aufgenommen, wie es ihr möglich war, und Ismay hatte sich sehr mit

Elizabeth und Margaret angefreundet, die nur wenig jünger waren als sie. Nachdem der Herzog beschlossen hatte, es lohne sich, Ismay in seinem Haushalt zu behalten, war Ismay zu den Mädchen in ihre Gemächer gezogen. Seitdem nahm sie auch am Unterricht der jüngeren Töchter teil und beobachtete genauso wie sie neidisch die älteste Tochter Anne. Anne war schon sechzehn und bereits selbst Herzogin, denn mit acht Jahren hatte sie formal den Herzog von Exeter geheiratet. Inzwischen hatte sie das passende Alter erreicht, um als Gattin zu leben, sie verbrachte aber immer noch viel Zeit bei ihrer Mutter, und die jüngeren Mädchen fanden sie unglaublich erwachsen und weltgewandt.

Als jedoch Ende Mai Ismays zwölfter Geburtstag anbrach, befand sich der ganze Haushalt schon seit Tagen in Aufruhr. Der Herzog von York und der Neffe seiner Frau, der Graf von Warwick, hatten ihre Truppen vor über einer Woche in den Süden marschieren lassen, weil König VI. sie gerufen hatte. Doch es war nicht König Heinrich, vor dem sie sich fürchteten, sondern Lord Somerset, den der Herzog von York während der jüngsten Krankheit des Königs ins Gefängnis hatte werfen lassen. Ismay verstand zwar die Zusammenhänge nicht ganz, aber ihr war klar, dass jeder, der so reich und mächtig war wie der Herzog von York und dazu noch so viel königliches Blut in den Adern hatte, ständig Angst vor Feinden haben musste.

Der Haushalt wurde während der Abwesenheit des Hausherrn ständig von reitenden Boten aus dem Süden auf dem Laufenden gehalten, und so wussten alle, dass der König mit einem Heer aus London herausmarschiert war und nun bei St. Albans sein Lager aufgeschlagen hatte. Wobei hinter dem König natürlich Königin Margarete von Anjou stand. König Heinrich VI. mochte zwar anwesend sein, aber seine Königin besaß die nötige Willenskraft.

Sobald die Kinder ihren verschiedenen Hauslehrern und Dienstboten entkommen konnten, geisterten sie durch die Wehrgänge, nicht zuletzt, weil die beiden großen Brüder Eduard und Edmund ihren Vater begleiteten und die Geschwister begierig auf Neuigkeiten von ihren Abenteuern warteten. Heute war Ismay von einer verzweifelten Kinderfrau losgeschickt worden, um den sechsjährigen George zu suchen, den die arme Frau nun schon zum dritten Mal seit dem Frühstück aus den Augen verloren hatte. Er wollte es seinen älteren Brüdern gleichtun und beklagte sich fortwährend darüber, dass er nicht mit seinem Vater in die Schlacht reiten durfte. Allerdings war auch Edmund mit seinen zwölf Jahren noch nicht mit in den Kampf gezogen. Eduard jedoch war dreizehn, er nahm es an Körpergröße mit vielen Soldaten auf und zeigte für sein Alter erstaunliche Fähigkeiten.

Ismay erwischte George auf einer der Turmtreppen, gerade bevor er wieder ins Freie gelangte. Doch sie waren schon so hoch oben, dass sie die Rufe der Wachen hören konnten: »Reiter in Sicht! Mit unserer Fahne!«

Sie widerstand dem Impuls, weiter hinaufzulaufen und selbst Ausschau zu halten. Stattdessen nahm sie George an der Hand und eilte mit ihm die Treppen hinunter. Als der Junge protestierte, sagte sie: »Wir sehen ihn doch gleich im Hof. Vielleicht sind wir schneller da als die anderen.«

Doch Herzogin Cecily war bereits vor ihnen im Hof. Sie wirkte stets unbesorgt und gelassen, hatte dabei aber die ganze Familie fest am Zügel, und mit jedem leichten Rucken kam sie direkt zum Kern der Sache.

George riss sich von Ismays Hand los und rannte zu seiner Mutter. Neben der Herzogin hielt Elizabeth den dreijährigen Richard auf dem Arm. Margaret nahm Ismay bei der Hand, und sie blieben dicht hinter den anderen stehen.

Der Bote war ihnen wohlbekannt, und er verschwendete keine Zeit auf Förmlichkeiten. »Sieg, Milady! Ein großer Sieg bei St. Albans! Das Heer des Herzogs von Somerset wurde geschlagen, und König Heinrich ist sicher in der Hand unseres Herrn.«

»Tote?«

»Auf unserer Seite niemand von Bedeutung, aber der Herzog von Somerset ist in der Schlacht gefallen.« Und mit einem Lächeln, das man nur als triumphierend bezeichnen konnte, fügte der Bote hinzu: »Und Henry Percy, der Graf von Northumberland, auch.«

Daraufhin ging alles sehr schnell. Herzogin Cecily war für ihre Tüchtigkeit bekannt, und sie hatte ihre Fähigkeiten nie besser eingesetzt als unmittelbar nach der Nachricht vom Sieg des Hauses York. Ohne jedes äußere Anzeichen von Hast oder Aufregung wurde der gesamte Haushalt mit Kindern und Dienerschaft in nur etwas mehr als einer Woche nach London verlegt. Das war keine geringe Leistung, zumal die Herzogin hochschwanger war.

Während die Herzogin wie bei Niederlagen so auch bei Siegen stets vollkommen die Fassung bewahrte, frohlockten ihre Töchter und Ismay wie die gemeinen Soldaten. Der Herzog von Somerset war ein erbitterter Feind des Herzogs von York gewesen, und die Percys … nun, das böse Blut zwischen den Percys und den Brüdern der Herzogin war längst zu tiefstem Hass geronnen. Nicht nur war mit diesem Sieg der Herzog von York zum Protector of the Realm, dem Vertreter des Königs, ernannt worden, sondern zudem konnten die Brüder und Neffen seiner Frau sich jetzt rühmen, den Norden fest in der Hand zu haben.

Ismay war noch nie in London gewesen; sie war überwältigt von den Menschenmengen und dem Lärm und ganz geblendet vom Luxus auf Baynard's Castle, dem prächtigen Palast am Ufer der Themse. Sie wäre durchaus zufrieden damit gewesen, einfach vom Rand aus zuzuschauen, wenn bedeutende Besucher kamen und gingen, wenn die Herzogin sich sorgfältig für ihre Besuche bei Hof kleidete oder wenn die Familie in der St. Paul's Cathedral die Messe besuchte.

Die beiden älteren Jungen gingen in Baynard's Castle ein und aus. Eduard, der jetzt Graf von March war, erschien mit seinem Lächeln und seinem Charme, und der Ruhm des Schlachtfeldes eilte ihm voraus. Und Edmund, der Graf von Rutland, kam ebenfalls. Wie immer war er eine Spur blasser, ein wenig unauffälliger und deutlich weniger unverschämt als sein älterer Bruder, und er brachte nicht so viel Glanz mit, dafür aber zahlreiche Geschichten, die nicht von ihm selbst und seinen eigenen Heldentaten handelten, sondern vom königlichen Hof. Es waren lebendige Berichte über Männer und Frauen, die seine Schwestern und Ismay zum Lachen brachten.

Selbst bei den vernichtendsten Schilderungen wurde Edmund jedoch nie geschmacklos oder grausam. Auch wenn er Königin Margaretes Abscheu gegen das Haus York hundertfach zurückgab, hatte Ismay den Eindruck, dass er noch am Satan selbst etwas Gutes entdecken würde.

Und obwohl es nie zur Sprache kam, war Ismay sich sicher, dass es Edmund war, auf dessen Betreiben hin Elizabeth und ihr diese große Ehre zuteilwurde – dass sie nämlich zu einem Empfang bei Hofe in den Westminsterpalast eingeladen wurden. Die Mädchen waren zwar erst zwölf und zehn, aber eine bedeutende Familie war eben eine bedeutende Familie, insbesondere, wenn sie dem englischen Thron so nahestand.

Ismay war keine Törin. Sie stammte zwar nicht aus dem gleichen Adelsgeschlecht wie Elizabeth, war aber immerhin Erbin eines nicht geringen Vermögens. Eine Erbin ohne Familie, die für sie hätte verhandeln können. Das bedeutete, dass ihre Eheschließung in den Händen des Herzogs von York lag. Und bei seinem derzeitigen Aufstieg gab es vielleicht keinen besseren Moment, um eine eheliche Verbindung einzugehen.

Allerdings hatte sie nicht damit gerechnet, dass sie schon während dieses Empfangs ein Angebot für eine Eheschließung erhalten würde.

Weil die Herzogin vor zehn Tagen ein totes Mädchen geboren hatte und sich davon noch erholte, begleitete die Gräfin von Warwick die beiden Mädchen und stellte sie einigen Herren und Damen vor. Eduard begrüßte die Schwestern überschwänglich, und Edmund war rührend darum bemüht, dass sie sich vergnügten. Ismay hätte mit Freuden den Abend vollkommen unbemerkt verbracht, aber in dieser Gesellschaft konnten Personen mit Verbindungen zum Haus York nicht unbeachtet bleiben, selbst wenn es nur zwei halbwüchsige Mädchen waren.

Die meisten Anwesenden waren erpicht darauf, mit Elizabeth zu sprechen, aber Ismay fand sich von John Neville in Beschlag genommen. John war der jüngere Bruder des Grafen von Warwick und somit ein weiterer Neffe von Herzogin Cecily, und er war vor allem für seinen brennenden Hass auf alles, was mit Percy zu tun hatte, bekannt. Seit seinem achtzehnten Lebensjahr hatte er an Überfällen auf die mächtigen Gegner seiner Familie im Norden teilgenommen, und der König selbst hatte ihn deswegen zur Rechenschaft gezogen. Aber für einen Neville stand die Familienehre an erster Stelle, und Forderungen des Königs waren zweitrangig. Seit Henry Percy bei St. Albans ums Leben gekommen war, war John in Hochstimmung. Er erzählte Ismay alles über die Schlacht, mehr, als sie eigentlich wissen wollte, und zwischendurch stellte er ihr Fragen zu Havencross und wirkte überrascht und erfreut darüber, wie viel sie von Grundbesitz und Vermögensangelegenheiten verstand.

»Nicht viele Mädchen vertiefen sich derartig in Fragen des Landbesitzes und der Bewirtschaftung«, sagte er. »Du hast offenbar einen guten Verwalter und einen ausgezeichneten Vormund.«

»Mein Verwalter und mein Vormund sind hier nicht von Bedeutung, Havencross gehört mir. Mein Vater hat dafür gesorgt, dass ich das so früh begriff, wie ich es nur vermochte.«

»Du hast Glück, dass dein Vater dir diesen Besitz hinterlassen hat.«

»Viel lieber hätte ich meinen Vater zurück.«

John errötete, und fast hätte Ismay sich dafür entschuldigt, dass sie ihn in Verlegenheit gebracht hatte. Doch davor bewahrte sie ein Diener, der die weiße Rose des Hauses York trug und verkündete, der Herzog von York wünsche Ismay zu sprechen. Allein.

Da sie seit ihrer Ankunft im Haushalt des Herzogs nur

ein einziges Mal unter vier Augen mit ihm gesprochen hatte, biss Ismay sich auf die Lippe und sah mit fragendem Blick zu Edmund hinüber, der ganz in der Nähe stand. Er zuckte nur leicht die Achseln, schenkte ihr aber ein Lächeln, das ihr Mut machen sollte.

Der Herzog von York, der wegen der Krankheit des Königs wieder zum Lordprotektor von England ernannt worden war, befand sich in einem kleinen Raum an einem der zahllosen Korridore im Westminsterpalast. Die dunkle Nussbaumtäfelung schluckte viel Licht, sodass die aufwendig verzierten Kerzenleuchter wie Inseln in einem finsteren Meer wirkten. Der Herzog sah genauso aus wie eh und je: Sein schmales Gesicht mit den dunklen Haaren war von tiefen Furchen durchzogen und der Blick unter den schweren Lidern forschend. Er saß hinter einem Schreibtisch, las in einem Stapel von Dokumenten und machte sich Notizen. Neben ihm stand Richard Neville, der Graf von Warwick, ein weiterer Neffe seiner Frau. Er war jünger, hochgewachsen und viel schneidiger als der Herzog.

»Meine Herren.« Ismay vollführte einen sorgsam eingeübten Hofknicks.

Während der Herzog weiterlas, betrachtete der Graf von Warwick sie von oben bis unten, als mustere er ein Pferd, das er kaufen wollte. Oder eben nicht kaufen wollte, nach seiner Miene zu urteilen. »Wie alt bist du denn?«, fragte er Ismay.

»Zwölf.«

Er schnaubte verächtlich. »Du wirkst wie eine Zehnjährige.«

Ismay errötete und war plötzlich dankbar für das Dämmerlicht im Raum. Doch als der Herzog von York dann sprach, brannten ihre Wangen. »Meine Gemahlin sagt, das Mädchen menstruiere bereits seit sechs Monaten. Sie ist mager, aber sie ist kein Kind mehr.«

Den Blick fest auf die Schuhspitzen gerichtet, die gerade eben unter ihrem schweren blauen Seidenrock hervorschauten, stellte Ismay sich vor, sie wäre anderswo.

»Sieh mich an, Mädchen«, befahl der Graf.

Ismay hob den Kopf und setzte eine kühle, ungerührte Miene auf, so, wie sie es von Herzogin Cecily gelernt hatte. Das schien ihn zu erheitern. »Ein bisschen Temperament hat sie ja. Das ist gut. Johnny würde einer blutarmen Braut schnell überdrüssig werden.«

Ismay erstarrte und sah Warwick in die Augen. Braut? Johnny?

Johnny. Auf einmal verstand sie, warum John Neville sich heute Abend die Zeit genommen hatte, ausführlich mit ihr zu sprechen. Nicht über sie selbst oder über ihre Vorlieben, sondern über Havencross, über ihr Herrenhaus und die dazugehörigen Ländereien, die einen guten Teil von Northumberland ausmachten. Natürlich war Ismay klar gewesen, dass sich Männer für sie interessieren würden, denen es eigentlich um Havencross ging. Aber dieses Wissen war etwas ganz anderes, als sich vorzustellen, dass dieser rastlose, ungeduldige Dreiundzwanzigjährige um ihre Hand anhalten würde. Ismay wollte diesen Johnny nicht zum Ehemann. Sie wollte so bald noch niemanden heiraten. Sie wusste, was das Einsetzen ihrer Monatsblutung bedeutete, sie wusste um die Vorgänge im Ehebett, so wie alle Kinder, die im Kontakt mit Tieren aufwuchsen. Aber schon der Gedanke, mit einem erwachsenen Mann allein zu sein, der das von ihr erwartete …

Der Graf von Warwick musste Ismay ihr Entsetzen ansehen, denn er brummte: »Ich habe ja nicht die Absicht, dich gleich heute Abend vor den Altar zu schleifen. Aber es ist sinnvoll, Pläne zu schmieden. Und es wäre eine gute Partie.«

Für Johnny, dachte sie boshaft. Für einen der jüngeren Söhne unter zwölf Geschwistern, der kein eigenes Land besitzt.

Der Herzog von York hatte die Gabe, Situationen richtig einzuschätzen und, wenn nötig, den entscheidenden Punkt anzusprechen. »Du findest John Neville vielleicht zu alt, Ismay, aber ich versichere dir, deutlich ältere Männer sind deinetwegen bereits auf mich zugekommen. Möchtest du wirklich einen Mann heiraten, der Kinder hat, die älter sind als du? Wir brauchen die Hochzeit nicht gleich bekannt zu geben, aber ich wünsche, dass du dir die Sache ernsthaft überlegst.«

»Ich wünsche«, ausgesprochen vom ranghöchsten Herzog in England, vom Lordprotektor und zudem ihrem gesetzlichen Vormund, war gleichbedeutend mit »ich befehle«. Ismay konnte nur dankbar sein, dass er seinen Wunsch darauf beschränkt hatte, sie möge sich die Sache überlegen, statt sofort eine Einwilligung von ihr zu verlangen. Vielleicht gelang es ihr ja, sich John Neville gegenüber so abstoßend zu verhalten, dass selbst Havencross ihn nicht mehr zu locken vermochte.

Vielleicht würde sie Edmund um Hilfe bitten.

13

Juliet

2018

Nachdem sie die drei Kartons von der White Rose Farm auf dem langen Tisch im weitläufigen Speisesaal deponiert hatte, nahm Juliet sofort die ordentlich zusammengehefteten Seiten mit Informationen und Hinweisen zur Hand, die sie bisher übersehen hatte. Sie musste zugeben, dass Nell Somersby-Sims genauso effizient war, wie sie wirkte: Die Seiten enthielten alles, vom Neustart des Boilers bis hin zum Aufbewahrungsort für Kerzen und Taschenlampen, falls der Strom ausfallen sollte. Das gab Juliet zu denken – es war eine Sache, sich unbekümmert vorzustellen, dass ein winterliches Unwetter die Lichter ausgehen lassen könnte, aber etwas ganz anderes, wenn dies sozusagen in der Höhle des Löwen passierte. Und da sie gerade dabei war, wählte sie sogleich zwei Taschenlampen, zehn Kerzen und drei Schachteln Streichhölzer aus, die sie mit nach oben in ihr Schlafzimmer nehmen wollte.

Doch was Juliet tatsächlich gesucht hatte, fand sie auf der letzten Seite unter der Überschrift »wichtige Telefonnummern«.

Noah Bennett, Landvermessungsbüro Newcastle, bei baulichen Angelegenheiten.

Er stand also tatsächlich auf der Liste. Juliet hatte auch nicht angenommen, dass er sich das ausgedacht hatte. Von wöchentlichen Überprüfungen allerdings war nirgends die Rede. Ihr fiel ein, wie Noah an ihrem Wagen gelehnt und sie angeschaut hatte … nein, nicht nur angeschaut, er hatte sie wirklich wahrgenommen. Dagegen schien ihr, dass Duncan sie dauernd angeguckt hatte, ohne sie jemals richtig zu sehen.

Juliet schüttelte den Kopf, als wolle sie eine lästige Fliege verscheuchen. Es hatte keinen Sinn, ihre Gedanken in diese Richtung abschweifen zu lassen. Oder überhaupt in Richtung Männer. Ihre Scheidung war gerade erst rechtskräftig geworden, und sie hatte nicht die geringste Absicht, Duncan jemals wieder über den Weg zu laufen. Jegliche Liebe, die vielleicht zwischen ihnen existiert hatte, war schon vor langer Zeit erloschen, und es war ihre eigene Schuld, dass sie das erst in einem Moment tiefster Demütigung erkannt hatte, während gleichzeitig der Kummer sie fast überwältigt hatte.

Mit Duncan Whittier war sie fertig. Das hieß aber nicht, dass sie die Absicht hatte, mit einem anderen Mann anzubändeln. Vielleicht war das endgültig vorbei.

Vor dem Hintergrund dieses tugendhaften Entschlusses machte Juliet sich ein Sandwich und nach kurzem Überlegen auch noch ein zweites, legte beide auf einen Teller und ergänzte diese Mahlzeit durch ein paar Brownies, die Rachel ihr vor ihrer Abfahrt von der Farm noch aufgedrängt hatte. Dann holte sie das Tagebuch der Krankenschwester aus der Schachtel, packte es zusammen mit den Taschenlampen, den Kerzen, den Streichhölzern und einer Dose kalter Cola light in eine Tragetasche und machte sich auf den Weg nach oben, um im Bett zu essen und zu lesen.

In Bezug auf Persönliches war das Schwesterntagebuch nicht besonders spannend, aber es enthielt eine Fülle von Einzelheiten über die Krankenstation des Internats Havencross, unter anderem über das vorhandene Verbandsmaterial und die Medikamente. Die Versuchung war groß, es einfach durchzublättern und nur die interessanten Abschnitte zu lesen, aber Juliet besaß immer noch die Disziplin einer Wissenschaftlerin und hielt sich zurück. Es war immer am besten, die Dinge im Zusammenhang zu betrachten. Sie machte sich auf dem Laptop Notizen, tippte Fragen, denen sie nachgehen, und Hinweise, die sie recherchieren wollte. Außerdem schrieb sie einige scheinbar belanglose Details auf, die erzählte Geschichte erst richtig interessant machten: zum Beispiel, dass einer der Schüler beim Ausbruch der Grippe schon in der Krankenstube lag, weil er unterkühlt gewesen war und sich ein Bein gebrochen hatte. Falls sie herausbekam, was hinter dieser Verletzung steckte, konnte das eine gute Ergänzung sein.

Schließlich gähnte sie herzhaft und legte das Tagebuch zusammen mit ihrem Laptop auf den Nachttisch. Dann lehnte sie sich bequem in die Kissen zurück und checkte auf dem Handy die sozialen Medien.

Das gehört alles zu meiner Rückkehr in die Welt, sagte sie sich. *Früher habe ich mich mindestens zweimal am Tag durch Twitter gescrollt.*

An diesem Abend jedoch wurde ihre Neugier grausam bestraft. Sie öffnete Twitter und sah, dass jemand ihr einen Tweet mit einem Foto geschickt hatte. Sie kannte den Account zwar nicht, aber das war auch nicht nötig. Ihr war sofort klar, was sie da sah.

Das Foto zeigte ein winziges Wickelkind mit Mützchen, dem runzligen Gesicht eines Neugeborenen und einem kleinen Stupsnäschen.

Willkommen auf der Welt, Marcus Dane Whittier. @duncanw und ich lieben dich.

Duncans Sohn. Nicht mit der Frau gezeugt, mit der er acht Jahre lang verheiratet gewesen war, sondern mit einer zwanzigjährigen Studentin. Mit der gleichen jungen Frau, mit der Duncan auch im Bett gewesen war, während Juliet in den Wehen gelegen und schließlich einen kleinen Jungen geboren hatte, dessen Herz im achten Schwangerschaftsmonat aus unerklärlichen Gründen aufgehört hatte zu schlagen. Die Gesichtszüge des Babys waren voll ausgebildet gewesen, und um seinen Mund, durch den es nie geatmet hatte, hatte ein Lächeln gespielt. Schon Monate vor seiner Geburt hatte Juliet ihren kleinen Sohn Liam getauft.

Mit nassen Wangen, wunder Kehle und einem Herzen, das sich anfühlte, als wäre es für immer gebrochen, schlief Juliet ein. Es ging ihr wieder wie in den ersten Wochen nach Liams Tod, daher war sie nicht überrascht, als sie nach wenigen Stunden im Dunkeln aufwachte. Während sie so dalag, spürte sie, dass dieses Gefühl der Dumpfheit mit aller Macht wiedergekehrt war, und erst jetzt wurde ihr bewusst, dass sie es in der letzten Zeit immer weiter hinter sich gelassen hatte. Diese Dumpfheit bedeutete, dass sie für nichts weiter Energie hatte, als im Bett zu liegen und zu atmen.

Diese Dumpfheit bewirkte auch, dass Juliet eine ganze Weile das schwache Licht nicht bemerkte, das durch ihre geöffnete Zimmertür fiel.

Sie hatte die Tür hinter sich geschlossen, nachdem sie hochgekommen war. Und sogar den Riegel vorgeschoben.

Nichts konnte einen so schnell hellwach machen wie ein Adrenalinstoß. Juliet setzte sich so rasch auf, dass ihr schwindlig wurde. Sie überlegte, was sie tun sollte. Zum Handy greifen? Wenn jemand im Flur war, würde er sie sprechen hören. Am besten war es, als Erstes die Tür wieder zu schließen und zu verriegeln. Und vielleicht zusätzlich noch den Schreibtisch davorzurücken.

Juliet warf die Decken zurück und setzte vorsichtig die Füße auf den Boden. Die Tür war nicht weiter als acht Schritte entfernt.

Sie hatte erst drei Schritte geschafft, als das Licht plötzlich aufflammte und fast unmittelbar darauf wieder erlosch. Juliet erstarrte und zwinkerte, um die Flecken aus ihrem Blickfeld zu vertreiben. Aber es waren nicht bloß Flecken – das Licht war zu einem Umriss zusammengeflossen. Einem kleinen, verschwommenen, aber eindeutig menschlichen Umriss.

Juliet vermochte sich nicht zu rühren. Während sie noch auf die Gestalt starrte, wurden Einzelheiten sichtbar: Es handelte sich um einen Jungen, nicht älter als neun oder zehn Jahre. Er trug einen Mantel über seinem weißen Hemd, und das helle Haar hing ihm über die großen Augen.

Und dann streckte der Junge die rechte Hand aus und sprach, ohne den Mund zu öffnen, direkt in Juliets Kopf hinein. *Komm, versteck dich mit mir*, sagte er.

Der Bann war gebrochen. Juliet durchquerte mit energischen Schritten das Zimmer und schlug die Tür zu. Schon bevor sie den Riegel vorgeschoben und den Schreibtisch vor die Tür gezerrt hatte, wusste sie, dass die Erscheinung – was immer das auch gewesen sein mochte – verschwunden war.

Das bewahrte sie allerdings nicht davor, den Rest der Nacht wach zu liegen.

14

Diana

Oktober 1918

Als die Sonne aufging, holte Diana Beth Willis auf die Krankenstation und berichtete ihr in knappen Worten von Austins nächtlichem Ausflug und dem »Gespenst«, das ihn zu dieser Unternehmung veranlasst hatte.

Zum Glück behielt Beth die gelassene Haltung der Schulsekretärin bei, nur ihre wild trommelnden Finger verrieten die besorgte Mutter. »Mehr hat Austin über diese Erscheinung nicht gesagt?«

»Ich wollte ihn nicht drängen. Für den Rest der Nacht habe ich Austin hier in der Krankenstube behalten. Ich habe Mr Murray gebeten, ihn wieder hierher zu begleiten, wenn du und ich miteinander gesprochen haben.« Diana sah auf die Uhr. »Die beiden werden in ein paar Minuten hier sein. Ich kann euch das Sprechzimmer überlassen, damit du mit ihm reden kannst.«

»Nein, bleib hier. Und vielleicht kann Mr Murray auch noch Jasper dazuholen. Wenn einer der beiden Jungen in etwas verwickelt ist, weiß auch der andere davon.«

Als es so weit war, bat Beth Joshua Murray, ebenfalls zu bleiben. Diana hatte Sorge, dass die drei Erwachsenen die beiden Brüder einschüchtern könnten, aber offenbar machten die Jungen sich gegenseitig Mut. Und obwohl Jasper erst dreizehn war, zeigte er das großspurige Gehabe eines Jugendlichen.

»Hast du Austin Gespenstergeschichten erzählt?«, fragte Beth ihren älteren Sohn.

»Nein.«

»Jasper –«

»Ich war das nicht, Mama. Ehrlich nicht. Alle hier reden über den Geist.«

»Und was sagen sie?«, fragte Diana.

Jasper bemühte sich um ein lässiges Schulterzucken, doch eine Spur von Nervosität war nicht zu übersehen. »Hier ist mal ein Junge gestorben. Wurde wahrscheinlich ermordet. Deswegen ist er jetzt ein Gespenst.«

»Hast du ihn auch gesehen?«

Jasper schüttelte den Kopf. »Nur die Schüler im ersten Jahr können ihn sehen.«

Ein derartiges Gerücht war jedenfalls die beste Voraussetzung dafür, dass ein sensibler, fantasievoller Neunjähriger, der um seinen Vater trauerte, Gespenster sah. Es war ein Wunder, dass nicht sämtliche fünfzehn Jungen aus dem ersten Jahrgang nachts herumwanderten, denn schließlich hatten die Schüler alle durch den Krieg Verluste erlitten.

»Austin«, fragte Beth sanft, »war es das erste Mal, dass du den Jungen gesehen hast?«

Er schüttelte den Kopf.

»Wann hat es angefangen?«

Ganz leise und mit gesenktem Kopf sagte das Kind: »In der zweiten Woche.«

»Warum hast du denn nichts davon erzählt?«

Sein unruhiger Blick wanderte zu seiner Mutter und

zurück auf seine fest im Schoß gefalteten Hände. Er zuckte mit den Achseln.

»Aber in der letzten Nacht hast du zum ersten Mal den Schlafraum verlassen?«

Austin nickte. »Er wollte, dass ich mitkomme. Er hat immer gesagt: ›Komm, versteck dich mit mir.‹ Also bin ich dann mitgegangen.«

»Warum?«

Es brach Diana das Herz, als sie Austin flüstern hörte: »Ich hab doch gedacht, er könnte mir helfen, Papa zu finden.«

Diana und Joshua tauschten einen Blick voller Kummer und Mitgefühl, als Beth ihren Jüngsten nun auf den Schoß nahm. Austin schluchzte wie ein Kleinkind, und selbst Jaspers Maske des Heranwachsenden zerfloss, und er drängte sich neben seine Mutter. Wortlos ließen Diana und Joshua die kleine Familie allein trauern.

Diana lehnte sich am anderen Ende des Flurs an die Wand und legte die Hände vor die Augen. Vor Erschöpfung und Kummer schmerzte ihr der Kopf. Als sie eine kurze, sanfte Berührung an der Schulter spürte, richtete sie sich auf und nahm die Hände wieder herunter.

»Alles in Ordnung?«, fragte Joshua Murray.

Diana überhörte die Frage. »Den jüngsten Schülern werden also Geschichten von einem Gespenst in ihrem Alter erzählt – von einem Gespenst, das die Jungen auffordert, ihm zu folgen. Und was dann? Gibt es Geschichten darüber, was dieses Geisterkind will?«

Links von Diana ertönte ein sarkastisches Schnauben, und sie fuhr herum. Wie schaffte Luther Weston es bloß, überall dort aufzutauchen, wo sie ihn nicht haben wollte?

Er erschien oben auf der Treppe. Offenbar hatte er alles mitgehört, und nun antwortete er, bevor Joshua sich zu ihrer Frage äußern konnte. »Wollen Gespenster nicht alle Rache? Oder Gerechtigkeit? Vielleicht sollte Miss Somersby ein Medium kommen lassen, um das herauszufinden.«

»Falls Sie in Hörweite eines der Jungen auch nur ein Wort über Medien und Séancen sagen, werfe ich Sie eigenhändig aus dieser Schule raus.« Joshua sprach ohne wahrnehmbare Erregung, was seine Worte umso bedrohlicher machte.

»Wird es auf die Dauer nicht anstrengend, immer den Rechtschaffenen zu spielen? Murray, Sie sind nicht der Einzige, der in Frankreich Männer hat sterben sehen.«

»Nein, das ist wahr. Und ich wette, Miss Neville hat mehr Männer sterben sehen, als wir beide zählen können.«

»Um Himmels willen, hören Sie auf! Beide«, sagte Diana mit einem warnenden Blick zu Murray. »Was wünschen Sie, Weston?«

»Miss Somersby hat um Neuigkeiten von dem kleinen Willis gebeten. Darf ich annehmen, dass er heute Nacht nicht im Schlafsaal schläft?«

»Ich werde selbst mit Miss Somersby sprechen.«

Westons säuerliches Lächeln blieb auf seinen Lippen kleben, als er die Treppe hinunterlief, mit einer Mühelosigkeit, die offenbar auf Joshua gemünzt war. Weston hatte zwar nicht an der Front gekämpft, aber dafür war er auch ohne Verletzungen zurückgekehrt.

Diana kam auf das Thema zurück. »Was auch immer an dieser Schule vor sich geht, es kann nicht Austin Willis sein, der mir mitten in der Nacht Streiche spielt. Dazu würde ihm der Mut fehlen. Vielleicht kommen wir weiter, wenn Beth herausfinden kann, welche Schüler diese Geschichten verbreiten.«

»Falls die Schüler sich überhaupt darauf konzentrieren können.«

»Wie meinen Sie das?«

»Sie sind nicht Tag für Tag in den Klassenzimmern, Miss Neville, daher bekommen Sie nicht so viel von der Stimmung unter den Schülern mit. Alle wissen, dass der Krieg sich dem Ende nähert. Es wird von Tag zu Tag schwieriger, die Jungen zu bewegen, sich auf Geschichte oder Chemie zu konzentrieren. Die Anspannung wird allmählich unerträglich.«

»Wenn der Krieg erst vorbei ist, wird es uns allen besser gehen.«

»Glauben Sie?«

Diana war über die Bitterkeit in Joshuas Stimme genauso bestürzt wie über seine Frage. »Doch, natürlich. Ganz bestimmt. Es war vier Jahre lang die Hölle. Die Erleichterung darüber, dass der Krieg aus ist …« Sie zuckte mit den Schultern.

»Dass nicht mehr gekämpft wird, heißt noch lange nicht, dass wir die Hölle hinter uns haben. Alle glauben, es würde einfach normal weitergehen. Aber sagen Sie mir ehrlich, Miss Neville – haben Sie die Hölle hinter sich gelassen? Oder verfolgt dieser Albtraum Sie tagaus, tagein, selbst jetzt noch, obwohl Sie nicht mehr in Frankreich sind?«

Wie gern hätte Diana das abgestritten. Sie hätte Joshua Murray gern in die Augen gesehen und bestätigt, dass das Leben tatsächlich wieder normal war und alle Menschen bald in ihren gewohnten Alltag zurückkehren konnten.

Aber es war ihr unmöglich, einen Mann zu belügen, der im gleichen Kriegsgebiet gewesen war wie sie selbst.

»Nein, das Leben ist nicht mehr so wie vor dem Krieg und wird auch nie wieder so sein. Wir können nicht zurück. Aber wir können auch nicht stehen bleiben. Eine neue Normalität wird sich entwickeln. Ganz bestimmt«, wiederholte Diana, als könne sie es mit dieser Bekräftigung Wirklichkeit werden lassen.

Jetzt lehnte Joshua sich an die Wand und schloss die Augen. »Das ist das Anstrengendste, was ich mir vorstellen kann. Ich will nur noch schlafen, bis alle Verträge unterzeichnet und alle Soldaten wieder zu Hause sind. Vielleicht kann ich dann an die Zukunft glauben.«

15

Diana

Oktober 1918

Den ganzen Tag lang lastete Joshuas Verzweiflungsausbruch schwer auf Diana. Er passte zu den anderen neuen Belastungen – wie dem Mitleid mit der vaterlosen Familie Willis und der Sorge wegen bei Nacht herumwandernder Schüler – und auch zu den alten Bürden, die sie sich lieber nicht so genau anschaute. »Eine Katastrophe zur Zeit reicht«, hatte eine ihrer Oberschwestern immer gesagt. Doch manchmal führte diese Maxime nur dazu, dass man die Katastrophen in Gedanken in einer anscheinend endlosen Folge aneinanderreihte. Insgesamt reichte das alles jedenfalls für einen pochenden Schmerz an ihrer Schädelbasis, als sie schließlich zum Frühstück ging.

Außer in sehr streng geführten Schulen wurden die Mahlzeiten mit Dutzenden von Jungen stets von einem dröhnenden Getöse aus Stimmen, Besteck, herunterfallenden Tellern und schabenden Stuhlbeinen begleitet, und auch heute wurde Diana im Speisesaal von diesem Lärm empfangen. Fast wäre sie gleich wieder umgekehrt, doch da entdeckte sie Clarissa Somersby, die aufrecht und totenbleich ganz vorn an ihrem Tisch saß. Diana nahm sich ein Schälchen Porridge und setzte sich neben die Direktorin, ohne darüber nachzudenken, ob ihr das recht war.

Wenn Clarissa keine Gesellschaft haben wollte, hätte sie in ihren Räumen bleiben sollen.

Dianas Frage hätte jeder andere auch gestellt. »Fühlen Sie sich … fühlst du dich nicht wohl, Clarissa?«

Selbst wenn sie Sir Wilfreds Ultimatum an diesem Morgen nicht mitgehört hätte, wäre Diana klar gewesen, dass etwas nicht stimmte. Aus Clarissas Frisur hatten sich Haarsträhnen gelöst, und ihre Haut hatte, aus der Nähe betrachtet, einen grünlichen Schimmer, so als sei ihr übel.

Clarissa wandte den Kopf. Nur die glitzernden Augen zeigten etwas Leben in ihrem Gesicht. Sie griff nach Dianas Handgelenk. »Erzähl mir von dem Geist«, verlangte sie.

»Ich weiß nicht … von welchem Geist?« Diana hätte sich gern nach Verstärkung umgesehen, aber sie hatte Angst, den Blickkontakt zu unterbrechen. Was sie eigentlich befürchtete, hätte sie nicht sagen können.

»Ich habe vom kleinen Willis gehört, von Austin. Er ist heute Nacht aufgestanden, weil der Geisterjunge ihn gerufen hat. Danach ist er bei dir auf der Krankenstation geblieben, oder? Kannst du mir genau berichten, was er gesagt hat? Beth möchte nicht, dass ich ihn selbst befrage. Noch nicht.«

Und auch in Zukunft nicht, dachte Diana, falls Clarissa sich weiterhin von dieser überspannten Seite zeigte. Selbst wenn vermeintliche Gespenster nachts kleine Jungen aus dem Bett holten – sollte Clarissa Somersby in ihrem jetzigen Zustand Austin Willis ausfragen, dann würde sie ihm viel mehr Angst einjagen als jede Gespenstergeschichte.

Mit der Entschiedenheit der kriegserfahrenen Krankenschwester schob Diana ihren Stuhl zurück. Sie nutzte die Tatsache, dass Clarissa immer noch ihr Handgelenk hielt, um sie mit hochzuziehen. »Wir unterhalten uns in deinem Büro weiter«, sagte sie leise. »Es ist besser, wenn die Jungen nicht hören, wie wir über Geister flüstern. Das Einzige, was sich schneller ausbreitet als ein Gerücht, ist Angst.«

Der kurze Weg oder vielleicht auch die Erinnerung an ihre Stellung taten Clarissa gut. Als sie ihr Büro erreichten, hatte sie sich wieder besser in der Gewalt. Doch statt hinter ihrem Schreibtisch Platz zu nehmen, bat sie Diana auf ein Sofa und setzte sich neben sie. Hier sollte also ein Gespräch unter Gleichgestellten stattfinden, zumindest, soweit das zwischen ihnen möglich war.

Bevor Clarissa erneut fragen konnte, berichtete Diana ausführlich, aber sehr sachlich von Austins nächtlicher Wanderung. Das Letzte, was sie jetzt gebrauchen konnten, waren noch mehr heftige Gefühle. Zum Schluss sagte Diana mit Nachdruck: »Mrs Willis tut das Richtige, indem sie dafür sorgt, dass Austin sich heute ausruht und nicht gestört wird. Das Kind sollte auf keinen Fall weitere Fragen beantworten müssen. Oder zumindest nur solche, die seine Mutter ihm stellt. Ich bin sicher, dass sie uns alles mitteilen wird.«

Der grünliche Schimmer in Clarissas Gesicht war verschwunden, aber es hatte auch keine andere Farbe angenommen. Ihr Blick jedoch war ruhig geworden. »Du denkst, ich wäre verrückt.«

»Ich finde dieses Wort ungenau und beleidigend. Wenn du damit meinst, dass ich dich für geistig nicht ganz stabil halte – nein, das ist nicht der Fall.« Diana zögerte, denn sie war unsicher, wie aufrichtig sie sein konnte. Als Clarissa sie weiterhin einfach ansah, schlug sie alle Vorsicht in den Wind und sagte genau, was sie dachte. »Meiner Meinung nach hast du einen sehr gesunden Verstand, Clarissa, aber eine sehr traurige Vergangenheit. Ich glaube, das bevorstehende Kriegsende führt dazu, dass sehr viele von uns … Gefühle haben, die wir lange Zeit zu unterdrücken versuchten. Offenbar hast du früher einmal gelernt, wie man einen schweren Verlust bewältigt. Ich bin sicher, dass du auch die jetzige Situation bewältigen wirst.«

»Du musst mich für sehr bedauernswert halten. Das arme kleine, reiche Mädchen, das vor Ewigkeiten den Bruder verloren hat. Was glaubst du, wie viele Kinder Jahr für Jahr in England sterben? 1915 waren es hundertfünfzigtausend im Alter von unter fünf Jahren. Und wie viele Schwestern genießen den Luxus, herumzusitzen und endlos zu trauern? Und schau dich an, du hast so viele Tote gesehen, da müssen solche persönlichen Tragödien doch … belanglos wirken.«

»Kein Tod ist belanglos.« Dianas Kehle brannte, als sie diese Worte aussprach. »Und du musst aufhören, mir zu sagen, was ich über dich denke.«

Clarissas Gelächter hörte sich einen Moment lang an, als könnte es in Hysterie umschlagen. Doch es war nur ein Moment, dann wurde ihr Lachen weicher und löste, obwohl es wehmütig klang, die Anspannung in Dianas Brust. Was immer Besitz von Clarissa Somersby ergriffen hatte, es hatte sich zurückgezogen. Vorläufig jedenfalls.

»Hast du diese Unverblümtheit als Krankenschwester in Frankreich gelernt, oder hast du sie schon dorthin mitgebracht?«

Diana stieß einen Seufzer aus, in dem sich Erleichterung

und Erheiterung mischten. »Meine Mutter sagt, ich hätte sie schon mit meinen ersten Worten darauf hingewiesen, dass sie den Toast verbrannt hat. Manchmal war ein autoritärer Tonfall das Einzige, was mir zur Verfügung stand, um einen verängstigten oder wutschnaubenden Soldaten zur Räson zu bringen.«

Mit ihren zusammengepressten Lippen und den schmalen Augen sah Clarissa aus, als führe sie ein Streitgespräch mit sich selbst. Dann hatte sie ihre angeborene Autorität plötzlich wiedergefunden, stand auf und trat an ein Tischchen, auf dem einige Fotos in Silberrahmen standen. Sie nahm eins davon in die Hand und strich leicht mit dem Finger darüber, bevor sie es Diana reichte.

»Das ist mein Bruder Thomas. Die Aufnahme wurde acht Wochen vor seinem Verschwinden gemacht. Diese Geschichte ist im Dorf viel herumerzählt worden und in der Schule zweifellos auch, mit allen Variationen, die Zeit und Neugier hervorbringen können. Ich frage mich … ich stelle fest, dass ich einen Menschen brauche, der das aus der Distanz betrachten kann, eine Krankenschwester, wenn du so willst. Mit einem unbeirrbaren, intelligenten Kopf, der sie über die emotionalen Komplikationen hinwegsehen und das alles in den richtigen Zusammenhang stellen lässt. Ich würde dir gern von Thomas erzählen und die Gründe erklären, warum ich auf Havencross geblieben bin.«

Als Diana nicht sofort antwortete, fügte Clarissa hinzu: »Nicht jetzt gleich. Wir haben eine unruhige Nacht und einen schwierigen Morgen hinter uns. Du musst dich um Austin Willis kümmern und ich mich um meine Schule. Vielleicht möchtest du morgen oder übermorgen zu mir zum Tee kommen?«

Diana blickte von dem Foto des pausbackigen Jungen, dessen Gesicht für immer kurz vor einem Lächeln erstarrt war, zu der Frau, die sich noch so sehr grämte, dass sie hoffte, Geister zu finden. »Selbstverständlich komme ich zum Tee. Sehr gern.«

Vielleicht würde ihr bis dahin einfallen, was sie sagen konnte, ohne respektlos oder unaufrichtig zu klingen.

Nachdem Diana kurz mit Beth gesprochen hatte – Austin war eingeschlafen, und Beth schickte ihn und den älteren Bruder heute nicht in den Unterricht –, ging sie zur Krankenstation und zog Austins Bettwäsche ab. Anschließend machte sie sich daran, ihre Eintragungen im Schwesterntagebuch auf den neuesten Stand zu bringen. Sie kam allerdings nur bis zum Datum, dann wurde sie von Erschöpfung und Schwermut überwältigt und legte die verschränkten Arme auf den Schreibtisch und den Kopf darauf.

Diana glitt in jenen nebelhaften Raum zwischen Tag und Traum, in dem alles Grelle und Schrille sich zurückzieht oder wie in Watte gepackt wirkt. Sie befand sich in dieser halb angenehmen, halb lähmenden Verfassung, als ein ungeheures Poltern hinter ihr sie plötzlich hochschrecken ließ.

Diana schnellte von ihrem Stuhl hoch, so rasch, wie es ihr ausgelaugter und verunsicherter Zustand erlaubte. Sie war gar nicht überrascht, als sie feststellte, dass sich außer ihr niemand im Zimmer befand.

Allerdings staunte sie nicht schlecht, als sie sah, dass einer ihrer Aktenschränke umgestürzt war. Sie berührte ihn mit der Schuhspitze; er bestand aus massiver Eiche. Selbst ohne die Akten darin hätte sie ihn nur verrücken können, indem sie sich mit der Schulter dagegengelehnt und dann zum Schieben ihr ganzes Gewicht eingesetzt hätte. Dass einer der Schüler dazu fähig war, bezweifelte sie. Aber vielleicht ein Lehrer?

Doch die Frage, wie diese Person so schnell hatte verschwinden können, war damit nicht beantwortet.

Diana verdrehte die Augen. Ihr war klar, dass ihr nichts anderes übrig blieb, als trotz ihrer Ängste Joshua Murrays Geheimgänge zu erkunden. Bei allen baulichen Schwierigkeiten mussten auch im mittelalterlichen Teil des Gebäudes nachträglich Gänge eingebaut worden sein, an die sich inzwischen niemand mehr erinnerte. Es war die einzige vernünftige Erklärung, auch wenn damit noch kein Grund für diesen Spuk gefunden war.

Als hätte er aus der Ferne ihren Entschluss mitbekommen, klopfte Murray an die Tür und trat gleich darauf ein. Er hatte schon den Mund geöffnet, um etwas zu sagen, stutzte jedoch, als er den umgestürzten Schrank sah.

»Wieder ein Streich?«, fragte er dann.

Noch während Diana den Kopf schüttelte, veränderte sich sein Gesichtsausdruck. Er kam quer durchs Zimmer auf sie zu, so eilig, dass er das linke Bein nachzog. »Was ist passiert?«, fragte er drängend.

»Einfach umgekippt –«, begann Diana, obwohl das eigentlich gar nicht sein konnte.

»Aber das da hat der Aktenschrank nicht gemacht«, sagte er und betrachtete Dianas Hals aus der Nähe.

Erst jetzt spürte sie ein Brennen an der Wange. Sie trat an den Schreibtisch und holte den Handspiegel, den sie in einer Schublade aufbewahrte, heraus.

Vom linken Ohr bis hinunter zu ihrem Hals zogen sich vier rote Striemen. Auch wenn Diana dergleichen noch nie gesehen hatte, wusste sie sofort, was es war.

Jemand hatte ihr vier scharfe Fingernägel so kräftig über die Wange gezogen, dass sich jetzt auf ihrer Haut Blutstropfen bildeten.

16

Ismay

Dezember 1457

Zum ersten Mal seit fast einem Jahr versammelte sich die gesamte Familie des Herzogs von York auf der Burg Ludlow im Grenzland zwischen England und Wales. Auch Anne war dabei, allerdings ohne ihren Mann, weil dieser sich zu sehr mit dem Haus Lancaster verbunden fühlte. Während Elizabeth und Margaret ihre große Schwester hofierten, sorgte Ismay dafür, dass der fünfjährige Richard beschäftigt war, und versuchte, den achtjährigen George davon abzuhalten, seinen älteren Bruder um Geschichten anzubetteln.

Eduard war, das musste man ihm lassen, ein liebevoller großer Bruder, der George mit Vergnügen Geschichten von Turnieren und Schlachten erzählte – bis er von einer hübschen Küchenmagd oder der Tochter eines adeligen Besuchers aus der Gegend abgelenkt wurde. Edmund ließ sich weniger leicht ablenken und verbrachte so viel Zeit wie möglich mit seinen kleinen Brüdern und mit Ismay. Dafür war sie umso dankbarer, als die Angehörigen von Herzogin Cecily ebenfalls zum Weihnachtsfest erschienen.

Seit ihrer unerfreulichen Begegnung zwei Jahre zuvor hatte Ismay John Neville nur wenige Male gesehen. Außer dass er sich an ihren Namen erinnert und ihr Fragen zu Havencross gestellt hatte, hatte er nicht viel getan, um seine Werbung persönlich weiterzuverfolgen. Daher fürchtete Ismay John weniger als seinen älteren Bruder, den Grafen von Warwick. Zum Glück saß dieser jedoch gerade in Calais fest, und sie brauchte bloß mit dem Neville fertigzuwerden, der ihr die zweitgrößte Angst einjagte, nämlich mit Johns Vater, dem Grafen von Salisbury.

Obwohl sie sich schon mehrmals begegnet waren, behandelte der Graf Ismay immer noch wie ein neues Haustier, das seine Schwester Cecily in ihren Haushalt aufgenommen hatte. Entwürdigender konnte sein Verhalten ihr gegenüber nicht sein, fand Ismay – bis der Weihnachtstag kam.

Als nach der Messe und dem Festessen im großen Saal Weihnachtslieder gesungen wurden, forderte der Graf Ismay auf, sich neben ihn zu setzen. Nun wurde ihr klar, wo sein älterer Sohn seine Verhaltensweisen gelernt hatte, denn der Graf musterte sie zweimal von oben bis unten, bevor er mit ihr zu sprechen geruhte.

»Du wächst recht hübsch heran«, sagte er in einem Tonfall, der für eine falsche Deutung seiner Absichten keinen Raum ließ. »Es gibt zwar nicht viele Frauen, die sich so zu benehmen verstehen wie meine Mutter oder meine Schwester, aber ich glaube, Richard hat recht – du verdienst eine Chance.«

Sie meinen, Havencross verdient eine Chance, dachte Ismay finster. »Und was hält John davon?«, fragte sie.

»In dieser Hinsicht gilt für jüngere Söhne und Waisenmädchen das Gleiche«, antwortete er. »Sie tun, was man ihnen sagt.«

Bevor Ismay sich entscheiden konnte, ob sie lieber laut

schreien oder aber in Tränen ausbrechen wollte, griff Edmund mit der ihm eigenen Liebenswürdigkeit ein. »Onkel, darf ich dir Lady Ismay entführen? Ich fürchte, Richard weigert sich, schlafen zu gehen, wenn sie ihm nicht eine Geschichte erzählt.«

Nach einem Moment, in dem Ismay im Geiste die Daumen drückte, ließ der Graf seinen prüfenden Blick von Ismay zu seinem Neffen wandern. »Es sei mir fern, einem Kind Annehmlichkeiten vorzuenthalten«, sagte er trocken. »Es spricht für dich, Mädchen, dass du dich in dieser Familie so … unentbehrlich gemacht hast.«

»Lord Salisbury«, verabschiedete Ismay sich mit einem hastigen Knicks. Sie zwang sich, nicht zu rennen, als sie Edmund aus dem Saal hinaus auf einen leeren Flur folgte. Dort ließ sie sich gegen die Wand sinken. Sie übertrieb ihre Erleichterung nur ein klein wenig.

»Danke«, sagte sie.

»Ich hab nichts getan.«

»Doch, du hast mir einen riesigen Gefallen getan – Richard muss erst in einer Weile ins Bett.«

»Wenn das so ist, komm mit, und versteck dich mit mir. Irgendwo, wo niemand uns stört.«

»Wo sollte das sein?« Ismay lachte. »In der Burg wimmelt es doch von Menschen.«

Edmund streckte ihr die Hand hin. »Ich weiß ein Versteck.«

Ismay zögerte. Was auch immer Edmund im Sinn hatte, seine Hand zu ergreifen erschien ihr bedeutungsschwer. Doch je länger sie wartete, desto mehr Gewicht erhielt ihr Zaudern.

Die Angst, dass Edmund es sich anders überlegen könnte,

überwog schließlich alle Bedenken, und sie legte ihre Hand in seine. »Zeig es mir.«

Er führte Ismay nach draußen und durch den eisglatten Hof der Hauptburg zum Westturm. Dort im Erdgeschoss befanden sich die großen Feuerstellen, sodass es in den Vorratskammern darüber wärmer war, als man jetzt im Winter erwartet hätte. Sie gingen die Wendeltreppe hinauf und erreichten die Lagerräume im zweiten Stock. Der größte ging nach Westen auf Wales hinaus. Er enthielt nichts als leere Fässer und eine eichene Bank mit hoher Lehne, die Ismay und Edmund, als sie sich gesetzt hatten, vor den Blicken Vorübergehender schützte. Diese Bank war hervorragend geeignet, um zwei Menschen zu verbergen, und Ismay war sogleich klar, dass Eduard sie seinem jüngeren Bruder gezeigt hatte. Wahrscheinlich nutzte Eduard sie sehr gern selbst für Tändeleien.

Allein der Gedanke daran ließ Ismay erröten. Sie hielt immer noch Edmunds Hand, und jetzt blickte er sie mit ungewohnter Eindringlichkeit an. »Ismay, darf ich dich etwas fragen?«

»Ja.«

»Du brauchst nicht zu antworten, wenn du das nicht möchtest.« Er schluckte, sah ihr aber weiter in die Augen. »Möchtest du John Neville heiraten?«

Ismay hätte alle möglichen Antworten geben können, doch hier war nur ein einziges Wort entscheidend.

»Nein.«

»Er stammt aus einer guten Familie«, sagte Edmund, »und meine Eltern wären beide froh darüber. Er ist auch nicht so furchtbar alt. Und ein guter Soldat. Meine Schwestern sagen, er sei ein schmucker junger Mann.«

Ismay entzog Edmund ihre Hand. »Haben deine Eltern oder dein Onkel dich etwa geschickt, um mich zu überreden?«, fragte sie eisig.

Edmund senkte den Kopf in die Hände. Als er Ismay wieder ansah, war all sein Selbstvertrauen verschwunden. »O Herr im Himmel, warum drücke ich mich nur so unklar aus? Nein, Ismay, ich will dich nicht zu einer Heirat mit John überreden. Ganz im Gegenteil.«

Nun dämmerte ihr, worauf er hinauswollte. Ihre Fingerspitzen begannen zu kribbeln. »Edmund, möchtest *du* denn, dass ich ihn heirate?«, fragte sie.

»Nein.«

Diesmal war Ismay so mutig, ihre Hand auf seine zu legen. »Warum nicht?«

Er biss sich auf die Lippe, nahm mit einer raschen Bewegung Ismays Hände zwischen seine und führte sie an seine Brust. »Weil ich dich liebe, Ismay. Weißt du das denn nicht?«

»Ich … ich hatte es mir gewünscht«, gestand sie flüsternd.

»Kennst du … gibt es einen anderen, den du an Johns Stelle nehmen möchtest?«

Ismay hätte niemals gedacht, dass sie diese Kühnheit besaß, aber jetzt nutzte sie den Moment und hob den Kopf. Edmunds Kuss war so sanft und warm wie er selbst, weckte jedoch etwas Machtvolleres, Größeres in ihr.

Nach dem Kuss lehnte er seine Stirn gegen ihre. Etwas zittrig sagte Ismay: »Ich liebe dich, Edmund. Und ich werde John Neville niemals heiraten.«

Doch noch während Edmund sie hielt, noch im ersten Freudentaumel, schickte Ismay eine flehende Bitte zum Himmel: »Bitte, Herrgott, lass nicht zu, dass der Graf von Warwick alles verdirbt.«

17

Juliet

2018

Erst als am wässrig blauen Himmel die Sonne aufgegangen war, öffnete Juliet ihre Zimmertür. Dazu musste sie einen Schreibtisch, einen Stuhl und einen Koffer wegschieben, die sie davorgerückt hatte.

Sie wusste selbst nicht, warum sie geglaubt hatte, damit könne sie ein Gespenst aufhalten.

Aber vielleicht war es ein höfliches Gespenst, denn immerhin hatte es ihre Barrikade respektiert. Die übrige Nacht war ohne weitere Zwischenfälle verlaufen, abgesehen von denjenigen, die sich in Juliets Kopf abgespielt hatten. Noch nie war ihr so bewusst geworden, wie viele Geräusche ein unbewohntes Haus produzieren konnte. Dass das fragliche Haus noch dazu dreizehnhundert Quadratmeter Wohnfläche besaß, hatte die Geräusche noch verstärkt, sowohl im buchstäblichen als auch im übertragenen Sinne.

Fast hätte Juliet aufgegeben und Noah Bennett angerufen – was man durchaus als Fortschritt betrachten konnte, war sie doch zehn Jahre lang nicht auf die Idee gekommen, einen anderen Mann als Duncan anzurufen. Aber ihr Selbsterhaltungstrieb hatte sie davon abgehalten, mitten in der Nacht einen gut aussehenden Mann anzuklingeln und zu sagen: »Sorry, dass ich Sie wecke, aber ich hab im Flur einen Geist gesehen. Oder vielleicht hab ich auch halluziniert, und mein eigener toter Sohn ist mir erschienen.«

Wenn man vor Erschöpfung und Verwirrung fix und fertig ist, helfen Essen und Kaffeetrinken. Juliet toastete dankbar ein paar Scheiben von Rachels selbst gebackenem Brot, und nach drei Tassen Kaffee war ihr Kopf wieder so klar, dass sie eine To-do-Liste aufstellen konnte.

1. *Mich zusammenreißen, bevor Noah Bennett hier aufkreuzt.*
2. *Ihn wegen der Geräusche in den Heizungs- und Wasserrohren fragen.*
3. *Ihn bitten, mir vom Gespenst auf Havencross zu erzählen.*
4. *Mein Make-up suchen.*
5. *Diese peinliche Liste vernichten.*

Juliet fing von unten an, und eine halbe Stunde später trug sie Samtleggings und darüber einen Kaschmirpullover in Oversize, hatte ihr Haar gebürstet und Concealer, Mascara und Lippenstift aufgetragen. Seit Monaten hatte sie nicht mehr so lange vor dem Spiegel gestanden, und mit Freuden stellte sie fest, dass die Kilos, die sie sich erst während der Schwangerschaft und dann während ihrer Depression angegessen hatte, allmählich wieder abschmolzen. Ihre olivbraune Haut wirkte nicht mehr schlaff, und das dunkle Haar besaß etwas von dem Schimmer, den sie auf den Fotos von der jungen Clarissa Somersby gesehen hatte.

Anschließend setzte Juliet sich mit den Zeitungsartikeln über Thomas Somersbys Verschwinden und ihrem Notizbuch in die riesige viktorianische Küche. Statt wie eine Jugendliche, die auf ihr erstes Date wartet, auf der Vordertreppe zu sitzen, wollte sie lieber so tun, als arbeite sie.

Die Sache mit dem Fach Geschichte war, dass selbst eine vorgetäuschte Recherche schnell in echte Arbeit ausarten konnte. Ein kleiner Appetithappen genügte, um Juliets Vorstellungskraft zu wecken, und den fand sie in einem Wust von Informationen eigentlich immer. Nach und nach stellte sie eine Timeline der Ereignisse zusammen. Sir Wilfred Somersby hatte Weihnachten und Neujahr auf Havencross verbracht, zusammen mit seiner zweiten Frau Julia, ihren beiden drei- und vierjährigen Töchtern und dem einjährigen Sohn sowie den Kindern seiner ersten Frau, der dreizehnjährigen Clarissa und dem neunjährigen Thomas. Außerdem waren seine beiden Schwestern mit ihren Ehemännern und Kindern über die Feiertage gekommen, sodass insgesamt sechs Erwachsene und sechzehn Kinder anwesend waren.

Anscheinend hatten sie ihre Abreise beschleunigt, weil sich ein Schneesturm ankündigte und die Brücke überflutet zu werden drohte. Juliet las zwischen den Zeilen der Zeitungsartikel und sah deutlich die chaotische Szene vor sich: Die frühe Abenddämmerung im Norden, verstärkt durch eine tief hängende Wolkendecke, aus der es immer heftiger schneite; fast vier Dutzend Menschen liefen umher, die Dienstboten eingerechnet; Pferde wurden angeschirrt, Kinder getrennt von ihren Eltern in Kutschen verfrachtet, zu viele Menschen riefen zu viele Anweisungen; Chaos überall …

Erst als die letzten Wagen vor einem Gasthaus in Newcastle eintrafen, entdeckte man, dass Thomas auf Havencross zurückgelassen worden war. Da außerdem mindestens fünf Dienstboten dort geblieben waren, wurde angenommen, dass der Junge verhätschelt und verwöhnt werden würde und dass er es genießen würde, das einzige Kind zu sein, bis sich das Wetter wieder besserte.

Es dauerte drei Tage, bis jemandem auffiel, dass Thomas sich nicht auf Havencross befand, oder jedenfalls nicht im Wohngebäude. Man organisierte Suchtrupps, und im Umkreis von fünf Meilen wurde jeder Fußbreit Boden abgekämmt. Doch die Suchenden fanden nichts als einen einzelnen Schuh, der am Ufer des rasch dahinströmenden Flusses lag.

Nur die strikte Konzentration auf ihre Notizen konnte Juliet davon abhalten, sich im Drama des verschollenen Kindes zu verlieren. Schließlich war das hier eine Recherche, ermahnte sie sich. Und falls sie wirklich über die Grippeepidemie im Jungeninternat schreiben wollte, musste sie sich daran gewöhnen, über leidende Kinder zu lesen.

Ein Leitartikel, der drei Wochen nach Beendigung der Suchaktion erschien, bot Juliet das faszinierende Häppchen Information, auf das sie gehofft hatte.

> Seltsame Ereignisse sind auf Havencross nichts Neues. Seit den Tagen Elizabeths I. wanderte der Besitz recht schnell durch die Hände verschiedener Familien, bis das Gebäude dann vom Ende des 18. Jahrhunderts an über Jahrzehnte hinweg leer stand. Auf allen Anwesen, die ein hohes Alter aufweisen, sammeln sich Gespenster an – auf Havencross, so heißt es, geht der Geist eines kleinen Jun-

gen um. Angeblich spukt er sowohl im Haus als auch draußen herum, es wird jedoch berichtet, er sei von eher sanfter Natur.

Juliets Stift flog über das Papier, und sie plante bereits, wie sie die weitere Recherche angehen wollte, als sie Schritte hörte. Gleich darauf rief Noah Bennett: »Sind Sie zu Hause?«

Es war eine rhetorische Frage, denn er stand bereits im Kücheneingang. »Ich habe an der Haustür geklopft, hab mir dann aber gedacht, dass Sie das nur hören können, wenn Sie gerade in der Nähe sind. Aber dass ich dann an die Waschküchentür gehämmert habe, ist Ihnen offenbar auch entgangen.«

Juliet sprang zu schnell auf und warf dabei fast den Stuhl um. »Tut mir leid! So was passiert mir, wenn ich lese. Oder wenn ich recherchiere. Dann könnte man hinter mir ein Feuerwerk abbrennen, ohne dass ich es merken würde, hat mein Mann immer gesagt. Mein Ex-Mann, meine ich.«

Shit. So viel dazu, dass sie sich geschminkt hatte und Noah beeindrucken wollte – jetzt war er gerade mal zwanzig Sekunden hier, und schon faselte sie etwas von ihrer gescheiterten Ehe. Es hätte sie nicht überrascht, wenn er sofort den Rückzug angetreten hätte.

Aber er sagte bloß: »Beneidenswerte Eigenschaft. Ich muss Noise-Cancelling-Kopfhörer aufsetzen, wenn ich mich länger als eine Viertelstunde am Stück konzentrieren will. Haben Sie weiter über die Schule recherchiert?«

»Nicht direkt. Ich hab die Zeitungsausschnitte über das Verschwinden von Thomas Somersby im Jahr 1907 gelesen.

In den meisten ist von einem Geisterjungen auf Havencross die Rede. Ihre Großtante meinte, diese Erscheinungen gehen möglicherweise auf die Zeit der Rosenkriege zurück, aber einer der Journalisten schreibt auch von Tunneln, die im Mittelalter von den Mönchen des ursprünglichen Klosters erbaut wurden. Sie sollten vermutlich während der Schottischen Unabhängigkeitskriege als Verstecke oder als Fluchtwege dienen, und das würde ich mir gern näher ansehen. Geheime Tunnel könnten leicht eine Erklärung für den vermeintlichen Spuk liefern.«

»Unbedingt. Und Geheimgänge auch. Die gibt es angeblich ebenfalls auf Havencross.«

Juliet spürte ein Frösteln im Nacken. Sie wohnte ganz allein in einem Haus mit zahllosen Räumen und mindestens drei Treppenhäusern – musste sie sich da wirklich auch noch Gedanken um Geheimgänge machen?

Gespenster sind nicht auf Geheimgänge angewiesen, bemerkte ihr Verstand.

Gespenster gibt es gar nicht, gab sie zurück.

Um das Thema zu wechseln, fragte Juliet unvermittelt: »Wollten Sie sich nicht die Heizungsanlage ansehen? Und den Boiler? Oder was Sie sonst noch hier vorhatten. Ich habe keine richtige Vorstellung davon, was ein Landvermesser so macht.«

Ein anderer Mann, genauer gesagt, Duncan, wäre gekränkt gewesen. Über ihre Worte, über ihren Tonfall, über irgendetwas, das er gerade an ihr auszusetzen hatte.

Doch Noah Bennett sagte bloß lachend: »Ich würde nicht sagen, dass Heizungen und Rohrleitungen unbedingt den Hauptteil meiner Arbeit ausmachen, aber weil ich in einem alten Farmhaus aufgewachsen bin, habe ich eine Menge

Erfahrung als Troubleshooter. Ich gucke mir die Heizung gerne mal an.«

Obwohl Juliet nichts lieber wollte als weglaufen, kam sie mit, als Noah sie dazu einlud. Vielleicht würde sie zu ihrem normalen Verhalten zurückfinden, wenn sie Interesse an Heizungsanlagen heuchelte.

Schließlich aber musste sie zugeben, dass so etwas interessanter war, als sie gedacht hatte. Die Heizungsanlage war noch nicht modernisiert worden, und der Boiler aus der Zeit vor dem Ersten Weltkrieg, der im Keller kauerte, hätte ein Alien aus irgendeinem Science-Fiction-Film sein können. Noah erklärte Juliet, wie er funktionierte, und zeigte ihr auch, wie sie ihn notfalls neu starten konnte.

»Der Vorteil von alten Häusern ist natürlich, dass man reichlich offene Kamine hat«, fügte er hinzu. »Ich werde Rachels Jungs bitten, dass sie mir helfen, eine Ladung Feuerholz herzubringen und in der Waschküche aufzustapeln. Wissen Sie, im Falle eines Falles, wie man Feuer macht?«

»Ähhh …«

»Ich zeig's Ihnen.«

Juliet sah ihn skeptisch an. »Das kann aber unmöglich zu Ihrem Landvermesser-Job gehören.«

»Nein, aber wenn ich Sie hier erfrieren lasse, kann ich Sie niemals bitten, mit mir auszugehen.«

Halt, stopp … was war das? Der einzige Grund, warum Juliet nicht sofort flammend rot wurde, war, dass Noah die Wirkung seiner Worte gar nicht zu interessieren schien. Er sprach einfach weiter. »Da wir jetzt schon mal hier unten sind, wollen wir uns auch noch die Elektrik anschauen. Die könnte bei einem schweren Unwetter schnell mal schlappmachen.«

Er grinste sie über die Schulter hinweg an. »Und, ja, ich werde dafür sorgen, dass Sie einen großen Vorrat an Taschenlampen, Batterien und Kerzen haben. Es ist nur logisch, dass man sich möglichst auf alle Eventualitäten vorbereitet.«

Logisch. Duncan hatte nicht viel von Logik gehalten. Er besaß die Fähigkeit, sich innerhalb von zwei Minuten selbst vollkommen zu widersprechen, ohne das auch nur im Geringsten einzusehen. Und wenn Juliet ihn auf einen logischen Fehler hingewiesen hatte – normalerweise war es dabei um ihr Verhalten gegangen –, hatte ihr Ex-Mann entweder einen Wutanfall gekriegt und ihr vorgeworfen, sie gebe ihm immer an allem die Schuld, oder er hatte sie nur angesehen und schlichtweg geleugnet, dass er dies oder jenes gesagt hatte. Manchmal hätte Juliet seine Bemerkungen am liebsten aufgenommen, um später einen Beweis zu haben, aber sie hatte das Gefühl gehabt, nicht einmal das würde ihr helfen. Es hätte Duncan nur noch eine weitere Waffe geliefert, die er gegen sie einsetzen konnte.

Und das Traurige daran war, dass Juliet begonnen hatte, ihren eigenen Gefühlen zu misstrauen.

Im Gegensatz zu Duncan schien Noah sie auch nicht zu einer Antwort drängen zu wollen. Allerdings hatte er sie bisher eigentlich auch nichts gefragt. Noch nicht. Was würde sie sagen, wenn – oder falls – er es wirklich tat? Als er ihr gezeigt hatte, wie man den Strom wieder einschaltete – was wesentlich einfacher war, weil sogar sie einen Sicherungskasten erkennen konnte –, hatten ihre Nerven sich beruhigt, und Noah hatte sie dazu gebracht, über ihren Beruf zu sprechen.

Während sie aus dem Keller hochstiegen, fühlte Juliet

sich sogar so wohl, dass sie sagen konnte: »Eine Lehrbeauftragte ist kein hohes Tier. Da steht man auf der Karriereleiter ganz unten, auch wenn ohne uns keine Universität den Lehrbetrieb aufrechterhalten könnte.«

»Das verstehe ich – aber Sie können mir nicht erzählen, dass Ihnen an so einem Lehrauftrag oder an akademischen Machtkämpfen wirklich etwas liegt. Sie sind doch nicht auf die Farm gekommen, haben Großtante Winnie um den kleinen Finger gewickelt und Kartons geschleppt, bloß um damit in einem Einstellungsgespräch punkten zu können. Ich habe Ihr Gesicht gesehen. Was auch immer Sie an Havencross so interessiert, es leuchtet Ihnen aus den Augen. Darüber möchte ich etwas erfahren.«

Wann hatte sie das letzte Mal jemand danach gefragt, was ihr am Herzen lag? Beinahe schüchtern sagte Juliet: »Es geht mir um die Menschen, ich möchte mehr über die Menschen früherer Zeiten wissen. Wie sie gelebt haben, worüber sie gesprochen haben, wovor sie Angst hatten und was sie glücklich gemacht hat. Geschichte besteht aus Menschen. Wir teilen die Geschichte nach Daten, Politik, Kriegen und Regierungen ein, aber letztlich geht es doch einfach um Menschen, die Entscheidungen treffen, Fehler machen und hassen und lieben – genau wie wir auch.« Juliet brach ab und räusperte sich. »Wie auch immer, Havencross ist ein schönes Gebäude, aber ich möchte etwas über die Menschen erfahren, die darin gelebt haben. Vor allem über die Schüler und die Lehrer, die 1918 hier wohnten. Der Krieg ging zu Ende, das Leben sollte wieder normal werden, und da – wie aus dem Nichts tauchte plötzlich ein Virus auf und stellte die ganze Welt auf den Kopf. Das ist die Geschichte, die ich gern schreiben möchte. Bloß …«

Juliet zögerte. Sollte sie Noah Bennett von den Hinweisen auf Geistererscheinungen erzählen?

»Bloß was?«, hakte Noah nach.

»Bloß darf man die Spanische Grippe, so wie alle geschichtlichen Ereignisse, nicht separat betrachten. Auch da haben Einflüsse aus der Vergangenheit eine Rolle gespielt. Dazu gehört anscheinend auch das Verschwinden von Thomas Somersby im Jahr 1907. Und in den Geschichten über sein Verschwinden ist häufig von dem Geisterjungen auf Havencross die Rede.«

Noah warf ihr einen scharfen, wissenden Blick zu. »Sie haben ja mit Tante Winnie gesprochen. Was hat sie Ihnen über mich und den Geisterjungen erzählt?«

»Nur, dass ich Sie danach fragen soll. Irgendwann mal.«

Mit schiefem Lächeln sagte Noah: »Wann, wenn nicht jetzt?« Er schaute sich um, und die Art, wie er die Luft ausstieß, schnürte Juliet die Kehle zu. »Wenn ich Ihnen eine Gespenstergeschichte erzähle, ist der viktorianische Teil des Hauses nicht der richtige Ort dazu. Können wir in den mittelalterlichen Teil gehen?«

Wo ihr Schlafzimmer war. Wo sie selbst in der vergangenen Nacht … was auch immer sie dort gesehen hatte. »Klar.«

Während sie durch das weitläufige Erdgeschoss wanderten und dann die prunkvolle gotische Treppe hinaufstiegen, wurde Juliet sehr bewusst, wie groß und leer das Gebäude war. Bisher hatte sie es im Haus geschafft, sich auf ihre unmittelbare Umgebung zu konzentrieren, aber jetzt fragte sie sich, ob diese neue Wahrnehmung sie heute Nacht würde schlafen lassen. So viel Raum – und nur ihr eigener Atem und ihr Herzschlag als Gesellschaft.

Als sie den Flur des mittelalterlichen Gebäudekerns mit seinen deutlich dickeren Mauern betraten, fiel Noah Juliets offen stehende Zimmertür auf. »Sie haben sich entschieden, hier oben zu schlafen?«

Juliet verstand seine unausgesprochene Frage. »Sie möchten wissen, warum?«

»Ja, genau.«

»Weil Sie ihn hier gesehen haben …« Juliet wurde klar, dass Noah ihre Antwort falsch verstehen konnte. »Ich meine, ich hab mir das Zimmer nicht ausgesucht, weil Sie hier ein Gespenst gesehen haben. Aber Sie möchten wissen …«

Würde er es selbst aussprechen, oder musste sie das tun? Duncan jedenfalls hätte ihrem Gedankengang nicht folgen können.

Noah sagte es selbst. »Ich möchte wissen, ob Sie auch irgendetwas gesehen haben.«

Die Freude darüber, dass er sie verstanden hatte, ließ Juliets Herz höher schlagen. »Ich glaube, ich möchte gern hören, was Sie gesehen haben, bevor ich Ihnen von meinem Erlebnis erzähle.«

Noch höher schlug Juliets Herz, als Noah sagte: »Okay. Aber vorher möchte ich als der Ältere von uns beiden Ihnen vorschlagen, dass wir endlich zum Du übergehen. Ich heiße Noah.«

»Gute Idee«, sagte sie mit einem Lächeln. »Und ich bin Juliet.«

»Schön, Juliet. Also, du weißt ja, dass Havencross seit Clarissa Somersbys Tod im Jahr 1992 leer steht. Von da an hat meine Familie hier die Hausmeistertätigkeiten übernommen und dafür gesorgt, dass das Gebäude nicht abbrannte und dass es keine Überschwemmungen gab. Wir haben Sperrholz vor kaputte Fensterscheiben genagelt, die Nagetiere in Schach gehalten und solche Dinge. Manchmal hat mein Vater Rachel und mich dazu mitgenommen. Im Winter 1999 war ich zehn. Ich kam mit meinem Vater her, weil er nach einem Schneesturm sehen wollte, ob irgendwelche Reparaturen nötig waren.«

Noah deutete auf die Tür am Ende des Flurs. »Wir waren oben im Dachgeschoss, wo sich im Mittelalter die Privatgemächer befanden, denn dort war ein Fensterrahmen undicht. Bist du da oben schon gewesen? Bestimmt, das gehört ja zu deinem Job.«

»Ich gehe einmal in der Woche hoch«, sagte Juliet. Sie war noch nicht bereit, sich näher über die verstörenden Echos zu äußern, die manchmal sogar durch die geschlossene Tür bis zu ihr drangen.

»Gut, dann weißt du also, wie leer es da ist. Langweilig für ein Kind. Deswegen ließ ich meinen Vater seine Arbeit erledigen und lief die Wendeltreppe hinunter, um mich in den Räumen hier unten zu vergnügen. Und hier habe ich ihn gesehen.«

Noah deutete auf den Flur, in dem sie standen, auf den Flur, in dem Juliet in der vergangenen Nacht das unerklärliche Licht gesehen hatte.

Sie biss sich auf die Lippe. »Und was genau hast du gesehen?«

»Zuerst war es etwas wie Licht. Ich konnte nicht erkennen, wo es herkam. Aber dann konzentrierte es sich auf eine Stelle, es formte sich zur Gestalt eines Jungen, etwa in meinem Alter, mit hellem Haar und großen Augen.« Wieder sein scharfer Blick. »Kommt dir das bekannt vor?«

Juliet nickte. Was sie empfand, war eigentlich keine Furcht, sondern eher etwas wie Ehrfurcht.

Auch Noah nickte nun. »Und dann habe ich ihn gehört, ohne dass er den Mund geöffnet hätte. Er hat die Hand ausgestreckt und gesagt –«

»Komm, versteck dich mit mir«, ergänzten sie beide wie aus einem Mund.

Staunend, ja, bewundernd, stellte Noah fest: »Du hast ihn also auch gesehen.«

»Letzte Nacht. Er hat mich wahnsinnig erschreckt«, gestand Juliet. »Daraufhin habe ich alles, was ich bewegen konnte, vor meine Zimmertür geschoben.«

Noah lachte. »Ich hab damals so laut geschrien, dass mein Vater die Treppe runtergerast kam, weil er dachte, ich hätte mir ein Bein gebrochen. Er hat gesagt, ich würde mir das alles nur einbilden. Aber meine Großtante Winnie hat mir geglaubt. Und ich habe keinen Wert darauf gelegt, jemals wieder in diesen Teil des Hauses zurückzukehren. Obwohl …«

Jetzt war es Noah, der zögerte. Aber Juliet war sich so sicher, was in ihm vorging, dass sie sagte: »Obwohl der Junge nicht bedrohlich wirkt. Bloß einsam.«

»Wieder richtig.« Ohne die geringste Befangenheit streckte Noah ihr die Hand hin, und Juliet nahm sie. »Heißt das, dass du auch weiterhin hier oben schlafen willst?«

»Ich denke, schon. Warum auch immer, ich mag diesen Teil des Hauses. Er fühlt sich am meisten … geliebt an. Vielleicht gefällt es mir einfach, dass er klein und leichter zu überblicken ist. Wenn ich unten in dem großen vorderen Schlafzimmer schlafen würde, käme ich mir vor wie ein Ausstellungsstück in einem verlassenen Museum. Und auch wenn er mir anfangs so einen Schrecken eingejagt hat, ich habe keine Angst vor einem verschollenen kleinen Jungen.«

Als Noah sie mit seinen braunen Augen fragend ansah, hätte Juliet ihm beinahe den Grund dafür erzählt – die Geschichte von ihrem eigenen kleinen Jungen und von dem Kummer, der sie nach Havencross getrieben hatte. Doch von Liam zu sprechen, wäre heute ein Schritt zu viel gewesen.

Noahs Gesicht hellte sich auf. »Dein Vertrag beinhaltet vermutlich nicht, dass du jede Minute hier im Haus verbringen musst. Ich meine, du bist doch auch zur Farm rausgefahren. Hättest du Lust, irgendwann in der nächsten Woche abends mit mir essen zu gehen? Du könntest nach Newcastle kommen, oder wir könnten uns auch in Hexham treffen.«

Also hatte er sie doch nicht einfach necken wollen. »Ich würde Newcastle sehr gern kennenlernen«, sagte Juliet.

18

Juliet

2018

Nach diesem recht außergewöhnlichen Nachmittag mit Noah verbrachte Juliet die nächsten Tage mit harter körperlicher Arbeit. Sie schuftete bis zur Erschöpfung, sodass sie abends problemlos einschlief – und durchschlief.

Immer wieder dachte sie an Noahs Antwort auf ihre Frage, warum der Geisterjunge nicht Thomas Somersby sein konnte: »Wer auch immer dieser Junge im Leben war, er war jedenfalls nicht Thomas.« Juliet wusste nicht, weshalb sie diesen Satz so beruhigend fand. War es nicht wahrscheinlich, dass ein Geist, der schon seit weit über hundert Jahren auf der Erde festgehalten wurde, entsprechend fordernder sein würde? Doch Noahs mit kräftiger Stimme geäußerte Gewissheit hatte in ihren Ohren richtig geklungen, und sie war überzeugt, dass sie jetzt die Spur gefunden hatte, der sie folgen musste.

Eine Spur, die mit Clarissa Somersbys Interesse an den Rosenkriegen zu tun hatte. Vielleicht jedenfalls. Na gut, räumte Juliet ein, ihre eigene Erinnerung an diesen Geisterjungen und auch Noahs Beschreibung ließen keineswegs einen eindeutigen Bezug zu einem Zeitalter erkennen. »Groß, aber schmächtig. Helles Haar. Er hatte eine Kerze in der Hand und trug ein weißes Hemd mit bestickten Ärmelaufschlägen und darüber einen Umhang.«

Noah hatte ihr den Jungen sogar aufgezeichnet, wobei er aber fröhlich zugegeben hatte, dass seine Zeichnungen bei Landvermessungen, wenn er mit Linien und Schattierungen arbeitete, viel brauchbarer waren als seine Porträts. Und tatsächlich, das Gesicht des Kindes war undeutlich, und die Kleidung hatte Gemeinsamkeiten mit den Modeströmungen fast aller Perioden der letzten sechs- oder siebenhundert Jahre. Sie bewies gar nichts.

»Aber wir sehen daran, dass er kein Mönch aus dem alten Kloster ist«, hatte Noah gesagt. »Ja, ich weiß, Thomas Somersby könnte recht ähnliche Kleidung getragen haben. Und natürlich habe ich zuerst an ihn gedacht. Nicht, dass ich mit dem Geisterjungen gesprochen hätte, aber ich habe mich innerlich gefragt, verstehst du? Im Kopf. Und als mir der Gedanke ›Thomas Somersby‹ kam, sah der Junge … enttäuscht aus.«

Noah Bennett war also entweder außergewöhnlich empfänglich für das Übernatürliche, oder aber er besaß eine blühende Fantasie … Juliet überlegte, ob sich daraus folgern ließ, dass sich ihr Beuteschema verändert hatte – ob sie dem furchterregenden Kontrollfreak nun bestenfalls den kreativen Geschichtenerzähler und schlimmstenfalls den Fantasten mit Realitätsverlust vorzog.

Natürlich war ihr klar, dass sie vielleicht selbst den Kontakt zur Realität verloren hatte. Jeder Außenstehende hätte das so gesehen. »Weiblich, dreißig Jahre alt, neuerdings single, in der Vergangenheit depressive Phasen, kürzliche Totgeburt, lebt völlig abgeschieden, bla, bla, bla …« Sie neigte ohnehin schon zu Träumen, die auf ihr Tagesbewusstsein abfärbten, warum sollte sie da nicht in einem Haus, in dem es bekanntermaßen spukte, Halluzinationen haben?

Gegen all das konnte Juliet nur ein einziges Argument vorbringen – oder zwei, wenn sie Noah Bennetts offenbar doch sehr pragmatischen Verstand mitzählte. Ihr anderes Argument war die Tatsache, dass es ihr trotz allem, was sie durchgemacht hatte, so gut ging wie schon seit Jahren nicht mehr. Sie hatte nicht geahnt, wie sehr die Zeit mit Duncan an ihren Kräften gezehrt hatte. Seit ihrem zweiten Jahr auf dem College war sie mit ihm zusammengewesen, und ihr gesamtes Wissen über langjährige Beziehungen rührte von dieser einen Erfahrung her. Doch seitdem ihr Körper sich von den Monaten der Schwangerschaft und dem hormonellen Nachspiel der qualvollen Geburt erholte, fiel Juliet auf, dass sie sich sogar anders bewegte. In Duncans Nähe war sie immer so vorsichtig gewesen, stets auf der Hut vor verbalen Attacken oder unvorhersehbaren emotionalen Ausbrüchen. Jetzt rannte sie die herrschaftliche Treppe auf Havencross hinauf und hinunter, ohne darüber nachzudenken. Nachdem sie Kartons umhergezerrt, Bücher zusammengepackt oder Möbel verrückt hatte, lockerte sie ihre überanstrengten Muskeln mit Dehnübungen, und innerhalb von wenigen Tagen war der Muskelkater wieder weg.

Am wichtigsten aber war, dass sie wieder richtig denken konnte.

Wie lange war es her, dass sie klar und vernünftig über irgendetwas nachgedacht hatte, das sie selbst betraf? Ihre Arbeit hatte sie stets geschafft, sie hatte Seminare und Vorlesungen gehalten und Abhandlungen verfasst, immer im Vertrauen auf ihr Fachgebiet, die Geschichte, denn deren Ereignisse lagen in der Vergangenheit. Aber jenseits dieser engen Grenzen war alles von Duncans Meinungen überschattet und belastet gewesen. Von Duncans Kritiksucht. Von Duncans scheinbar so beiläufigen Kommentaren. Zum Beispiel konnte er sagen: »Ich fand, dass die Frau vom Dekan heute ein bisschen schwabbelig aussah«, womit er meinte: »Arbeite mehr und iss nicht so viel, damit niemand denkt, meine Frau würde schwabbelig aussehen.« Das alles war wie ein Gewicht gewesen, das Juliet überall mit sich herumgeschleift hatte. Duncan fand, sie müsse dem Leiter ihrer Abteilung mehr schmeicheln, sie dürfe sich niemals einen Flirt zuschulden kommen lassen, sie müsse ihre Rocksäume auslassen und dürfe keine tiefen Ausschnitte und niemals Gold tragen und ihr Haar nicht pink färben …

Ach, es war kein Wunder, dass sie so lange so müde gewesen war.

Aber neuerdings war das anders. Juliet war hellwach, und sie konnte klar denken, und es gab keinen Duncan mehr, der ihre Realitätswahrnehmung in Zweifel zog.

Sie hatte etwas gesehen. Sie hatte etwas gehört.

Jetzt wollte sie herausbekommen, was das alles bedeutete.

Am Mittwoch verließ sie Havencross nachmittags um vier, um sich mit Noah zum Abendessen zu treffen. Die Sonne stand schon so tief, dass es Juliet riskant erschien, über die schmale Brücke zu fahren. Wie sollte sie das erst in totaler Finsternis schaffen? Vielleicht würde sie bei ihrer Rückkehr einfach am anderen Flussufer parken und die Brücke dann zu Fuß überqueren.

Obwohl der Linksverkehr und das Sich-Zurechtfinden in einer unbekannten Stadt Juliets Nerven strapazierten, war sie so zeitig in Newcastle, dass sie noch am Tyne entlangspazieren und die berühmte Brücke über den Fluss bewundern konnte, bevor sie sich zu der verabredeten Hafenkneipe begab. Aufgeregt ging sie vor dem Pub hin und her und hoffte bloß, dass sie in ihren schwarzen Jeans und dem Tweedblazer richtig angezogen war. Genau so hatte sie sich auch damals bei ihrem ersten Date mit Duncan gefühlt. Sie musste sich immer wieder sagen, dass sie nicht mehr zwanzig war und dass Noah überhaupt keine Ähnlichkeit mit Duncan hatte.

Schon fünf Minuten später eilte er mit großen Schritten auf sie zu, was sie gleichzeitig erleichterte und lächerlich verwirrte. Sah er immer so vergnügt aus, wenn er jemanden traf, oder war das nur bei ihr der Fall? Er machte ihr sofort ein Kompliment über ihr Outfit, fragte sie, wie die Fahrt gewesen war, und sagte: »Hast du etwas dagegen, wenn ich dir einen Kuss auf die Wange gebe?«

Dieser Mann war sexy, höflich und respektierte Grenzen. Als seine Lippen ihre Wange streiften, wusste Juliet, dass sie sich etwas sehr Schönes eingebrockt hatte.

»Ist das wirklich dein erster Besuch in einem englischen Pub?«, fragte Noah, nachdem sie bestellt hatten und ihr Wein gebracht worden war.

»Nachdem ich in England angekommen war, habe ich ja gleich am nächsten Tag auf Havencross angefangen. Bisher habe ich also nur den Flughafen Heathrow und die Straßen hierher kennengelernt. Alle waren der Ansicht, ich sollte unbedingt erst ein paar Tage in London verbringen, aber mir war nicht danach, so ganz allein auf Sightseeingtour zu gehen.«

»London ist ganz in Ordnung«, sagte Noah wenig begeistert. »Für einen Kurzbesuch. Aber nichts übertrifft den Norden.«

»Dann nehme ich an, dass du schon immer in Northumberland gelebt hast. Sind wir hier überhaupt noch in Northumberland?«

Er griff sich mit gespieltem Schreck ans Herz. »Frau, du tust mir weh! Vergiss die Spanische Grippe, wir müssen dafür sorgen, dass du als Erstes die noble und altehrwürdige Geschichte Northumbriens studierst. Ja, Newcastle liegt in Northumberland. Ignoriere alle, die dir etwas von Tyne und Wear erzählen wollen.«

»Das verspreche ich«, sagte Juliet feierlich.

»Also, jetzt mal ernsthaft, ich bin in Hexham geboren und habe mein ganzes Leben auf der Farm verbracht, bis ich zum Studium nach Edinburgh gegangen bin.«

»Also noch weiter nach Norden«, sagte Juliet.

»Genau. Und zum Arbeiten bin ich dann in Newcastle gelandet. Vielleicht würde ich mich überreden lassen, in den Süden zu ziehen, dann aber nicht weiter als bis nach York … das wäre wirklich das Äußerste. Und du? Hast du immer am gleichen Ort gelebt, bevor du nach England rübergekommen bist?«

»Nein. Ich bin in Pennsylvania aufgewachsen, hab in Massachusetts studiert und seitdem an verschiedenen Colleges in Maine gearbeitet.«

Juliet befürchtete, dass Noah sie jetzt nach ihrer Ehe fragen könnte, aber glücklicherweise kam das Essen, und ihr Gespräch wurde ein wenig unpersönlicher, wenn auch nicht weniger unterhaltsam. Mindestens viermal fragte Juliet sich, wie es kam, dass Noah keine Partnerin oder Freundin hatte. Vielleicht würde sie irgendwann Rachel danach fragen.

Während sie sich ein Dessert teilten, und nachdem Juliet erklärt hatte, dass man American Pancakes in Amerika normalerweise zum Frühstück aß, sagte Noah: »Falls du immer noch daran interessiert bist, unseren Geisterjungen historisch einzuordnen, ich hatte während des Studiums einen Zimmergenossen, der jetzt in einem Museum in Berwick arbeitet. Seine Spezialität ist die Geschichte des Mittelalters. Wenn du möchtest, stelle ich den Kontakt her.«

»Das wäre super. Ich lege meine Dissertation über die Grippe vorläufig auf Eis – denn keine Historikerin, die etwas auf sich hält, würde jemals eine bei der Recherche gefundene Spur aufgeben, bevor sie nicht alle Möglichkeiten ausgeschöpft hat, ihr nachzugehen.«

»Ich sage meinem Freund, dass du ihn anrufen wirst, und schicke dir eine SMS mit seinen Kontaktdaten. Das heißt, wenn du nichts dagegen hast, mir deine Handynummer zu geben.«

»Du hast mich eben zu echt englischen Fish 'n' Chips eingeladen. Da bin ich dir doch was schuldig.«

Noah begleitete sie zu ihrem Parkplatz, und sie blieben noch ein Weilchen am Auto stehen. »Kriegst du es hin, im Dunkeln zurückzufahren?«, fragte er.

Juliet war so glücklich, dass sie ihre Befürchtungen vom Nachmittag vergessen hatte. »Doch, doch«, antwortete sie.

»Ginge es zu weit, wenn ich dich bitten würde, mir eine SMS zu schicken, sobald du heil wieder angekommen bist?«

»Überhaupt nicht. Ich finde es schön, wenn sich jemand Gedanken um mich macht.«

»Gedanken«, wiederholte Noah. Seine Stimme wurde sanfter, und er sah ihr ins Gesicht. »Wenn ich dir jetzt einen Gutenachtkuss geben wollte …«

Juliet zog die Unterlippe zwischen die Zähne, eine Gewohnheit, die sie als Jugendliche angenommen hatte, und sagte so kühn, wie sie sich schon seit Jahren nicht mehr gefühlt hatte: »Dann müsste es nicht unbedingt auf die Wange sein.«

Nach dem langen, leidenschaftlichen Kuss war Juliet ein wenig zittrig. Wie immer Noahs Liebesleben auch ausgesehen haben mochte, er hatte zweifellos Erfahrung – Noah Bennett konnte küssen. Juliet stellte sich vor, dass er auch noch eine Menge anderes konnte. Während sie nach Havencross zurückfuhr, gestattete sie sich diesbezüglich einige Fantasien, und dabei summte sie vor sich hin.

Selbst die schmale Brücke schreckte Juliet nicht so, wie sie befürchtet hatte. Der Abend war klar, der Vollmond schien, und ihre Scheinwerfer zeigten ihr den sicheren Weg über den Fluss. Juliet schwebte ins Haus und die Treppe hinauf, und als sie ihr Schlafzimmer erreichte, summte sie immer noch.

Doch als sie gerade ihre Zimmertür öffnen wollte, hörte sie neben ihrem Summen noch etwas anderes. Es war das gleiche Geräusch, das ihr seit ihrer Ankunft schon vier- oder fünfmal aufgefallen war, mal tagsüber, mal nachts. Es klang rhythmisch, fast wie Trommelschläge, aber nicht so vertraut. Wie immer kam es aus der Richtung der Tür, die nach oben zum mittelalterlichen Privatbereich führte.

Immer noch ganz angeregt von dem schönen Abend öffnete Juliet die Tür zur Wendeltreppe. Nichts würde sie dazu bringen, im Dunkeln diese enge, ummauerte Treppe hinaufzugehen, aber sie hatte sich gedacht, dass sie durch die offene Tür vielleicht besser hören könnte. Möglicherweise vermochte sie sogar zu erkennen, ob der Boiler oder die Rohrleitungen dieses trommelnde Geräusch produzierten, oder ob es vom Dach kam. Juliet schien es fast, als könnte es etwas mit Tieren zu tun haben – als würden Waschbären oder Hunde über das hohe Spitzdach laufen.

Pferde.

Juliet hatte keine Ahnung, wo diese Eingebung herkam, aber sie wusste sofort, dass sie richtig war. Was sie da hörte, waren Hufschläge von Pferden – natürlich nicht auf dem Dach, sondern durch die Fenster der alten Gemächer über ihr: *Hufe trommelten auf festgestampfter Erde, Ledersättel knarzten und knirschten, Eisen klirrte – bewaffnete Reiter.*

Sie folgte ihrem plötzlichen Impuls, die Treppe hinaufzulaufen. *Wie viele Reiter waren es? Und wessen Leute?* Doch nach drei Stufen meldete ihr Handy eine SMS. Schlagartig waren alle anderen Geräusche verschwunden. Juliet stieg die Stufen rückwärts wieder hinunter, voller Angst, dass diese rätselhaften Wahrnehmungen wiederkehren könnten. Sie schob sich in den Flur und schloss die Tür zur Wendeltreppe.

»Das war ja grauenhaft«, sagte sie laut. »Kleiner Geisterjunge, wer du auch bist, es wäre nicht schön, wenn du dich heute Nacht zeigen würdest.«

Ihre eigene Stimme zu hören brachte sie immerhin wieder in die Realität zurück. Eine SMS, gut. Wahrscheinlich war es Noah, der sich nach ihr erkundigen wollte. Sie kramte das Handy heraus und sah nach.

Aber die Nachricht war nicht von Noah, sondern von Duncan.

Erinnerst du dich daran, wie wir in Boston im Trolleybus die Gespenstertour mitgemacht haben? Heute Abend vor genau fünf Jahren. Und weißt du noch, was wir anschließend im Hotel getan haben? Ich vermisse dich, Juliet. Ich habe nie eine Frau so geliebt wie dich. Bitte schreib mir, dass du mir verzeihst.

19

Diana

November 1918

Sind Sie sich sicher, dass Sie das wollen?«, fragte Joshua. Diana war sich absolut sicher, dass sie das *nicht* wollte. Sie konnte sich mühelos zwanzig Dinge vorstellen, die sie am ersten Samstag der Herbstferien lieber getan hätte, als sich freiwillig in einen engen Raum zu begeben.

Aber am Mittwoch war es ihr einfach nur darum gegangen, Joshua Murray von den Kratzern an ihrem Hals abzulenken, und ihr erster Einfall war gewesen, sein Interesse an den Geheimgängen auszunutzen. Er hatte sich anscheinend nicht überrumpelt gefühlt, sondern sich auf dieses andere Thema eingelassen. Jedenfalls für den Moment. Diana vermutete, dass die Kratzer wieder zur Sprache kommen würden, vielleicht nachher, wenn sie seine Familie zum Tee besuchten.

Jetzt standen sie beide mit Taschenlampen in den Händen in einem Lagerraum im Dachgeschoss. Die Schule unter ihnen war nahezu leer. Fünfzehn Jungen blieben in den Ferien hier, die meisten von ihnen waren entweder Stipendiaten oder aber Waisenkinder, die kein Zuhause hatten, wo sie einfach hinfahren konnten. Auch der größte Teil der Lehrerschaft hatte sich abgemeldet, nur Joshua und Luther

Weston waren noch da. Am Morgen war Clarissa mit Weston, Beth Willis und den anwesenden Jungen zu einem Ausflug am Hadrianswall entlang aufgebrochen, sodass Diana und Joshua jetzt ungestört ihren Erkundungen nachgehen konnten.

Es war nicht fair, dass Joshua Murray in Flanellhosen und einem handgestrickten Pullover sogar noch besser aussah als im Anzug. Diana nestelte immer wieder an ihrem Halstuch herum, ließ die Hand dann aber schnell sinken, denn sie wollte ihn nicht an die Kratzer erinnern. Wenigstens heilten sie gut.

Sie musste sich selbst gekratzt haben. So hatte sie es Murray gesagt, und so wiederholte sie es sich auch selbst immer wieder.

Vielleicht würde sie es bald tatsächlich glauben?

»So«, sagte Joshua, »mal sehen, wie gut mein Gedächtnis ist. Wenn ich mich richtig erinnere, sind Clarissa und ich hier herausgekommen, als sie mir vor vielen Jahren den Geheimgang gezeigt hat.«

Sie mussten Kisten mit alten Lehrplänen und Teile von abgenutzten Pulten und Stühlen forträumen, um den Eingang freizulegen. Niemand hatte sich die Mühe gemacht, ihn hinter den Bergen von Gerümpel noch gesondert zu verdecken – er bestand einfach aus einem niedrigen Rechteck in der Wand, und die Platte, die es verschloss, ließ sich leicht heraushebeln. Dahinter kam ein schmaler Flur zum Vorschein, der zwischen den beiden Dienstbotenkammern rechts und links entlangführte. Er konnte nicht viel breiter sein als Joshuas Schultern, und Diana sah, wie er bei diesem Anblick die Brauen hob.

»Als ich klein war, war der Gang deutlich breiter«, bemerkte er, aber sein Grinsen zeigte, dass die Befürchtungen, die er vielleicht haben mochte, keine große Rolle spielten. »Gut, dass ich Sie bei mir habe. Falls ich stecken bleibe, müssen Sie sich eine Axt oder so was suchen.«

Da setzen Sie aber eine Menge Vertrauen in eine Frau, die nach ihrem letzten Erlebnis in einem engen, abgeschlossenen Raum gelähmt und halb erstickt war, dachte Juliet. Aber davon würde sie Joshua Murray niemals etwas erzählen. Sie wollte überhaupt nie jemandem davon erzählen.

Sarkastisch gab sie zurück: »Ja, ich sehe mich schon, wie ich das Miss Somersby erkläre: ›Keine Sorge, einer der Lehrer hängt zwischen den Wänden des Hauses fest, und ich haue ihn jetzt mit der Axt da raus. Sie haben doch bestimmt nichts dagegen, wenn ich dabei auch die eine oder andere Geschossdecke zertrümmere, oder?‹«

Joshua lachte und berührte kurz ihre Hand. »Ich gehe vor.«

Obwohl seine Hand nur einen Augenblick auf ihrer gelegen hatte, spürte Diana die Kälte, als er die Hand wieder fortzog. Sie schaute zu, wie er behutsam den Geheimgang betrat, und folgte dann mit einem leisen Seufzer seinem kräftigen Rücken.

Doch es war gar nicht so schlimm. Der Gang war zwar schmal, hatte aber die gleiche Höhe wie die Kammern, zwischen denen er hindurchführte, und die Wände bestanden aus dem gleichen Holz und waren genauso verputzt. Ihre Taschenlampen leuchteten hell, und eine Weile sah Diana fast nur Staub.

»Ich hab's gewusst.« Joshua war stehen geblieben, und seine Stimme klang befriedigt. Diana schloss auf. Er drehte sich mit dem Rücken zur Wand, sodass Diana an ihm vorbeisehen konnte. Vor ihm zweigte in schrägem Winkel ein zweiter Gang ab.

»Wenn man hier geradeaus weitergeht«, Joshua leuchtete mit seiner Taschenlampe den Gang entlang, den sie gekommen waren, »kommt man zu der Treppe nach unten, die zu den Wäscheschränken im zweiten Stock führt, in dem Flur mit den heutigen Lehrerzimmern. Das ist die Richtung, in die Clarissa mich damals mitgenommen hat. Wo dieser andere Gang hinführt, hat sie nicht gesagt.«

»Vielleicht hat sie es nicht gewusst«, mutmaßte Diana.

»Wir erkunden das jetzt, kommen Sie mit?«

Obwohl Diana ihre Anspannung am ganzen Körper spürte, flackerte plötzlich auch Neugier in ihr auf; sie fragte sich, welchen Anteil davon sie direkt von ihrem Begleiter übernahm.

Aber das war gleichgültig. »Ja«, sagte sie.

Im Gegensatz zu dem vorherigen Gang wand sich diese Abzweigung in so vielen Kurven und Biegungen durch das Gebäude, dass Diana schon bald nicht mehr hätte sagen können, wo sie sich befanden, außer dass sie noch im Dachgeschoss waren. Dann erreichten sie eine steinerne Wendeltreppe, die so eng war, dass man nicht mehr als zwei Stufen weit nach unten sehen konnte.

Joshua ging wieder voran, aber jetzt hielt Diana sich so dicht hinter ihm, dass sie ihn häufig mit ihrer Taschenlampe anstieß. In dieser Enge würde sie ihn nicht aus den Augen lassen. Schon jetzt klopfte ihr Herz so laut, dass sie überzeugt war, er könnte es hören.

Vielleicht war das der Grund, weshalb er ihr nun berichtete, was er sehen konnte. Da sie genau das Gleiche sah, ging es offenbar nicht in erster Linie um die Information, sondern er versuchte, sie mit dem Klang seiner Stimme zu beruhigen.

»Finden Sie es nicht auch sonderbar«, sagte Joshua Murray nachdenklich, »dass diese Wendeltreppe aus Stein gemauert wurde, die Gänge aber eher den normalen Fluren ähneln? Sie sind bloß schmaler und liegen versteckt. Vielleicht hatte Gideon Somersby eine Vorliebe für das Mittelalter und wollte etwas von der Atmosphäre des alten Hauses in sein neues Haus übertragen.«

»Wo niemand außer ihm es sehen konnte?«

»Genau. Nur für ihn allein. In der Viktorianischen Zeit war so etwas durchaus üblich für einen Mann.«

Die Treppe endete in einer Art Vorraum, der gerade so groß war, dass Joshua und Diana zusammen darin stehen konnten. Sie übernahm nun auch seine Taschenlampe und ließ beide Lichtkegel auf ein Türschloss scheinen, an dem er herumdrückte, bis er es öffnen konnte. Dann schob er die Tür vorsichtig gerade so weit auf, dass sie beide durch den Spalt hindurchsehen konnten.

Ganz offensichtlich befanden sie sich im privaten Teil des Hauses, denn Clarissa hatte die Schlafzimmer der Lehrer sicherlich nicht mit schweren Samtvorhängen und dicken Teppichen ausgestattet. Diana schaltete die Taschenlampen aus, während Joshua die Tür behutsam weiter aufdrückte, bis sie hindurchschlüpfen konnten.

Der Raum war nicht nur menschenleer, sondern er wirkte auch unpersönlich, so als wäre er lange nicht benutzt worden. Obwohl alles sauber und – Diana strich mit dem Finger über ein Tischchen – abgestaubt war, war das Einzelbett nicht bezogen und die Matratze darin in grobes Leintuch gehüllt. Diana fand, dass die Einrichtung etwas Massives, Männliches hatte, und einer Eingebung folgend durchquerte sie das Zimmer und öffnete die Tür in der gegenüberliegenden Wand.

Diese Tür führte in einen Raum, der mindestens dreimal so groß war, mit einem riesigen Bett aus Mahagoni und einem dazu passenden Kleiderschrank. Das Bettzeug war frisch, und Bücher, Pantoffeln, Nachthemd und Bürsten zeigten eindeutig, dass dies Clarissa Somersbys Schlafzimmer war. Und das vorige, kleinere Zimmer gehörte einst –

»Gideon Somersby.« Joshua hatte den gleichen Gedanken. »Ein viktorianischer Mann durch und durch – bis hin zu dem Ankleidezimmer neben dem ehelichen Schlafzimmer. Da konnte er übernachten, wenn seine Frau ihn nicht bei sich haben wollte.«

»Und von dort aus führte seine ganz private Treppe in den Dienstbotentrakt hinauf«, ergänzte Diana. »Um was wollen wir wetten, dass nur die hübschesten Dienstmädchen diese bestimmte Kammer im Dachgeschoss zugewiesen bekamen?«

»Ich bin froh, dass die Frauen aus meiner Familie, die früher hier gearbeitet haben, auf der Farm wohnen konnten«, erwiderte Joshua etwas abgelenkt. Er hatte Clarissas Schlafzimmer zwar betreten, war dann jedoch nicht weitergegangen.

Auch Diana zögerte, aber die Erkenntnis, dass Clarissa Somersby einen direkten – und dazu privaten – Zugang zum Schulflügel hatte, weckte wieder ihre Neugier. Dieser Geheimgang endete zwar nicht im mittelalterlichen Kern des Gebäudes, aber wenn Clarissa zwischen den Kammern im Dachgeschoss ankam, konnte sie sowohl die Krankenstation als auch Dianas Zimmer erreichen, ohne dass sie durch bewohnte oder stark frequentierte Flure gehen musste.

Aber warum sollte sie das tun? Diana fuhr mit den Fingerspitzen nervös über ihr seidenes Halstuch, während sie sich vorzustellen versuchte, wie ihre elegante, reservierte Direktorin durch den engen Geheimgang schlich, um herumzupoltern, an Türen zu klopfen und Möbel umzuwerfen.

Und bei alldem so geräuschlos umherwanderte, dass sie die Fingernägel über Dianas Hals ziehen konnte, ohne dass Diana sie vorher gehört hatte …

Nein, die Schulleiterin würde so etwas niemals tun.

Aber die trauernde Schwester? Die Frau, die von den Gerüchten über den Geisterjungen besessen war? Die Tochter, deren Vater drohte, sie von Havencross wegzuholen?

Mit leichten Schritten ging Diana durch Clarissas Schlafzimmer. Sie berührte nichts, sondern nahm nur alles in sich auf, um später darüber nachzudenken. Ihr fiel nichts ins Auge, was verdächtig oder fehl am Platz gewesen wäre. Bände mit klassischer Literatur, wissenschaftliche Untersuchungen über Heimschulen, gebundene, nach Jahrgängen geordnete Unterlagen über die Schüler, Romane in französischer und deutscher Sprache … Diana kam sich immer törichter vor.

Auf dem Nachttisch standen zwei Fotografien in alten Silberrahmen. Sie waren so platziert, dass Clarissa sie morgens als Erstes und abends als Letztes sehen musste. Die eine Aufnahme war ein altmodisches Familienporträt: Diana erkannte einen deutlich jüngeren Sir Wilfred Somersby und an seiner Seite sitzend seine Frau mit zwei kleinen Mädchen neben sich und einem kräftigen Baby auf dem Schoß. Auf Somersbys anderer Seite standen zwei ältere Kinder. Clarissa musste auf dem Foto zwölf oder dreizehn sein, und der Junge neben ihr war etwa im gleichen Alter wie die Schüler im ersten Jahrgang.

Auf der zweiten Fotografie war nur dieser Junge zu sehen. Er hatte dunkles Haar und ein rundes Kindergesicht, und trotz seiner unbequemen Kleidung und der steifen Haltung sah er aus, als würde er gleich losprusten.

Der verschollene Thomas. Er erinnerte Diana an ihren eigenen Bruder, als er klein gewesen war. Sie wusste zwar, wo Harry sich derzeit aufhielt, aber die unerschütterliche Fröhlichkeit der Jugend war ihm irgendwo in Frankreich abhandengekommen.

Joshua Murray trat neben sie. »Wollen wir zurückgehen?«

Schon die Vorstellung, sich wieder durch den engen Gang zu zwängen, war Diana zu viel. »Das ist nicht nötig. Wir wissen jetzt, welche Eingänge dieser Geheimgang hat. Einer liegt zwischen den Dienstbotenkammern, einer hinter dem Wäscheschrank für das Personal und einer im Schlafzimmer der Direktorin. Der Zugang hinter dem Wäscheschrank ist mit Brettern vernagelt, und ich bezweifle sehr, dass die Jungen hier vor Clarissas Nase ein und aus gehen.«

»Ist alles in Ordnung, Miss Neville?«

Er nahm zu viel wahr. So bedächtig, wie sie konnte, schritt Diana durch Clarissas Zimmer auf die Tür zu. »Ich finde, wir sollten zusehen, dass wir aus dem privaten Flügel verschwinden, bevor wir hier erwischt werden. Wenn Sie durch den Geheimgang zurückgehen möchten, treffen wir uns im Dachgeschoss, da können wir dann alles wieder so hinstellen, wie es war.«

»Miss Neville –«

»Dann können wir diesen Geheimgang hier ausschließen und weiter forschen. Glauben Sie, dass Clarissa die ursprünglichen Grundrisse vom Haus hat? Vielleicht wäre sie einverstanden, dass wir sie uns ansehen.«

Joshua Murray hielt Diana auf, indem er sich einfach vor die Tür stellte. »Wenn Sie nicht darüber sprechen möchten, ist das in Ordnung. Es gibt weiß Gott auch in meinem Leben Geschichten, die ich nicht erzähle. Aber ich will Sie nicht wieder durch Gänge schleifen, in denen Sie … die nicht …«

Seine Bemühungen, die richtigen Worte zu finden, und die beiden kleinen Falten, die sich beim Nachdenken zwischen seinen Augenbrauen bildeten, ließen Dianas wachsame Abwehrhaltung ein wenig bröckeln. »Sie haben recht, enge Gänge und Dunkelheit sind nicht gerade meine Spezialität, und eines Tages erzähle ich Ihnen vielleicht mehr darüber. In Zukunft werde ich meine Entdeckungsreisen jedenfalls nur noch auf dem Papier unternehmen. Die Lauferei überlasse ich Ihnen.« Diana versuchte, eins seiner Grinsen nachzuahmen, vermutete aber, dass sie dabei eher schwachsinnig wirkte. »Schließlich haben wir so hart daran gearbeitet, Ihr Bein zu retten.«

Wo hatte dieser Mann nur gelernt, eine Frau so anzusehen? Egal, dachte Diana sofort, *eigentlich will ich das gar nicht wissen.*

Einen Moment lang war ihr schwindlig, weil sie dachte, er würde sie küssen. Er senkte die Wimpern, als schaue er auf ihren Mund, und sie neigten sich beide ein wenig vor.

Doch dann verzog er die Lippen zu einem seiner unzähligen Lächeln und sagte: »Clarissa mag uns beide gern, aber falls jemand uns hier ertappen sollte, würde uns das wohl kaum helfen.«

Ach, richtig. Clarissa. Die Schule. Geheimgänge. Gespenster.

Diana schüttelte die verschiedenartigen Gedanken ab und folgte Murray durch die Tür. Er hatte jedenfalls eine bessere Vorstellung vom Grundriss des Hauses, denn er brachte sie aus dem privaten Teil in den Schulflügel zurück, ohne auch nur einmal falsch abzubiegen.

Und es war kein bisschen zu früh, denn als sie die Haupttreppe hinunterkamen, strömten die Jungen bereits wieder durch die große Eingangshalle. Hinter ihnen erschien Beth Willis mit ihrem kleinen Austin, und Clarissa bildete in hoheitsvoller Haltung das Schlusslicht. Sie trug einen Hosenrock aus tiefviolettem Tweed und dazu eine geschneiderte, perfekt sitzende Jacke. Neben ihr ging Luther Weston, der im grauen Flanellanzug und mit der Schirmmütze in der Hand den perfekten Gentleman vom Land abgab. Es sah aus, als hätte er gerade eine ganze Weile mit ihr gesprochen.

Warum nur beschlich Diana das Gefühl, dass Clarissa, als sie die Krankenschwester und den Vizeschulleiter die Treppe herunterkommen sah, bereits alles über ihre Unternehmungen an diesem Vormittag wusste? War das ein Trick, den die Direktorin aus einem der Bücher in ihrem Schlafzimmer gelernt hatte?

Wirklich nervös aber machte Diana die Art, wie Luther Weston sie anstarrte. Neben seiner offensichtlichen Feindseligkeit Joshua gegenüber hatte er jetzt anscheinend auch eine Abneigung gegen sie selbst gefasst. Diana hielt es nicht mehr für ausgeschlossen, dass Weston es war, der ihr nachts Streiche spielte.

Oder dass er diese Streiche zumindest gegen sie verwandte. Er hatte ja schon durchblicken lassen, dass sie zu »fantasievoll« war, eine Eigenschaft, die bei einer Schulkrankenschwester unerwünscht war. Diana nahm sich vor, außer Joshua niemandem von etwaigen zukünftigen Vorfällen zu erzählen. Sosehr sie auch glauben wollte, dass sie sich im Schlaf selbst den Hals zerkratzt hatte, sie wäre lieber gestorben, als Weston zu gestatten, so etwas in aller Öffentlichkeit anzudeuten.

20

Diana

November 1918

Als Joshua Diana zu überzeugen versuchte, dass sie in Hosen und Pullover mit ihm zum Tee gehen könne, lachte sie ihm ins Gesicht. »Ich weiß, was sich gehört«, sagte sie.

»Aber der Weg zum Farmhaus führt über Wiesen und Felder«, erklärte er.

»Ich kann auch im Rock wandern.«

Das bewies sie in einem weiten Bahnenrock aus grün meliertem Tweed und einer spitzenbesetzten Bluse. Darüber trug sie einen langen Wollmantel. Als einer der älteren Jungen, die am Haus Kricket spielten, einen Pfiff ausstieß, rief Joshua Murray: »Ich erwarte hier besseres Benehmen! Wir behandeln Frauen nicht wie Hunde.«

»Dann finden Sie also nicht, dass ich hübsch aussehe?«, neckte Diana ihn. »Trotzdem, ich möchte Ihnen gern anbieten, mich Diana zu nennen. Wäre Ihnen das recht?«

Murray lachte. »Mehr als recht! Ich bin Joshua.« Er bot ihr die Hand, und nach kurzem Zögern nahm Diana sie. Wann hatte sie zum letzten Mal mit einem Mann Händchen gehalten? Es war so lange her, dass es damals kein Mann gewesen sein konnte, so viel war sicher, sondern bloß ein großer Junge. Diana spürte wieder etwas von der Erregung des jungen Mädchens, allerdings gesteigert, weil Joshua mit seiner männlichen Ausstrahlung neben ihr herstiefelte.

»Ich glaube«, sagte er bedächtig, »ich kann meine Bewunderung für dein Aussehen vor Schuljungen nicht angemessen zum Ausdruck bringen. Ich würde den Jungs damit ein sehr schlechtes Beispiel geben, mir ist nämlich im Moment überhaupt nicht danach, mich gut zu benehmen.«

Konnte er durch ihre Hand spüren, wie wild ihr Herz schlug? Zum Glück verstand Joshua es, einer Frau ein Kompliment zu machen, ohne eine Gegenleistung von ihr zu erwarten. Diana ließ seine Hand erst wieder los, als die White Rose Farm in Sicht kam.

»Willkommen bei mir zu Hause«, sagte Joshua. »Die Ursprünge dieser Farm liegen zwar nicht so weit zurück wie die von Havencross, sondern nur zweihundertneunzehn Jahre. Doch seit 1699 ist das Land immer in derselben Familie geblieben, das ist schon etwas Besonderes.«

Das Farmgebäude war auch nicht so imposant wie Havencross, stellte Diana erleichtert fest. Das Wohnhaus hatte ein tief herabgezogenes Dach, in der Mitte zwei Stockwerke und rechts und links einstöckige Flügel. Das dunkle Schieferdach passte gut zu den hell verputzten Außenwänden. Die Haustür war gelb gestrichen und wurde, wie auch die Fenster zu beiden Seiten, von Rankpflanzen umrahmt.

»Kletterrosen«, bemerkte Diana. »Vermutlich weiße.«

»Selbstverständlich.«

»Obwohl du gerade zugegeben hast, dass dieses Farmhaus erst mehr als zweihundert Jahre nach dem Tod von Richard III. gebaut wurde. Wie konnte eine Familie mit schottischem Nachnamen zu den Kämpfen des Hauses York zu spät kommen?«

»Auch in Schottland gab es Anhänger des Hauses York«, erklärte Joshua. »Bevor er König wurde, war Richard Plantagenet der *Warden of the Forests North of the Tenth*, und in diesem Amt erwarb er sich hohes Ansehen. Von beiden Seiten. Mein Großvater hat immer behauptet, die Murrays hätten das Land wegen einer alten Verbindung mit dem Haus York gekauft.«

»Gibt es irgendeinen Teil des Nordens, der sich nicht der Vergangenheit verpflichtet und mit ihren Anliegen verbunden fühlt? Meine Mutter würde sagen, das liegt daran, dass ihr es alle nicht versteht, in der modernen Welt zu leben.«

Diana rechnete damit, dass Joshua lachen würde. Als er das nicht tat, horchte sie auf. »Londons Vergangenheit wiegt ebenso schwer wie die Geschichte hier im Norden«, erwiderte er. »Doch die Londoner machen einfach weiter und tun so, als gäbe es ihre Geschichte nicht.«

Diana brauchte sich keine Antwort zu überlegen, denn die farbenfrohe Haustür hatte sich geöffnet und entließ in rascher Folge einen Hund, drei Katzen, eine sympathische Frau mittleren Alters, die Joshuas Mutter sein musste, eine Jugendliche, die wohl seine fünfzehnjährige Schwester Alice war, und einen kleinen Wirbelwind, der sich mit solcher Wucht auf Joshuas schwaches Bein stürzte, dass er sich fest auf das gesunde stützen musste.

»Vorsichtig, Tom!«, schalt Alice ihn. »Du wirfst Onkel Joshua noch um.«

Tom war, wie sich herausstellte, der vierjährige Sohn von Joshuas älterer Schwester. Ihr Mann war in der Schlacht an der Somme gefallen, und sie arbeitete jetzt in einer Fabrik in

York, während ihr Sohn auf der Farm blieb. Wenn man den kleinen Jungen lächeln sah, bekam man einen Eindruck davon, wie Joshua als Kind gewesen war.

Einen Eindruck davon, wie Joshuas eigene Kinder werden könnten …

Diesen Gedanken wirst du nicht weiterverfolgen, sagte Diana sich mit Nachdruck.

Die ganze Familie Murray hieß sie herzlich willkommen, allerdings auf unterschiedliche Art. Alice wirkte für eine Fünfzehnjährige sehr erwachsen, während Diana sich schuldbewusst daran erinnerte, wie sie selbst in diesem Alter ihrem Bruder heimlich das Motorrad entwendet oder Zigaretten stibitzt hatte. Ihre Fragen waren so freundlich und aufmerksam wie die ihres großen Bruders, und sie schien sich wirklich für Dianas Erfahrungen im Krieg zu interessieren. Edith Murray war im gleichen Alter wie Dianas Mutter, und ihre Schweigsamkeit war keineswegs Schüchternheit. Diana hatte so viele Mütter erlebt, die übereifrig und fast schon neurotisch um ihre verwundeten Söhne herumflatterten, als wären sie aus dem Nest gefallene Vögelchen, und sie bewunderte Ediths Ruhe und ihre Fähigkeit, ihre Kinder ihr eigenes Leben führen zu lassen.

Joshuas Großvater war ein wackerer, tatkräftiger Farmer aus dem Norden. Mit seinen zweiundsiebzig Jahren sah er vermutlich noch genauso aus wie mit vierzig, und er bewegte sich mit einer Gewandtheit, die seinem Enkelsohn zum Teil abhandengekommen war. Joshuas Vater konnte Diana zwar nur von dem niedrigen Sofa in der guten Stube aus willkommen heißen, weil er sich gerade von einem kleinen Schlaganfall erholte, aber er begrüßte sie genauso offen und warmherzig wie der Rest der Familie.

Es war lange her, dass Diana im Familienkreis gegessen hatte, ohne dass es zu Streit, Diskussionen oder Kritik gekommen war. Ihre Mutter hätte die Murrays hoffnungslos alltäglich gefunden, auch wenn sie nie so unhöflich gewesen wäre, das laut zu sagen. Das Essen war hervorragend, was vermutlich daran lag, dass es großenteils von der eigenen Farm stammte. Als Diana das Brot lobte, errötete Alice vor Freude. Sie hatte es selbst gebacken und bot sofort an, auch Diana das Backen beizubringen.

Überrascht sagte Diana: »Ich weiß nicht, ob ich gut backen könnte. Wenn ich nun das Salz vergessen oder das Brot verbrennen lassen würde?«

»Du hast mir das Leben gerettet«, sagte Joshua, »und da hast du Angst, ein Brot verbrennen zu lassen?«

»Mach nicht so ein Drama daraus«, gab sie zurück. »Ich habe eine halbe Stunde gebraucht, um dich für die Operation vorzubereiten, das war alles. Die Chirurgen und die Krankengymnastinnen haben dich wieder auf die Beine gebracht.«

Joshua sah sie so eindringlich an, als wären sie allein – so wie auf ihrem Weg über das Moor und am Vormittag in Clarissas Schlafzimmer. »Es gibt verschiedene Arten, ein Leben zu retten. Deine Arbeit ist noch nicht getan, Schwester Neville.«

Mit dem feinen Gespür einer Mutter, die es versteht, möglichen Gefühlsausbrüchen zuvorzukommen, sagte Edith Murray: »Miss Neville, Joshua hat erzählt, dass Sie sich für die Geschichte von Havencross interessieren. Welche Fragen Sie auch haben, ich weiß, dass mein Schwiegervater sie mit Vergnügen beantworten wird.«

»Bitte nennen Sie mich Diana«, erwiderte sie. »Und ich

möchte nicht aufdringlich sein. Aber Northumberland und Havencross sind so anders als alles, was ich bisher kennengelernt habe, dass ich furchtbar neugierig bin.«

»Habt ihr das gehört?«, fragte Joshuas Großvater in die Runde. »Endlich einmal kann ich mich mit einer intelligenten Frau unterhalten. Sorgen Sie sich nicht, dass Sie aufdringlich sein könnten, Diana. Eher werden Sie mich bitten, endlich den Mund zu halten, wenn ich weiterrede, obwohl Ihre Neugier längst gestillt ist.«

Ohne dass Diana ihn drängte, konnte er pausenlos reden. Doch zu ihrem Glück war er ein geborener Geschichtenerzähler, und sein Glück war, dass Diana sich freute, ein Interessengebiet gefunden zu haben, das von den französischen Schlachtfeldern weit entfernt war.

Nicht, dass es in seinen Erzählungen an gewalttätigen Auseinandersetzungen gemangelt hätte. »Im Grenzgebiet ist das eben so«, sagte Mr Murray unbekümmert. »Irgendjemand kämpft immer. Selbst im dreizehnten Jahrhundert gab es schon viele Überfälle. Die Klöster waren wohlhabend, und Soldaten und Viehdiebe hatten leichtes Spiel mit ihnen. Doch die Mönche lernten schnell, sich und ihren Reichtum zu schützen. In Irland errichteten sie bereits zur Wikingerzeit Rundtürme, in die sie sich zurückziehen konnten. Das Kloster Havencross jedoch machte das Gegenteil – dort wurden unterirdische Tunnel gebaut.«

Ist ja klar, dachte Diana. »Wo führten diese Tunnel hin?«

»Sie dienten nicht so sehr als Fluchtwege, sondern vielmehr waren es Verstecke«, erklärte der Großvater. »Vielleicht gab es auch Ausgänge, aber davon ist uns nichts überliefert, und die Archäologen haben auch keine gefunden. Aber seit die Familie Somersby das Haus gebaut hat, wurde ohnehin kaum noch geforscht. Die Somersbys schotteten sich auf ihrem Landsitz ab. Ich habe allerdings Zeichnungen von Landvermessungen aus der Zeit, bevor das Haus gebaut wurde, und darauf ist eine Reihe der Fundamente des ursprünglichen Klosters zu erkennen. Auch von der Kapelle. Und vor fünfzig Jahren wurde wenige Meilen von hier eine Grabung durchgeführt, bei der man anscheinend doch den Ausgang eines alten Tunnels gefunden hat. Dort hat die Polizei auch gesucht, nachdem der kleine Thomas verschwunden war.«

»Man hat vermutet, dass er in einen Tunnel gelaufen sein könnte?«

Der Mann zuckte die Achseln. Die müde Traurigkeit in seinem Gesicht erinnerte an sein Alter und an die Todesfälle, die er miterlebt haben musste, sowohl im Privatleben als auch in großem Maßstab. »Jedenfalls ist er irgendwohin gegangen. Irgendwohin, wo keiner von uns ihm folgen konnte.«

Ein seltsames Wort, dieses *folgen*. Diana hätte erwartet, dass er seinen Satz nüchterner beenden würde, etwa mit »irgendwohin, wo keiner von uns ihn finden konnte«. Dieses *folgen* klang, als sei Thomas Somersby durch etwas wie einen übernatürlichen Schleier gegangen, in eine andere Welt, als hätte er eine Schwelle übertreten, die normale Sterbliche nicht …

Als hätte er sich von einem Jungen direkt in einen Geist verwandelt, ohne Zwischenschritte.

Diana überlief ein Schauer, als sie an Austin Willis und seinen Bruder und die anderen Jungen dachte, die gegenwärtig auf Havencross lebten. Was auch immer dort vor sich ging, verstörte die Schüler, und das wollte sie nicht länger hinnehmen.

Auf dem Rückweg nach Havencross waren sie beide schweigsam. Diana dachte an Tunnelröhren und Ersticken, und Joshua hing seinen eigenen Gedanken nach. Im Haus war bereits Ruhe eingekehrt, und als sie sich auf dem oberen Treppenabsatz trennten, nahm Joshua Dianas Hand und bedankte sich für ihre Begleitung.

Er hielt ihre Hand auch noch, als er wieder schwieg, so lange, dass Diana einmal mehr diese lebendige Wachheit spürte, die sie schon in Clarissas Schlafzimmer empfunden hatte. Gleich, dachte sie, werde ich ihn küssen.

Doch er kam ihr zuvor. Es war ein sanfter, fast brüderlicher Kuss auf die Wange. Dianas Reaktion auf sein raues Stoppelkinn und ihr plötzlicher Wunsch, Joshua in ihren abgelegenen Flur und ihr Schlafzimmer zu führen, hatten allerdings nichts Schwesterliches an sich.

Sie trennten sich wortlos, und beim Einschlafen lag Dianas Hand auf der Wange, die er geküsst hatte.

Wie so oft in den vergangenen Wochen erwachte sie von einem Schwall eiskalter Luft. Jemand hatte ihre Decken vom Bett gezerrt. Fast hätte Diana rasch danach gegriffen, doch der Gedanke, dass ein Tauziehen mit einer unsichtbaren Kraft nicht ratsam war, hielt sie zurück.

Als sie die Nachttischlampe einschalten wollte, wurde ihr auch diese entrissen. Ich muss sie umgestoßen haben, dachte Diana, als sie das Lämpchen auf den Boden krachen hörte. Doch eigentlich wusste sie es besser. Sie wusste es einfach. Jemand befand sich in ihrem Zimmer. Ein Wesen, das sie vertreiben wollte. Ein Wesen, das sie hasste. Ein Wesen, das ihr mit den Fingernägeln blutige Kratzer am Hals beigebracht hatte.

Ein unsichtbares Wesen.

Nicht, dass Diana viel hätte sehen können. Doch selbst die dunklen Umrisse in ihrem Zimmer begannen jetzt zu verschwinden, so als käme von draußen ein Strudel herein und sauge alles Licht und alle Wärme in sich auf. Sie wusste, was als Nächstes passieren würde, dieses furchtbare Röcheln im Staub, in der Dunkelheit, sie bekam keine Luft mehr und würde nie wieder atmen oder sehen oder sich bewegen können …

Mit einer Dringlichkeit, die Gefahr ankündigte, hämmerte jemand an ihre Zimmertür. »Diana!«

Sofort war alles verschwunden. Die Panik, die Kälte, die Finsternis … Diana wurde bewusst, dass sie kerzengerade im Bett saß, mit den Händen an der Kehle, als wolle sie nach Atemluft greifen, aber wer oder was auch immer bei ihr gewesen war, war fort. Ihre Decken lagen immer noch auf dem Fußboden und daneben die zerbrochene Lampe, alles andere jedoch hatte Joshuas Stimme vertrieben.

Vorsichtig, um nicht auf die Glasscherben zu treten, stieg sie aus dem Bett und riss die Tür auf. Vor ihr stand Joshua in Flanellhosen und einem nur teilweise zugeknöpften Hemd. Er sah aus, als sei er ebenfalls aus dem Bett gerissen worden.

»Was ist passiert?«, fragte Diana, während sie sich schon an ihm vorbeischob, um ihre Tasche aus der Krankenstation zu holen. Nach vielen Jahren der Übung konnte sie sofort von Schlafen auf Arbeiten umschalten.

»Jasper Willis ist verschwunden.«

21

Ismay

Mai 1458

Hernach im gleichen Jahr wurde in Westminster Rat gehalten, und dazu kamen die jungen Lords, deren Väter bei St. Albans von der Übermacht getötet worden waren, und sie wurden draußen vor den Stadtmauern beherbergt. Die Stadt konnte sie nicht empfangen, weil sie nicht in friedlicher Absicht kamen. Der Herzog von York und der Graf von Salisbury kamen auch herbei, aber nur mit den Männern, die zum Haushalt gehörten, friedfertig und ohne böse Absichten … Dann berieten die anderen Lords und Bischöfe unter sich über Friedensverträge und Abkommen.

Wie sehe ich aus?«, wollte Elizabeth wissen.

Ismay nahm sich Zeit, um ihre Freundin zu begutachten, denn sie wusste, dass die aufgeregte Elizabeth eine wohldurchdachte und wahrheitsgemäße Antwort brauchte.

Nicht zufällig wählte Ismay daher das Kompliment, das Elizabeth am meisten Selbstvertrauen geben würde. »Du wirst deiner Mutter alle Ehre machen.«

»Und meinem Gemahl?«

Ach so, ja. Ismay vergaß nur zu leicht, dass Elizabeth

seit fast vier Monaten eine verheiratete Frau war. Ihre Hochzeit war in die spannungsgeladene Zeit des Spätwinters gefallen. König Heinrich VI. hatte sich gesundheitlich erholt und war entschlossen, sich mit sämtlichen Feinden Englands zu versöhnen. Es war das einzige Mal gewesen, dass Ismay gehört hatte, wie Herzogin Cecily alles andere als gefasst klang. Als für den Herzog von York und die Familie Neville die Aufforderung kam, in London vor dem König zu erscheinen und Bericht über die Schlacht bei St. Albans zu erstatten, hatte die Herzogin voller Bitterkeit gesagt: »Meinen Vater, meine Brüder, meinen Gemahl, meine Söhne. Will diese Frau mir denn keinen Einzigen lassen?«

Mit *dieser Frau* war Margarete von Anjou gemeint, die Königin von England. Der König in seiner Milde mochte bereit sein, zu vergeben und zu vergessen, für seine Königin jedoch kam das nicht infrage. Und da sie für ihren fünfjährigen Sohn kämpfte, war sie im Laufe der Zeit immer unversöhnlicher geworden.

Das machte die Tatsache, dass sie sich im Moment alle in Königin Margaretes Schloss Greenwich aufhielten, äußerst peinlich.

Aber Elizabeth war vierzehn und jung verheiratet und mehr darum besorgt, wie ihr goldenes Gewand saß und ob die gerade Linie ihres mit Schwarzstickerei verzierten Unterkleides in dem tiefen Ausschnitt ihres Mieders gut zu sehen war. Ismay strich den Rand eines Ärmels glatt, obwohl das nicht nötig war, und befestigte den kurzen durchsichtigen Schleier unter Elizabeths Kopfbedeckung in ihrem Haar. Sie fand es sonderbar, dass sie selbst ihr Haar locker frisiert trug, sodass das dunkle Braun zur Geltung kam, während ihre jüngere Freundin als Ehefrau ihr Haar bedecken musste.

»Dein Gemahl«, sagte Ismay bestimmt, »könnte gar nicht anders als stolz auf dich sein.«

Das wollte Ismay ihm jedenfalls geraten haben. John de la Pole hatte Elizabeth vielleicht nicht aus Liebe geheiratet, aber wenn er die Ländereien seines Vaters jemals wiederbekommen wollte, dann musste er der Tochter des Herzogs von York Achtung und Respekt entgegenbringen.

Ismay ergriff Elizabeths Hand und fragte spontan: »Bist du glücklich?«

Elizabeths Erstaunen reichte Ismay als Antwort. Es umfasste sowohl ein »Natürlich bin ich glücklich« als auch das unausgesprochene: »Was hat denn Glücklichsein mit alldemzu tun?«

Ismay unterdrückte einen Seufzer und folgte Elizabeth aus dem kleinen Schlafgemach, das sie jetzt nur noch mit der zehnjährigen Margaret teilte, hinaus auf das gesellschaftliche Schlachtfeld, das der englische Hof darstellte.

Lautes Stimmengewirr und Musik schlugen ihnen entgegen, als sie den Saal betraten, in dem sich die Gäste drängten. Schon bald allerdings entdeckte Ismay ein Paar, das ein breites Lächeln auf ihr Gesicht zauberte und sie daran erinnerte, dass in diesem Frühjahr doch nicht alles nur schrecklich war. John Neville, inzwischen sechsundzwanzig und so ruhelos wie eh und je, stand wachsam neben Isabella Ingaldsthorpe, seiner neuen Braut. Obwohl Ismay die elegante, beherrschte Siebzehnjährige bisher nicht kennengelernt hatte, war sie ihr zurzeit der liebste Mensch in ganz England. Isabella war Königin Margaretes Mündel und besaß ein größeres Erbe als Ismay, und ihre Einheirat in die

Familie Neville sollte die Krieg führenden Parteien enger miteinander verbinden.

Lieber sie als ich, dachte Ismay.

Doch sie bereute diesen Gedanken sogleich, denn Eduard erschien neben ihr und fragte: »Na, was hältst du von Vaters jüngstem Vorhaben?«

Die ehrliche Antwort wäre gewesen: »Ich versuche, es zu vergessen.« Aber sie war nicht gewillt, Eduard gegenüber vollkommen aufrichtig zu sein, und er besaß die verstörende Gabe, Lügen und Ausflüchte zu durchschauen. Daher drehte Ismay den Spieß um. »Bestimmt bist du froh, dass nicht du es bist, der eine Elfjährige zur Braut nehmen soll.«

»Ich habe nicht Edmunds Vermählung mit Margaret Percy gemeint – so schlimm das auch ist, denn der arme Junge wird Jahre warten müssen, bis sie das Bett mit ihm teilt.«

Es hatte keinen Sinn, sich von Eduards unverblümter Redeweise gekränkt zu fühlen. Ismay schob das Bild einfach fort. Sie war längst darin geübt, Bilder zu verdrängen, die ihr nicht gefielen.

Eduard suchte mit seinen blauen Augen die Menge ab, während er fortfuhr: »Nein, ich meinte, dass du Lord Egremont heiraten sollst.«

»Er hat bisher nicht um meine Hand angehalten«, erwiderte Ismay.

»Nein? Bist du sicher? Ich glaube nämlich nicht, dass mein Vater in dieser Sache dein Einverständnis für nötig hält. Der König will Frieden. Vater will *Lord Lieutenant* von Irland bleiben und seinen Platz in der Thronfolge behalten. Elizabeth hat er schon mit einem Mann aus dem Hause Lancaster verheiratet. Wie könnte er seinen Einsatz für den Frieden besser beweisen als dadurch, dass er seinen Sohn und auch sein Mündel durch Einheirat in die teuflischen Hände der Percys gibt?«

Eduard legte Ismay die Hand auf die Schulter und deutete in den Saal. »Und da ist er schon. Thomas Percy, Lord Egremont. Vermutlich ist er gar nicht so schlimm. Könnte älter sein. Und sicher auch hässlicher. Wie wird es dir gefallen, die Gattin eines zwanzig Jahre älteren Mannes zu sein?«

Ismay hatte Lord Egremont zwar bereits ein paarmal gesehen, aber immer dafür gesorgt, dass er sie nicht bemerkte. Natürlich wollte sie ihn nicht heiraten. Er war sechsunddreißig und ein Percy, er hatte dunkle, unfreundliche Augen, und sein Gesicht sah aus, als hätte er noch nie im Leben gelächelt. Obendrein war er von einem unauslöschlichen Hass auf das Haus York besessen. Ismay fiel nichts ein, was sie lieber vermieden hätte als eine Ehe mit Lord Egremont.

»Keine Sorge«, sagte Eduard mit irritierendem Unterton, so als habe er ihre Gedanken gelesen. »Du könntest jederzeit deinen guten Ruf ruinieren, dann würde dich niemand mehr wollen. Du würdest natürlich in einem Kloster landen, aber der Weg dorthin könnte recht vergnüglich sein. Du brauchst nur ein Wort zu sagen, dann helfe ich dir auf dem Pfad des Verderbens.«

Sein freches Grinsen riss Ismay aus ihrem Schweigen. »Wenn ich nicht wüsste, dass du mich nur ärgern willst, würde ich dir jetzt eine Ohrfeige verpassen. Und überhaupt würde ich das jetzt tun, wenn es nicht Aufsehen erregen würde. Jetzt verschwinde, und belästige eine Frau, die dich nicht so gut kennt wie ich.«

Das Problem mit Eduard war, dass man ihm nie lange böse sein konnte. Er gab Ismay einen Kuss auf die Wange, genau so, wie er auch seine Schwestern zu küssen pflegte, und schlenderte pfeifend durch den Saal zu einer besonders liebreizenden jungen Frau, die gerade ganz allein dort stand.

Ismay schüttelte missbilligend den Kopf und vertrieb damit gleichzeitig ihre unangenehmen Gedanken. Es hatte keinen Sinn, Eduards Verhalten zu kritisieren. Während alle anderen im Haushalt – und fast überall in England – in Furcht vor dem Unmut des Herzogs von York lebten, beherrschte Eduard die Kunst, sich die Zurechtweisungen seines Vaters anzuhören und dann fröhlich genauso weiterzumachen, wie es ihm gefiel.

Vielleicht war genau das der Grund, weshalb Edmund der Lieblingssohn des Herzogs war.

Als hätte sie ihn mit ihren Gedanken jetzt ebenso herbeigerufen wie gerade seinen älteren Bruder, erschien Edmund an ihrer Seite. Ismay merkte, dass sie sich gleichzeitig anspannte und entspannte. Eigentlich war das gar nicht möglich, aber genau diese Empfindungen rief Edmund in ihr hervor. Zart wie ein Schmetterlingsflügel strich er ihr über die Hand und sagte: »Komm, versteck dich mit mir. Der Duft im Kräutergarten ist heute Nachmittag besonders aromatisch.«

Unter der launischen Frühlingssonne dufteten die Kräuter tatsächlich wunderbar: Basilienkraut, Zitronenmelisse und Kamille, deren weiße Blüten im gleichen Wind schwankten, der auch in Ismays Haar spielte. Oder zupfte Edmund an dem Zopf, der sich aus ihrer Spange gelöst hatte? Sie fuhr herum und fiel ihm in die Arme.

»Ich habe dich vermisst.« Seine Worte griffen Ismay ans Herz.

»Erst gestern hast du mich gesehen.«

»In der Messe. Neben deiner Mutter. Das waren keine guten Umstände.«

Ismay legte den Kopf an Edmunds Schulter. Sie spürte den leichten Wollstoff seines sommerlichen Wamses warm an ihrer Wange.

Sie fragte sich, wie viel Eduard wusste. Edmund und er waren sich sehr nah. Und auch wenn Edmund beteuerte, er habe nie ein Wörtchen verraten, durfte man doch Eduards Fähigkeit, Geheimnisse aufzuspüren, nicht außer Acht lassen. Und schon gar nicht, wenn es um Liebe ging.

»Hat dein Vater schon mit dir gesprochen?«, fragte Ismay.

Edmund wusste, was sie meinte. In diesen Tagen gab es nur ein Thema, das alle beschäftigte: Wie viele Ehebündnisse geschlossen werden mussten, um Frieden zu stiften.

»Offiziell noch nicht. Niemand spricht im Moment klare Worte. Wir reden alle drum herum und versuchen herauszufinden, wie weit wir Entgegenkommen zeigen müssen, um zu bekommen, was wir haben wollen, und wo wir uns das Nachgeben nicht länger leisten können.«

Wenn Eduard der geborene Soldat und Anführer war und nebenbei auch einen instinktiven Sinn für Politik besaß, so war Edmund ein begnadeter Politiker. Er hatte die Fähigkeit, stets das große Ganze im Auge zu behalten und zu erkennen, wie jede einzelne Handlung in das verworrene Bild hineinpasste, welches die englische Regierung in dieser Zeit bot.

Ismay jedoch war eine junge Frau, die wusste, was sie wollte und keine Angst hatte, darum zu bitten. Unumwunden fragte sie daher: »Und wird deine angedachte Ehe mit Margaret Percy bald zum offiziellen Gesprächsthema? Oder ist dein Vater nicht bereit, in diesem Punkt nachzugeben?«

Damit meinte Ismay: Bist du selbst zu diesem Entgegenkommen bereit? Bist du bereit, deine eigenen Wünsche um der Bedürfnisse deiner Familie willen zurückzustellen?

Vielleicht lag es daran, dass sie Einzelkind und Waise war, dass Ismay immer noch darüber staunte, dass die Wünsche eines Familienmitgliedes allen anderen Befehl sein konnten. Selbst wenn dieses Familienmitglied dem englischen Thron näher war, als ihr lieb sein konnte.

Andererseits hatte sie miterlebt, wie Elizabeth, die ein ganzes Jahr jünger war als sie selbst, geheiratet hatte. Elizabeth hatte dabei nichts anderes im Sinn gehabt als die Qualität ihrer Gewänder und die öffentliche Anerkennung, die ihrem Bräutigam zuteilwurde.

»Ismay.« Edmund schob sie ein wenig von sich, sodass sie sich wieder aufrichten musste. Er sah ihr in die Augen. »Ich mache mir gar keine Gedanken darüber, wie mein Vater zu meiner Eheschließung steht. Noch nicht. Warum soll es mir Sorgen bereiten, was er denkt, wenn ich selbst nicht weiß … wenn ich noch unsicher bin …«

Manchmal wunderte Ismay sich, dass diese beiden so grundverschiedenen Brüder so gute Freunde sein konnten. Hatte Eduard jemals in Erwägung gezogen, dass irgendeine Frau möglicherweise nicht bis über beide Ohren in ihn verliebt sein könnte?

Fast schroff fragte sie: »Edmund, glaubst du, ich hätte die Angewohnheit, alle Männer in meiner Bekanntschaft so mir nichts, dir nichts zu küssen?«

Seine Haut und sein Haar waren so viel heller als Ismays,

und er errötete. »Nein, natürlich nicht. Aber wir sind so häufig getrennt. Ja, wir verbringen mehr Tage fern voneinander als gemeinsam. Ich würde dich niemals auf eine Neigung festlegen wollen, die sich mit der Zeit wandeln kann.«

»Meine Liebe zu dir ist keine Neigung. Und ich nehme an«, sagte Ismay mit wachsendem Selbstvertrauen, »dass ich dich einfach bei jeder sich bietenden Gelegenheit daran erinnern muss.«

Damit stellte sie sich auf die Zehenspitzen, denn Edmund war zwar nicht so hochgewachsen wie Eduard, aber doch einen guten halben Kopf größer als sie selbst, und küsste ihn. Sanft zuerst, jedoch nicht schüchtern. Sie würde sich niemals vor Edmund fürchten, ebenso wenig wie vor ihren eigenen Wünschen.

Anfangs erwiderte Edmund, ganz Gentleman, ihren Kuss genauso sanft. Aber sie waren beide fünfzehn, in einem Alter also, in dem ein Funke Verlangen eine Feuersbrunst auslösen kann. Edmunds Hand glitt von ihren Schultern zu ihrer Taille hinunter, und er zog sie an sich. Eine vernünftige – schottische – Stimme in Ismay wies darauf hin, dass sie sich in einem öffentlichen Garten befanden und nur allzu leicht überrascht werden konnten, und dass das wohl kaum die richtige Art war, dem Herzog von York ihr gemeinsames Anliegen zu unterbreiten.

Doch diese vernünftige Stimme klang so fern, als käme sie tatsächlich aus Schottland, und letztlich siegte Edmund mit seinem gesunden Menschenverstand.

Nach dem Kuss klammerten sie sich weiter aneinander, bebend und atemlos, und Ismay überlegte, ob man vor Wonne sterben könne.

»Hier seid ihr also.«

Die Stimme durchzuckte Ismay wie ein Blitz, und sie riss sich von Edmund los. Im gleichen Moment jedoch erkannte sie, wer es war, der sie ertappt hatte, und ihr war klar, dass er vielleicht der einzige Mensch auf der Welt war, der nicht sofort alles verderben würde.

Sie reckte die Schultern und fuhr herum. »Eduard, ausgerechnet du solltest es besser wissen, als dich in einem so privaten Augenblick an uns heranzuschleichen.«

»So privat nun auch wieder nicht«, sagte er belustigt, aber mit mahnendem Unterton. »Ich besitze vielleicht die Gabe, mich Vater zu widersetzen, aber wie würde es ihm wohl gefallen, wenn er erführe, dass sein Lieblingssohn und sein reiches Mündel sich hier in den Gärten vom Greenwich Palace küssen und kosen? Wo jeder aus dem Hause Lancaster sie sehen und daraus Nutzen ziehen könnte?«

»Niemand kann daraus Nutzen ziehen«, gab Ismay zurück, »denn was sollte dein Vater Neues erfahren? Jeder weiß doch, wie nah ich eurer Familie stehe.«

»Und trotzdem bin ich selbst nie in den Genuss solcher Küsse gekommen ... wie schade.«

Edmund mochte zwar vom Wesen her ruhiger und stiller sein als Ismay oder sein älterer Bruder, aber einschüchtern ließ er sich nicht. »Du weißt, dass ich Ismays Ruf oder unserer Familienehre niemals Schaden zufügen würde«, entgegnete er mit fester Stimme. »Unsere Gefühle sind zwar privater Natur, aber meine Absichten sind es nicht. Ich werde Ismay heiraten, wenn sie mich zum Ehegemahl nehmen möchte.«

»Tatsächlich?«, fragte Eduard übertrieben erstaunt. »Und willst du ihn denn nehmen, kleine Ismay?«

»Ich werde niemals in deiner Gegenwart um ihre Hand

anhalten«, sagte Edmund so grob, wie es ihm möglich war. »Und willst du wirklich das Spiel spielen, wer die schlimmsten Geheimnisse über den anderen weiß? Ich kann gar nicht zählen, mit wie vielen Frauen ich dich schon beim Küssen ertappt habe. Und noch bei vielem anderen.«

Eduard lachte. Seine anfänglich mahnende Haltung war ganz dem Vergnügen über die temperamentvolle Antwort seines Bruders gewichen. »Glaubst du, auch nur irgendetwas davon könnte Vater überraschen?«

»Aber Mutter würde es nicht gefallen.«

Aha, dachte Ismay, als ein Schatten über Eduards Gesicht flog. Ins Schwarze getroffen. Edmund war zwar der Lieblingssohn des Herzogs von York, aber Herzogin Cecily zog eindeutig Eduard vor.

»Wirklich, Edmund, wenn du glaubst, ich würde irgendwelche Geschichten herumerzählen, kennst du mich schlecht. Die einzigen Geheimnisse, die für die Familie York zählen, sind politischer Art. Und da Ismay nicht die Mittel besitzt, unsere derzeitige Regierung zu stürzen, ist sie harmlos. Liebe, wen du willst, Brüderchen, doch höre auf den Rat eines Älteren: Küsse im Garten sind ja gut und schön, aber wenn du weitergehen willst, suche dir einen bequemeren Ort.«

Pfeifend spazierte Eduard davon und ließ die beiden stehen, Edmund mit rotem Kopf und Ismay mit der Frage, ob es irgendetwas gab, das Eduard von York sich wirklich zu Herzen nahm.

22

Diana

November 1918

Falls der Ernst der Lage den Erwachsenen auf Havencross noch nicht richtig bewusst gewesen sein sollte, dann sorgte die Schulleiterin jetzt wortlos für Klarheit. Clarissa Somersby hatte zur Vorbereitung auf die Suche in der großen Eingangshalle ihre Kommandozentrale errichtet. Dort saß sie mit fiebrig glänzenden Augen, aber wenn man sie nicht direkt ansah, konnte man glauben, sie wäre schlicht eine sehr gut vorbereitete Direktorin, die sich jetzt der Zusammenstellung der Suchtrupps widmete.

Sie war tatsächlich gut vorbereitet. Von jedem Teil des Hauses und auch von den Ländereien hatte sie Grundrisse vor sich liegen, mit Notizen zu jenen Stellen, die man leicht übersehen konnte. Diana wäre beeindruckt gewesen, hätte sie nicht vor ihrem inneren Auge deutlich ein Bild gesehen, wie Clarissa über Jahre hinweg diese Karten mitsamt den möglichen Verstecken zusammengestellt und genauestens studiert hatte. In all diesen Jahren hatte sie nie aufgehört, nach ihrem kleinen Bruder zu suchen.

Und wer ihr ins Gesicht schaute, sah das – sah die trauernde Schwester, die in ihren schlimmsten Albtraum zurückversetzt worden war.

Allerdings war Thomas bereits seit elf Jahren verschollen, und heute Nacht suchten sie Jasper Willis. Das hatte einen Vorteil: Jasper war mit Havencross längst nicht so vertraut, wie der kleine Thomas es gewesen war.

Clarissa wies Joshua an, bei ihr zu bleiben und ihr zu helfen, Gespräche mit Jaspers Klassenkameraden und mit seinen drei Zimmergenossen zu führen. Es gelang Diana, Joshua kurz beiseitezunehmen. »Tu, was du kannst, um diese Befragungen selbst zu übernehmen. Ich befürchte, dass Clarissa die Jungen verängstigen könnte.«

Joshua nickte kurz und bat Diana, vorsichtig zu sein. Sie war nicht gerade begeistert, dass sie zusammen mit Luther Weston auf die Suche gehen sollte, aber er hielt immerhin den Mund, als sie sich, mit Taschenlampen versehen, in den mittelalterlichen Teil des Hauses begaben. Aus der derzeitigen Vorratskammer kletterten sie die steile Stiege in den Keller hinab.

Sogleich überfiel Diana die stickige Luft, umklammerte sie wie mit Ankerketten, und alles roch nach feuchter, schwerer Erde … Diana wurde erst bewusst, dass sie stehen geblieben war, als Weston gegen sie stieß.

»Entschuldigung«, sagten beide gleichzeitig, und Diana schüttelte heftig den Kopf, um die erstickende Angst zu vertreiben.

»Sind Keller Ihnen unheimlich?«, fragte Weston.

»Nicht solche, die vor fünfhundert Jahren gebaut wurden. Wenigstens ist er leer.«

Als sie ihre Taschenlampe schwenkte, sah sie nur die Steinwände und die festgestampfte Erde, wo einst Fässer mit Wein und Lebensmitteln gelagert hatten. Der Keller war schon vor langer Zeit ausgeräumt worden, keine Flasche lag mehr herum, nicht einmal die fauligen Überreste einer Kartoffel oder eines Apfels. Gar nichts – hier gab es für einen kleinen Jungen keine Möglichkeit, sich zu verstecken.

Als sie wieder nach oben stiegen und Diana rasch hintereinander dreimal tief durchatmete, war sie sich sicher, dass Weston sie nachdenklich beobachtete. »Wollen wir uns aufteilen?«, schlug sie vor. »Ich übernehme die hinteren Räume, und Sie suchen vorn. Und dann treffen wir uns unten an der Treppe?«

Weston war einverstanden, und Diana erkundete die Reihe der niedrigen, dunkel getäfelten Räume. Im Mittelalter hatten sie Dienstboten mit dem Abzeichen ihres Herrn auf der Kleidung beherbergt und bewaffnete Männer, die gegen die Schotten und lästige Nachbarn Wache standen, sowie Schreiber und Köche und Geistliche – und wahrscheinlich hatte selbst die Dame des Hauses sich gelegentlich hier aufgehalten, denn damals war Havencross noch kein Schloss gewesen, sondern nur das Zuhause einer Familie, die zwar wohlhabend genug war, um sich Bequemlichkeit leisten zu können, aber nicht so reich, dass sie durch Kriege oder kluge Eheschließungen schlagartig Berühmtheit erlangt hätte.

Bei diesem letzten Gedanken warf Diana einen Blick in die Vorratsschränke, in denen sich auch kein Hinweis auf den verschwundenen Jungen fand. In diesem Moment wurde die Tür zu dem Raum zugeschlagen.

»Weston!« Sie hoffte, dass es aufgebracht klang.

Aber schon während Diana eher hastig als würdevoll den kleinen Raum durchquerte, war ihr klar, dass Weston ihr in einer derartig angespannten Situation wohl kaum einen solchen Streich spielen würde. Sie packte den Türknauf, aber die Tür ließ sich nicht öffnen.

Sie zog kräftig und leuchtete mit der Taschenlampe nach Schlössern oder Riegeln. Aber diese Tür stammte aus dem Mittelalter. Der Türknauf saß genau in der Mitte, und es gab kein Schloss, sondern nur einen Riegel, und der war eindeutig nicht vorgeschoben …

Diana zog ein letztes Mal, und die Tür flog so plötzlich auf, dass sie rückwärtsstolperte.

Sie war gar nicht überrascht, dass im Flur keine Menschenseele zu sehen war. Oder dass sie das Rascheln von langen Röcken hörte, die sich entfernten.

Nein, erstaunt war Diana nicht, aber allmählich packte sie die Wut. Diese Kraft rann wie eine Infusion durch ihre Adern, und Diana ließ sich davon stärken und marschierte zur Treppe und zum vereinbarten Treffpunkt mit Weston. Auch er hatte bei seiner Suche nichts gefunden, und als sie die nächsten beiden Stockwerke durchkämmten, hatten sie genauso wenig Erfolg. Weston respektierte die Krankenstation und Dianas Schlafzimmer insofern, als er dort nichts berührte, aber er behielt Diana gut im Auge, während sie selbst die absurdesten Verstecke gründlich erkundete. Warum hätte Jasper Willis sich wohl in ihrem leeren Koffer einschließen sollen? Hielt Weston es tatsächlich für möglich, dass sie erst einem Kind half, sich zu verstecken, und dann mitten in der Nacht die gesamte Schule ausrücken ließ, um nach ihm zu suchen? Lächerlich.

Wie den Keller hatte Diana bisher auch das Dachgeschoss im mittelalterlichen Gebäudeteil nicht betreten. Anders als in Häusern aus der Viktorianischen Zeit war das oberste Stockwerk damals höchstwahrscheinlich nicht für die Dienerschaft reserviert gewesen, sondern hatte als komfortable Bleibe für die Familie gedient. Es war zwar nicht der

Wohnturm einer Burg, aber man hatte sich an die Regel gehalten, dass die unteren Stockwerke für die Arbeit des Haushalts sowie geschäftliche Angelegenheiten genutzt wurden und dass die oberen den Gästen oder Gesandten und dem Privatleben vorbehalten waren.

Und im obersten Stockwerk suchte man auch im Falle eines Angriffs Zuflucht.

Falls Jasper sich überhaupt hier aufgehalten hatte, war er nicht lange geblieben. Das Dachgeschoss war einschüchternd leer. Als Diana oben an der ummauerten Wendeltreppe stand, konnte sie jeden Fußbreit übersehen.

Und doch … noch während Diana sich sagte: »Hier ist niemand«, formten sich verschwommene Umrisse. Nichts als Einbildung und Schattenspiel, aber Diana hätte schwören können, dass im leeren Raum vor ihren Augen Möbel entstanden. Keine üblichen Möbel. Gewaltige Truhen mit Schnitzereien, hochlehnige Bänke zu beiden Seiten des Kamins, an einer Wand ein großer Bocktisch, an einer anderen ein kleinerer, der wie ein Schreibtisch aussah, sowie überall im Raum verstreut und in den Ecken hohe eiserne Kerzenständer.

Als Diana einen Schritt von der Wendeltreppe fort machte, hörte sie vor ihren Füßen ein Rascheln. Sie sprang zurück, aber als sie nach unten blickte, sah sie nur die alten Holzdielen.

Voller Ungeduld nutzte Weston ihr Zögern, um sich an ihr vorbeizudrängen. Versuchsweise setzte Diana erneut einen Fuß vor, und diesmal hörte sie es nicht nur rascheln, sondern sie spürte auch etwas wie Stroh unter den Füßen. Der Fußboden war mit Binsenstroh bedeckt. Oder waren es Schilfmatten?

Doch was immer auch den Fußboden bedeckte, es blieb unsichtbar. Diana hatte mit ihrer Einbildungskraft zwar undeutliche Bilder von mittelalterlichen Möbeln heraufbeschworen, aber diese Kraft reichte offenbar nicht, um auch den Bodenbelag sichtbar werden zu lassen.

Als Diana behutsam den nächsten Schritt machte, wurde das faszinierende Rascheln unter ihren Füßen von vielfältigen anderen Geräuschen übertönt: *Hufe trommelten auf festgestampfter Erde, Ledersättel knarzten und knirschten, Eisen klirrte – bewaffnete Reiter.*

Von einem Entsetzen erfasst, das nicht ihr eigenes war, stürzte Diana durch den Raum und riss ein Fenster auf. War drinnen ein Wirrwarr von Eindrücken an ihr vorbeigezogen, die gleichzeitig real und nicht real gewesen waren, so spielte sich draußen etwas noch Rätselhafteres ab. Diana registrierte das nur flüchtig mit dem Teil ihres Verstandes, den sie noch unter Kontrolle hatte.

Der größte Teil ihres Bewusstseins war mit der Todesangst beschäftigt, die sie erfasst hatte. Hektisch zählte sie die Reiter und versuchte, die Fahne zu erkennen, um sie einordnen zu können …

Sie hatte gewusst, was kommen würde, und dennoch hatte sie gehofft. Auf George, vielleicht, denn welche Abscheulichkeiten er auch begangen haben mochte, er war ihr doch gewisslich zugetan, und allen Berichten zufolge war er als Mann noch genauso wankelmütig wie damals als Junge. Sie hatte ihn schon als kleines Kind gekannt, und das konnte sie nutzen, sie konnte das Wissen um all seine verwickelten Allianzen gegen ihn verwenden.

Es war nicht das königliche Banner mit den drei silbernen Balken, das Georges Ferne vom Thron seines Bruders anzeigte.

Es war der weiße Bär mit dem Knotenstab auf rotem Feld – das Banner des Königsmachers selbst, des Grafen von Warwick.

In diesem Moment wusste sie, dass es keine Barmherzigkeit geben würde. Der Graf von Warwick kannte nur eins: töten.

»Miss Neville? Miss Neville?«

Ein Schock, so als würde sie in Eiswasser stürzen, brachte Diana wieder zu sich. Weston hatte ihr die Hand auf die Schulter gelegt und schüttelte sie. »Was ist los?«, fragte er.

Sie blinzelte dreimal, aber das konnte die Klarheit dessen, was sie gerade erlebt hatte, nicht trüben. Es verscheuchte jedoch die Reste ihrer Vision, und was sie nun stattdessen draußen ausmachen konnte, war wichtiger als alles andere.

Diana deutete aus dem Fenster: »Da kommt Joshua Murrays Großvater vom Fluss hoch. Er trägt einen Jungen in den Armen.«

Weston entdeckte die beiden jetzt auch, und sie spähten hinaus, bis sie sicher waren, dass der Junge am Leben war. »Da werden Sie bestimmt gebraucht«, sagte Weston schroff. »Gut gemacht, Miss Neville.«

Sie folgte ihm in den niedrigen Eingang zur Treppe und überlegte schon, wie sie gleich vorgehen würde. Als sie jedoch den Fuß auf die erste Stufe setzte, bekam sie einen kräftigen Stoß in den Rücken, sodass sie gegen Weston fiel. Wäre Joshua vor ihr hergegangen, dann hätte sein verletztes Bein vielleicht nachgegeben, aber Weston war standhaft und brummte nur, als sie gegen ihn stieß.

»Entschuldigung«, sagte Diana rasch, »ich bin ausgerutscht.«

Doch das war nur eine Ausrede, und während Diana langsam weiter die Treppe hinunterstieg, hielt sie das Seil umklammert, das als Handlauf diente.

Jemand hatte sie gestoßen. Wer oder was auch immer in diesem alten Teil des Gebäudes verharrte, hatte eine Abneigung gegen sie.

Nein, das Wort war nicht stark genug.

Es war *Hass*.

23

Diana

November 1918

Jasper Willis hatte sich ein Bein gebrochen. Obwohl Diana wusste, dass sie einen Knochenbruch ohne Weiteres selbst einrichten konnte, bat sie Clarissa, den Arzt anzurufen, einfach, damit nichts übersehen wurde und Beth Willis beruhigt sein konnte.

Dr. Bennett war Mitte sechzig. Er war in Northumberland geboren und aufgewachsen und besaß einen scharfen Blick und eine ungewöhnliche Toleranz dem Fortschritt gegenüber, wie Diana aus seinem Verhalten ihr gegenüber schloss. Seine Schroffheit nahm sie nicht persönlich – wer je mit Offizieren zusammengearbeitet hatte, war an diese Art gewöhnt. Als er daher zu Beth Willis bemerkte, die Fraktur sei adäquat behandelt worden, fasste sie das als großes Lob auf.

Von dem Moment an, als Mr Murray Jasper ins Haus getragen hatte, war Clarissa ihm nicht von der Seite gewichen. Zwar war ihr hektisches Verhalten von der Ruhe einer kompetenten Schuldirektorin abgelöst worden, aber etwas in ihrem Blick gefiel Diana nicht, daher beschloss sie, Clarissa nicht mit Jasper allein zu lassen.

Diana hatte erwartet, dass der Arzt mit Clarissa über die

Umstände des Unfalls sprechen wollen würde, aber nachdem alles Nötige getan war, bat er sie selbst um ein Gespräch unter vier Augen.

»Was geht an dieser Schule vor sich, Schwester Neville?«, fragte er.

Mit so viel Unverblümtheit hatte Diana nicht gerechnet. »Wie meinen Sie das?«

»Schuljungen haben ein untrügliches Gespür dafür, sich überall und stets und ständig in Schwierigkeiten zu bringen, aber in einer gut geführten Schule geht im Allgemeinen nicht mitten in der Nacht ein Elfjähriger verloren. Und schon gar nicht draußen im Freien. Wenn es kälter gewesen wäre oder geregnet hätte, müssten Sie sich jetzt nicht nur um einen Beinbruch kümmern.«

»Ich weiß.«

»Außerdem kenne ich Clarissa Somersby seit ihrer Geburt. Sie gehört zu den intelligentesten Menschen, denen ich je begegnet bin, aber sie ist hochgradig überspannt und neigt zu Zwangsvorstellungen.«

»Wenn Sie die Familie so gut kennen, wissen Sie auch von Clarissas Bruder.«

»Ja, ich habe damals bei der Suche geholfen. Ebenso wie Michael Murray, der den Jungen heute Nacht gefunden hat … Damals allerdings erbrachte unsere Suche das denkbar schlimmste Ergebnis: nichts.«

»Ist das schlimmer, als wenn jemand tot aufgefunden wird?«

»O ja, allerdings. Und sagen Sie jetzt nicht, Sie wären anderer Meinung. Sie haben aus Frankreich an Familien geschrieben und ihnen die letzten Stunden eines Sohnes oder des Vaters geschildert – aber nicht diese Familien leiden am meisten, sondern am schwersten trifft es diejenigen, die niemals wissen werden, wo die geliebten Menschen liegen. Vermutlich glaubt Clarissa die Gespenstergeschichten, welche die Jungen sich erzählen?«

»Ich denke, schon. Ich nehme an … sie hofft wohl, dass Thomas der Geisterjunge ist.«

»Ein spukender Junge, der möchte, dass andere Jungen ihm folgen – vermutlich hofft sie, dass einer von ihnen sie zu Thomas' Leiche führt. Vielleicht ist dieses Haus nachts gar nicht so gut verschlossen, wie Sie annehmen.«

Was der Arzt damit andeutete, gefiel Diana gar nicht. Ließ Clarissa absichtlich Türen unverschlossen, damit die Schüler nachts draußen umherwandern konnten?

»Sie sollten mit ihr sprechen«, sagte Diana.

»Auf mich hört sie nicht«, erwiderte der Arzt. »Das hat sie noch nie getan – sonst hätte sie Havencross schon vor langer Zeit den Rücken gekehrt und ihr eigenes Leben begonnen.«

Dr. Bennett versprach, in zwei Tagen wiederzukommen und nach Jasper zu sehen, und verabschiedete sich. Gleich darauf nahm Joshua seinen Platz in Dianas Sprechzimmer ein.

»Clarissa möchte mit dir sprechen«, berichtete er. »Wie geht es dir? Seit der Suche siehst du ziemlich angegriffen aus. Hat Weston irgendetwas gesagt, was dich beunruhigt hat?«

»Wie bitte? Nein.« Jetzt war wohl kaum der richtige Zeitpunkt, um sich mit dem, was sie im Dachgeschoss erlebt hatte, auseinanderzusetzen. »Wir sind alle erschüttert und übernächtigt und hungrig und machen uns Sorgen. Wie hat Clarissa bei den Gesprächen mit Jaspers Freunden auf dich gewirkt?«

»Jedenfalls eher wie eine erschütterte Schwester, nicht wie eine kompetente Schulleiterin«, antwortete Joshua.

Das war kurz und besorgniserregend. Als Diana seufzte, legte Joshua ihr für einen Moment den Handrücken an die Wange. »Du kannst nicht überall helfen«, sagte er. »Das hast du in Frankreich doch bestimmt gelernt.«

»Gleich am ersten Tag«, sagte Diana. »Aber ich versuche es trotzdem immer wieder.«

»Und dafür bin ich dir dankbar. Aber mit Clarissa Somersby solltest du vorsichtig sein. Diese tief sitzende Trauer könnte dich mit runterziehen.«

Das Bild war zutreffend. Als Diana Clarissas Büro betrat, war ihr fast, als nähere sie sich dem Rand eines Wasserstrudels. Sie spürte den Sog schon, bevor sie die Wirbel der Gefühle über Clarissas Gesicht ziehen sah.

Noch nie hatte Diana die Direktorin so lebendig und so nervös gesehen. Clarissa drängte sie, Platz zu nehmen, sie selbst aber versuchte erst gar nicht, sich hinzusetzen, sondern wanderte in großen Kreisen um den Perserteppich herum.

Schließlich stellte sie die angebrachte erste Frage: »Seid ihr beide, du und Dr. Bennett, überzeugt, dass Jasper Willis wieder ganz gesund wird?«

»Ja. Es war ein einfacher, sauberer Bruch. Wenn Jasper das Bein vorerst nicht bewegt und dann zum richtigen Zeitpunkt die richtigen Übungen macht, sollte es keine Probleme geben.«

»Hat Jasper noch etwas über … sein Erlebnis gesagt?«

»Nein. Und bevor du fragst, ich möchte nicht, dass ihm heute weitere Fragen gestellt werden.«

Clarissa warf ihr einen klugen, vielsagenden Blick zu.

Wie sehr ihre Gefühle auch gerade toben mochten, ihr Kopf war klar. »Du meinst, du möchtest nicht, dass *ich* ihm Fragen stelle.«

Wenn schon, denn schon. »Ganz richtig. Jedenfalls nicht in deiner derzeitigen Verfassung.«

»Glaubst du, ich würde aus reinem Eigennutz einem Kind Angst einjagen?«

»Nicht absichtlich. Aber ich glaube, du würdest fast alles tun, um die Antworten zu erhalten, die du dir wünschst.«

Zu Dianas Überraschung lachte Clarissa. Sie wirkte keineswegs gekränkt, sondern Dianas offene Worte schienen sie sogar zu beruhigen – zumindest äußerlich. Sie hockte sich auf einen lederbezogenen Schemel und schlang mit einer Bewegung, die an ein junges Mädchen erinnerte, die Arme um die Knie. »Die Antworten, die ich mir wünsche«, wiederholte sie. »Schön ausgedrückt. Das heißt, du glaubst, mir geht es mehr darum, meine eigenen Ahnungen zu bestätigen, als wirklich herauszufinden, was meinem Bruder zugestoßen ist.«

»Nein, das heißt, dass ich mir Sorgen um dich mache. Es ist klar, dass du nicht vollkommen objektiv sein kannst, wenn ein Junge verschwindet – selbst wenn es nur kurzzeitig ist –, und das erwartet auch niemand von dir.«

Clarissa überhörte diese Einleitung und sah Diana eindringlich an. »Ich bin mehr daran interessiert, dir Fragen zu stellen.«

»Worüber? Glaubst du, ich hätte irgendwas –«

»Nein, nein. Ich möchte wissen, ob du irgendwelche … unerwarteten Erlebnisse hattest, als ihr den mittelalterlichen Teil des Hauses durchsucht habt.«

»Warum sollte ich das?« Diana versuchte, Clarissa hinzuhalten. »Ich schlafe und arbeite jetzt ja schon seit Wochen in den Räumen.«

»Aber du bist bisher nicht oben im Dachgeschoss gewesen.«

Mit zusammengekniffenen Augen begegnete Diana Clarissas Blick. »Ich nehme an, du warst da oben?«

»Ja.«

»Vielleicht magst du mir erzählen, was du da erlebt hast?«

»Ah ja.« Mit einem befriedigten Lächeln richtete Clarissa sich auf. »Du hast es also gespürt.«

»Ich … ich weiß nicht, was ich gespürt habe. Wir haben im Dunkeln herumgesucht und uns Sorgen um einen verschwundenen Jungen gemacht –«

»Das ist nämlich der Grund dafür, dass du es gespürt hast! Es passiert genau dann, sie kommt, wenn man krank vor Sorge ist, so, wie sie es damals war, wenn man panische Angst um das Leben eines Kindes hat –«

»Wen meinst du mit *sie?*«

»Das weiß ich nicht, ich kenne ihren Namen nicht und weiß auch keine Daten oder sonst etwas, das helfen könnte, den historischen Hintergrund dieser Erlebnisse zu bestätigen. Für die Zeit sind die Unterlagen über das Anwesen sehr lückenhaft. Aber das spielt keine Rolle. Jetzt sag nicht, du hättest es nicht genauso wahrgenommen.«

»Der Verstand ist ein anpassungsfähiges Instrument«, begann Diana, doch sogleich schnitt Clarissa ihr das Wort ab.

»Du glaubst also, so wie alle anderen auch, dass ich verrückt bin. ›Die arme Clarissa hat sich all die Jahre selbst weggesperrt, hat sich mit Schuldgefühlen herumgequält und ist darüber wahnsinnig geworden. Sie hat Gespenster erfunden, um sich die Einsamkeit zu erleichtern.‹ Ich weiß doch, dass die Leute so denken. Außer meinem Vater hat nie ein Mensch gewagt, mir das ins Gesicht zu sagen, nur Dr. Bennett macht ab und zu Andeutungen. Hat er dich gewarnt, dass du nicht hinhören solltest, wenn ich von geisterhaften Geräuschen und flüchtigen Erscheinungen spreche?«

»Er hat gesagt, dass du zu den intelligentesten Menschen gehörst, die ihm jemals begegnet sind. Aber das braucht man mir nicht zu erzählen. Du hast einen vollkommen intakten Verstand, Clarissa. Dass du besonders sensibel auf Spukgeschichten und verschwundene Kinder reagierst, ist doch nachvollziehbar.«

»Ich bin also leidlich zurechnungsfähig und habe bloß eine sehr lebhafte Fantasie?«

Diana biss sich auf die Lippe. Sie überlegte krampfhaft, was mehr Schaden anrichten würde – weiterhin Clarissas ursprünglicher Frage nach dem Erlebnis im Dachgeschoss auszuweichen oder aber, sie zu beantworten. »Es ist unwahrscheinlich, dass mir genau die gleiche Szene erschienen ist wie dir, egal, wie lebhaft meine eigene Fantasie ist. Ich habe … Schatten gesehen. Umrisse von Möbeln. Ich habe Pferde und Reiter gehört und eine Fahne gesehen. Und ich hatte ein Gefühl von –« Diana suchte nach dem richtigen Wort.

Sie sprach es im gleichen Moment aus wie Clarissa: »Todesangst.«

Clarissas Lächeln erhellte den ganzen Raum. Obwohl der Tag so ernst war, hätte Diana es gern erwidert. »Das heißt aber nicht, dass ich an Gespenster glaube«, sagte sie stattdessen. »Und jedenfalls glaube ich nicht, dass Thomas' Geist versucht, Kontakt zu dir aufzunehmen, indem er Schuljungen heimsucht.«

Ein wenig hatte Diana befürchtet, Clarissa mit dem Namen ihres Bruders zu erschrecken, doch die Schulleiterin begegnete ruhig und selbstbewusst ihrem Blick und sagte: »Ich auch nicht. Natürlich nicht. Wie kommst du auf den Gedanken?«

Diana suchte nach Worten und verhaspelte sich. »Weil … du hast dich doch so für die Erscheinungen interessiert, du wolltest wissen, was ich gesehen habe … Wenn du sicher bist, dass dieses Gespenst nicht Thomas ist, warum ist es dir dann so wichtig?«

»Weil Thomas es auch gesehen hat – in den letzten Tagen, bevor er verschwand. Ich bin überzeugt, dass mein Bruder dem Geisterjungen gefolgt ist.«

24

Juliet

2018

An dem Tag, an dem zu Hause in Maine Thanksgiving Day gefeiert wurde, war Juliet bei den Bennetts zum Essen eingeladen. Rachel hatte alles gegeben, sie hatte nach traditionellen amerikanischen Gerichten geforscht und servierte nun stolz Kartoffelpüree und einen perfekt gebratenen Truthahn mit selbst gemachter Füllung.

Nur eine Entschuldigung brachte sie vor: »Ich hab es allerdings nicht über mich gebracht, Pumpkin Pie zu machen. Warum sollte man aus einem Kürbis einen süßen Kuchen backen? Du wirst also stattdessen mit Sticky Toffee Pudding zum Nachtisch vorliebnehmen müssen.«

Juliet versicherte ihr, dass das überhaupt kein Problem für sie sei, und spielte dann die nächsten beiden Stunden mit Rachels Frau Antonia, den drei kleinen Jungen und Noah Brettspiele. Er ging nicht so weit, sie vor den anderen zu küssen, aber sie hielten Händchen und warfen sich ständig innige Blicke zu, was von den Kindern mit Gekicher kommentiert wurde, sodass Juliet errötete.

Noah hatte sie abgeholt, und als er sie wieder auf Havencross absetzte, nahm er gern ihre Einladung an, noch mit hereinzukommen. Sie verbrachten eine wunderschöne halbe Stunde auf dem weichen Sofa im Wohnzimmer gegenüber von Juliets Schlafzimmer – einem der wenigen Räume, der überhaupt möbliert und meistens auch geheizt war. Erst als Juliets Handy klingelte, wurden sie unterbrochen.

»Das ist meine Mutter.« Juliet beugte sich über Noah, um auf das Display zu sehen. »Und heute ist Thanksgiving. Da muss ich wohl mit allen kurz sprechen.«

Noah küsste sie noch einmal, dann löste er sich von ihr und stand auf. »Wir sehen uns übermorgen. Vorausgesetzt, du hast nach wie vor Lust auf eine Sightseeingtour durch York.«

Juliet bestätigte das und stieß einen halb sehnsüchtigen, halb frustrierten Seufzer aus, bevor sie zu Hause anrief.

Sie hatte zwar keine Geschwister, dafür aber zahlreiche Tanten, Onkel, Vettern und Cousinen väterlicherseits, und an Festtagen kamen sie alle zusammen. Das Telefon wurde von einem zum nächsten weitergereicht, und Juliet wiederholte immer wieder die gleichen Sätze: »Ja, England ist sehr schön. Ja, das Haus und die Arbeit machen mir Freude. Ja, ich habe vor, nächstes Jahr wieder zu unterrichten.«

Immerhin waren alle Verwandten so klug, nicht von Duncan, Liam oder der Scheidung zu sprechen. Abgesehen natürlich von ihrer Mutter, die unvermittelt sagte: »Ich hab das Foto im Internet gesehen.«

Wenigstens konnte Juliet sich sicher sein, dass das dieser Satz keine Einleitung zu »Mach bitte nicht mehr halb nackt Selfies« oder »Wie betrunken warst du eigentlich?« sein würde. Trotzdem traf diese Bemerkung ihrer Mutter Juliet noch mehr.

»Duncan«, sagte sie tonlos.

»Und das Neugeborene von seiner Studentin. Ich nehme an, es war die gleiche Studentin, mit der er zusammen war, als du entbunden hast? Oder waren da noch weitere Frauen im Spiel?«

»Mom, hast du dir vielleicht mal überlegt, dass ich das Foto nicht gesehen haben könnte? Dass du mir da irgendwas erzählen könntest, wovon ich keine Ahnung hatte?«

»Ach, Juliet, ich bitte dich. Ich kenne dich viel zu gut. Du beobachtest ihn doch im Internet, oder etwa nicht? Ich bin bloß froh, dass du es geschafft hast, die Scheidung durchzuziehen, ohne es dir wieder anders zu überlegen.«

»Danke, Mom. Sehr ermutigend. Das klingt wie ›Ich bin froh, dass meine Tochter nur zum Teil eine hoffnungslose Loserin ist‹.«

»Juliet, der Mann hat dich zehn Jahre lang total kontrolliert und dominiert. In den Jahren haben wir dich normalerweise nur gesehen, wenn er direkt neben dir hockte, jede deiner Bewegungen wie ein Schießhund beobachtete und auf jedes einzelne deiner Worte horchte. Ich dachte, ich hätte meine Tochter für immer verloren. Ich werde ewig den Verlust betrauern, der dich zur Besinnung gebracht hat – aber ich werde auch ewig dankbar sein, dass du noch genügend Mut hattest, um Duncan zu verlassen.«

Liams Namen sprach ihre Mutter nicht aus. Ein einziges Mal hatte sie ihn genannt, und da hatte Juliet sie angeschrien. Das war noch in der Klinik gewesen, wenige Stunden nachdem man ihn fortgebracht hatte.

Für ihre sonst so pragmatische Mutter war dieser Gefühlsausbruch ungewöhnlich, und da es Juliet neuerdings so viel besser ging, verspürte sie Gewissensbisse.

»Ich weiß, Mom. Es tut mir leid. Du hast recht. Ja, ich hab

das Foto gesehen. Aber ich hab mich danach weder betrunken noch drei Tage im Bett verkrochen noch aufgehört zu duschen. Du kannst also ganz beruhigt sein. Mir geht's gut.« Sie dachte gar nicht daran, ihrer Mutter zu erzählen, dass Duncan ihr seit dem Abend, als das Foto gekommen war, vier- oder fünfmal in der Woche schrieb. Bisher waren seine Nachrichten recht nett gewesen, er hatte von seinen eigenen Fehlern gesprochen und von seinem Wunsch, dass sie ihm verzeihen möge.

Juliet löschte diese Nachrichten einfach und hoffte, dass er es früher oder später kapieren würde.

Sie überlegte, was sie ihrer Mutter zur Ablenkung erzählen konnte. »Am Samstag habe ich sogar ein Date gehabt. Er ist Landvermesser mit eigener Firma in Newcastle, und seine Schwester hilft auf Havencross im Haushalt. Er heißt Noah.«

»Das klingt sehr vielversprechend. Und er ist kein Stalker, oder?«

Juliet verdrehte die Augen. »Ich muss Schluss machen, Mom. Hab dich lieb.«

Unter einem stahlgrauen Himmel, aus dem unablässig Regen fiel, der gelegentlich in Schnee überging, löste der Dezember den November ab.

Immerhin hatte Juliet weiterhin ausreichend Bewegung – das Beste an einem so riesengroßen Haus war, dass man unter einem Dach joggen konnte. Die täglichen Work-outs hatte Juliet als Erstes in ihre neue Tagesstruktur aufgenommen. Weitere Punkte waren Aufstehen, wenn der Wecker klingelte, mittags einen Salat zu essen und jeden Tag mindestens vier Stunden entweder über die Rosenkriege oder über die Spanische Grippe von 1918 zu recherchieren.

In der zweiten Dezemberwoche wurde Juliets harte Arbeit belohnt. Als Erstes beehrte Nell Somersby-Sims sie mit einer Stippvisite. Juliet hatte erwartet, dass Nell sich nur rasch einen Überblick darüber verschaffen wollte, was sie bisher geleistet hatte, um dann auch einschätzen zu können, wie viel noch zu tun blieb. Würde Nell bemerken, dass sie die Sockelleisten im früheren Schlafsaalflügel noch nicht alle abgewaschen hatte?

Juliet wappnete sich gegen die Perfektion der Anwältin in ihrem maßgeschneiderten Londoner Outfit, indem sie ein Jerseykleid anzog, von dem sie nicht wusste, wie es in ihren Koffer geraten war – vielleicht hatte ihre Mutter es eingepackt? –, und dazu rote Strumpfhosen und Stiefeletten mit niedrigen Absätzen. Sie glättete ihre Haare, trug Concealer auf und rief sich erst zur Ordnung, als sie überlegte, ob sie eigentlich noch wusste, wie man den Eyeliner verwendete.

Ist doch völlig egal, was eine entfernte Cousine von mir denkt, sagte sie sich. Jedenfalls, solange ich nicht gefeuert werde.

Nell erschien recht salopp für einen Besuch auf dem Land gekleidet. Sie trug schwarze Skinny Jeans, ein langärmeliges T-Shirt mit Samtbesatz, einen Burberry-Regenmantel und tannengrüne Gummistiefel von Hunter. Ihr Haar hatte sie zu einem perfekten Pferdeschwanz frisiert. Aber gerade, als Juliets Selbstvertrauen zu schwächeln begann, öffnete Nell ihren Kofferraum und hob einen von mehreren Kartons heraus.

»Familiengeschichte«, verkündete sie. »Du hast gesagt, du interessierst dich für die Vergangenheit der Somersbys.«

Juliet klappte den Mund wieder zu und schluckte. »Ja, danke. Komm, ich helfe dir.«

Sie packten die Kartons auf den langen Tisch in der viktorianischen Küche, neben Juliets Laptop, ihre Notizhefte und die Unterlagen aus dem Farmhaus der Bennetts.

»Das ist wirklich sehr … Wo hast du das alles her?« Juliet öffnete einen Karton und fand darin eine Reihe von ordentlich beschrifteten Aktenordnern: Pläne und Grundrisse, Renovierungsarbeiten nach 1940, Quittungen für Grundsteuern.

»Irgendjemand aus der Familie musste ja alles zusammensuchen, damit der Verkauf stattfinden kann. Clarissa Somersby hatte schon einen Großteil der Arbeit erledigt, ich brauchte bloß noch ein bisschen zu sortieren. Sind interessante Sachen.« Nell sagte das abwehrend, in einem Tonfall, den Juliet bei sich selbst beobachtet hatte, zum Beispiel immer dann, wenn Duncan sie wegen einer ihrer Interessen skeptisch gemustert hatte. Sie kannte niemanden, der so perfekt wie ihr Ex-Mann durch ein Augenzwinkern oder ein leichtes Naserümpfen Geringschätzung zum Ausdruck bringen konnte.

Diese Erinnerung durchbrach Juliets eigene vorsorgliche Abwehrhaltung, und sie sagte: »Danke, dass du das alles hergebracht hast. Hätte ich davon gewusst, dann wäre ich nach London gekommen und hätte dir die Fahrt erspart.«

»Ich musste ohnehin mal auf Havencross vorbeischauen, bevor es richtig Winter wird. Bist du gut vorbereitet, falls es Probleme geben sollte?«

»Ich glaube, ja. Noah Bennett war hier und hat dafür gesorgt, dass ich Feuerholz und jede Menge Lebensmittel auf Lager habe.«

»Noah Bennett? Sehr schön.«

Klang Nell amüsiert? Juliet war seit Ewigkeiten nicht mehr von einer Freundin geneckt worden, daher war sie sich unsicher. Sie räusperte sich und fragte rasch: »Sag mal, willst du dir die Sachen ansehen, die ich zur Seite gestellt habe? Damit die Familie sich etwas aussuchen und der Rest dann verkauft werden kann?«

»Die Listen mit den Fotos, die du mir geschickt hast, sind sehr ausführlich. Du hast mein volles Vertrauen. Und ich muss weiter nach Edinburgh zu einer Tagung.«

»Ich werde das hier mit Vergnügen alles durchgehen.« Juliet deutete auf die Kartons. »Außerdem habe ich heute Nachmittag einen Termin im Museum in Berwick. Aber keine Sorge«, fügte sie hinzu, »hier auf Havencross Ordnung zu machen, hat für mich Priorität.«

Nell prustete – eleganter, als Juliet es gekonnt hätte, aber es war und blieb ein Prusten. »Du hast schon viel mehr gemacht, als wir erwartet haben. Ehrlich, deine Hauptaufgabe hier ist, dafür zu sorgen, dass das alte Gemäuer im Winter nicht einstürzt. Solange du ein Auge auf Brände und Überschwemmungen hast, kannst du dich beschäftigen, wie du möchtest.« Nell zog die perfekten Augenbrauen hoch und fügte hinzu: »Und Noah Bennett ist es durchaus wert, dass man sich mit ihm beschäftigt.«

Darauf konnte Juliet eigentlich nichts erwidern, aber sie bekam einen roten Kopf, und Nell musste lachen. Zum ersten Mal seit Jahren nahm Juliet nicht automatisch an, dass sie ausgelacht wurde. Doch sie fragte sich, und zwar nicht so flüchtig, wie ihr lieb gewesen wäre, ob Nell aus eigener Erfahrung über Noah gesprochen hatte.

Juliet hatte hin und her überlegt, ob sie mit dem Zug oder mit dem Auto nach Berwick fahren sollte. Obwohl die Eisenbahn ein traditionelles englisches Fortbewegungsmittel zu sein schien, entschied sie, dass es ihr wichtiger war, das Auto zur Verfügung zu haben, als eine Zugfahrt zu erleben. Vielleicht konnte sie dann nach ihrem Termin noch Weihnachtseinkäufe erledigen.

Das Museum und die Kunstgalerie befanden sich in Gebäuden, die früher als Kasernen gedient hatten und einen weitläufigen Hof umstanden. Juliet ging zur Information und bat darum, Daniel Gitonga Bescheid zu sagen.

Noahs Freund war ein stämmiger, breitschultriger Kenianer, dessen Lächeln fast ebenso charmant war wie Noahs. »Dr. Stratford! Wie schön, Sie kennenzulernen. Noah hat mir schon alles über Sie erzählt.«

»Noah hat mich doch selbst erst vor sechs Wochen kennengelernt! Und bitte nennen Sie mich Juliet. Der Einzige, der mich mit meinem Doktortitel anspricht, ist übrigens mein Vater.«

»O ja, was stolze Eltern angeht, kann ich auch ein Wörtchen mitreden. Allerdings bin ich ziemlich sicher, dass meine Mutter die Leute nicht korrigiert, wenn sie denken, ich wäre Arzt. Übrigens, ich bin Daniel.«

Juliet stellte die Frage, die allen Wissenschaftlern am Herzen lag: »Wie kommt es, dass du dich für dieses Spezialgebiet entschieden hast, Daniel?«

»Das ist der Reinheit meines Herzens zuzuschreiben, die alles Materielle verachtet – zum Beispiel Geld für Miete oder Urlaub.«

Mit viel Gelächter und gegenseitigem Verständnis sprachen sie über ihre Studien und ihre Karrieren, und währenddessen führte Daniel Juliet durch ein Labyrinth aus Fluren und Treppenhäusern bis ins oberste Stockwerk.

»Ich habe ein Besprechungszimmer für uns vorgesehen, weil ich dort das Material, das du dir ansehen sollst, besser ausbreiten konnte.« Sie betraten den Raum, und Juliet wurde wieder einmal von der Begeisterung der Historikerin erfasst, als sie Gegenstände sah, die von längst verstorbenen Menschen benutzt worden waren. Sogar für sie war dieses Material etwas ganz Besonderes – bisher hatte sie nie über eine Epoche geforscht, die weiter zurücklag als das 18. Jahrhundert.

Beide zogen dünne Baumwollhandschuhe an, und Daniel gab Juliet einen Überblick. »Das hier sind die Gegenstände, die 1918 auf dem Gelände von Havencross gefunden wurden: ein hölzerner Kreisel, acht Münzen und ein Abzeichen aus Stoff.«

»Von den Münzen und dem Abzeichen habe ich gelesen, aber hiervon nicht.« Juliet berührte den Drehkreisel, der nicht länger war als ihr Ringfinger, und plötzlich sah sie einen Jungen vor sich, der den Kreisel tanzen ließ und ihn dabei gespannt beobachtete. Es war ein hochgewachsener, blonder Junge mit großen Augen.

Sie schüttelte den Kopf, um das Bild loszuwerden. »Erzähl mir etwas über die Münzen.«

»Das sind fünf silberne Groats, zwei silberne Patards aus Burgund, und die goldene Münze ist ein Ryal.«

Lachend sagte Juliet: »Gut, und jetzt erklär mir bitte, was das heißt. Sind sie viel wert?«

»Die Silbermünzen waren sehr häufig – mittelalterliche Groats kriegt man heute online schon für hundert Pfund. Einer von diesen Groats wurde 1455 unter Henry VI. geprägt.« Daniel zeigte auf die Umrisse eines Mannes mit Krone. »Die anderen vier wurden zwischen 1463 und 1469 geschlagen, unter Eduard IV.«

Er wies auf ein gekröntes Haupt, das vermutlich geringfügig anders aussah als das erste. »Und was ist mit den Münzen aus Burgund? Waren sie selten?«

»In jener Zeit nicht. Beide wurden 1469 geschlagen. Im Jahr zuvor hatte Margaret, die Schwester von Eduard IV., den Herzog von Burgund geheiratet. Zwischen England und den Niederlanden wurde viel Handel getrieben. Silber ist Silber, ganz gleich, welcher Name oder welches Gesicht auf die Münze geprägt ist.«

Juliet berührte den Rand der Goldmünze. »Und die hier ist nicht so häufig?«

»Stimmt, sie ist eher selten, und Gold ist natürlich viel mehr wert als Silber. Sie zeigt, dass, wer auch immer diese Münzen verloren oder vergraben hat, einen gewissen Reichtum besaß.«

»Oder eine Familie, die einen Landsitz besaß?«

»Oder eine Familie mit einem Landsitz«, bestätigte Daniel.

»Darf ich?«

Als er nickte, nahm Juliet die Goldmünze in die Hand und betrachtete die Vorderseite und die Rückseite. Im Gegensatz zu den anderen war kein Kopf darauf zu sehen. »Das ist das Wappen von England, richtig?« Juliet zeigte auf den Schild.

»Stimmt. Löwen und Lilien.«

»Und was ist das hier auf der Rückseite?«

Daniel grinste. Anscheinend waren Noahs Freunde ebenso fröhlich wie er selbst. »Denk mal nach.«

»Sind das Blütenblätter?«, fragte Juliet. Daniel nickte, und plötzlich begriff sie. »Ach, das ist die weiße Rose des Hauses York.«

»Ganz genau. Diese Münze wird als Rosennobel bezeichnet.«

»Was würde sie kosten, wenn sie zum Verkauf stehen würde?«

»Mehrere Tausend Pfund. Wichtiger für deine Recherche ist aber, dass dieser Rosennobel im Jahre 1470 in London geprägt wurde. Wie auch immer diese Gegenstände hier zusammengefunden haben, ich möchte wetten, dass es während der Herrschaft von Eduard IV. war.«

Warwicks Fahne flatterte im Wind ... Hufe trommelten auf festgestampfter Erde, Ledersättel knarzten und knirschten, Eisen klirrte – bewaffnete Reiter.

Wo war das hergekommen?

Juliet erinnerte sich an den Moment oben an der Treppe zu den mittelalterlichen Privatgemächern, als sie Geräusche gehört hatte, die sie eigentlich gar nicht hätte identifizieren können.

»Juliet?«

Daniel hielt den letzten Gegenstand in der Hand und schaute sie erwartungsvoll an.

»Sorry«, sagte sie. »Was hast du gerade gesagt?«

»Ich habe gesagt, dieses Abzeichen hier unterstützt die These, dass die Sachen aus der Zeit Eduards IV. stammen. Weißt du, wofür solche Abzeichen verwendet wurden?«

»Daran konnte man die Gefolgsleute erkennen, oder?«

»Schreiber, Boten, Waffenknechte – das Abzeichen ihres Herrn wurde an ihre Kleidung genäht, so machte es die Identifizierung möglich und sorgte gleichzeitig für einen gewissen Status. Jeder, der so ein Abzeichen trug, stand unter dem besonderen Schutz seines Herrn.«

»Du glaubst also, wer auch immer dieses kleine Lager angelegt hat, stand unter dem Schutz eines bestimmten Lords?«

»Ja.«

»Kannst du erkennen, wer dieser Lord in dem Fall gewesen ist?«

»Ich will es mal so sagen – man darf ein Abzeichen nicht mit einem Wappen verwechseln. Wappen enthielten heraldische Symbole und sollten auf die häufig komplizierte Familiengeschichte hinweisen. Man konnte ihre Fläche in vier Teile einteilen, und diese Viertel konnten immer weiter gevierteilt werden, bis die Symbole kaum noch zu erkennen waren. Bei mehreren Brüdern ergab sich die Frage, wie man die männlichen Angehörigen einer Familie voneinander unterscheiden sollte. Hier kommen jetzt die persönlichen Abzeichen ins Spiel. Fast jeder Mann von Rang und Namen – und auch viele Frauen, wie etwa Anne Boleyn – wählte eigene Symbole und Mottos, anhand derer man sie gut identifizieren konnte. Während der Schlachten waren sie auf den Fahnen gut zu erkennen, sie ließen sich problemlos in Stein meißeln und auch leicht auf Stoffe übertragen.«

Juliet war abgelenkt, weil Daniel die Königin und Gemahlin von Heinrich VIII. erwähnt hatte. »Ich glaube, ich erinnere mich an ein Symbol von Anne Boleyn. War es nicht ein Falke?«

»Sehr gut. Ironischerweise verknüpfte Anne Boleyn damit das Motto *The Most Happy*, die Glücklichste.«

»Schön, das hier ist also ein persönliches Abzeichen.« Juliet nahm es Daniel aus der Hand und betrachtete es genau. Die Farben waren im Laufe der Jahrhunderte, die es vergraben gelegen hatte, matter geworden, aber sie konnte immer noch Weiß von Gold unterscheiden. »Die weiße Rose des Hauses York.« Juliet umkreiste die Blüte mit dem Zeigefinger, ohne sie zu berühren. »Und was bedeutet das Gold ringsherum?«

»Das ist die Mittagssonne. In der Heraldik wird sie auch als *Sun in Splendour* bezeichnet, als die Sonne in ihrer Herrlichkeit. Vor der Schlacht von Mortimer's Cross erschienen drei Sonnen am Himmel. Um seine nervösen Männer zu beruhigen, versicherte Eduard von York ihnen, das sei ein Zeichen dafür, dass der Himmel ihre Sache unterstütze. Als seine Armeen siegten und er König wurde, setzte er die weiße Rose des Hauses York in eine Sonne hinein – zur Erinnerung an Mortimer's Cross.«

Juliet sann darüber nach. »Dann gab es also auf Havencross eine Person, die das persönliche Abzeichen des Königs von England besaß?«

»Ja. Und das wirft alle möglichen Fragen auf – nicht zuletzt, wie es kam, dass dieses Abzeichen zusammen mit einer Handvoll Münzen und einem Kinderspielzeug in der Erde verloren gehen konnte.«

25

Ismay

Oktober 1459

Dieser Streit fand Eingang in jedwede Gemeinschaft, sodass der Bruder kaum noch den Bruder ins Vertrauen ziehen konnte und der Freund nicht den Freund. Auch konnte niemand seine heimlichen Gedanken preisgeben. Die Anhänger der beiden Parteien griffen sich gegenseitig an, wann immer sie sich begegneten, und mal errangen die einen, mal die anderen kurzzeitig den Sieg, denn das Kriegsglück wechselte ständig die Seiten.

Während ihrer sechs Jahre bei der Familie des Herzogs von York hatte Ismay sich nach und nach an die Spannungen und Dramen, welche die Politik mit sich brachte, gewöhnt. Sie nahm hin, dass sie auf Reisen mit der Herzogin oder ihren Töchtern von schwer bewaffnetem Gefolge begleitet wurde und dass auf der Burg Ludlow fortwährend Männer im Kriegshandwerk ausgebildet wurden. Sie schaute nicht mehr zweimal hin, wenn königliche Boten eintrafen, und machte sich keine Gedanken, wenn Beamte des Hofes ihr Beachtung schenkten, wusste sie doch, dass sie nur eine Randfigur darstellte. Der Herzog von York selbst sowie der Bruder und der Neffe seiner Frau, die Grafen von

Salisbury und von Warwick, waren es, die alle Aufmerksamkeit der Krone auf sich zogen.

Und seit Königin Margarete immer einflussreicher wurde, zogen sie auch die Feindschaft der Krone auf sich.

Noch nie war die Atmosphäre auf der Burg so angespannt gewesen wie in den vergangenen beiden Monaten. Während die Tage verstrichen, vermeinte Ismay, manchmal zu spüren, dass die Spannungen sie körperlich schmerzten, doch alle Ängste und Verluste blieben meistens unsichtbar. Sie äußerten sich nur in spitzen Bemerkungen und Gereiztheit.

Diese langen Wochen der Ungewissheit hatten allerdings auch ein Gutes: Die Familie war zusammen. Ismay hatte noch nie so viel Zeit mit Edmund verbracht; trotz aller Spannungen fanden sie immer wieder Zeit für sich allein, und diese gestohlenen Momente machten alles erträglich.

Alles bis auf den Abschied.

Das königliche Heer war gegen sie ausgesandt worden und hatte den Grafen von Salisbury und seine Leute aus dem Hinterhalt überfallen. Es kam zur Schlacht von Blore Heath, und sie konnten sich nach Ludlow durchkämpfen. Der Graf von Salisbury und sein Sohn, der Graf von Warwick, sowie der Herzog von York waren zu Verrätern erklärt worden. Und morgen sollten bewaffnete Männer in einer weiteren Schlacht vor den Stadtmauern alles entscheiden.

Männer wie Edmund und Eduard.

Ismays Hände zitterten, als sie über den Vorplatz der Burg blickte. Der Nachmittag verging rasch, und der Vorplatz war voller Männer, Pferde und Diener, die sich dem Heer des Hauses York anschließen wollten, das sich vor den Stadtmauern verschanzt hatte. Wie viele von diesen Männern würden morgen um diese Zeit noch am Leben sein?

Beschütze ihn, beschütze ihn, beschütze ihn, flehte Ismay.

Sie entdeckte Eduard, der immer leicht zu finden war, weil er mit seinen siebzehn Jahren schon alle Männer überragte, denen Ismay je begegnet war. Er stand in einer Ecke zwischen dem Pferdestall und der äußeren Mauer und unterhielt sich mit einem hübschen Mädchen. Eduard würde auch auf dem Sterbebett noch mit einem hübschen Mädchen plaudern, dachte Ismay. Aber als er sie sah, deutete er mit dem Kopf in Richtung der Kapelle.

In der runden St.-Maria-Magdalena-Kapelle war es schon so dämmrig, dass Ismay kaum noch etwas anderes erkennen konnte als den hellen Schopf Edmunds, der vor dem Altar kniete. Sie trat näher heran, leise, um ihn nicht beim Beten zu stören.

»Ich bete nicht«, sagte Edmund, ohne den Kopf zu wenden. »Oder wenigstens nicht so, wie die Priester es gern hätten.«

»Was tust du denn dann?« Ismay kniete sich neben ihn.

Er wandte ihr den Kopf zu und sah sie mit einem Blick so voller Sehnsucht an, dass sich die Luft zwischen ihnen erwärmte. »Ich kann heute Nachmittag keine Bitten aussprechen. Ich kann nur Forderungen stellen. Dass wir gewinnen. Dass niemand fällt, dessen Verlust wir nicht tragen können. Dass der Stadt nichts geschieht. Dass die Burg nicht erobert wird.«

Ismay nickte.

Edmund atmete tief durch. »Darf ich dir etwas schenken, Ismay?«

»Du bittest um etwas?«, neckte sie ihn. »Ich dachte, heute könntest du nur Forderungen stellen.«

»An Gott. Von dir würde ich niemals etwas fordern.«

»Natürlich darfst du mir etwas schenken.«

Edmund zog einen Gegenstand aus der Tasche, so klein, dass er ihn in der geschlossenen Faust halten konnte. Er griff nach Ismays Hand und legte den Gegenstand hinein.

Es war ein Ring. Ein schwerer Ring aus dunklem Gold mit einem quadratischen Edelstein darin. Um mehr zu erkennen, war es zu dunkel.

»Das ist ein Granat«, sagte Edmund. »Und ich habe etwas eingravieren lassen.«

»Was denn?«

»Da steht: *Meine Treue ist unverbrüchlich.* Das gilt für immer und ewig.« Er biss sich auf die Lippe, eine Bewegung, die bei Ismay immer den Wunsch auslöste, ihn zu küssen. »Willst du mich heiraten, Ismay?«

»Edmund.« Mehr konnte sie nicht sagen, ihre Kehle war wie zugeschnürt.

»Ich würde dich heute Abend noch heiraten, wenn das möglich wäre«, fuhr er fort. »Ich habe keine Angst vor dem Tod. Ich fürchte nur eins: dass ich dich nicht lange genug geliebt haben könnte. Und dass ich … dass wir niemals …« Er hockte sich auf die Fersen und strich sich durchs Haar. Sie hatte ihn noch nie so verzweifelt gesehen.

Edmund ließ die Hände wieder sinken. »Manchmal glaube ich, Eduard hat recht. Ich denke zu viel und verbaue mir dadurch den Weg zu dem, was ich mir wünsche. Nein, ich würde niemals dein Vertrauen missbrauchen … Ach Gott, was rede ich denn da. Aber sei gewiss: Ich komme zu dir zurück. Es ist bloß eine Schlacht, Ismay. Mein Vater und die Grafen von Salisbury und von Warwick sind die besten Krieger in ganz England. Wir stehen diese Schlacht durch, das verspreche ich dir. Und anschließend werde ich mich meinem Vater offenbaren, und du und ich werden heiraten. Er kann nicht sagen, wir wären noch zu jung – Mutter war erst fünfzehn, als er sie geheiratet hat. Aber ich spreche natürlich nur mit ihm, wenn du meine Frau werden willst.«

Ismay nahm Edmunds Gesicht in die Hände. »Ja«, sagte sie und küsste ihn.

Sie vergaß beinahe, dass sie sich in einer Kapelle befanden, sie vergaß fast alles außer ihrer Angst und ihrer Liebe, und im nächsten Augenblick würden sie beide sämtliche Regeln der Sitte und des Anstands außer Acht lassen, denn Ismay wünschte sich eine unauslöschliche Erinnerung.

Paradoxerweise wurden sie von dem einzigen Menschen auf Ludlow, der sie dazu ermuntert hätte, unterbrochen. »Entschuldigt«, Eduards Silhouette wurde in der Tür sichtbar, »aber Mama sucht nach Ismay, und Vater ist jetzt bereit, zu den Männern ins Lager zu reiten.«

Ismay verbarg den Ring sorgfältig in der Tasche unter ihren Röcken, bevor sie sich zur übrigen Familie auf dem Hofplatz gesellte. Der Abschied verlief zügig und nüchtern – alle, die etwas Persönliches sagen wollten, hatten zweifellos vorher schon einen abgeschiedenen Ort dafür gefunden, ganz so wie Edmund und sie selbst. Ismay tastete nach dem Ring, während sie den Kriegsleuten nachsah, die durch das große Burgtor ritten und dann weiter den Hügel hinunter zum Heerlager am Fluss Teme.

In den nächsten Stunden beschäftigte Ismay sich mit George und Richard und hielt sie davon ab, aus ihrem Zimmer zu entwischen, um zu beobachten, was draußen vor sich ging. Erst als die beiden Jungen fest schliefen, konnte sie sich in ihre Kammer im Wohnturm begeben. Da sich die Töchter des Herzogs alle anderswo aufhielten, hatte Ismay den kleinen Raum ganz für sich, und sie saß lange über eine Kerze gebeugt und prägte sich den Ring und die eingravierten Worte ein. Niemand durfte diesen Ring sehen, noch nicht, daher fädelte sie ihn auf den Rosenkranz, den sie um den Hals trug, und versteckte ihn unter ihrem Hemd.

Ismay hatte nicht erwartet, dass sie würde schlafen können, aber sie musste doch eingenickt sein, denn sie wurde von lauten Stimmen geweckt. Während sie horchte, überlegte sie, ob das in der Nacht vor einer Schlacht vielleicht immer so war. Doch sie spürte, dass etwas nicht stimmte. Etwas Schlimmes musste geschehen sein.

Eilig zog sie ihr schlichtestes Gewand über ihr Hemd, schnürte es zu und zündete ihre Kerze an. Mitten in der Nacht sollte man nicht unachtsam und ohne Licht durch die Burg Ludlow wandern, es gab zu viele Anbauten und Flügel und Stolperfallen. Sie strauchelte tatsächlich zweimal, bevor sie die Halle erreichte.

Ismay hatte den großen Saal bei vielen Gelegenheiten voller Menschen gesehen, aber noch nie hatte ein solches Gedränge geherrscht wie in dieser Nacht. Weder Tische noch Bänke waren aufgestellt, nur Dutzende und Aberdutzende aufgeregter Krieger schoben sich durch den Saal. Ismay blies ihre Kerze aus, stellte sie an eine Wand und machte sich dann, hoch auf den Zehenspitzen, auf die Suche nach Eduard.

Zuerst entdeckte sie den Herzog von York. Er stand etwas abseits von den anderen, und er hatte eine Frau in den Armen, der das offene Haar um die Schultern fiel. Ismay brauchte ungewöhnlich lange, um die Herzogin zu erkennen. So … aufgelöst hatte sie Cecily Neville noch nie gesehen. Die Herzogin berührte die Lippen ihres Gatten mit den Fingerspitzen, und Ismay fiel ein Ausdruck ein, den sie vor langer Zeit gehört hatte. Er beschrieb Cecily als junges Mädchen: »Die Rose von Raby« hatte man sie damals genannt, nach ihrem Geburtsort Raby Castle in Durham.

Ismay wandte hastig den Blick von dieser so privaten Szene ab und entdeckte Eduard an der Wand gegenüber. Er beriet sich gerade mit seinem Onkel und seinem Vetter, aber Ismay zögerte keinen Augenblick, denn auch Edmund stand bei ihnen. Ihr war gleichgültig, zu welchen Gerüchten sie heute Nacht Anlass bot, sie musste einfach wissen, was los war.

Sie huschte hinter Edmund und berührte ihn am Arm. Er fuhr herum wie ein scheuendes Pferd. »Ismay! Warum bist du auf?«

»Was ist passiert?«, fragte sie. Als Edmund nicht sogleich antwortete, schaute sie zu Eduard hinüber. Noch nie hatte sie seine lebhaften, freundlichen Gesichtszüge so hart gesehen.

»Wir haben keine Zeit für Frauen und Kinder«, sagte der Graf von Warwick abschätzig.

Edmund herrschte ihn an: »Die Frauen und Kinder sind es, die morgen zusehen müssen, wie Ludlow fällt, Vetter, und das wegen eines Mannes aus deinen Reihen.« Wenn Eduards Gesicht noch nie so hart ausgesehen hatte, dann hatte Edmund noch nie so scharf geklungen.

Er nahm Ismay an der Hand, führte sie von der Gruppe fort, aus der Halle hinaus und zu einem ungestörten Fleckchen im privaten Bereich. An der Wand lehnte, auf einen

Rahmen gespannt, ein Wandteppich mit einer Jagdgesellschaft, an dem Ismay und die Herzogin in den letzten Tagen halbherzig gearbeitet hatten.

»Wir sind verraten worden«, sagte Edmund schlicht. »Sir Andrew Trollope, einer der Heerführer des Grafen von Warwick aus Calais, ist mit seinen Leuten zum Haus Lancaster übergelaufen. Damit sind wir zahlenmäßig hoffnungslos unterlegen, und hinzu kommt, dass jener Trollope unsere Schlachtpläne kannte. Vater hat unseren Kriegsleuten freigestellt, sich davonzustehlen, wann und wie auch immer es ihnen möglich ist. Es hat keinen Sinn, leichtfertig Menschenleben aufs Spiel zu setzen.«

Ismay dachte an die Herzogin, die ihren Mann vor aller Augen in den Armen gehalten hatte, was sie sonst niemals tat. »Ihr seid also auf der Flucht.«

»Wenn wir nicht fliehen, wird morgen der Kopf meines Vaters auf einem Spieß auf der Burgmauer stecken, neben den Köpfen der Grafen von Salisbury und von Warwick und wahrscheinlich auch von Eduard und von mir.«

Ismay verscheuchte die entsetzliche Vorstellung von Edmunds blutigem Kopf und fragte: »Und warum seid ihr dann noch hier?«

»Wir mussten zumindest einige wenige Pläne machen. Die Grafen von Salisbury und von Warwick reiten südwärts und nehmen ein Schiff nach Calais. Eduard begleitet sie. Mein Vater und ich reiten nach Westen durch Wales und setzen dann nach Irland über, dort ist seine Herrschaft unangefochten.«

»Wenn ihr gefangen genommen –«

»Das wird nicht geschehen. Eduard und ich haben unsere ganze Kindheit zu Pferd in diesen Bergen verbracht, und die

Waliser sind uns treu ergeben. Uns wird kein Unglück zustoßen. Und dir auch nicht«, setzte er hinzu. »Wenn wir Zeit hätten, würden wir versuchen, dich und Mutter und die kleinen Jungen in ein Kloster zu bringen, aber auch so hast du wirklich nicht mehr zu befürchten als grobe Manieren. Keine der beiden Seiten führt gegen Frauen und Kinder Krieg.«

Die Frauen und Kinder sind es, die morgen zusehen müssen, wie Ludlow fällt …, erinnerte Ismay sich Edmunds Bemerkung. »Und die Stadt?«, fragte sie.

Sein Zögern reichte ihr als Antwort.

Aus dem Saal rief jemand nach Edmund. »Ich muss los«, sagte er, »Gott behüte dich, Ismay.«

Er küsste sie lange, verzweifelt, und ihre Wangen waren nass, als sie sich widerstrebend voneinander lösten. Würde Edmund mit dem Leben davonkommen? Würde sie ihn jemals wiedersehen? Ismay hatte befürchtet, dass es schrecklich sein würde, ihn in die Schlacht reiten zu sehen, aber das hier war noch viel, viel schlimmer. Wie lange würde sie auf Nachrichten warten müssen? Wann würde sie erfahren, ob er in Sicherheit war?

Edmund gab ihr einen letzten Kuss. Möglicherweise hatte er ebenso viel Angst wie sie, jedenfalls aber führte diese Verzögerung dazu, dass die Männer, die auf der Suche nach ihm waren, genügend Zeit hatten, ihn hier mit ihr zu finden. Leider war es diesmal nicht Eduard, der sie ertappte, sondern der Graf von Warwick.

Er lehnte in der Tür und betrachtete die beiden Liebenden geruhsam, sodass Ismay sich fragte, wie lange er sie schon beobachtete. Aber vielleicht war es die drohende Gefahr, die ihn davon abhielt, bösartige Kommentare zu machen.

»Es ist Zeit aufzubrechen, Vetter«, sagte der Graf nur.

Ismay und die Herzogin standen im Innenhof und sahen zu, wie die beiden kleinen Reitertrupps sich durch das hintere Tor entfernten. Eine Gruppe ritt Richtung Calais, die andere wandte sich in Richtung Irland.

Die Herzogin von York ließ zu, dass Ismay die Hand in ihre Hand legte. »Ihnen wird nichts geschehen«, sagte Ismay zuversichtlicher, als sie sich fühlte.

»Nein, natürlich nicht.« Mit fast sichtbarer Anstrengung fasste die Herzogin sich und sagte mit gespielter Munterkeit: »Ismay, du sollst wissen – bevor der Herzog von York losgeritten ist, hat er mich gebeten, dir etwas auszurichten. Er hat gesagt, du seist frei, das Angebot des Königs, dich zu begnadigen, anzunehmen, falls du das für klug hältst. Deine Ländereien sind fern von hier, du hast keinen Gemahl und keine Krieger, die sich unserer Sache verpflichtet hätten. Der Herzog hätte Verständnis dafür, wenn es dir in erster Linie darum ginge, dich selbst in Sicherheit zu bringen.«

Der Tonfall der Herzogin machte sehr deutlich, dass sie selbst *kein* Verständnis haben würde, falls Ismay eine solche Entscheidung treffen würde. Doch derartige Überlegungen spielten für Ismay ohnehin keine Rolle. In dieser Angelegenheit gab es für sie keine Wahl.

»Ihr seid die einzige Familie, die ich seit meinem zehnten Lebensjahr habe«, sagte Ismay nachdrücklich. »Ich stehe bis zum Ende zum Hause York.«

26

Diana

November 1918

Nach Clarissas überraschender Enthüllung, dass der Geisterjunge nicht Thomas war, stand Diana mit offenem Mund vor ihr, bis jemand an die Tür klopfte und das Telefon klingelte und die Direktorin von einem Strudel von Geschäftigkeit mitgerissen wurde.

Diana holte sich eine Tasse Tee und zwei Scheiben Toast aus dem Speisesaal, wo die Jungen heute ungewöhnlich still frühstückten, und zog sich auf ihr Zimmer zurück. Sie fiel in einen unruhigen Schlaf mit verschwommenen Eindrücken von galoppierenden Pferden und blutigen Fahnen.

Als sie gegen Mittag wieder erwachte, fühlte sie sich wie gerädert. Sie nahm rasch ein Bad und sah dann nach Jasper. Der Junge schlief friedlicher, als es ihr vergönnt gewesen war. Das Laudanum wirkte.

Als sie aus der Krankenstube trat, wartete Joshua wieder im Flur auf sie. Diana bemerkte seine wetterfeste Hose, den grob gestrickten Pullover, den Regenmantel und die Stiefel und stöhnte laut.

»Ich werde wohl gleich bereuen, dass ich gerade eben gebadet habe, oder?«, fragte sie. »Was erkunden wir heute?

Zum Glück lässt dein Mantel darauf schließen, dass es im Freien sein wird.«

»Ich habe gedacht, wir sollten uns mal dort umsehen, wo mein Großvater Jasper gefunden hat. Ob es nun ein Gespenst war oder etwas anderes, das den Jungen dorthin gelockt hat, wir sollten uns die Stelle ansehen.«

Dieser Logik konnte Diana nichts entgegensetzen. Und die Vorstellung, unter Northumberlands weitem Himmel an der frischen Luft zu sein, war verlockend. Bestimmt würde das alle noch nachklingenden Eindrücke von den Erlebnissen im Dachgeschoss am frühen Morgen auslöschen.

Und es könnte sie selbst gleich mit auslöschen, stellte Diana fest, nachdem sie zehn Minuten gegen scharfen Wind angegangen waren, in dem das Atmen schwerfiel.

Joshua warf ihr einen Seitenblick zu. »Wärst du jetzt gern wieder in London?«

»Wenigstens muss ich hier nicht über hundert Leute stolpern, bloß um hinzukommen, wo ich hin möchte. Aber da wir gerade dabei sind, wo genau wollen wir eigentlich hin?«

Joshua deutete auf etwas, das Diana aus der Ferne nicht richtig erkennen konnte. »Großvater geht morgens immer ganz früh am Wall entlang, egal, ob es regnet, stürmt oder schneit. Heute Morgen wollte er sich den alten Eiskeller ansehen, wahrscheinlich, weil er dir gestern davon erzählt hat.«

Sie näherten sich einem Gebilde, das schlicht wie ein Haufen Steine aussah. Diana kniff die Augen zusammen und versuchte, eine Struktur darin zu erkennen. »Ein alter Eiskeller?«, fragte sie skeptisch.

»Aus dem Mittelalter. Dieses ganze Land gehörte damals dem Kloster Havencross. Der Eiskeller wurde um 1300 herum angelegt, aber als das Anwesen dann in Privatbesitz überging, fand man, dass er zu weit weg war, und baute einen, der näher am Wohngebäude lag.«

Diana betrachtete das Gelände nachdenklich. »So weit ist Jasper gelaufen? Allein und im Dunkeln?«

»Das spricht wohl für ein sehr überzeugendes Gespenst.«

»Wenn dein Großvater nicht hier entlanggekommen wäre, hätte es noch eine Stunde oder so dauern können, bis wir Jasper gefunden hätten. Und bei diesem kalten Wind –« Diana schüttelte den Kopf. »Wir müssen dafür sorgen, dass das aufhört, Joshua. Sonst stirbt noch jemand.«

»Ich weiß. Deswegen sind wir ja hier.«

Nachdem eine erste Begutachtung des Kreises von etwa sieben oder acht Metern im Durchmesser nichts ergeben hatte, bestand Joshua darauf, dass sie die Fläche noch einmal auf allen vieren absuchten. Diana fragte sich schon, ob er vielleicht eine Lupe in der Tasche hatte und sie wie Sherlock Holmes zücken würde, falls er irgendeinen Hinweis fand.

Sie selbst fand gar nichts, nichts außer Heidekraut und abgestorbenen Disteln und spitzen Steinen. Diana hockte sich auf die Fersen und streckte sich. Hinter ihren Augen hatte sich der Schmerz der Erschöpfung eingenistet, und sie versuchte, die dunklen Pünktchen fortzuzwinkern, die vor ihr tanzten.

Doch statt zu verschwinden, ballten die Pünktchen sich zusammen, sodass in dem gefährlich instabilen Steinhaufen, der auf dem Fundament des alten Eiskellers liegen geblieben war, zwischen zwei Steinen plötzlich eine dunkle Öffnung sichtbar wurde. Diana hätte nicht sagen können, was ihr daran auffiel. Der merkwürdige Winkel vielleicht?

Behutsam schob sie eine Hand in die Öffnung und zog am oberen Stein.

Er löste sich so plötzlich, dass sie das Gleichgewicht verlor und Joshua aufschrak.

»Hast du etwas gefunden?«

»Ich weiß nicht. Wahrscheinlich hat hier bloß irgendein Tier seinen Bau gegraben.«

Doch selbst Diana, die in London geboren und aufgewachsen war, sah sehr schnell, dass diese Öffnung nicht das Werk von Tieren gewesen sein konnte. Nach etwa einer halben Stunde konzentrierter Arbeit hatten sie genug Steine fortgeräumt – und mit den spitzeren so viel lockere Erde weggeschoben –, dass sie eine Öffnung von fast einem Meter im Durchmesser freigelegt hatten, die von einem aus Backsteinen gemauerten Rand eingefasst war.

»Der Ausgang eines Geheimtunnels.« Diana seufzte. »Ich hab ja gewusst, dass ich mich hier oben im Norden am Rand der bekannten Welt befinden würde, aber dass ich in einen Abenteuerroman hineingeraten könnte, hatte ich nicht erwartet.«

»Die Klöster waren reich – manche zumindest«, wiederholte Joshua die Worte seines Großvaters. »Sie mussten immer damit rechnen, von Soldaten und Plünderern überfallen zu werden. Daher hat der Tunnel möglicherweise einfach dazu gedient, transportables Vermögen zu verstecken.«

»Wozu auch immer der Geheimgang ursprünglich gedacht war, für Jungen ist so etwas jedenfalls sehr verlockend. Glaubst du … besteht die Möglichkeit, dass Thomas hier –«

»Dass er im Tunnel gefangen war? Jedenfalls nicht in diesem. Nicht aus dieser Richtung. Mein Großvater hat davon gesprochen, dass im Jahr 1870 an dieser Stelle archäologische Grabungen stattgefunden haben, und ich bezweifle, dass diese Steine seitdem von Menschenhand bewegt wurden.«

»Aber was hat Jasper Willis dann hier draußen gesucht?«

Die ewig gleiche Frage, die nicht zu beantworten war. Oder hatte Jasper sie doch beantwortet? Er hatte gesagt, der Geisterjunge habe ihn an diese Stelle gelockt. Selbst wenn man seiner Aussage Glauben schenkte, welchen Sinn hatte das gehabt?

Joshua siebte gedankenverloren mit den Händen die lose Erde durch, die sie von der Öffnung weggescharrt hatten. Diana schaute ihm zu, betrachtete seine großen, kräftigen Hände, sein ausgeprägtes Kinn und das Grübchen am Hals unter seinem Ohr. Sie stellte sich vor, wie sie ihre Lippen daraufdrückte, und als Joshua in der Bewegung innehielt, spürte sie, dass sie rot wurde. Hatte er gemerkt, dass sie ihn beobachtete?

Aber er drehte sich nicht zu ihr um, sondern strich mit den Fingerspitzen über etwas, das er in der Erde gefunden hatte.

»Aha«, murmelte er.

»Was ist das?«

Joshua hob den Gegenstand mit Daumen und Zeigefinger hoch, sodass Diana ihn sehen konnte.

»Ist das …« Sie beugte sich vor und betrachtete die dünne Scheibe. »Ist das eine Münze?«

»Eine alte Münze«, bestätigte er. »Wahrscheinlich aus der Römerzeit, solche tauchen hier immer noch ab und zu auf.« Er reichte sie Diana. »Bringt Glück«, bemerkte er.

Sie betrachtete das dunkle, schmutzige kleine Rund. Wie ein Glücksbringer sah es nicht gerade aus.

Joshua stand auf und balancierte sich geschickt aus, als er mit dem linken Bein einknickte. Er streckte Diana die Hand hin, und sie ließ sich von ihm aufhelfen und hielt seine Hand danach weiter fest.

So vieles ging ihr durch den Kopf – Jaspers Beinbruch, die Möglichkeit, dass die Türen abends nicht abgeschlossen wurden, und die Unmöglichkeit, gefährdete Kinder vor Gespenstern zu schützen. Hatte sie nicht selbst heute in aller Frühe einen ganzen Trupp mittelalterlicher Krieger auf Havencross zureiten sehen? Und würde der Krieg jemals enden und die furchtbare Anspannung, die sie spürte, dann nachlassen?

Joshua bohrte nicht nach, er drängte sie nicht und versuchte auch nicht, so zu tun, als wäre nichts. Er zog sie einfach an sich und nahm sie in die Arme. Und für einige wenige Minuten spürte Diana tiefen Frieden.

27

Juliet

2018

Am Morgen nach ihrem Museumsbesuch in Berwick erwachte Juliet von Rachels Staubsaugen. Das frisch gebackene Scone zum Kaffee nahm sie gern an.

»Ich bin dir was schuldig«, sagte Rachel im Plauderton. »Meine Jungs sind ja so was von glücklich, dass sie ihren Onkel Noah jetzt so oft sehen, auch wenn er dann meistens nur Hallo und Tschüs sagt.«

»Ach ja? Aber ich versuche nicht … Ich hab ihm gesagt, dass er nicht so oft rüberzukommen braucht. Meine Fragen kann ich auch am Telefon oder per Mail stellen. Er hilft mir wirklich sehr.«

Als Rachel belustigt etwas Zustimmendes murmelte, schlug Juliet alle Vorsicht in den Wind. »Ist er … hat er denn … er muss doch Freundinnen gehabt haben. Oder Freunde«, fügte sie rasch hinzu.

»Ja, er hatte drei Jahre lang eine Partnerin, Beth hieß sie, aber sie ist vor anderthalb Jahren nach Australien ausgewandert. Und Noah würde nicht mal nach London ziehen, das war also das Ende der Beziehung. Vermutlich lebt er in Newcastle nicht gerade wie ein Mönch, aber er hat seit vielen Wochen von keiner Frau mehr so gesprochen wie jetzt von dir.«

»Das ist schön«, brachte Juliet hervor.

Rachels Augenverdrehen sprach Bände. »Ihr beide seid wirklich zwei lahme Enten. Weißt du, was er mich gefragt hat? ›Glaubst du, ich gehe zu schnell vor, Rachel? Glaubst du, dass Juliet ihre Scheidung schon verarbeitet hat?‹« Im strengen Tonfall einer Mutter fuhr Rachel fort: »Kommt endlich in die Hufe, sonst muss ich euch zwei zusammen hier im Haus einsperren.«

Juliet wurde rot. Gleichzeitig musste sie lachen, und ihre Lungen weiteten sich so, wie sie es seit den ersten Tagen mit Duncan nicht mehr erlebt hatte – Vorfreude, Sehnsucht und Hoffnung ergaben eine berauschende Mischung.

Konzentrier dich, sagte sie sich. Arbeite.

Sie hatte in den Aufzeichnungen der Schulkrankenschwester beinahe das Kriegsende erreicht und las weiter, wo sie aufgehört hatte. Am Wochenende vor dem 11. November hatte sich ein Schüler aus dem dritten Jahrgang offenbar das Bein gebrochen, während er nachts draußen herumgewandert war. Die Krankenschwester gab in ihren Eintragungen kaum Kommentare ab, aber dieses Mal hatte sie hinzugefügt: *Muss mit Jasper wg. des Geisterjungen behutsam vorgehen. Und eine Möglichkeit finden, die Außentüren abzusperren.*

Außentüren absperren? Juliet überlegte, ob die Schwester mit dieser Maßnahme verhindern wollte, dass Leute von draußen hereinkamen, oder ob sie die Schüler davon abhalten wollte, das Haus zu verlassen. Angesichts der Tatsache, dass dieser Jasper mitten in der Nacht im Freien gewesen war, traf wohl eher das Letztere zu. Und der nächtliche Ausflug des Jungen schien etwas mit dem Gespenst auf Havencross zu tun zu haben.

Als Noah abends anrief, erzählte Juliet ihm von dem Eintrag und beantwortete dann seine Fragen zu ihrem Besuch bei Daniel. Er bekundete sein Interesse und seine Zufriedenheit mit allen angemessenen Grunzlauten, die sie sich nur wünschen konnte. »Und wie sieht dein nächster Schritt aus?«, fragte er dann.

»Ich denke, ich werde die Ruinen der Kapelle erforschen. Die Anwältin, die mich eingestellt hat, hat mir einige Kartons mit der Familiengeschichte der Somersbys gebracht, und darunter sind auch die Originalpläne, die gezeichnet wurden, als Gideon Somersby das ganze Anwesen vermessen ließ, bevor er das Haupthaus baute. Ich glaube, in diesen alten Plänen könnten auch Tunnel eingezeichnet sein, daher will ich sie mir ansehen.«

»Wie schade, dass du keinen Vermessungsingenieur kennst, der solche alten Pläne lesen kann und dir helfen würde, sie zu entschlüsseln.«

Juliet erinnerte sich an Rachels Ratschlag und an all die Jahre, in denen sie unter Duncans schneidenden Bemerkungen gelitten hatte, und dachte an ihr noch fragiles, aber wachsendes Selbstvertrauen. »Noah, hättest du Lust, dir die Pläne mal anzusehen und dann mit mir auf Erkundungstour zu gehen?«

»Sehr gerne«, antwortete er sofort. »Morgen ist nicht viel los, da nehme ich mir frei. Ich kann heute Abend auf die Farm rausfahren und morgen früh dann gleich zu dir rüberkommen. Abgemacht?«

Wann war sie zuletzt so glücklich gewesen? »Abgemacht.«

In der Nacht gab es nur eine Handvoll unbedeutender Ereignisse – das Seufzen wie vor dem Sprechen, fernes Hufgeklapper in ihren Träumen, Licht, das scheinbar vom Flur vor ihrem Zimmer kam. Juliet hatte sich so sehr daran gewöhnt, dass sie sich fragte, ob sie mehr beunruhigt wäre, wenn sie gar nichts wahrnehmen würde.

Am Morgen zog sie sich warm an, und als Noah eintraf, hatte sie die Pläne aus dem 19. Jahrhundert im Speisesaal der alten Schule auf einem Militärschreibtisch aus den 1950er-Jahren ausgebreitet.

Das Erste, was er sagte, war: »Rachel hat mir aufgetragen, dich heute zum Abendessen mitzubringen, und ich bin ziemlich sicher, dass sie dich bitten wird, Weihnachten bei uns zu verbringen. Du solltest dir also eine gute Ausrede zurechtlegen, falls du das nicht möchtest. Sie macht sich Gedanken um dich, weil du ja ganz allein bist, ohne Familie.«

Es war Jahre her, dass Juliet Weihnachten mit jemand anders als mit Duncan verbracht hatte – und im vergangenen Jahr war er mittags verschwunden und erst Stunden später wiederaufgetaucht. Im Stillen fing Juliet schon an, eine Geschenkeliste für die Bennetts aufzustellen.

Noah hatte eine Kopie seiner Übersichtskarte von Havencross mitgebracht und trug jetzt die Symbole aus der viktorianischen Karte darauf ein. Dabei erklärte er Juliet, was sie jeweils bedeuteten.

»Grundstücksgrenzen, das derzeitige Haus, der Fluss und die Brücke, die Straße.« Er deutete darauf, bis Juliet nickte. »Das wird alles durch Linien dargestellt. Die Ruinen des Klosters sind durch die gestrichelten Linien gekennzeichnet.«

Juliet zeigte auf einen kleinen Kreis, der auf der anderen Seite der mittelalterlichen Kapelle eingezeichnet war. »Was ist das?«

»Der ursprüngliche Brunnen. Er wurde vor mindestens hundertfünfzig Jahren zugeschüttet. Als man die Wasserleitungen für dieses Haus legte, stellte man fest, dass die Brunnenwände eingebrochen waren, sodass der Brunnen nicht mehr zu gebrauchen war.«

»Ich vermute mal, dass es für geheime Tunneleingänge keine Symbole gibt?«

»Sie wären ja nicht mehr geheim, wenn man sie auf einem Lageplan einzeichnen würde«, erwiderte Noah trocken.

»Also gut, dann ran an die Arbeit. Was genau machen wir jetzt?«

Noah grinste. »Wir benehmen uns wie Rachels Jungen – untersuchen alles, was uns auffällt und interessant sein könnte. Und dabei machen wir uns von oben bis unten dreckig.«

Das war kein Witz. Als sie die eingestürzten Grundmauern des Klosters inspiziert hatten, war Juliet schweißnass, und ihr tat alles weh.

»Wer hätte gedacht, dass es so anstrengend sein könnte, auf allen vieren herumzukrabbeln und in allen möglichen Spalten herumzustochern?« Juliet hockte sich auf die Fersen und strich sich eine Haarsträhne aus dem Gesicht. »Oder warte mal – ich hab es natürlich gewusst. Das ist der Grund, warum ich Historikerin bin und nicht Landschaftsgärtnerin oder Bauingenieurin.«

Noahs Lachen durchströmte sie warm und ließ sie tief durchatmen. Dieses Lachen hätte sie sich ewig anhören können, denn es hatte nichts Zynisches, Ironisches oder Grausames.

»Ich würde sagen, wir haben unsere Möglichkeiten hier ausgeschöpft – es sei denn, wir fangen an zu graben. Wie du auch schon vermutet hast, glaube ich, dass wir in der Kapelle die größten Chancen haben. Es war ein heiliger Ort, der die Eindringlinge aufhalten sollte. In der Praxis hat das nicht so funktioniert, trotzdem konnte man von dort aus wohl am einfachsten Gegenstände oder Menschen aus dem Kloster schmuggeln.«

»Wie wär's mit Mittagessen? Und anschließend nehmen wir uns dann die Kapelle vor?«

»Perfekt – Rachel hat mir nämlich Essen mitgegeben.«

Nun lachte Juliet. »Ich liebe deine Schwester.«

Es war ihr einfach so herausgerutscht, und bevor sie verlegen werden konnte, sagte Noah: »Ich glaube, das geht ihr mit dir genauso. Wir sind zwar hier aufgewachsen, und sie findet es toll, die Jungen auf der Farm großzuziehen, aber ohne Antonia fühlt sie sich unter der Woche doch einsam.«

»Schade, dass ich nur diesen Winter hier bin.«

War es Einbildung, dass Noahs Blick auf ihr ruhte, als er ihr jetzt beim Aufstehen half? »Ja, sehr schade.«

Nach einer stärkenden, wärmenden Mahlzeit an dem Resopaltisch in Clarissas kleiner Küche stapften sie wieder nach draußen und zur Kapelle hinüber. Die Ruine hatte schon lange kein Dach mehr, aber die Mauern waren an manchen Stellen noch drei Meter hoch oder sogar höher, und die beiden Längsseiten des Kirchenschiffs waren von Grabplatten aus Granit gesäumt.

»Also, wenn du ein geheimer Tunneleingang wärst, wo könntest du dich dann befinden?«, murmelte Juliet.

Unter Noahs fachmännischer Anleitung suchten sie die Fläche systematisch ab. Er begann am früheren Eingang der Kapelle und Juliet am Altar. Als sie eine Pause machte, um einen Schluck aus ihrer Wasserflasche zu trinken, streckte er sich, was Juliet unfair verführerisch fand, und kam zu ihr herüber.

»Du summst bei der Arbeit«, bemerkte er. »Wusstest du das?«

Juliet biss sich auf die Lippe. »Ja, aber ich vergesse es immer wieder. Es muss richtig laut gewesen sein, wenn du es hören konntest! Ich weiß, dass es nervig ist.«

Noah nahm sie am Arm. »Wer hat das gesagt?«

»Was?«

»Wer hat dir gesagt, dass dein Summen nervt? Das ist nämlich erstens Unsinn, und zweitens frage ich mich, warum du mit Leuten zusammen bist, die so etwas von sich geben.«

»Ich bin nicht … Ich meine, zurzeit bin ich mit niemandem zusammen. Außer mit Gespenstern.«

»Ich meine das ernst, Juliet.«

Sollte sie es wagen? Juliet schluckte und sah Noah in die freundlichen braunen Augen. »Meinem Ex-Mann ging seine Ruhe über alles. Außer wenn er selbst redete. Ich hab schon als kleines Kind immer vor mich hin gesungen, wenn ich allein war. Meistens merke ich es gar nicht, wenn ich summe, ehrlich nicht. Es kann bestimmt störend sein.«

Noah ließ ihren Arm los, aber er blieb so nah bei ihr stehen, dass sie trotz seiner dicken Jacke sehen konnte, wie sein Brustkorb sich beim Atmen hob und senkte. Juliet fand seine Augen unfassbar schön, aber es war sein Gesichtsausdruck, der sie fast umhaute. Wer hatte sie jemals mit einer solchen Mischung aus Zuneigung und Besorgnis angesehen? Die Kehle wurde ihr eng, und fast hätte sie sich abwenden müssen.

»Juliet …«

Ihr Handy klingelte und zerstörte den Augenblick. Juliet fummelte es aus ihrer Manteltasche und blickte aufs Display. Ein unbekannter Anrufer. Immerhin war sie beschäftigt, wenn sie jetzt gleich dranging. Noah hatte sich schon wieder einem Grab an der Nordmauer zugewandt. Gerade ließ er sich auf Hände und Knie nieder, um es ringsherum abzutasten.

»Hallo?«, sagte Juliet.

Zögernd fragte eine Frauenstimme: »Hallo? Spreche ich mit Juliet Whittier?«

»Stratford«, berichtigte Juliet. »Wer ist denn da?«

»Ach so, sorry. Hier ist Kelsey Thorn. Ähm … von der Universität.«

Duncans Kelsey also, die mit dem kleinen Baby – kein Wunder, dass sie so zögerlich klang, so als würde sie damit rechnen, dass Juliet losschreien und sie quer über den Atlantik mit irgendetwas bewerfen könnte.

»Was wollen Sie, Kelsey? Wenn Sie Glückwünsche erwarten, zur Geburt Ihres …« Das Wort »Sohnes« blieb Juliet im Hals stecken.

»Nein! Nein, es tut mir leid. Ganz ehrlich. Ich weiß, ein Kontakt zu mir ist bestimmt das Allerletzte, was Sie wollen, aber ich muss Ihnen unbedingt etwas sagen.«

»Und was?«

Atemlos und ohne Pause stieß Kelsey hervor: »Duncan sucht nach Ihnen. Er ist sauer. Stinksauer. Im Moment vor allem auf mich – ich hatte nicht nachgedacht, als ich die Fotos gepostet hab. Die Universität hat sie gesehen und sich ausgerechnet, dass er … dass wir … während ich noch seine Studentin war. Jedenfalls, er glaubt, dass Sie es waren, die das der Uni gesteckt hat. Er ist inzwischen beurlaubt, und unsere Beziehung wird gerade überprüft. Als man ihm das mitgeteilt hat, ist er für zwei Nächte verschwunden. Dann ist er rasend vor Wut und betrunken wieder bei mir aufgetaucht, und ich hab ihn rausgeworfen. Er hat auf Sie geschimpft, dass das alles niemals passiert wäre, wenn Sie ihn bloß verstanden hätten, Sie hätten ihn niemals verlassen dürfen –«

»Mir ist durchaus klar, dass Duncan mir an allem die Schuld gibt.« Juliet hielt inne und fragte fast gegen ihren Willen: »Sind Sie in Sicherheit? Sie und das … er hat sie nicht misshandelt?«

»Er hat mich gegen die Wand gestoßen. Aber sonst ist alles in Ordnung. Ich bin jetzt zu Hause bei meinen Eltern. Hier kann er uns nichts tun. Aber ich glaube, er ist wild entschlossen, Sie zu suchen.«

»Da wünsche ich ihm viel Glück«, sagte Juliet trocken, weil sie an den Ozean zwischen ihnen dachte. »Ich sollte Ihnen wohl dafür danken, dass Sie an mich gedacht haben. Das wurde aber auch Zeit!«

Der Stimme der jungen Frau war anzuhören, dass sie sich schämte. »Es tut mir wirklich sehr leid. Ich wollte nicht … Er kann sehr überzeugend sein.«

Juliet schloss die Augen. Sie erinnerte sich an Duncans Talent, sich so auf sein Gegenüber zu konzentrieren, dass man glaubte, niemand auf der ganzen Welt habe einen jemals so angesehen. Seine neckenden, zärtlichen Hände, seine vor Verlangen rauchige Stimme …

Plötzlich schlugen Juliets Erinnerungen in Zorn um. »Sie müssen sich von ihm fernhalten, Kelsey, für immer. Das sage ich nicht als eifersüchtige Ex, sondern von Frau zu Frau. Gehen Sie Duncan Whittier aus dem Weg.«

Noch während die junge Frau sich stammelnd bedankte, brach Juliet das Gespräch ab.

»Juliet?«

Noahs Stimme hatte überhaupt nichts Rauchiges. Sie war hell und klar wie Sonnenlicht, das auf einem Fluss tanzt.

Sie wollte sich für die Unterbrechung entschuldigen, aber obwohl Noah die Hälfte der hitzigen Unterhaltung mitgehört haben musste, sah er sie nicht einmal an. Er hockte neben einer Grabplatte, seine Hände ruhten auf dem oberen Rand.

Nein, sie ruhten nicht. Sie hoben die Platte an. Juliet trat näher, während Noah die Grabplatte halb hob, halb fortschob. Darunter kam ein Loch zum Vorschein. Ein Loch, in dem weder ein Sarg noch Knochen zu sehen waren.

»Ich glaube, wir haben den Eingang gefunden.«

28

Ismay

September 1460

In ebenjenem Jahr kam der Herzog von York aus Irland zurück und landete am Redcliffe in Lancashire … und er sandte nach Trompetern, die ihn nach London bringen sollten. Dort stattete er sie mit Fahnen aus, die das Wappen von England trugen. So ritt er nach London hinein, bis er Westminster erreichte und den Palast König Heinrichs. Dort erhob er Anspruch auf die englische Krone.

Schon seit einer halben Stunde führte Ismay mit Pater Pierce ein Streitgespräch. Hätte sie den Geistlichen nicht von Kindesbeinen an gekannt und gemocht, dann hätte sie ihm einfach einen Befehl erteilt und mit versteinertem Gesicht abgewartet, ob er es wagen würde, sich ihr zu widersetzen. Im Laufe der Jahre hatte die Herzogin von York ihr einige sehr nützliche Lehren mit auf den Weg gegeben.

In der weiten Welt hatten die Befehle einer Siebzehnjährigen natürlich nicht das gleiche Gewicht wie die einer Herzogin in der Mitte des Lebens, doch zurzeit befand Ismay sich nicht in der weiten Welt, sondern auf Havencross. Sie war Lady Ismay von Havencross und nach sieben Jahren zum ersten Mal wieder zu Hause, um persönlich auf ihrem Anwesen nach dem Rechten zu sehen. Und wie groß der Widerstand des Paters auch sein mochte, in dieser Sache würde sie nicht nachgeben.

Wenn sie ehrlich war, war sie immer noch etwas verblüfft darüber, auf welche Weise sie hier gelandet war.

Pflichtgetreu und durchaus gern hatte sie der Herzogin gegenüber Wort gehalten und war bei ihr und den Jungen geblieben, als sie nach London umziehen mussten und dort dann unter Hausarrest standen. Im Dezember hatte das Parlament eilig alle Lords aus den Häusern York und Neville zu Verrätern an der Krone und zu Geächteten erklärt. Sie alle und ihre sämtlichen Erben waren jetzt rechtlos und verloren ihren gesamten Besitz. All diese Jungen und Männer, mit denen Ismay – ob es ihr gefallen hatte oder nicht – so lange Jahre ihres Lebens verbunden gewesen war, waren zu Herren vergangener Zeiten geworden.

An diesem Punkt hatte Herzogin Cecily das Kommando übernommen. Ismay hatte sie nie mehr bewundert als in jenen Wochen nach der Zerstörung Ludlows und dem rachsüchtigen Parlamentsbeschluss. Eine andere Frau hätte unter diesen Schicksalsschlägen leicht zusammenbrechen können, nicht so Cecily Neville. Sie konnten ihr den Titel aberkennen, doch ihre Kraft und ihre Intelligenz konnte ihr niemand nehmen.

Ismay hatte keinen Zweifel daran, dass es gelingen würde, Nachrichten zwischen London, Calais und Dublin hin- und herzuschicken – und dass insgeheim Pläne geschmiedet wurden, wie man für die Zeit, wenn das Haus York wieder die Bühne betreten würde, Geld sammeln und Pfänder hinterlegen könnte.

Offenbar war Ismay eines dieser Pfänder. Und zum ersten Mal wurde sie nicht nur als widerstrebende mögliche Braut eingesetzt. Nein, ihre Aufgabe beinhaltete etwas, das Ismay sich so sehnlichst gewünscht hatte, dass sie es kaum hatte glauben können, als es ihr tatsächlich angeboten wurde. »Wir brauchen dich auf Havencross«, hatte die Herzogin gesagt. »Für die Zukunft.«

Und so war Ismay, zum ersten Mal seit ihrem zehnten Lebensjahr, nach Northumberland zurückgekehrt. Der Graf von Somerset, ein Anhänger des Hauses Lancaster, hatte ihr als Eskorte zwei Dutzend seiner eigenen Leute geschickt, und Ismay war klar, dass das Haus Lancaster dergleichen niemals zugelassen hätte, wenn sie nicht eine sehr junge, alleinstehende Frau gewesen wäre. Sie zweifelte nicht daran, dass Somerset jetzt gern ihr Vormund werden würde, entweder um sich selbst oder aber einen seiner Gefolgsleute zu bereichern. Es sah in ihr nichts weiter als ein ungeschütztes junges Mädchen.

Das war ein Fehler.

In den ersten drei Monaten hatte Ismay ihrem Verwalter und ihrer Haushälterin bewiesen, dass sie es verstand, ein Landgut zu bewirtschaften. Und wie sollte es anders sein, da doch die beeindruckendste Frau in ganz England sie persönlich geschult hatte. In den nächsten drei Monaten stellte sie eine Kompanie bewaffneter Männer auf. Der Herzog von York hatte mehr als einmal von den hundert Männern Gebrauch gemacht, die Havencross zur Gefolgschaft verpflichtet waren, aber in weiser Vorausschau hatte er nie versucht, sie ganz in seine eigenen Reihen einzugliedern. Das war ihm jetzt von Nutzen, denn Ismay war die Herrin auf Havencross, und ihre Eltern waren beide sehr beliebt gewesen. Die Männer würden jedem Befehl, den sie erteilte, Folge leisten.

Und nun galt es nur noch zu warten. Am schlimmsten an ihrem Aufenthalt in Northumberland fand Ismay die Abgeschiedenheit. Alle bedeutenden Ereignisse fanden weit entfernt statt, und selbst die kleinsten Botschaften brauchten ewig, bis sie Havencross erreichten. Edmund hatte es geschafft, ihr zweimal von Irland aus zu schreiben. Diese Briefe waren durch die Hände seiner Mutter in London gegangen und dann weiter in den Norden geschickt worden, bis sie im Mai schließlich Havencross erreicht hatten. Sie waren arg zerknickt, aber das Wachssiegel wirkte mehr oder weniger unversehrt, und Ismay beschloss, sich keine Gedanken darüber zu machen, ob ein Unbefugter die Briefe gelesen hatte. Sie würde nichts bestreiten, falls jemand sie danach fragen sollte.

In der letzten Juniwoche hatte Eduard mit seinem Onkel und seinem Vetter von Calais aus den Kanal überquert. Die Grafen von Salisbury und von Warwick und der jetzt achtzehn Jahre alte Eduard Graf von March waren ohne Gewalt in London eingezogen und hatten dann bei Northampton die königliche Armee besiegt. Nun befand der König sich in ihrer Gewalt, Königin Margarete war auf ihren Stützpunkt in den Midlands geflohen, und ganz England wartete auf den nächsten Schritt des Herzogs von York.

Eduard hatte Ismay aus London eine kurze Nachricht geschickt. Sie fand das nett von ihm, schließlich mussten die Kämpfe und zweifellos auch das Herumhuren ihn sehr in Anspruch nehmen. Die nächste Nachricht stammte von beiden Brüdern und ließ ihr wenig Zeit, denn der Bote traf nur vierundzwanzig Stunden vor den Absendern ein. In dem Schreiben stand, dass Edmund und der Herzog von York am 9. September in der Nähe von Liverpool an Land gegangen waren und dass Eduard ihnen entgegengeritten war. Und jetzt waren beide Brüder auf dem Weg nach Havencross, denn sie hatten ihren Vater überzeugt, dass er Ismays Leute für sein Heer brauchte.

Edmunds Nachricht war herzlich, aber kurz: Er wollte Ismay sehr gern sehen, würde sich aber niemals irgendwelche Mutmaßungen erlauben. Eduard hingegen hatte unten auf die Seite gekritzelt: »Suche dir einen Priester, falls ihr einen wollt. Wir haben nicht viel Zeit.«

Und das war der Grund für die heutige Auseinandersetzung.

Worum es ging, war eindeutig: Ismay hatte Pater Pierce gebeten, ihre Trauung zu vollziehen. Er jedoch lehnte das ab.

»Sie sind zu jung«, stellte er fest.

»Meine Mutter war erst fünfzehn, als Sie, Pater Pierce, sie mit meinem Vater vermählt haben«, hielt Ismay dagegen.

»Aber das Aufgebot muss drei Wochen vorher bestellt werden.«

»Es gibt zulässige Ausnahmen, wie Sie sehr gut wissen«, entgegnete Ismay.

»Sie sind hier ganz allein, Sie haben nur eine einzige Magd und keine Damen, die Ihnen helfen und Sie beraten können.«

»Soweit ich weiß, ist für eine Vermählung nur eine einzige Frau nötig«, war Ismays Erwiderung.

»Sie hintergehen mit voller Absicht ihren Vormund.«

Und da lag der Hase im Pfeffer: Es ging um den Herzog von York.

Nach fast neun Monaten in Irland, wo er sich vor Margarete von Anjous Rache in Sicherheit gebracht hatte, war der Herzog schließlich bereit, den letzten Schritt auf dem Weg zum englischen Thron zu machen. Die Anhänger des Hauses York betrachteten ihren jüngsten Sieg bei Northampton als ersten Schritt auf dem Weg zur Herrschaft.

Northampton, Ludford Bridge, Blore Heath, St. Albans … Manchmal hatte Ismay den Eindruck, dass die Liste der Schlachten ihr Leben stärker prägte als die Daten des Kalenders, insbesondere, seit die beiden ältesten Söhne des Herzogs so erwachsen waren, dass sie mitkämpften. Und sie waren gute Krieger. Der Sieg von Northampton wurde zwar dem Grafen von Warwick zugeschrieben, aber es war Eduard von York mit seinen achtzehn Jahren gewesen, der mit seinem Vetter von Calais aus über den Kanal zurückgekehrt war und sich allen Berichten zufolge bravourös geschlagen hatte. Allerdings hatte Ismay nicht vor, ihm das zu sagen. Eduard hatte auch so schon eine hohe Meinung von sich selbst, daher wollte sie ihm nicht auch noch schmeicheln.

Aber ganz unabhängig von Eduards kriegerischen Fähigkeiten schien Richard, Herzog von York, auf bestem Wege zu sein, wieder der mächtigste Mann in England zu werden. Daher verstand Ismay, dass es Pater Pierce widerstrebte, ihn vor den Kopf zu stoßen. Trotzdem ließ sie sich nicht beirren. Auch wenn sie nicht vorhatte, Eduard zu hofieren, war es ihr doch eine Beruhigung, ihn auf ihrer Seite zu wissen.

Auf ihrer *beider* Seite. Eduard mochte Ismay, aber seinen Bruder Edmund liebte er, fast als wären sie Zwillinge. Obwohl sie vom Charakter her nicht unterschiedlicher hätten sein können, waren Eduard und Edmund sich so zugetan, wie Brüder es nur sein konnten. Ihr Verhältnis zueinander ließ Ismay manchmal wehmütig bedauern, dass sie selbst keine Geschwister hatte. Elizabeth und Margaret, die jüngeren Töchter des Herzogs, waren zwar ihre Freundinnen, aber das war nicht das Gleiche.

Weil Ismay die beiden Brüder so gut kannte, konnte sie sich vorstellen, wie das Gespräch über die geplante Hochzeit abgelaufen war.

Edmund: »Ich will keine andere Frau als Ismay. Ganz gleich, was Vater sagt.«

Eduard: »Dann nimm sie.«

Edmund: »Zur Gemahlin, Bruder.«

Eduard: »Schön. Dann muss ein Priester her.«

Edmund: »Ismays Priester auf Havencross hat ihrer Familie schon vor ihrer Geburt gedient. Dort können wir heiraten. Aber ich werde deine Hilfe brauchen, um Vater für die Zeit, die wir benötigen, fernzuhalten.«

Eduard: »Es wäre so viel einfacher gewesen, wenn du mit mir nach Calais gekommen wärst und dich an den hübschen Mädchen dort ergötzt hättest. Aber wenn du keine andere als Ismay willst, werde ich tun, was in meiner Macht steht, um dir zu helfen, dass du sie bekommst.«

Der Herzog von York würde wütend sein, aber vermutlich würde sein Zorn sich in Grenzen halten, denn der Unmut des Königs und die Schlachten lenkten ihn ab, und er hatte Wichtigeres zu bedenken als die Hochzeit seines Mündels. Außerdem waren drei seiner vier Töchter mittlerweile entweder verheiratet oder offiziell versprochen, während seine beiden älteren Söhne noch ledig waren. Und auch wenn der Herzog Ismay für seinen Sohn Edmund nicht als erste Wahl betrachtete, war sie doch keine schlechte Partie.

Ismay vermutete, dass er, vor vollendete Tatsachen gestellt, die Vermählung akzeptieren würde. Falls jemand dagegen Einwände erheben sollte, würde es eher Herzogin Cecily sein.

Doch Ismay weigerte sich, Angst zu haben. Sie liebte Edmund, seit sie ihn als unglückliche Waise zum ersten Mal auf der Burg Ludlow erblickt hatte. Daher lächelte sie Pater Pierce nun einfach an und sagte: »Ich rechne damit, dass der Graf von March und der Graf von Rutland heute Abend eintreffen. Die Trauung wird dann gleich morgen früh stattfinden.«

Ismay war sich ziemlich sicher, dass sie letztlich nicht wegen ihrer Durchsetzungskraft, die sie sich bei Cecily Neville abgeguckt hatte, den Sieg davontrug, sondern weil sie von Eduard gelernt hatte, wie man lächelte und nickte und dann doch genau das tat, was man wollte.

Stundenlang lief sie in den Gemächern im Dachgeschoss auf und ab, denn sie wollte die Ankunft Edmunds auf keinen Fall verpassen. Kurz vor Sonnenuntergang entdeckte sie die Brüder dann. Sie ritten ohne Fahnen und wurden nur von zwei bewaffneten Männern begleitet. Ismay flog so schnell die Wendeltreppe hinunter, dass sie bereits draußen im Vorhof war, als die beiden gerade durch das offene Tor ritten. Es schien ihr, als brauche Edmund eine Ewigkeit zum Absteigen, aber wahrscheinlich waren es nur Sekunden, und dann lag sie in seinen Armen.

Am nächsten Morgen wurden sie vor der Tür der alten Klosterkapelle getraut. Pater Pierce hatte den Brüdern gegenüber keine Einwände mehr erhoben, und Ismay erkannte, was ihn davon abgehalten hatte. Sowohl Eduard als auch Edmund waren im vergangenen Jahr klüger und misstrauischer geworden und hatten eine Haltung angenommen, die ihr vom Herzog von York bekannt war. Ihre Ausstrahlung sagte: »Wir wissen, wer wir sind, und wer sich uns widersetzt, tut das auf eigene Gefahr.«

Für die Zeremonie hatte sie Edmund den Ring wiedergegeben, und als sie einander vor Gott ihr Versprechen gegeben hatten, hielt Edmund den goldenen Granatring und nahm ihre Hand.

»Mit diesem Ring nehme ich dich zur Gemahlin«, sagte Edmund klar und deutlich. »Dieses Gold und Silber schenke ich dir. Und ich verehre dich und statte dich mit all meinen weltlichen Gütern aus.«

Edmund berührte Ismays Daumen mit dem Ring. »Im Namen des Vaters«, dann ihren Zeigefinger, »und des Sohnes«, ihren Mittelfinger, »und des Heiligen Geistes.«

Er schob ihr den Ring auf den Ringfinger und drückte ihr die Hand. »Amen.«

Die anschließende Feier war sehr bescheiden, denn Ismay hatte den größten Teil der Dienstboten fortgeschickt. Pater Pierce sowie der Verwalter und dessen Ehefrau unterhielten Eduard bei Tisch – oder besser gesagt, Eduard unterhielt sie mit einigen sehr anzüglichen Geschichten aus Calais –, während Edmund und Ismay nur Augen für einander hatten.

Dass die anderen den Raum schon verlassen hatten, bemerkte Ismay erst, als Eduard verkündete: »Ab ins Bett, ihr zwei.«

»Bis zum Abend ist es noch einige Stunden hin.« Ismay hielt es für richtig, sich empört zu geben.

»Man muss das nicht im Dunkeln tun, weißt du, und übrigens auch nicht in einem Bett.« Eduard sagte stets das, was sich sonst niemand zu sagen getraute – und er kam immer damit durch. »Wir reiten morgen beim ersten Tageslicht, meine liebe Schwester. Wenn ihr wartet, schränkt ihr eure Möglichkeiten ernstlich ein. Keine Sorge, ich werde mich schon zu beschäftigen wissen.«

»Wage es bloß nicht, hier auf Mädchenfang zu gehen, Eduard«, sagte Edmund scharf.

»Ich? Ich habe dem wackeren Priester versprochen, mit ihm Schach zu spielen. Also, Lord und Lady von Rutland, begebt euch zu Bett. Und ich wette fünf Groats, dass ihr es vor dem Morgengrauen nicht wieder verlassen wollt.«

Diese Wette hätte er gewonnen. Ismay war anfangs scheu, aber sie waren beide jung und voller Verlangen und wussten, dass sie ihre gemeinsame Zeit bestmöglich nutzen mussten.

Die Morgendämmerung brach an, und Ismay, in ein schweres Bettkleid gehüllt und mit offenem Haar, schaute zu, wie Edmund sich ankleidete. »Wo reitet ihr heute hin?«, fragte sie.

»Nach London. Wir werden deine Leute wahrscheinlich vorläufig nach Sandal in West Yorkshire schicken, bis wir wissen, wo wir sie am nötigsten brauchen. Aber der Graf von Warwick ist in London. Und der König auch.«

»Was hat dein Vater vor?«

Edmund, der gerade sein Wams zuschnürte, zögerte. »Das weiß ich nicht. Aber diese Feindseligkeiten müssen beendet werden.«

»Durch Krieg.«

»Ja, wahrscheinlich.«

»Wann kommst du wieder?«

»Sobald ich kann. Wenn diese Angelegenheiten geregelt sind, werde ich meinem Vater alles gestehen, und dann komme ich und verlange dich ganz offiziell zur Braut. Die Gräfin von Rutland.« Edmund lächelte. »Der Titel wird dir gut stehen.« Er streichelte ihr die Wange.

»Der Titel und Titel überhaupt sind mir gleichgültig. Wichtig ist mir nur, deine Gemahlin zu sein.«

Ismay wollte nicht mit nach unten gehen, um Edmund dort zu verabschieden, denn Eduards wissender Blick wäre ihr an diesem Morgen peinlich gewesen. Stattdessen stellte sie sich ans Fenster und sah zu, wie die Männer davonritten, Eduard an der Spitze des Zuges und Edmund als Letzter.

Als er außer Sichtweite war, hätte Ismay schwören können, dass sie an der Stelle, an der sie ihn zuletzt gesehen hatte, eine kleine Gestalt erblickte. Es war die Gestalt eines Kindes.

29

Diana

November 1918

Als Diana am Montagmorgen erwachte, war sie dankbar, dass ihr nächtlicher Quälgeist sie ausnahmsweise einmal in Ruhe gelassen hatte. Falls es ein Mensch war, hatte er die Schule wohl für die Ferien verlassen, und falls es kein menschliches Wesen war, spürte es die heftigen Spannungen offenbar ebenso sehr wie alle anderen Bewohner von Havencross. Eigentlich wollte Diana nur im Bett bleiben und sich die Decken über den Kopf ziehen und erst aufstehen, wenn die Welt wieder in Ordnung war. Aber als Krankenschwester war sie im Dienst. Sie hatte gerade die letzte Haarnadel in ihre hochgesteckten Locken geschoben, als es an ihrer Tür leise klopfte.

Joshua wirkte ungewöhnlich distanziert, als hätte er entweder gar keine Gefühle oder als hätte er sie tief vergraben. Dianas Begrüßung erstarb ihr auf den Lippen.

»Miss Somersby möchte, dass alle Erwachsenen sich in fünf Minuten in ihrem Büro versammeln«, verkündete er.

Diana wollte nach dem Grund fragen, aber Joshua schüttelte den Kopf. »Keine Ahnung.«

Schweigend gingen sie nebeneinander durch die kahlen mittelalterlichen Gänge in die reich ausgestatteten viktorianischen Korridore. Diana sah, wie Joshua immer wieder die Fäuste ballte, und schloss daraus, dass auch seine Nerven zum Zerreißen gespannt waren.

Bitte, betete sie still für sich, bitte mach, dass es das ist, was ich hoffe.

Clarissa Somersby hatte an diesem Morgen ihre volle Direktorinnen-Rüstung angelegt. Oder war es die Rüstung der Oberschicht? Die fünf Erwachsenen, die zurzeit in der Schule wohnten – Joshua, Weston, Beth Willis, die Köchin Mrs McCann und Diana selbst –, standen wie Soldaten bei der Parade vor ihrem Schreibtisch, während Clarissa dahinter saß und die Handflächen auf die Tischplatte gelegt hatte.

»Ich habe fast zwei Stunden lang telefoniert«, berichtete sie, »und mir von Newcastle bis London die Nachrichten bestätigen lassen. Vertrauenswürdigen Berichten zufolge wurde heute Morgen ein Waffenstillstandsabkommen unterzeichnet. Es soll noch vor heute Mittag in Kraft treten.«

Auf diese Ankündigung folgte tiefes Schweigen. Diana fragte sich fast, ob sie sich die Worte einbildete, ob sie geträumt oder eine akustische Halluzination gehabt hatte. Doch da griff Joshua, ohne sich um die Umstehenden zu kümmern, nach ihrer Hand, und sie spürte, dass seine Hand ebenso bebte wie ihr ganzer Körper.

Clarissa räusperte sich, um die drückende Stille zu durchbrechen. »Als Erstes müssen wir natürlich an die Schüler denken, die derzeit noch hier sind. Der Pfarrer hat angekündigt, dass er heute Nachmittag einen Dankgottesdienst abhalten wird, und morgen werden wahrscheinlich ein Festzug und weitere säkulare Feiern folgen. Ich schlage vor, dass die Lehrer die Schüler zu diesen Veranstaltungen nach Hexham begleiten.« Sie schaute auf ihre Hände hinunter, und ihre Stimme war ausdruckslos und angespannt. »Dies ist natürlich ein epochaler Moment in der Geschichte, aber er ist auch für uns persönlich von Bedeutung. Sie alle in diesem Raum haben in den vergangenen vier Jahren auf unterschiedliche Weisen große Opfer gebracht. Ich bedaure, dass ich nicht die Gabe besitze, Ihnen so zu danken, wie ich es gern möchte. Aber seien Sie versichert, dass mir bewusst ist, wie … wie vielschichtig dieser Tag ist. Für ganz Großbritannien ist es ein Freudentag und gleichzeitig ein Tag der Trauer.«

Der Vormittag verging für Diana hinter einem Dunstschleier, der nur von wenigen klaren Momenten durchbrochen wurde. Sie saß eine Weile bei Jasper Willis und zeigte ihm die Münze, die sie gefunden hatte. Nachdem sie das Geldstück gewaschen hatte, war eine Silbermünze zum Vorschein gekommen, die jedenfalls nicht aus römischer Zeit stammte, denn das Gesicht eines mittelalterlichen Königs war aufgeprägt, umgeben von einer lateinischen Inschrift: *EDUARD IV DI GRA DIE REX ANGL*. Diana ließ Jasper die Abkürzungen erklären und übersetzen, auch wenn Joshua das bereits für sie getan hatte.

»Da steht ›Eduard IV. de gratiam Dei Rex Angolorum‹, oder ›Eduard der Vierte, durch die Gnade Gottes König von England‹.« Jaspers Wangen hatten Farbe bekommen, und abgesehen von dem gebrochenen Bein schien er sich von seinem nächtlichen Ausflug vollkommen erholt zu haben. Jedenfalls machte es ihm Spaß, die Schulkrankenschwester in Latein zu unterrichten.

»Weißt du, wo ich diese Münze entdeckt habe?«, fragte Diana beiläufig.

Der Junge schüttelte den Kopf. »Nein, Miss Neville.«

»An der Stelle, wo Mr Murray dich an dem Morgen neulich gefunden hat.« Diana beobachtete den Jungen. Er hatte den Blick gesenkt, sodass seine langen Wimpern fast auf den Wangen lagen. »Warum bist du bis ganz dorthin gelaufen, Jasper? Wusstest du von den Ruinen des mittelalterlichen Eiskellers?«

Wieder schüttelte er den Kopf. »Nein, Miss Neville.«

»Was war dann der Grund?«

»Das möchte ich nicht sagen«, flüsterte er. »Sie werden mir nicht glauben.«

»Lass mich raten. Du hast ... jemanden gesehen. Dieser Jemand hat zu dir gesagt: ›Komm, versteck dich mit mir.‹« Diana wiederholte den Satz, von dem Austin Willis berichtet hatte. »Du glaubst, dass es ein Gespenst war.«

»Ich weiß, wie das klingt. Bin ja nicht blöd. Ich war gestern Abend in Austins Zimmer, weil ja jetzt Ferien sind, und ich wollte nicht, dass er allein war. Ich bin wach geblieben, für alle Fälle. Und das war richtig so, denn der Geisterjunge ist zurückgekommen und wollte ihn holen, aber Austin hat weitergeschlafen, und stattdessen bin ich dann mitgegangen.«

»Du hast nicht daran gedacht, einem Erwachsenen Bescheid zu sagen?«

»Erwachsene sehen ihn nicht. Erwachsene sehen nur das, was sie sehen wollen.«

Diana musste diese sarkastische Bemerkung bestätigen. »Das ist nur allzu oft wahr.«

»Ich hab mir das nicht ausgedacht«, sagte der Junge trotzig. »Es war auch kein Traum und keine Einbildung. Ich konnte den Geisterjungen spüren, und es war alles so merkwürdig ... Ich weiß nicht, wie ich das erklären soll,

Miss, aber es war, als wäre ich zum Teil hier und zum Teil da.«

Schauer liefen Diana über Arme und Rücken. *Auf einmal erlebte ein großer Teil von ihr wieder diesen entsetzlichen Moment mit. Hektisch zählte sie die Reiter und suchte nach dem Banner, an dem sie zu erkennen waren.*

Sie räusperte sich und verscheuchte die verstörende Erinnerung an ihr Erlebnis im Dachgeschoss. »Ich glaube nicht, dass du das geträumt hast, dass es Einbildung war oder dass du lügst, Jasper«, versicherte sie dem Jungen. »Aber du musst mir versprechen, dass du mich beim nächsten Mal ins Vertrauen ziehst. Keine heldenhaften Unternehmungen mehr, ohne dass du um Hilfe bittest, ist das klar?«

Als Jasper ihr das versprochen hatte, ging Diana in ihr Sprechzimmer und machte sich in ihrem Schwesterntagebuch sehr sorgfältig Notizen. Sie blätterte drei oder vier medizinische Zeitschriften durch und las die britischen Gesundheitsberichte des vergangenen Monats. Zwischendurch starrte sie einfach lange in die Luft. Die Uhr schien abwechselnd stehen zu bleiben und dann plötzlich wieder zu rasen, bis es endlich Zeit zum Mittagessen war.

Diana war gerade in den Speisesaal getreten, der mit dem kleinen Grüppchen Schüler riesig und hallend wirkte, als Clarissa die Neuigkeit offiziell verkündete. In einem dunkelgrauen Kostüm stand sie am Lehrertisch, die Hände gefaltet wie eine Renaissance-Heilige, und ließ den Blick über die Schüler und die Erwachsenen gleiten. Dann sagte sie: »Heute Vormittag um elf Uhr französischer Zeit ist das Waffenstillstandsabkommen zwischen Deutschland und den Alliierten in Kraft getreten. Der Krieg ist vorbei.«

In den vergangenen vier Jahren hatte Diana sich diesen

Moment immer wieder ausgemalt, auf unterschiedlichste Weise. Sie hatte sich vorgestellt, sie würde jubeln oder weinen oder beides, sie würde andere in die Arme nehmen und Gott danken. Aber jetzt war der Augenblick da, und …

Diana floh. Sie konnte sich nicht einmal überwinden, ihren Mantel aus ihrem Zimmer zu holen, daher schnappte sie sich einfach irgendeinen Mantel von einem Haken in der Waschküche und machte sich auf den Weg ins Moor. Dort hetzte sie immer weiter und weiter, getrieben von der Angst vor dem, was sie einholen könnte, falls sie stehen blieb.

Doch sie konnte nicht ewig weitergehen. Als Diana den Hadrianswall erreichte, sah sie sich nach einer schönen Stelle um, von der aus sie das weite Nichts überblicken konnte. Sie stieg einen Pfad bergauf und fand auf halber Höhe einen Felsblock mit ebener Oberfläche. Überhitzt von der Anstrengung, ließ sie den viel zu großen Mantel von den Schultern gleiten – was hatte sie da eigentlich mitgenommen? Sie betrachtete das Schultercape, das gewachste Baumwolltuch, das Flanellfutter –

»Das ist ein Mantel für die Pirsch, ein Jagdmantel.«

Selbstverständlich war Joshua ihr gefolgt. »Solltest du nicht mit den Jungen auf dem Weg in die Kirche sein?«, fuhr Diana ihn an.

»Ich habe Miss Somersby gesagt, dass ich diese Aufgabe lieber nicht übernehmen möchte. Mrs McCann hat sich bereit erklärt, das für mich zu tun.«

»Und warum nicht?«

Joshua sah sie nur an. »Vermutlich aus dem gleichen Grund, weswegen du aus dem Speisesaal gestürzt und erst mal drei Meilen gelaufen bist.«

»Ich dachte … ich dachte, das alles wäre einfacher. Ich

hab gedacht: ›Der Krieg wird enden, und dann ist endlich alles vorbei.‹ Aber stattdessen fühle ich mich einfach nur …«

Er setzte sich neben sie und zog das gesunde Bein an, um die Arme darauf zu stützen. »Entwurzelt«, schlug Joshua vor. »Ruderlos. Ziellos umhertreibend.«

»Genau. Während des Krieges brauchte man nur ganz wenige Entscheidungen treffen.« Diana beugte sich zu ihm und sah ihm prüfend in die Augen, als könnte sie dort die Antwort finden. »Und was machen wir jetzt?«

Joshua stieß den Atem aus. »Wir sagen: zur Hölle mit den Schuldgefühlen. Wir sagen: Wir können der Toten gedenken, ohne dass wir zu ihnen gehören müssen.« Er legte Diana eine Hand an die Wange und spielte mit den Fingern in ihrem Haar. »Wir leben, Diana. Und wir wollen so viele Facetten des Lebens erfahren, wie irgend möglich.«

Im gleichen Augenblick neigten sie die Köpfe zueinander, und ihre Lippen trafen sich zu einem Kuss, der Diana im Innersten erschütterte. Noch nie hatte das Verlangen sie so mitgerissen.

Aber die feuchte Kälte und der felsige Boden Northumberlands geboten ihnen Einhalt. Sie breiteten zwar Dianas geliehenen Mantel auf der Erde aus, doch bald wurde klar, dass jede Bewegung eine kleine Katastrophe auslösen konnte. Außerdem waren sie mitten auf dem Abhang für jedermann deutlich sichtbar.

Schließlich sagte Joshua lachend: »Ich glaube, wir müssten viel jünger sein, um das hier romantisch zu finden. Aber wir sind nicht mehr sechzehn und müssen uns nicht mehr vor unseren Eltern verstecken. Uns stehen recht bequeme Betten zur Verfügung.«

»In der Schule«, erinnerte Diana ihn.

»Die im Moment leer ist, nur Clarissa und Beth Willis sind noch da.«

»Und Jasper, der gar nicht weit von meinem Zimmer entfernt mit seinem gebrochenen Bein im Bett liegt.«

»Auf meinem Flur wären wir ganz allein.« Joshua beugte sich über sie und streifte mit den Lippen ihren Hals.

Diana seufzte leise, aber sie hatte Angst vor … sie wusste selbst nicht, vor was.

Joshua kannte sie besser als sie sich selbst. »Du brauchst dir keine Sorgen zu machen, dass unsere Gefühle verflogen sein könnten, wenn wir im Haus ankommen, Diana. Ich habe dich nicht geküsst, weil wir gerade im Freien sind und der Krieg vorbei ist. Ich sehne mich nicht erst seit heute nach dir. Glaubst du wirklich, dass dieses Verlangen in der Zeit, die wir für den Rückweg brauchen, vergehen könnte?«

Damit stand Joshua auf und zog Diana ebenfalls auf die Füße. Dann flüsterte er mit dem Mund an ihrer Wange: »Mein Verlangen nach dir wird niemals vergehen.«

Der kluge Joshua. Auf dem Rückweg nach Havencross entdeckte Diana nämlich, dass es etwas für sich hatte, ein ersehntes Erlebnis hinauszuzögern. Mit jeder Meile wuchs ihre Erwartung, und als sie Joshuas Zimmer betraten und er sie an sich zog, wollte sie sich nur noch in seinen Armen verlieren.

Abgesehen von einigen wenigen gehetzten Begegnungen in irgendwelchen heimlichen Ecken von französischen Feldlazaretten, waren Dianas Erfahrungen begrenzt. Sie hätte nicht gedacht, dass ein Einzelbett im schmucklosen Zimmer eines Lehrers solche Wonnen bieten könnte.

»Du weißt offenbar genau, was du tust.« Sie lachte atemlos, als Joshua ihre Bluse aufknöpfte und zur Seite schob, um ihre bloße Schulter zu küssen.

»Schmeicheln Sie mir, Schwester Neville?«

»Schmeichelei ist es nur, wenn es nicht stimmt.«

Sein Lachen hatte einen Unterton, den sie noch nie gehört hatte. Es ließ ihr den Atem stocken. Joshua atmete tief durch und sagte: »Du bist so schön.«

»Aber das ist jetzt Schmeichelei«, sagte Diana. »Ich bin nicht schön. Clarissa Somersby ist eine Schönheit. Ich sehe nur einigermaßen gut aus.«

Joshua nahm ihr Gesicht in die Hände und zwang sie, ihn anzusehen. Seine braunen Augen waren dunkel vor Leidenschaft. »An dir ist überhaupt nichts ›nur einigermaßen‹, Diana Neville. Und ich habe in meinem ganzen Leben noch nie etwas oder eine Frau so begehrt, wie ich dich begehre.«

Und dann hatten sie beide nicht mehr genügend Luft, um zu sprechen.

Als die Welt sich wieder ganz normal weiterdrehte, lag Joshua auf einen Arm gestützt auf der Seite und schaute Diana an. Er strich mit dem Daumen über ihre nasse Wange. »Du weinst ja.«

»Wirklich? Ich weiß nicht, warum.«

»Das brauchst du auch nicht zu wissen.«

Es war eine solche Erleichterung, dass sie ihre Gefühle weder erklären noch verteidigen und nicht einmal verstehen musste. Joshua hielt sie an sich gedrückt, und Diana weinte, bis sie mit seiner Hand auf ihrer Hüfte einschlief.

Als hohe und aufgeregte Stimmen die Rückkehr der Jungen ankündigten, standen die beiden widerstrebend auf. »Und du bist sicher, dass niemand in diesen Flur kommt?«, fragte Diana, während sie den Stehkragen ihrer Bluse zuknöpfte.

»Ganz sicher. Alle Lehrer, die in diesem Flügel wohnen, sind über die Ferien nach Hause gefahren.«

Er öffnete die Zimmertür und schaute prüfend den Gang entlang. »Da ist niemand.«

Diana trat in die Tür und küsste ihn und wollte gar nicht mehr aufhören. Wenn sie sich weiter an ihn klammerte, würden sie gleich wieder im Bett landen. Nicht lange, und jemand würde sie vermissen …

»Ich vermisse dich jetzt schon«, wisperte Joshua in ihr Haar.

»Wie niedlich«, sagte eine Stimme gedehnt.

An der Wand gegenüber lehnte mit verschränkten Armen und einem bitteren Lächeln Luther Weston.

Joshua löste sich von Diana. »Was wünschen Sie, Weston?«

»Ich kann mich nicht mehr richtig erinnern. Was ist das für ein nettes, kleines Geheimnis, über das ich da gerade gestolpert bin.«

»Es geht Sie nichts an.«

»Vielleicht nicht, aber ich wette, dass Miss Somersby sich dafür interessieren würde. Für leicht zu beeinflussende Schuljungen geben Sie beide kein gutes Beispiel ab.«

»Das reicht«, sagte Diana in dem Tonfall, der in bedrohlichen Situationen selbst Soldaten zur Räson gebracht hatte. »Ich werde persönlich mit Miss Somersby über mein Verhalten sprechen. Sie wollen sich doch bestimmt nicht einen Ruf als Klatschmaul erwerben?«

»Nein, viel lieber wäre es mir, in dem Ruf zu stehen, dass ich es mit der Schulkrankenschwester treibe.«

Weston sah zwar den Fausthieb kommen, nicht aber,

dass Joshua ihm schmerzhaft den Arm verdrehen würde, als er den Hieb abblockte. Gegen die Wand gedrückt, spürte Weston Joshuas Arm an seiner Kehle. »Entschuldigen Sie sich und machen Sie, dass Sie hier wegkommen, bevor ich richtig zornig werde.«

Weston sah Joshua über die Schulter und sagte gedehnt: »Ich entschuldige mich, Miss Neville. Ich bin sicher, dass Sie zu Recht einen untadeligen Ruf genießen.«

Irgendwie gelang es den dreien, sich ohne weitere Gewalttätigkeiten oder Beleidigungen zu trennen. Sie schafften es sogar, zum Abendessen zu erscheinen. Diana lauschte den Jungen, die fröhlich über Hexham und den Bürgermeister in seinem festlichen Gewand und mit der Amtskette plauderten und von den Glocken sprachen, an deren Geläut manche sich gar nicht mehr erinnern konnten.

Diana hätte zwar nichts lieber getan, als nach dem Essen mit Joshua zusammenzubleiben, aber einerseits war sie wirklich vollkommen erschöpft, und andererseits wollte sie Weston keinen Grund geben, zu Clarissa zu gehen, bevor sie selbst mit der Direktorin hatte sprechen können. Also wünschte sie Joshua schon im Speisesaal sittsam eine gute Nacht, wofür er sie mit einem frechen Grinsen belohnte. Dann vergewisserte sie sich, dass Beth Willis bei Jasper in der Krankenstube übernachten würde. Als sie schließlich ihre Zimmertür öffnete, hatte sie nur noch den Wunsch, zehn Stunden durchzuschlafen.

Sie war so müde, dass sie nicht gleich erkannte, in welchem Zustand ihr Zimmer sich befand. Schubladen waren aufgerissen und ihr Inhalt über den ganzen Fußboden verstreut worden. Dazwischen lagen Bücher und lose Blätter, und über diesem Chaos war in Wolken aus verschiedensten

Stoffen ihre gesamte Garderobe aus dem leer geräumten Kleiderschrank ausgebreitet.

Es war vorstellbar, überlegte Diana, dass Luther Weston der Übeltäter war. Aus welchem Grund auch immer er Joshua und sie so sehr verabscheute, sie zusammen zu sehen hatte für ihn vielleicht das Fass zum Überlaufen gebracht. Doch eigentlich glaubte Diana das nicht. Sie hatte wieder Jaspers Worte vom Vormittag in den Ohren: »Das möchte ich nicht sagen. Sie werden mir nicht glauben.«

Da sie den Mut gehabt hatte, Joshuas Umarmungen zu genießen, wollte sie auch so mutig sein, sich jetzt die Wahrheit einzugestehen: dass die Boshaftigkeit, die sie hinter dem Angriff auf ihr Schlafzimmer spürte, zu der Niedertracht passte, die sie auf der Treppe zum Dachgeschoss empfunden hatte. Diese unsichtbare Macht, die Diana in ihrer Vision gepackt und dann versucht hatte, sie die Treppe hinunterzustoßen, war die gleiche, die jetzt für den Schaden in ihrem Zimmer verantwortlich war.

Und dennoch hatte Diana um sich selbst keine Angst. Sie erinnerte sich an das Entsetzen, das nicht ihr eigenes gewesen war, mit dem sie beobachtet hatte, wie eine Horde feindlicher Reiter aus einem längst vergangenen Jahrhundert auf Havencross einfiel. Dabei empfand sie nichts als Mitgefühl. Mit Entsetzen und Panik kannte sie sich aus. Sie wusste, wozu ein Mensch fähig war, wenn ihn die Panik gepackt hatte.

Seufzend brachte Diana ihr Zimmer wieder einigermaßen in Ordnung, und zu ihrer eigenen Überraschung sagte sie laut: »Ich bin nicht deine Feindin, wer du auch sein magst. Ich möchte dir nicht wehtun, und ich wäre dir dankbar, wenn du mich einfach in Ruhe lassen würdest.«

Diese kleine Ansprache – ob sie nun gehört und verstanden worden war oder nicht – genügte, um Diana friedlich einschlafen zu lassen, während Joshuas Berührungen noch in ihr nachklangen.

Sie war nicht einmal überrascht, als sie in der Finsternis von einem Klopfen geweckt wurde. Wann war sie zum letzten Mal wie ein normaler Mensch einfach am Morgen aufgewacht? Auf ihrem Wecker sah sie, dass es vier Uhr früh war.

Nicht, dass sie Joshua erwartet hätte, aber der unangenehme Anblick von Luther Weston machte sie sofort hellwach. »Was wollen Sie?«, fragte Diana. Sie hielt eine Hand fest auf der Klinke, bereit, ihm die Tür ins Gesicht zu schlagen.

Dass er die Lippen verzog, machte zwar deutlich, dass er sich bewusst war, welche Absichten sie ihm unterstellte, aber er sprach die erwartete Kränkung nicht aus, sondern sagte: »Sie mögen mir glauben oder nicht, aber Ihre Fähigkeiten als Krankenschwester werden gebraucht. Lawrence Dean fühlt sich nicht wohl und hat hohes Fieber.«

»In welchem Zimmer ist er?«, fragte Diana. »Wir treffen uns dort.«

Weston sagte ihr, wo Lawrence Dean zu finden war, und verzog sich. Diana kleidete sich in aller Eile an und holte die Medikamententasche aus ihrem Sprechzimmer. Es ist nur ein Fieber, sagte sie sich. Jungen bekommen häufig Fieber, insbesondere nach einem so aufregenden Tag.

Doch bei jedem Schritt begleitete sie eine Zeile aus einem der Mitteilungsblätter, die sie am Vormittag gelesen hatte: »Aus Birmingham wird der Ausbruch einer Influenza-Epidemie gemeldet.«

30

Diana

November 1918

Lawrence Dean, ein großer, kräftiger Zehnjähriger, hatte 39,4 Grad Fieber. In einem französischen Feldlazarett hätte diese Temperatur den panischen Versuch zur Folge gehabt, einen möglichen Infekt bei einem bereits geschwächten Soldaten zu bekämpfen. Aber Kinder konnten schon bei ganz unbedeutenden Erkrankungen sehr hoch fiebern und schon am nächsten Tag wieder gesund sein. Wäre das Fieber das einzige Symptom des Jungen gewesen, dann hätte Diana sich keine großen Sorgen gemacht. Doch Lawrence hatte außerdem Kopfweh und Halsschmerzen, und die Gelenke taten ihm so weh, dass er wimmerte, als Diana ihn berührte.

Verdammt, dachte sie.

»Die Grippe?«, fragte Weston von der Tür her.

»Warum fragen Sie das?« Diana wollte ihn hinhalten.

»Ich habe im Frühjahr selbst die Grippe gehabt. Irgendwann lag meine halbe Einheit mit Influenza flach. Übel, aber schnell wieder vorbei.«

Das hoffe ich, dachte Diana. Doch dann fiel ihr ein weiterer Satz aus den medizinischen Mitteilungen ein: »Es wird von einer ungewöhnlich hohen Anzahl von Todesfällen berichtet.«

»Vermutlich wollen Sie ihn in der Krankenstube haben«, sagte Weston.

»Nein. Jedenfalls jetzt noch nicht. Ich möchte nicht, dass Jasper sich ansteckt. Würden Sie bei ihm bleiben, während ich Miss Somersby Bescheid sage?«

Obwohl Weston die Jungen sonst meistens kaum zu ertragen schien, protestierte er nicht dagegen, dass sie ihm die Aufgabe des Krankenpflegers übertrug.

Diana beugte sich über Lawrence und achtete darauf, ihn nicht zu berühren. Er lächelte sie tapfer an, als sie sagte: »Ich hole dir Medizin gegen das Fieber und damit du schlafen kannst. Bin gleich wieder da.«

»Danke, Miss Neville«, flüsterte der Junge.

Clarissa Somersby war sofort wach, als Diana anklopfte, was auf unruhigen Schlaf schließen ließ. Die Direktorin hörte sich Dianas Bericht an, ohne sie zu unterbrechen. In ihrem seidenen Nachthemd wirkte sie erstaunlich gefasst.

»Ich rufe Dr. Bennett an«, sagte sie, als Diana geendet hatte. »Ich vermute, dass du gern seine Meinung hören würdest?«

»Ja, und bitte frag ihn auch gleich, ob es hier in der Gegend noch weitere Fälle gibt. Das ist für uns im Moment das Wichtigste.«

»Ich werde auch versuchen, die Tante des Jungen in London zu erreichen.«

»Sie sollte aber nicht gleich herkommen«, warnte Diana. »Wenn es tatsächlich Influenza ist, selbst wenn es sich um die gewöhnliche Grippe handelt, sollten wir die Kontakte nach Möglichkeit einschränken. Wir müssen auch noch weitere Maßnahmen ergreifen, aber als Erstes will ich Lawrence die Sache so gut wie möglich erleichtern. Ich schlage vor, dass wir Erwachsenen uns in einer Stunde treffen.«

Clarissa stimmte zu. Zum Glück besaß sie die Gabe, wesentliche Informationen aufzunehmen und entsprechend zu handeln, ohne zu verlangen, dass man ihr noch alle möglichen nebensächlichen Einzelheiten auftischte. Und Diana betrachtete es als gutes Zeichen für die unmittelbare Zukunft, dass die Direktorin bereit war, von ihr Anweisungen entgegenzunehmen.

In ihrem Sprechzimmer suchte Diana zusammen, was sie brauchte: Aspirin gegen das Fieber und Salicin gegen die Schmerzen sowie Masken für sich und für alle, die engen Kontakt mit Lawrence haben würden. Bevor sie den Raum verließ, schaute sie noch durch die halb geöffnete Tür in die Krankenstube und sah, dass Jasper und seine Mutter weiterhin fest schliefen.

Lawrence' Temperatur war ein wenig gestiegen, aber sein Puls und seine Atmung waren nach wie vor normal. Während ihrer Abwesenheit hatte er Nasenbluten gehabt. Diana gab ihm das Aspirin, schrieb alles in ihr Schwesterntagebuch und saß am Bett des Jungen, während er einschlief.

Kurz vor fünf erschien Mrs McCann, um sie abzulösen. »Die anderen sind alle in Miss Somersbys Büro«, sagte die Köchin. »Ich bleibe bei dem Jungen.«

Trotz allem hellte Dianas Gesicht sich auf, als sie Clarissas Büro betrat und Joshua sah, der sich auf eine Stuhllehne stützte. Sein Lächeln galt ihr ganz allein, und kurz blitzte die Erinnerung auf, wie er mit diesem Lächeln auf sie hinuntergesehen hatte, während er mit der Hand über ihre bloße Haut gefahren war, vom Hals bis zur Hüfte.

Weston räusperte sich, und Clarissa sagte: »Lassen Sie uns keine Zeit vergeuden. Diana, du hast das Wort.«

»Hast du Dr. Bennett schon erreicht?«, fragte Diana als Erstes.

»Ja. Er kommt nachher vorbei, um Lawrence zu untersuchen und mit dir zu sprechen. Und er hat gesagt, in der letzten Woche habe es hier in der Gegend mehr als drei Dutzend Grippefälle gegeben.«

»Ist es der gleiche Infekt, der vor einem halben Jahr die Armee heimgesucht hat?«, fragte Weston.

»Das können wir nur hoffen«, antwortete Diana. »In dem Fall müssten Sie und ich nämlich immun sein. Ich hatte im Mai in Amiens die Grippe.«

»Das ist eine gute Nachricht, oder?«, fragte Joshua. »Diese Grippe war heftig, aber schnell ausgestanden.«

»Meistens. Seit August gibt es allerdings in den Ärztezeitschriften Berichte, dass lokal begrenzte Ausbrüche zu schweren Lungenentzündungen und zu ungewöhnlich hohen Sterberaten führen.«

»Aber das gilt für ältere Menschen«, meldete sich Beth Willis. »Ich dachte, die Grippe wäre für kleine Kinder und alte Menschen am gefährlichsten.«

»Normalerweise, ja«, sagte Diana. »Aber ich habe Berichte gelesen, dass dieser spezielle Erreger deutlich jüngere Menschen befällt.« Sie wollte sich jetzt nicht auf weitere Erklärungen einlassen, wollte nicht aus dem Zusammenhang gerissene Informationen aus Artikeln weitergeben, an die sie sich nur noch halb erinnerte. Hoffentlich konnte Dr. Bennett nachher helfen, die Situation zu erklären.

Trotzdem musste jetzt gehandelt werden, selbst wenn die Maßnahmen sich später als Überreaktion erweisen sollten.

»Als Erstes müssen die Schüler, die zurzeit in Ferien sind, darauf vorbereitet werden, dass sie länger als nur diese Woche zu Hause bleiben müssen.«

Clarissa blinzelte, fragte aber nur: »Wie lange?«

»Bis wir sicher sind, dass sie sich in der Schule nicht mehr anstecken können.«

»Das Haus ist sehr groß, und die Krankenstube befindet sich im abgelegensten Teil. Wenn wir Lawrence verlegen –«

»Lawrence wird nicht der Einzige bleiben«, sagte Diana schroff. »Diese Grippe ist sehr ansteckend. Ich rechne damit, dass alle Jungen sie bekommen, und das heißt, dass der Platz in der Krankenstube nicht reichen wird. Daher schlage ich vor, dass wir im Speisesaal Betten aufstellen. Im Moment sollten die Jungen ihre Schlafräume nicht verlassen. Bei den ersten Symptomen werden sie dann in den Speisesaal verlegt. Wer vier Tage lang symptomfrei bleibt, kann nach Hause geschickt werden.«

Clarissa trommelte mit den Fingern auf den Schreibtisch. »Einige Familienangehörige möchten sicherlich so schnell wie möglich herkommen.«

»Wir können abwarten, was Dr. Bennett sagt, aber ich vermute, dass er strenge Quarantäne anordnen wird. Niemand außer ihm sollte das Haus betreten, und von uns hier sollte niemand Havencross verlassen, bis die Krankheit überwunden ist.«

Joshua richtete sich auf. »Du kannst unmöglich mehr als ein Dutzend kranke Kinder gleichzeitig betreuen.«

»In Frankreich habe ich oft eine Station mit fünfzig Patienten allein betreut. Und wir leben ja nicht auf dem Mond. Wer schwere Symptome hat, wird ins Krankenhaus gebracht.«

»Sehr schön«, sagte Clarissa mit der Entschiedenheit, die typisch für sie war. »Mr Murray und Mr Weston, Sie werden nach Miss Nevilles Anweisungen den Speisesaal als Krankensaal herrichten. Mrs Willis und ich stellen einen Plan auf, nach dem wir dann die Eltern benachrichtigen. Gibt es im Moment sonst noch etwas?«

»Vorläufig sollten nur diejenigen von uns, die bereits bei Lawrence gewesen sind, sein Zimmer betreten«, sagte Diana. »Das sind Mrs McCann, Mr Weston und ich. Falls ich weitere Hilfe brauche, ist es nötig, dass Sie sich alle immer sehr sorgfältig die Hände waschen und in der Nähe eines Patienten eine Maske tragen. Es tut mir leid, wenn das lästig ist.«

»Dann könnte ich ja anstelle von Mrs McCann kochen«, bot Beth Willis an.

»Danke«, sagte Clarissa. »Ich bin sicher, dass wir alle gemeinsam dieser Situation gewachsen sein werden, und bitte denken Sie daran, die Sorgen, die wir vielleicht haben, vor den Jungen nicht zu zeigen. Wir dürfen ihnen keine Angst einjagen.«

Während sie hintereinander das Büro verließen, dachte Diana, wie schön es wäre, wenn Clarissa ihr auch die Anweisung geben könnte, selbst keine Angst zu haben.

31

Juliet

2018

Juliet hätte nie gedacht, dass etwas, das eigentlich nichts weiter war als ein Loch im Boden, sie derartig begeistern könnte. Sie schrieb ihre Faszination Noah zu, der ihr erklärte, welche Details dieses besondere Loch so einzigartig machten.

»Siehst du hier diese Reste von behauenen Steinen?« Er leuchtete mit seiner starken Taschenlampe nach unten und fuhr die Umrisse eines, wie Juliet vermutete, Steinquaders nach. Der Lichtkegel wanderte weiter. »Und das hier ist die endgültige Bestätigung – eine Treppe.«

Juliet verdrehte die Augen. »Sieht mir eher nach einer Leiter aus. Nach einer bröckelnden mittelalterlichen Leiter.«

»Glaub mir – alles, was so lange überdauert hat, ist haltbarer, als es aussieht.«

»Dann los, zeig mir, wie gut diese Treppe hält«, forderte sie ihn heraus.

Noah sah sie belustigt an. »Jetzt sag nicht, dass du kein bisschen neugierig darauf bist, was sich da unten verbirgt. Du warst diejenige, die mich mit ins Boot geholt hat, erinnerst du dich? Ist es die Dunkelheit, die dir zu schaffen macht? Oder die Enge?«

»Ich leide eigentlich nicht unter Klaustrophobie, nein, aber das heißt nicht, dass ich ohne die nötigen Vorsichtsmaßnahmen auf Erkundungstour gehen will.«

»Und die wären?«

Juliet dachte daran, was Duncan in einer solchen Situation gesagt hätte – er hatte ständig boshafte Kommentare abgegeben … eigentlich über alles und jedes. Er war mit seiner Kritik nie konsequent gewesen. Mal hatte er sie wegen ihrer Übervorsicht angegriffen, nur um schon am nächsten Tag ihren Leichtsinn zu bemängeln. Juliet hatte gelernt, ihre Entscheidungen davon abhängig zu machen, was Duncan ihr vermutlich daraufhin vorwerfen würde. Sie fragte sich schon lange nicht mehr, was sie selbst eigentlich wollte.

Angesichts eines Mannes, dessen Miene reine Wissbegier ausdrückte, und mit der Öffnung eines mittelalterlichen Tunnels vor den Füßen, sagte Juliet zu ihrem eigenen Erstaunen: »Ich nehme an, dass ich leichter bin als du. Schön, dann werde ich also diese sogenannte Treppe testen. Aber ich gehe nur so weit, dass ich die Öffnung noch sehen kann.«

»In Ordnung.«

Noah war gut vorbereitet. Er reichte ihr eine Stirnlampe und half ihr, sie aufzusetzen. Die Sache war tatsächlich spannender, als Juliet zugeben wollte. Sie tastete sich seitwärts hinunter und stützte sich dabei mit einer Hand an der festen Wand aus Erde ab und mit der anderen auf den unterschiedlich hohen Steinstufen. Die Lampe tat ihr dabei gute Dienste.

Es ging nicht so tief hinunter, wie Juliet befürchtet hatte, und der Grund dafür wurde ihr nun klar. Wer vor der Erfindung von motorgetriebenen Maschinen einen Tunnel hatte anlegen müssen, hatte nicht tiefer gegraben als unbedingt nötig. Nach zwanzig Stufen stand sie mit den Füßen wieder auf ebenem Boden.

»Ich bin unten!«, rief sie.

»Was siehst du?«

Juliet wandte achtsam den Kopf, um im Gehen mit der Stirnlampe leuchten zu können. »Sieht jedenfalls aus wie ein Tunnel«, berichtete sie. »Es ist nur einer.« Sie orientierte sich am Grundriss der Kapelle über ihr und fügte hinzu: »Er führt vom Haus weg. Nach Norden, glaube ich.«

»Schön. Ist es ein Kriechtunnel? Oder kann man darin aufrecht gehen?«

»Ich glaube, für dich wäre er zu niedrig. Ich kann vielleicht aufrecht darin gehen, wenn es bei dieser Höhe bleibt. Aber er ist sehr eng. Vielleicht muss man seitwärts gehen.«

»Wie weit kannst du in den Tunnel hineinsehen?«

»Ich bin Historikerin, nicht Landvermesserin. Keine Ahnung – vielleicht drei Meter?«

»Okay. Dann komm wieder hoch. Um ihn gründlicher zu erforschen, wollen wir uns erst einen Plan zurechtlegen.«

Juliet legte den Kopf in den Nacken, als sie begann, wieder hinaufzuklettern, und als sie beinahe oben war, schaltete sie ihre Stirnlampe aus, um Noah nicht zu blenden. Ihre Augen gewöhnten sich rasch an das plötzlich einsetzende Dämmerlicht, doch plötzlich erstarrte sie. In der Öffnung über ihr sah sie nicht mehr Noahs Umrisse, sondern die helle, schimmernde Gestalt einer Frau in langen Röcken. Juliet beobachtete, wie die Frau sich hinkauerte und die Grabplatte über die Öffnung schob.

Sie schrie auf. Durch den Dunst hörte sie Noahs Stimme. »Was hast du?«

Juliet blinzelte, und alles war wieder normal. »Nichts«,

antwortete sie automatisch und stieg die letzten Stufen hoch.

Noah zeigte ihr, dass die Grabplatte sich ganz leicht bewegen ließ. Von oben schien es, als bestünde sie aus dem gleichen massiven Granit wie die anderen, doch das galt nur für die Ränder. Dazwischen hatte man den Stein praktisch ausgehöhlt, und die stehen gebliebenen Kanten bewirkten, dass man von unten gegen die Platte drücken und sie verschieben konnte.

Zurück im Haus, entledigten sie sich ihrer Mäntel und Stiefel, und nachdem sie auf die Uhr geguckt hatte, bot Juliet Noah etwas zu trinken an. »Rachel erwartet uns erst in einer Stunde, oder?«

Noah war sofort einverstanden, und sie nahmen eine Flasche Rotwein und Gläser in das kleine mittelalterliche Wohnzimmer mit und ließen sich auf dem viel zu bequemen Sofa nieder. Während sie sich über Geheimgänge und mittelalterliche Architektur unterhielten und vorsichtige Versuche machten, sich gegenseitig über ihre Weihnachtswünsche auszuhorchen, meldete sich immer wieder Juliets Handy. Auf dem Weg ins Haus hatte sie bereits ihre Nachrichten gecheckt und drei SMS von ihrer Mutter gefunden. Alle sagten im Grunde das Gleiche: *Bitte ruf mich an. Es geht uns allen gut, aber ich muss mit dir sprechen.*

Schließlich fragte Noah: »Ist das wieder die gleiche Nummer?«

»Ach, bloß meine Mutter. Ich kann sie später zurückrufen.«

»Aber das klingt, als würde sie es so lange probieren, bis du drangehst.«

Juliet seufzte. »Okay, entschuldigst du mich kurz?«

»Ja, klar. Ich verspreche dir sogar, dass ich dir Wein übrig lasse.«

Während Juliet den Flur zu der versteckten Treppe ins Dachgeschoss entlangging, drückte sie auf Rückruf. Ihre Mutter war sofort dran. Heute war der Empfang ausnahmsweise einmal tadellos.

»Juliet, wo bist du?«

»Wie meinst du das? Ich bin mitten in Northumberland. Und du?«

Juliet kannte ihre Mutter. Sie verschwendete keine Zeit auf dumme Sprüche oder auf die Beantwortung unnötiger Fragen. »Ich musste gestern die Polizei rufen – wegen Duncan. Er stand mitten in der Nacht bei uns vor der Tür, er war betrunken und wütend und hat nach dir gesucht. Als ich ihn darauf hinwies, dass es eine Straftat ist, einen Bundesrichter zu bedrohen, ist er in seinem albernen Cabrio wieder abgehauen.«

Shit. »Tut mir leid, dass er euch belästigt hat. Die Uni hat ihn beurlaubt –«

»Ich weiß. Wir haben ihn im Auge. Aber jetzt mache ich mir Sorgen um dich.«

»Mom, er wird mit seinem Cabrio wohl kaum über den Atlantik fahren! Selbst dann nicht, wenn er wüsste, wo ich bin.«

»Ich habe ihn nie für besonders stabil gehalten«, erwiderte ihre Mutter. »Und wenn er jetzt nichts mehr zu verlieren hat, möchte ich mir gar nicht vorstellen, wozu er fähig wäre. Soziopathen können sowohl schlau als auch gnadenlos sein.«

Juliet schloss die Augen und stieß im Stillen herzhafte Flüche aus.

»Juliet, ich will dir keine Angst einjagen. Ich möchte nur, dass du vorsichtig bist.«

Angst hatte Juliet nicht – sie war einfach stinkwütend. Wie lange wollte Duncan Whittier ihr Leben noch vergiften? Er hatte sie bereits zehn Jahre gekostet und ihr den schlimmsten Schmerz zugefügt, den sie jemals erleben würde. Wie konnte er es wagen, sich in dieses noch zarte neue Leben hineinzudrängen, das sie sich gerade aufbaute?

Irgendwie beendete Juliet das Gespräch. Sie lehnte sich gegen die Tür zur Treppe ins Dachgeschoss. Unter ihrer Schädeldecke pochten beginnende Kopfschmerzen. Jetzt spürte sie auch noch weitere Gefühle, die ihr Zorn anfangs verdeckt hatte – Verlustangst und Hoffnung und die äußerste Entschlossenheit, alles Notwendige zu tun, um die Menschen, die sie liebte, zu beschützen. Fast meinte sie, Liams Gewicht in ihren Armen zu spüren, und in diesem Moment empfand sie statt Kummer nur Ehrfurcht und Dankbarkeit. Doch als Juliet den Säugling betrachtete, den sie hielt, war er nicht bleich und leblos, sondern er hatte rosige Wangen und helles Haar, er hatte die Augen geöffnet und schaute seine Mutter an …

Edmund … ich sollte ihn nicht nach seinem Vater nennen, doch wie könnte ich anders … Er sieht ihm schon jetzt so ähnlich … Aber mein Sohn soll die Verluste durch Kriege und Machtspiele niemals erleben … Ich werde ihn beschützen, ich werde ihn davor bewahren, ich werde ihn vor Gefahren verstecken …

»Juliet?«

Juliet riss die Augen auf. Sie hatte Noah vollkommen vergessen. Um ein Haar hätte sie auch sich selbst vergessen. Als sie sich gerade aufrichtete, wusste sie plötzlich mit untrüglicher Sicherheit, dass sich diese Bilder und Gefühle, wovon auch immer da oben auf dem Dachboden aus mittelalterlicher Zeit übrig geblieben, auf sie übertragen hatten. Edmund … konnte das der Name dieses bisher namenlosen Geisterjungen sein? Bitte, bitte nicht, dachte Juliet. Denn wenn er ein Kindergeist ist, heißt dass, dass seine Mutter ihn nicht beschützen konnte.

Noah musste ihr diesen wirren Gefühlsansturm vom Gesicht abgelesen haben, denn er sagte nichts weiter, sondern zog sie einfach an seine Schulter. Diese unaufdringliche Freundlichkeit, die in ihrem Leben so lange gefehlt hatte, raubte Juliet die Fassung. Zum ersten Mal seit ihrem Klinikaufenthalt brach sie in Tränen aus.

Auch als sie auf den Steinboden des Flurs rutschte, hielt Noah sie weiter in den Armen, und sie weinte mehr Gefühle aus, als sie hätte benennen können. Erst ganz allmählich ließ ihr Schluchzen nach, und schließlich versiegten ihre Tränen. Ihr kam zu Bewusstsein, wie nah sie Noah war, wie seine Brust sich hob und senkte. Fast ein Jahr lang hatte kein Mann sie mehr in den Armen gehalten. Damals, in der zehnten Woche ihrer Schwangerschaft, hatte Duncan eine Hand auf ihren noch flachen Bauch gelegt und gesagt: »Dir ist doch klar, dass du nicht mehr als sieben Kilo zuzunehmen brauchst, oder?«

Doch diese Erinnerung erschreckte Juliet nicht, denn im gleichen Moment bewegte Noah den Arm. Er zog ihn nicht fort, sondern schob die Hand unter ihren Nacken. Dort ließ er sie ruhen, und seine Finger streichelten unter dem Kragen ihres Pullovers ihre Haut.

Plötzlich hatte Juliet keinen anderen Wunsch mehr, als ihn zu küssen. Sie hob den Kopf, und ihre Lippen trafen sich. Seine spielende Zunge ließ sie aufstöhnen, und sie griff nach seinem obersten Hemdknopf.

Als Noah sich zurückzog, ließ Juliet sofort die Hände sinken. Ihr vom Weinen geschwollenes Gesicht glühte vor Scham. »Entschuldige bitte, das tut mir sehr leid, ich bin wirklich bescheuert. Du musst doch das Gefühl haben, dass du vor dieser Verrückten nur noch weglaufen willst.«

»Hey.« Er wartete, bis sie ihm in die Augen sah. »Wenn es nach mir und meinen Gefühlen ginge, wäre ich gleich an dem Tag, als wir uns kennengelernt haben, mit dir ins Bett gegangen. Ich bin oft rücksichtslos und manchmal auch egoistisch, aber ich habe nicht die Angewohnheit, Frauen auszunutzen. Ich möchte nicht, dass du später irgendetwas bereust, was du getan hast, als du nicht klar denken konntest.«

»Ich kann klar denken. Ich denke, dass du der gütigste Mann bist, der mir seit Jahren begegnet ist. Außerdem denke ich gerade, dass Rachel es uns verzeihen wird, wenn wir das Abendessen verpassen.« Sie gab Noah rasch einen zarten Kuss aufs Kinn. »Und schließlich denke ich, dass mein Zimmer gleich hier ist. Worauf warten wir noch?«

Noah zog sie auf die Beine und schloss sie in die Arme. Als sie ihr Zimmer betraten, vermeinte Juliet, einen leisen Seufzer zu hören. Zustimmend? Zufrieden? Wehmütig? Doch ausnahmsweise interessierte Juliet das überhaupt nicht. Sie blendete alles aus und nahm nur noch Noah und sich selbst und ihre Liebe wahr.

32

Diana

November 1918

Ein Vorteil von Havencross war seine Größe, denn sie erlaubte es, zahlreiche Patienten in einem Raum zu betreuen. Im Speisesaal aßen immer mehr als hundert Personen, wobei die Schüler sich auf Bänken an langen Tischen drängten. Diese Tische waren so lang und so schwer, dass es für die wenigen Erwachsenen schwierig gewesen wäre, sie aus dem Raum hinauszutragen, daher wurden sie ringsherum an die Wände geschoben. Mit Tischtüchern bedeckt, konnten sie als Ablage für alles Mögliche dienen, von sauberer Bettwäsche über Medikamente bis hin zu Brechschalen und anderen notwendigen Dingen.

Sie trugen Betten in den Saal, genug für alle anwesenden Jungen und Erwachsenen, und stellten sie im Abstand von etwa zwei Metern auf.

Eine so luxuriöse Privatsphäre hatten Dianas Patienten in Frankreich nie gehabt. Sie wollte dankbar sein für das, was hier möglich war.

Zusammen mit Clarissa bezog sie die Betten. Zum Glück wurde dieser Haushalt gut geführt. Da die Bettwäsche der Schüler, die in Ferien gefahren waren, bereits gewaschen worden war, hatten sie nun einen so großen Vorrat, dass

Clarissa sagte: »Wir könnten hier dreimal am Tag die Bettwäsche wechseln, wenn wir das wollten.«

Es hatte keinen Sinn, der Direktorin etwas auszumalen, was sie jetzt noch nicht zu wissen brauchte. Es wäre unsinnig gewesen, ihr im Vorhinein zu schildern, auf wie viele Weisen diese Laken in den kommenden Tagen beschmutzt werden konnten, oder sie zu warnen, dass sämtliche benutzten Wäschestücke vielleicht demnächst verbrannt werden mussten.

Eine Katastrophe zur Zeit reichte.

Wieder einmal fiel Diana der Ausspruch ihrer früheren Oberschwester ein.

Kurz nach Mittag erschien Dr. Bennett im Saal und nickte lobend. »Sehr schön, Miss Neville, in der Tat. Um den Sinn für Ordnung zu schulen, ist wohl nichts so gut geeignet wie eine Arbeit beim Militär.«

»Ehrlich gesagt, waren es die Oberschwestern, die für die Ordnung gesorgt haben. Die Ärzte und die Chirurgen hatten genug mit den Patienten zu tun, die sie gerade behandelten. Nichts für ungut, Dr. Bennett.«

»Schon verstanden.« Dr. Bennett schmunzelte. »Und jetzt würde ich wirklich gern den Patienten sehen, den ich behandeln soll.«

Diana begleitete ihn zu Lawrence' Zimmer und entließ Mrs McCann. Sie konnte die anderen Jungen in den Räumen auf dem Flur hören, weil sie sich durch die geöffneten Zimmertüren miteinander unterhielten. Dr. Bennett sprach sachlich und beruhigend mit seinem Patienten. Diana notierte Puls und Temperatur – das Fieber war ein wenig gesunken, aber immer noch über 39 Grad.

Der Arzt lächelte Lawrence an. »Es wird dir eine Weile

richtig schlecht gehen, junger Mann, aber ich weiß, dass du ein guter Patient bist und alles tun wirst, worum Miss Neville dich bittet. Hab ich recht?«

»Ja, Sir.«

Sie traten auf den Flur hinaus und entfernten sich so weit, dass niemand ihr Gespräch mithören konnte. »Was meinen Sie?«, fragte Diana.

»Ja, es ist eine Influenza. Aber ein paar Besonderheiten gefallen mir gar nicht. Einmal, dass er so starke Schmerzen hat, und dann das Nasenbluten. Seit August flammt diese Grippe im ganzen Land immer wieder auf, mit diesen und anderen Komplikationen.«

»Möchten Sie ihn ins Krankenhaus einweisen?«

»Unser Krankenhaus hier hat gestern Abend fünf Patienten aufgenommen. Alle sind entweder am Sonntag in der Kirche oder gestern bei den Dankgottesdiensten gewesen. Daraus schließe ich, dass es in den nächsten drei Tagen noch viele weitere Fälle geben wird. Solange Lawrence stabil bleibt, bekommt er hier bei Ihnen bessere Pflege. Sie wissen, worauf Sie achten müssen?«

»Schwierigkeiten beim Atmen, Luftnot, Lungenstauung, anhaltendes Fieber, Anzeichen für eine Lungenentzündung.«

»Fälle mit Lungenentzündung möchte ich im Krankenhaus haben, aber ich sage Ihnen, die Jungen von hier aus hin zu bringen, könnte ziemlich lange dauern.«

»Wir haben ja die Kutsche. Wir lassen den Gärtner kommen. Er kann im Pferdestall schlafen und die Jungen notfalls fahren.«

»Am meisten Sorgen mache ich mir um Sie, Miss Neville. Falls Sie erkranken –«

»Das glaube ich nicht. Ich habe die Grippe schon im April durchgemacht.«

»In Frankreich? Als die Epidemie über das Heer hinweggefegt ist? Ja, das ist gut. Aber versuchen Sie nicht, die Heldin zu spielen. Wir werden unser Bestes tun, um Ihnen alles Nötige zur Verfügung zu stellen. Ich werde morgens und abends vorbeischauen, dazwischen können Sie in meiner Praxis oder im Krankenhaus anrufen.«

Der Arzt hatte das Haus gerade wieder verlassen, als Mrs McCann, die den ganzen Flur kontrolliert hatte, die Nachricht brachte, dass drei weitere Jungen Fieber hatten. Diana legte drei neue Krankenakten an und verlegte alle vier Patienten in den Speisesaal. Als sie Aspirin und kalte Tücher bekommen hatten und die gesalzene Hühnerbrühe tranken, die Beth Willis gekocht hatte, richtete Diana sich am Ende eines der langen Tische einen Arbeitsplatz ein. Sie legte das Schwesterntagebuch und für jeden Patienten eine Krankenakte bereit und stellte eine Petroleumlampe dazu, bei deren Licht sie arbeiten konnte, wenn die Jungen nachts schliefen.

Als sie aufstand, strich sie sich automatisch den Rock glatt, so als könnte jeden Moment die Stationsschwester erscheinen und ihre Schwesterntracht überprüfen. Dann faltete sie die Hände auf dem Rücken und begutachtete ihr Reich.

Wie ein Blitz durchfuhr sie die Erkenntnis, dass sie, als sie das letzte Mal einen Krankensaal überblickt hatte, nicht Krankenschwester, sondern selbst Patientin gewesen war. Eine fiebernde, verängstigte, traumatisierte Patientin.

Doch nicht die Grippe hatte sie dorthin gebracht. Dass Diana sich angesteckt hatte, war nur eine Nebenwirkung ihres Aufenthalts im Krankenhaus gewesen. Nach Villers-Bretonneux, nach dem Heulen der Granaten und den Schreien der eingeschlossenen Soldaten …

Die Erinnerung erschütterte sie so sehr, dass sie Joshua, der neben sie getreten war, erst bemerkte, als er ihr die Hand auf den Rücken legte. »Alles in Ordnung? Du bist so blass.«

»Es ist nicht … Ich bin nicht krank. Es ist nichts.«

Joshua nickte zu Clarissa und Mrs McCann hinüber, die Trinkschalen einsammelten und mit den vier kranken Jungen sprachen. »Hier sind im Moment alle versorgt. Komm, versteck dich einen Moment mit mir und erzähle.«

Wahrscheinlich war sie einfach müde, aber es fiel Diana schwerer als sonst, die Erinnerungen an Villers-Bretonneux wieder in ihre Kiste zu sperren. Joshua zog sie in eine Nische unter der großen Treppe und sagte, sie solle sich auf die Bank setzen, die dort hineingebaut worden war. Er legte ihr die Hand auf die Stirn.

»Ich hab kein Fieber«, sagte Diana scharf.

»Ich weiß. Du fühlst dich kalt und klamm an.«

»Klingt sehr erotisch.«

Er wollte sich vor sie hocken, aber sein linkes Bein war zu steif, daher setzte er sich neben sie. »Diana, ich erkenne einen Schock schon von Weitem. Und ich weiß, was danach kommt. Du hast in dem Geheimgang gezittert. Klaustrophobie ist eine übliche …«

»Ich hab keine Platzangst!« Sie fand ihre Selbstbeherrschung wieder. »Oder jedenfalls hatte ich früher keine, bevor …«

»Bevor, was?«

Sie hatte noch nie darüber gesprochen. Den Ärzten in

Frankreich hatte sie erzählt, sie könne sich an nichts erinnern, und das hatte sie auch ihrer Mutter gegenüber behauptet, bevor sie dann vor der erdrückenden Besorgnis der Familie geflüchtet war.

»Ich habe während der deutschen Frühjahrsoffensive in einem Feldlazarett in Villers-Bretonneux gearbeitet. Wir hatten uns in einem alten Gutshaus eingerichtet. Es lag nicht in der Nähe der Front, und in der ganzen Gegend hatte es seit Monaten keine Gefechte gegeben. Aber dann ging es plötzlich los. Als Erstes sieht man die Flüchtlinge«, sagte Diana, und Joshua nickte bei der Erinnerung. »Sie kamen von Osten. Es wurde entschieden, die Patienten zu evakuieren und fünf Meilen weit ins Hinterland zu transportieren. Ich habe gerade auf der Station mit den frisch Operierten geholfen, als ich die Granate kommen hörte.«

Diana überlief ein Zucken, ein körperliches Zeichen für die Erinnerung an ihre Panik.

»Sie hat genau den richtigen Punkt getroffen. Alle drei Stockwerke über uns sind in Sekundenschnelle eingestürzt. Ich habe nicht viele Erinnerungen … jedenfalls keine, die ich beschreiben könnte … bloß dieses Gefühl. Ich konnte mich nicht bewegen, ich konnte nichts sehen, ich lag unter Schichten aus Steinen und Holz begraben und hatte Staub in den Lungen, und ich hatte solche Angst, dass sie weggehen und mich da liegen lassen könnten, dass niemand mich finden würde, nicht einmal die Deutschen –«

Joshua hielt ihre Hand ganz fest. Er war in diesem Moment, der nicht *jener* Moment war, ein Anker. Der Moment damals würde nie wiederkommen, sagte Diana sich. Sie war draußen. Sie war in Sicherheit. Sie konnte wieder atmen.

Nach siebenundzwanzig Atemzügen vermochte sie weiterzusprechen. »Dreizehn von uns sind verschüttet worden, als die Granate einschlug. Ich war die Einzige, die sie lebend herausgezogen haben. Die Engländer, nicht die Deutschen«, sagte sie mit zittrigem Lachen, während Joshua ganz ernst blieb. »Das ist die Geschichte, warum ich Geheimgänge und Tunnel und andere Räume, wo ich jeden Augenblick lebendig begraben werden könnte, so schlecht ertrage.«

Joshua nahm sie in die Arme, und Diana ließ sich von seiner Verlässlichkeit und Wärme einhüllen. Hier war jemand, dem sie zutraute, dass er sie stützen würde, ganz gleich, was geschehen sollte.

Ein Räuspern ertönte, und Diana löste sich aus Joshuas Umarmung.

»Miss Neville«, sagte Mrs McCann, »Lawrence hat wieder Nasenbluten. Und er hat dunkle Flecken im Gesicht.«

33

Diana

November 1918

Als Dr. Bennett am Abend wiederkam, waren Diana und er sich einig, dass Lawrence Dean und ein Elfjähriger mit besorgniserregendem Husten ins Krankenhaus gebracht werden sollten. Beide hatten dunkelrote Flecken im Gesicht und bekamen nur schwer Luft. Der Gärtner spannte die Pferde an, und sie bedeckten die Bänke der Kutsche mit Matratzen und Decken, damit die Jungen weich lagen. Diana musste sich entscheiden, ob sie mitfahren oder bei den anderen Patienten bleiben wollte, aber Dr. Bennett versprach, mit seinem Wagen langsam hinter der Kutsche herzufahren, um alles im Blick zu behalten.

Diana war es gewöhnt, dass die Dinge sich schnell änderten, schließlich waren Feldlazarette nichts als Chaos, hin und wieder unterbrochen von ruhigen Momenten. Aber selbst sie war erschrocken über die Geschwindigkeit, mit der die Grippe auf Havencross um sich griff. Lawrence hatte in den frühen Morgenstunden des Dienstags angefangen zu fiebern. Vier Tage später hatten sie zehn der fünfzehn Jungen in den Krankensaal verlegt, und auch der Gärtner lag jetzt dort.

Am nächsten Tag rief Dr. Bennett kurz vor Mittag an. Er

war erschöpft und zermürbt und sagte Diana, er würde versuchen, am Abend vorbeizukommen.

»Ich bin die ganze Nacht im Krankenhaus gewesen«, berichtete er. »Ihre Jungen sind zurzeit stabil, aber Lawrence Dean gefällt mir nicht. Es ist nicht auszuschließen, dass sich bei ihm eine Lungenentzündung entwickelt. Er bekommt Sauerstoff.«

»Sie klingen müde.«

»Sie auch. Wenigstens bin ich nicht der einzige Arzt in der Klinik.«

»Wie viele Patienten betreuen Sie dort?«

»Doppelt so viele, wie wir eigentlich Betten haben, und es kommen immer noch mehr. Diese verdammten Feiern zum Waffenstillstand waren ideal, um sich anzustecken. Ich werde mein Bestes tun, um heute Abend auf Havencross vorbeizuschauen. Aber ich sage Ihnen jetzt schon, wenn ein Patient nicht in sehr schlechtem Zustand ist, bekommt er bei Ihnen eine bessere Behandlung als hier. Ich werde tun, was ich kann, um Ihnen eine Hilfsschwester zu besorgen oder wenigstens irgendein Paar helfende Hände.«

Diana sank das Herz, aber sie versuchte, es sich nicht anmerken zu lassen. »Ja, ich verstehe. Keine Sorge, ich bin's gewohnt, im Chaos zu funktionieren.«

Das stimmte zwar, aber sie hatte nie allein die Verantwortung für die Patienten gehabt. Und wenn sie schon im Lazarett gefunden hatte, dass die Soldaten für das, was sie durchmachten, zu jung waren, dann taten diese Schulkinder ihr jetzt erst recht leid. Erschöpft setzte sie ihre Maske wieder auf und ging in die Küche, um mit Beth Willis zu sprechen.

Sie war überrascht, als sie Beth in der Waschküche fand,

wo sie sich durch die offene Tür mit jemandem im Hof unterhielt.

»Wer ist da?«, fragte Diana scharf, als sie hinter Beth trat.

»Mrs Murray«, sagte Beth, und im gleichen Moment erkannte Diana Joshuas Mutter.

»Sie dürfen sich hier nicht aufhalten«, sagte Diana, war jedoch froh, dass Beth ebenfalls ihre Maske trug. »Wir müssen die Quarantäneregeln beachten, bis alle wieder gesund sind.«

»Ja, Joshua hat mich angerufen, und ich habe das verstanden. Aber mir ist auch klar, dass hier nur zwei Erwachsene gegen die Grippe immun sind, jedenfalls hoffen wir das. Wie wollen Sie beide denn allein zwanzig kranke Menschen betreuen?«

»Die Schüler sind nicht alle krank, und von den Erwachsenen ist es bisher nur der Gärtner.«

»So ist es heute. Und morgen? Ich will mich nicht als Krankenpflegerin aufdrängen. Aber ich kann Ihnen einige Aufgaben abnehmen. Zum Beispiel die Mahlzeiten. Alice und ich können zu Hause kochen und das Essen herbringen. Wir haben ein ziemlich zuverlässiges Auto. Dann kann Mrs Willis im Krankensaal helfen, wenn es nötig ist – wenn sie sich nicht selbst schon angesteckt hat. Mir scheint, sie fiebert ein bisschen.«

Diana nahm Beth am Arm, und auch ohne ihr Gesicht zu berühren, wusste sie, dass Mrs Murray recht hatte – sie spürte die Fieberhitze durch Beths Ärmel hindurch. Erschrocken fragte sie: »Beth, was macht dein Hals?«

»Tut weh«, gestand Beth. »Aber noch bin ich auf den Beinen. Und ich werde keinen der Jungen kränker machen, als er sowieso schon ist.«

»Nein, Mrs Murray hat recht. Du gehst jetzt gleich in den Krankensaal. Ich komme sofort und untersuche dich.« Sie wartete, bis die Sekretärin verschwunden war, und wandte sich dann wieder an Mrs Murray. »Mir bleibt wohl gar nichts anderes übrig, als Ihr Angebot anzunehmen. Ich werde diese Tür nicht abschließen. Dann können Sie alles, was Sie herbringen, in die Waschküche stellen und einfach wieder verschwinden. Klopfen Sie, damit wir wissen, dass Sie da waren. Und Sie sollten dabei eine Maske tragen. Ich lege Ihnen welche hier in die Waschküche.«

Diana hörte sich dabei zu, wie sie diese unpersönlichen Anweisungen herunterrasselte, und hielt inne. Dann fügte sie hinzu: »Ich weiß das wirklich zu schätzen, Mrs Murray. Wie kann ich Ihnen danken?«

»Mein Sohn hat den Krieg mit zwei gesunden Beinen überlebt – und das ist zum Teil Ihr Verdienst. Ich nehme an, dass Joshua sich im Gegenzug jetzt auch nützlich macht?«

Er ist nützlich, notwendig und absolut unverzichtbar für meine Gelassenheit und meinen Seelenfrieden, dachte Diana. »Ja, sehr«, sagte sie mit einem Lächeln.

»Sie benachrichtigen mich, falls er krank werden sollte?«

»Ganz bestimmt.« Fast hätte Diana bei der Vorstellung, dass Joshua Atemnot hatte, heimlich die Daumen gedrückt oder sich nach altem Brauch Salz über die linke Schulter geworfen.

Es gelang ihr, ein Stündchen Schlaf zu ergattern, bevor sie half, die Jungen, die ein wenig essen konnten, mit Mrs Murrays Brühe zu füttern. Sie musste zugeben, dass Luther Weston weiterhin sowohl hilfreich als auch bemerkenswert schweigsam war. Falls er in diesen Tagen spitze

Bemerkungen machte, dann außerhalb ihrer Hörweite, und Joshua kam vermutlich allein damit klar.

Im improvisierten Krankensaal lag Beth Willis inzwischen neben Austin, ihrem Jüngsten. Vorläufig konnte sie dort bleiben, doch sobald es Mutter oder Sohn schlechter gehen sollte, wollte Diana sie trennen. Dr. Bennett schaffte es an diesem Abend nicht mehr, nach Havencross zu kommen, aber Diana war einigermaßen zuversichtlich, dass sie die Nacht überstehen würden. Unterstützung bekam sie nicht nur von Weston, sondern auch von Mrs McCann und von Clarissa Somersby, die schichtweise arbeiteten. Diana hatte Joshua ausführliche Anweisungen gegeben, wie er auf die fünf Jungen achten sollte, die noch nicht infiziert waren. Dazu gehörte auch Jasper, den man in ein Zimmer in der Nähe seiner Schulkameraden getragen hatte.

Kurz nach Mitternacht ging Diana durch den Mittelgang. Zwei Jungen hatte sie besonders im Auge, weil sie sich Sorgen wegen ihrer Atmung machte. Der eine schien im Schlaf besser Luft zu bekommen, aber die pfeifenden Atemgeräusche des dreizehnjährigen Waisenjungen Percy Nicholson erschienen ihr bedenklich. Als sie sich über ihn beugte, öffnete er die Augen.

»Wie geht's dir, Percy?«, fragte sie leise.

Er brauchte einen Moment, um zu sich zu kommen. »Ich bin … müde.«

Diana sank das Herz, weil er, schon während er diesen kurzen Satz sprach, einmal nach Luft schnappen musste. Sie ordnete seine Kissen neu, damit sein Oberkörper besser gestützt wurde, und wollte Weston bitten, Wasser zu kochen, um den Lungen des Jungen mit heißem Dampf Erleichterung zu verschaffen. Eine Stunde würde sie noch abwarten, aber dann war es vielleicht Zeit, im Krankenhaus anzurufen und ihn einweisen zu lassen.

Sie legte dem Jungen die Hand auf die Wange. »Jetzt schlaf erst mal weiter.«

Kaum hatte sie sich wieder aufgerichtet, da hörte Diana vom anderen Ende des Saals eine Stimme. Anfangs konnte sie nichts verstehen, daher dachte sie, einer der Jungen würde im Schlaf etwas murmeln. Aber als sie den Gang entlangeilte,wurden die Worte deutlicher. Oder eigentlich waren es keine Worte, sondern bloß ein Name. Und die Stimme jagte Diana kalte Schauer über den Rücken.

»Thomas … Thomas?«

Auf dem letzten Bett links war Clarissa in ihren Kleidern eingeschlafen – so, wie sie es alle machten. Als Diana sich näherte, schwang sie die Beine vom Bett. Selbst in dem dämmrigen Licht glitzerten ihre Augen. Sie hatte den Blick auf etwas hinter Diana gerichtet.

»Clarissa.« Diana sagte das ganz sanft, so, wie sie mit den Jungen sprach. »Ist alles in Ordnung?«

»Wo bist du?«, flüsterte Clarissa drängend.

Langsam, um die Direktorin nicht zu erschrecken, legte Diana ihr die Hand auf die Stirn. Fieber.

»Clarissa, könntest du dich bitte wieder hinlegen? Ich muss deine Temperatur messen.«

Fast wäre Diana zurückgezuckt, denn Clarissa umklammerte ihre Hand so fest, dass es wehtat. »Hast du ihn gesehen?«

»Clarissa, bitte leg dich wieder hin.« Sie wollte nicht nach Weston oder Mrs McCann rufen, um die Jungen nicht aufzuwecken.

»Hast du ihn gesehen?«

»Wen soll ich gesehen haben?« Diana drückte weiterhin behutsam gegen Clarissas Schulter, um sie zum Hinlegen zu veranlassen.

»Ich habe ihn gesehen! Wirklich! Ich habe ihn gesehen!«

Bitte sag das nicht, dachte Diana, das Letzte, was ich im Moment gebrauchen kann, sind Halluzinationen von –

»Thomas.« Clarissa war heiser vor Aufregung. »Ich habe Thomas gesehen, ich bin ganz sicher. Er hat auf mich aufgepasst, als ich geschlafen habe. Hast du gesehen, wo er hingegangen ist?«

Diana hatte es sich zur Regel gemacht, irreale Vorstellungen bei Patienten nicht zu verstärken. Aber in der Regel war sie nicht als Einzige mit medizinischer Vorbildung für über ein Dutzend Grippepatienten verantwortlich und noch dazu für eine Schuldirektorin, die so hohes Fieber hatte, dass sie in einer Halluzination den Geist ihres verstorbenen Bruders sah.

»Ich habe ihn nicht gesehen, nein.«

»Ich muss hinter ihm her!«

Noch während Diana die Schulleiterin festhielt, hörte sie voller Erleichterung, wie sich Joshuas vertraute Schritte näherten.

»Kannst du mir helfen, Clarissa das auszureden?«, bat sie. »Sie fiebert und glaubt, sie hätte ihren Bruder gesehen.«

Joshua räusperte sich und trat an die andere Seite des Bettes. »Clarissa, solange du krank bist, kannst du nichts für Thomas tun. Lass dir von Diana helfen und ruh dich aus. Um für Thomas irgendetwas tun zu können, musst du gesund sein.«

Mit seiner Sanftheit überzeugte er sie. Clarissa fügte sich Dianas Pflegemaßnahmen, und eine halbe Stunde später hatte sie zur Fiebersenkung Aspirin bekommen und war in einem frischen Nachthemd eingeschlafen.

Kaum hatte Diana sich am Bett ihrer neuesten Patientin wieder aufgerichtet, als jemand laut »Schwester!« rief.

In der Mitte des Saales saß Luther Weston bei Percy Nicholson auf dem Bettrand. Er stützte den sitzenden Jungen an den Schultern und bemühte sich, das Blut zu stillen, das ihm aus der Nase strömte. Als Diana die beiden erreichte, hustete Percy blutiges Sputum aus.

»Ruf im Krankenhaus an, sie sollen sofort einen Krankenwagen schicken«, sagte sie zu Joshua. »Mrs McCann, helfen Sie mir, Bettschirme aufzustellen.«

An den Wänden warteten Schultafeln auf Rollen, über die sie Bettlaken gehängt hatten. Nachdem Diana mit Mrs McCanns Hilfe einige Tafeln um Percys Bett herum geschoben hatte, versperrten sie die Sicht auf den Kranken, die Geräusche jedoch konnten sie nicht aufhalten. Diana hoffte bloß, dass die anderen Jungen fest schliefen und sich nicht stören lassen würden.

Im Licht von Petroleumlampen schob Diana sämtliche Gedanken an andere Patienten zur Seite und tat alles für Percy, was ihr möglich war. Doch das war herzlich wenig, denn ihr stand kein Sauerstoff zur Verfügung. Allerdings vermutete sie, dass das schon keine Rolle mehr spielte. Sie hatte gesehen, wie Soldaten im Lazarett derartig verfielen – innerhalb von Minuten konnte ein noch erträglicher Zustand sich so verschlechtern, dass der Patient an der Schwelle des Todes stand.

Diana bat Weston, sich hinter Percy zu setzen, um ihn aufrecht zu halten. Joshua kam zurück, und sie fragte: »Ist der Krankenwagen unterwegs?«

»Es ist keiner verfügbar. Ich hab auf der Farm angerufen – Großvater kommt mit unserem Auto.«

Obwohl Diana wusste, dass man Percy auch im Krankenhaus vermutlich nicht mehr helfen konnte, wurde ihr das Herz schwer. Nach den ersten hundert Todesfällen in Frankreich hatte sie ein Gefühl dafür entwickelt, wann der Tod nahte. Außerdem hatte sie gelernt, mechanisch zu arbeiten. Ihr Körper wusste, was zu tun war, und ihr Verstand konzentrierte sich nur noch auf den gegenwärtigen Moment und blendete alles andere aus.

Schnell war die frische Bettwäsche wieder voller Blut und lag auf dem Boden ... Mrs McCann murmelte Percy leise und beruhigend etwas ins Ohr ... Joshua stand Diana zur Seite und reichte ihr Wäsche, Schüsseln und einen nassen Lappen, mit dem sie Percys Gesicht befeuchtete ... die typische stöhnende, keuchende Atmung im Todeskampf ...

Hab Erbarmen, bat Diana, wer oder was auch immer im kalten Universum sie erhören mochte. Und Erbarmen wurde gewährt, denn Percy durchlitt nur noch drei schwere Atemzüge, dann war der Kampf vorbei, und alles in ihm ließ los und entspannte sich. Sein Kopf sackte gegen Westons Schulter, und er bekam den sanften Gesichtsausdruck, mit dem die Toten manchmal gesegnet sind. Joshuas Hand ruhte auf Dianas Schulter, und sie zwang sich, mehrmals die Fäuste zu ballen und wieder zu öffnen, als wollte sie ihren Patienten damit freigeben.

»Und was jetzt?«, fragte Weston.

Diana schüttelte den Kopf. »Nichts mehr. Er lebt nicht mehr.« Sie sah auf die Uhr, die sie an ihre Bluse gesteckt hatte. »Todeszeitpunkt ein Uhr siebenunddreißig am 15. November.«

»Sie dürfen ihn nicht aufgeben!«

»Er ist tot, wie soll ich Ihnen das sonst noch sagen?«, zischte sie. »Und sprechen Sie leise, sonst wecken Sie den ganzen Saal und erschrecken die anderen Jungen.«

Weston sollte aufhören zu reden. Sie musste ruhig bleiben. Percys Leiche musste fortgebracht werden, bevor sich Panik ausbreiten konnte.

Joshua schien ihre Gedanken zu lesen. »Wenn wir ihn vorsichtig einhüllen, kann ich ihn in den nächsten Schlafraum tragen.« Seine Stimme war dünn, ohne Festigkeit, und einen Moment lang hatte Diana den leidenschaftlichen Wunsch, sich in seine Arme zu werfen und mit ihm zusammen zu weinen.

Zusammen mit Mrs McCann wickelte sie Percy in drei saubere Betttücher und zog den Stoff sanft über sein Gesicht. Joshua trug ihn in einen leeren Schlafraum; zu ihrer Überraschung bemerkte Diana, dass Weston sich bekreuzigte. Während Joshua Percy behutsam auf ein Bett legte, wartete sie an der Tür, weil sie sich einen letzten Moment allein mit dem Jungen erhoffte. Um sich zu entschuldigen, um sich zu verabschieden.

Joshua richtete sich wieder auf und drehte sich zu ihr um. Sein Gesicht war dunkel. Er machte einen Schritt auf Diana zu, und sie ging ihm entgegen. Aber sie kam ihm nur so nah, dass sie ihn gerade noch am Arm packen konnte, als er auf den Boden stürzte.

Diana kniete sich neben ihn. Er glühte vor Fieber.

34

Ismay

April 1461

Lord Clifford, der Graf von Northumberland, sowie der Herzog von Somerset, beide Gegner und Feinde des Herzogs von York, überfielen ihn am 30. Dezember im Jahre des Herrn 1460 bei Wakefield und töteten ihn und seinen Sohn Edmund, Graf von Rutland, und viele weitere Ritter und Knappen. Als der Tod dieser Herren bekannt wurde, wurden sie sehr betrauert. Möge Gott ihren Seelen gnädig sein.
Am 29. Tag im Märzen des Jahres unseres Herrn 1461, am heiligen Palmsonntag, besiegte unser Herr und großer König Eduard, der Sohn des gefallenen Herzogs von York, die Feinde des Volkes in der Schlacht von Towton in Yorkshire. Margarete von Anjou und der bereits erwähnte König Heinrich, die bei ihrem Volk unbeliebt waren, flohen nach Schottland. Die Sonne in ihrer Herrlichkeit *scheint jetzt über allen.*

Ismay war nicht überrascht, als einer ihrer Leute berichtete, Eduard sei auf dem Weg nach Havencross. Er hielt sich jetzt seit einem Monat im Norden auf, um nach der Schlacht von Towton letzte Widerstandsnester des Hauses

Lancaster zu vernichten. Doch sie hatte nicht erwartet, dass er sie auf Havencross besuchen würde. Sie erwartete gar nichts mehr.

Abgesehen von einem Ereignis …

Da der siebte Monat vorbei war, konnte sie ihren Zustand kaum noch verbergen. Mit der Hand auf dem Bauch stand sie im Vorhof und beobachtete, wie Englands König in ihrem Zuhause eintraf.

Es war so schwer zu glauben – der leichtsinnige, rücksichtslose, unverschämte, charmante Eduard war König. Bei seinem Vater war das etwas anderes gewesen – Herzog Richard von York hatte eine natürliche Begabung für die Politik und das Regieren besessen und auch für die Sorgen, die führende Köpfe sich machten. Auch bei Edmund hatten sich einige dieser Gaben gezeigt, aber bei Eduard? Ismay nahm an, man müsse wohl einfach abwarten.

Eduard hatte kein königliches Gehabe angenommen, zumindest bisher nicht. Er schwang sich vom Pferd und klopfte dem Jungen, der die Zügel übernahm, auf die Schulter. Dann kam er geradewegs auf Ismay zu und nahm ihre Hände in seine. Mit einem raschen Blick hatte er sofort alles erfasst.

»Das freut mich«, sagte er. »Etwas von Edmund wird weiterleben. Es tut mir so leid, liebe Schwägerin, dass ich ihn dir nicht nach Hause mitbringen konnte.«

Niemals hätte Ismay vermutet, dass es ausgerechnet Eduards freundliche Worte sein würden, die sie zusammenbrechen ließen. Sie hatte weder geweint, als die ersten Gerüchte von der Schlacht von Wakefield sie erreichten, noch, als die wenigen ihrer Leute, die überlebt hatten, nach Havencross zurückkehrten. Auch als die Männer ihr von

Edmunds grausamem Tod berichteten, als sie erzählten, wie ihr siebzehn Jahre alter Gatte vom Herzog von Somerset ermordet worden war, als er versuchte, einen Zufluchtsort zu erreichen, waren ihre Augen trocken geblieben.

Doch jetzt weinte Ismay. So heftig und so lange, dass sie kaum merkte, wie Eduard sie auf die Arme nahm und ins Haus trug.

Als ihre Tränenflut schließlich versiegte, war sie mit Eduard allein in dem kleinen Raum, der vor langer Zeit ihrem Vater als Studierzimmer gedient hatte. Eduard reichte ihr einen Becher gewürzten Wein, und nachdem sie ihn ausgetrunken hatte, fühlte Ismay sich reingewaschen – und leer. In dieser Leere gab es Edmund nicht mehr, und es würde ihn auch nie wieder geben, außer vielleicht dereinst im Himmel.

»Hast du Fragen an mich?«, wollte Eduard wissen.

Sie schüttelte den Kopf. »Ich weiß alles, was ich über die Ereignisse bei Wakefield wissen möchte.«

»Ich auch«, sagte er grimmig.

Zum ersten Mal wurde Ismay klar, dass auch andere um Edmund trauerten. Eduard hatte den Kopf über die gefalteten Hände geneigt, und sie betrachtete sein Gesicht von der Seite. Sein Kinn war markanter geworden, und auf seiner Wange zeigten sich die Wunden und Narben von kürzlichen Schlachten.

»Eduard.« Ismay beugte sich vor und legte die Hand auf seine fest verschränkten Finger. »Das alles tut mir so leid. Für dich, für deine Mutter und deine Geschwister … Ach Gott, Richard und George sind doch noch so jung! Dein Vater –«

Eduard entzog ihr seine Hände. »Mein Vater hätte in

Sandal Castle bleiben und in der Festung auf mich warten sollen.«

Ismay hätte gern noch mehr gesagt, sie wollte den Verlust des Bruders ansprechen, dem Eduard so nahegestanden hatte, wollte etwas ebenso Taktvolles, Zartes äußern, wie es ihm gelungen war. Aber vor ihren Augen legte Eduard nun die Maske des Herrschers an.

Die Maske des Königs.

»Ich kann nicht bleiben«, sagte er unvermittelt. »Ich werde auf Middleham Castle erwartet. Dort muss ich Entscheidungen über die Gefangenen treffen.«

»Ich bin dir dankbar, dass du mich besucht hast.« Ismay zögerte, dann fügte sie hinzu: »Ich bin Euch dankbar, Eure Majestät.«

Einen Moment lang sah er ungehalten aus, aber dann fand Eduard von York, der Graf von March und offenbar auch König Eduard IV. von England, seinen angeborenen Sinn für Humor wieder. Er verzog die Lippen zu einem zögernden Lächeln, lehnte sich zurück und streckte die langen Beine aus.

»Aber ich bin nicht gekommen, um mich von dir hofieren zu lassen«, sagte er. »Wir haben etwas zu besprechen, du und ich. Seit mein Vater nicht mehr ist, bin ich das Familienoberhaupt.«

Ganz kurz fragte Ismay sich, was Cecily Neville wohl dazu sagen würde.

Eduard fuhr fort: »Du bist ein Familienmitglied, Ismay, und Edmunds Kind wird das ebenfalls sein. Selbst ohne diese Familienbande würde ich es selbstverständlich als Ehrensache betrachten, dafür zu sorgen, dass eine Frau, die im Haushalt meines Vaters aufgewachsen ist, niemals an irgendetwas Mangel leidet. Aber obendrein bist du auch von Rechts wegen mit uns verbunden.«

»Erwartest du von mir, dass ich die Eheschließung jetzt verkünde?«, fragte sie. »Dass ich die kostbarsten, privatesten Stunden meines Lebens ausnutze, um mich bei deinem Hof anzubiedern?«

»Nein.«

»Warum bist du dann hergekommen, Eduard?«

»Weil ich es für möglich hielt, dass du ein Kind erwartest. Und so ist es. Das bedeutet, dass du und ich uns unterhalten müssen, bevor ich zu meiner Krönung nach London zurückkehre.«

»Warum?«, fragte Ismay erneut. Edmund, überlegte sie kurz, hätte den Grund längst erahnt. Mit seinem auf Herrschen und Politik ausgerichteten Verstand hätte er Eduards Absichten vorausgesehen.

»Ich bin heute nur deshalb König, weil mein Vater bei Wakefield umgekommen ist«, erklärte Eduard. »Ich habe noch keine eigenen Kinder … jedenfalls keine ehelichen. Bis ich einmal verheiratet bin und Söhne habe, sind meine Brüder meine Nachfolger. Wäre Edmund am Leben geblieben, dann wäre er mein unmittelbarer Erbe.«

Ismay weigerte sich, ihn zu verstehen. »Aber Edmund lebt nicht mehr.«

»Du und Edmund, ihr wart verheiratet. Dein Kind wird ehelich geboren werden. Falls dieses Kind ein Junge wird –«

»Kommt nicht infrage. Niemals.«

»– wird dein Sohn Vorrang haben. Ismay, du solltest gründlich darüber nachdenken. Wenn Entscheidungen einmal gefallen sind und gesetzlich festgelegt wurden –«

»Dieses Kind ist alles, was ich noch habe. Es ist das Einzige, was dieser unselige Krieg um Englands Thron mir gelassen hat. Ich will mit Schlachten und Höfen und dem ewigen Kampf um die Herrschaft nichts mehr zu tun haben. Ich weiß dein Angebot zu schätzen, Eduard, wirklich. Aber bitte halte mich aus der Sache heraus. Du hast doch niemandem von der Hochzeit erzählt, oder?«

»Nein. Edmund wollte warten, bis … bis die Kämpfe vorüber wären.«

»Dann lass es niemanden wissen. Es hätte jetzt keinen Sinn mehr.«

»Du wirst bald Mutter werden, Ismay. Die Leute werden denken –«

»Mir ist einerlei, was die Leute denken. Lass sie tuscheln. Lass sie mein Kind verachten, weil sie es für einen Bastard halten. Das spielt keine Rolle. Wichtig ist einzig und allein, dass ich dieses Kind hier großziehen darf, weit fort von den Streitereien anderer. Versprich mir das, Eduard.«

Sie wusste, dass sie gewonnen hatte, als Eduard mit funkelnden Augen sagte: »Vielleicht änderst du deine Einstellung, wenn die Leute vermuten, dass das Kind von mir ist.«

Ismay hatte nicht gedacht, dass sie jemals wieder lachen könnte. »Dann wäre es einfach eins mehr auf einer langen Liste.«

»Bist du dir sicher, Ismay? Wenn ich nach London zurückkehre, wird der Graf von Warwick die Schriftstücke aufsetzen, in denen mein Bruder George für die Zeit, bis ich eheliche Söhne habe, zu meinem gesetzlichen Erben ernannt wird. Wirst du das nicht bereuen?«

Ismay überlief ein Schauer, als sie daran dachte, dass der zehnjährige George den Wölfen zum Fraß vorgeworfen werden könnte. Doch dass Eduard den Grafen von Warwick erwähnte, bestärkte sie in ihrem Entschluss. Wenn es einen Menschen gab, der die Wahrheit über ihre Hochzeit und ihr Kind niemals erfahren sollte, dann war es Graf Richard. »Ich werde nichts bereuen«, sagte sie bestimmt.

»Trotzdem möchte ich dir das hierlassen.« Damit zog Eduard aus einem Beutel, den er auf den Tisch geworfen hatte, zwei Gegenstände heraus. Der eine war ein Abzeichen, wie Dienstboten, Kuriere und Soldaten, die in den Kampf zogen, es trugen. Es war kein Wappen, denn Eduards Wappen war jetzt das königliche Wappen mit den Löwen und den Lilien. Das Abzeichen jedoch, das er Ismay reichte, war neu.

Die weiße Rose von York mit den fünf Blütenblättern, die ihr so vertraut war, war zum Mittelstück einer Sonne mit goldenen Strahlen geworden. Trotz ihrer Abgeschiedenheit und ihres Kummers hatte Ismay die Geschichten von der Schlacht bei Mortimer's Cross gehört, die Anfang Februar stattgefunden hatte. Vor der Schlacht waren drei Sonnen am Himmel zu sehen gewesen, und Eduard hatte eine ergreifende Ansprache an seine Krieger gehalten, in der er diese Nebensonnen als Zeichen gedeutet hatte, dass die göttliche Dreifaltigkeit auf ihrer Seite sei.

»Die *Sonne in ihrer Herrlichkeit*«, flüsterte Ismay. Und nur für einen Augenblick erlaubte sie sich die Vorstellung, wie glanzvoll, bezaubernd und kultiviert das Leben am Hofe Eduards sein würde, und sie sah sich selbst dort …

Aber ohne Edmund konnte sie sich ein Leben am Hof nicht vorstellen.

Eduard griff nach dem zweiten Gegenstand aus dem Beutel, einem Siegelring, und schob ihn Ismay auf den Mittelfinger der rechten Hand. Das in die Frontplatte eingravierte Symbol ähnelte der Rose in der Sonne auf dem Abzeichen.

»Dein Siegel?«, fragte Ismay erschrocken.

»Eine Variante davon, für meine Familie und meine engsten Berater. Wenn du mir etwas schicken möchtest, das nur für meine Augen gedacht ist, kannst du es damit versiegeln. Dann bleibt es unter uns.«

Das war eine naive Hoffnung, denn Ismay hätte wetten mögen, dass der Graf von Warwick mehr als eine Methode kannte, um versiegelte Briefe zu lesen. Doch Eduards Geste rührte sie, umso mehr, als er nun ihren Kopf in beide Hände nahm und ihr einen Kuss auf die Stirn gab.

»Du sollst alles haben, was du brauchst, Ismay, dein Leben lang. Du brauchst bloß darum zu bitten, dann wird England es dir zukommen lassen.«

Erst als Eduard wieder fortritt, wurde Ismay klar, dass er nun vollkommen in die Rolle des Königs hineingefunden hatte – hatte er sich doch mit England gleichgesetzt.

35

Juliet

2018

Die zweite Dezemberwoche verbrachte Juliet in einer Wolke von Glück, das durch keine ihrer üblichen Ängste getrübt wurde. Schon als Kind hatte sie immer darauf geachtet, welche Gefühle sie zeigte, und dieser Instinkt war in den Jahren mit Duncan aufs Äußerste geschärft worden. Aber Noah Bennett war der offenste, unbefangenste Mensch, den sie je kennengelernt hatte, und sie fand es ungeheuer erleichternd, dass sie einfach loslassen konnte, ohne sich Gedanken um sich selbst oder um ihn zu machen oder um das, was gerade geschah oder geschehen könnte.

Einen ganzen Samstag lang beschäftigten sie sich mit Rachels drei Söhnen. Noah erfand ein Spiel, bei dem sie Müll aus den Räumen im dritten Stockwerk nach unten in den Müllcontainer bringen, Fußböden wischen und Fensterbänke abstauben mussten. In einigen Momenten empfand Juliet zwar schmerzhaft ihren Verlust, denn Liam würde solche Dinge niemals tun, vor allem aber genoss sie diese Welt der unkomplizierten Zuneigung und Zugehörigkeit.

Noah hatte wegen seiner Arbeit nach Newcastle zurückkehren müssen, aber sie telefonierten jeden Abend und zählten die Tage bis zu seinem zehntägigen Weihnachtsurlaub.

»Und deine Familie hat nichts dagegen, dass du im Urlaub hier bei mir wohnst?«, fragte Juliet.

»Rachel grinst bloß auf diese allwissende Art, die einen wahnsinnig machen kann, und Großtante Winnie sagt: ›Ist doch klar, dass Juliet Gesellschaft braucht, wenn sie Havencross über Nacht nicht allein lassen soll.‹ Aber ich wette, sie weiß ganz genau, dass das, was du von mir bekommst, über das reine Gesellschaft-Leisten hinausgeht.«

Zwischendurch, wenn Sortieren, Putzen und Noah ihr Zeit ließen, erkundete Juliet die Kartons, die Nell mitgebracht hatte. Die Akten der Anwältin waren so tadellos in Schuss wie ihre ganze Erscheinung, was das Leben einer Historikerin natürlich erleichterte.

Eine Sammlung bestand aus Zeitungsberichten und kopierten Protokollen der Ausgrabungen, die im Sommer 1919 auf den Ländereien von Havencross stattgefunden hatten. Dabei waren auch die Münzen und das Abzeichen, die Daniel Juliet in Berwick gezeigt hatte, gefunden worden. Die Berichte bestätigten, dass der eingestürzte Eingang zum Eiskeller wahrscheinlich auch der Eingang zu einem Tunnel gewesen war, aber damals hatte es keine dokumentierten Versuche gegeben, auch das andere Ende des Tunnels zu finden. Juliet legte die Schriftstücke zur Seite, damit Noah einen professionellen Blick darauf werfen konnte, und forschte weiter.

Sie verfolgte die Besitzverhältnisse rückwärts, wobei sie mit der komplizierten Stiftung der Familie begann, die aufgelöst worden war, als die Hotelinvestoren alles aufgekauft hatten. Nell Somersby-Sims und Juliets Mutter waren zwei der fünf noch lebenden Nachkommen von Sir Wilfred Somersby und seiner zweiten Ehefrau Sylvia; diese Nachkommen hatten nach Clarissa Somersbys Tod im Jahre 1992 ihre Anteile an Havencross geerbt. Sir Wilfreds Vater, Gideon, hatte die prunkvollen viktorianischen Bauten um den mittelalterlichen Kern herum errichten lassen, nachdem die Überreste von elisabethanischen und georgianischen Anbauten abgerissen worden waren. Je weiter die fotokopierten Dokumente zurückreichten, desto schwieriger wurde es, die Handschriften der Beamten zu lesen, aber Juliet konnte entziffern, dass Havencross bis zurück zur Regierungszeit von Königin Maria Tudor immer in den Händen der Familie Somersby gewesen war. 1554 hatte die Königin »die Ländereien und den Gutshof mit Namen Havencross in der Grafschaft Northumberland, derzeit im Besitz der Krone, dem Ritter Henry Somersby vermacht, in Anerkennung seiner treuen Dienste für die Königin im Kampf um ihr Recht auf den Thron«.

Im gleichen Ordner fanden sich noch einige weitere Dokumente. Zwei waren mit Notizen und Fragen von Nell Somersby-Sims bedeckt, eins davon war die Fotokopie eines Schriftstücks in lateinischer Sprache. Juliet seufzte tief angesichts dieser Schwierigkeit, aber ihre Wissbegier siegte. Sie öffnete ein Übersetzungsprogramm auf ihrem Smartphone und überprüfte Nells handgeschriebene Übersetzung auf der Rückseite.

Das erste Schriftstück war kurz und eindeutig: Am 29. Juni 1461 bestätigte Eduard IV. »Lady Ismay Deacon und ihren Erben für alle Zeit sämtliche Rechte und Ehren am Eigentum von Havencross in der Grafschaft Northumberland.«

Das zweite war etwas komplizierter.

»Am ersten Tag im November des Jahres unseres Herrn 1471 fallen die Ländereien und der Gutshof mit dem Namen Havencross in der Grafschaft Northumberland an die Krone zurück. Besagtes Anwesen bleibt im Besitz der Krone und wird zugunsten eines anerkannten Erben der vorherigen Besitzerin, Lady Ismay Deacon, von der Krone verwaltet. Für einen Mindestzeitraum von siebzig Jahren darf ebendieser Besitz an niemanden abgetreten werden als an jenen besagten Erben. Auf Anordnung Seiner Erhabenen Majestät, König von England, Irland und Frankreich, Eduard R., unterzeichnet von seiner eigenen Hand am heutigen Tag in Westminster.«

Das wurde ja immer seltsamer. Juliet sprach am Telefon mit Noah darüber, während sie später ihren abendlichen Rundgang machte und dafür sorgte, dass Fenster und Türen geschlossen, versperrt und nicht undicht waren, denn Northumberland bereitete sich mit eiskaltem Regen missmutig auf Weihnachten vor.

»Für mich klingt das«, sagte Juliet, »als ginge es hier um mehr als um einen einfachen Todesfall. Wenn Ismay Deacon tot und ihre Familie nachweislich ausgestorben war, warum hat der König dann diese Klausel eingefügt, dass der Besitz siebzig Jahre lang nicht weitergegeben werden durfte? Das klingt, als hätte er erwartet – oder sogar gehofft –, dass jemand mit einem rechtmäßigen Anspruch auf Havencross auftauchen würde.«

»Außerdem«, bemerkte Noah, »warum hat sich der König persönlich darum gekümmert? Er hat eigenhändig unterzeichnet, obwohl er mit Sicherheit Leute hatte, die so etwas für ihn erledigten. Du solltest das alles abfotografieren und es Daniel nach Berwick schicken. Er ist ja Spezialist für den Zeitraum, vielleicht hat er eine Idee, wo man nach Erklärungen suchen könnte.«

»Super. Ich weiß, es ist albern, und dafür bin ich überhaupt nicht hergekommen, aber jedes Mal, wenn ich über die Spanische Grippe in dem früheren Internat forsche, merke ich, dass es mich noch tiefer in die Vergangenheit hineinzieht. Und nach den Büchern und den Gegenständen zu urteilen, die Clarissa Somersby hinterlassen hat, hat sie sich auch für das alles interessiert.«

»Mir gegenüber brauchst du dich nicht zu rechtfertigen. Meine recht beschränkte Erfahrung in diesen Dingen sagt mir nämlich, dass die besten Historiker diejenigen sind, die ihren Eingebungen folgen können. Wenn man nur die gleichen Wege geht, die andere schon gegangen sind, kommt man auch bloß zu den gleichen Ergebnissen.«

»Sehr poetisch«, neckte Juliet ihn, aber seine Anerkennung tat ihr gut. Sie hatte sich immer nach Bestätigung gesehnt, und obwohl sie diesen Zug an sich nicht mochte und mittlerweile ja auch lernte, ihre eigenen Vorlieben und Interessen zu erkennen und ihnen nachzugehen, war es doch herzerwärmend, dass jemand sie vorbehaltlos unterstützte, statt kritische, demütigende Fragen zu stellen.

Nachdem sie noch ein wenig über Persönliches gesprochen hatten, legte Juliet auf und beendete ihre Runde im Erdgeschoss. Hier waren alle Türen und Fenster gut verschlossen. »Nicht, dass dich das draußen halten würde«, sagte Juliet laut vor sich hin. »Wer auch immer du bist.«

Und wer auch immer du bist, dachte sie, ich habe keine Angst vor dir, jedenfalls keine größere Angst als vor allem anderen, was plötzlich und unerwartet hier auftauchen könnte. Juliet legte zwar keinen Wert darauf, um eine Ecke zu biegen und dem kleinen Geisterjungen gegenüberzustehen – oder dem geheimnisvollen weiblichen Wesen, das sie immer wieder kurz wahrgenommen hatte –, aber sie glaubte nicht, dass Havencross oder seine früheren Bewohner eine Bedrohung für sie darstellten.

Sie stieg die prächtige Haupttreppe hinauf, drehte ihre Runde im ersten Stock und ging weiter in den mittelalterlichen Gebäudeteil. Zum ersten Mal seit der Nacht, als sie die Anwesenheit einer Frau und eines Neugeborenen wahrgenommen hatte, spürte Juliet, dass etwas sie rief. Es war ein Gefühl, als würde ihr etwas auflauern, etwas, an das sie sich halb erinnerte oder von dem sie geträumt hatte.

Weil es auf der ummauerten Wendeltreppe kein elektrisches Licht gab, holte Juliet die Taschenlampe, die immer an ihrem Bett lag, und öffnete dann die Tür zum Dachgeschoss. Während sie die Treppe hinaufstieg, kommentierte sie ihre eigenen Handlungen, ein Trick, den sie als Kind angewendet hatte, um ihre Angst zu bewältigen. »Ja, es ist immer eine tolle Idee, ein Spukhaus spätabends zu erkunden«, sagte sie laut. »Und zwar allein. Alle Filme, die ich gesehen habe, haben mir gezeigt, dass das eine absolut supertolle Idee ist. Vielleicht wartet da oben ja eine Überraschungsparty auf mich.«

Natürlich wartete oben keine Überraschungsparty – nichts wartete dort. Seit ihrer Ankunft war sie einmal in der Woche hier oben gewesen, und auch jetzt fand sie alles genauso vor wie immer: Eine einzelne Glühbirne gab Licht, und in die kahlen Ecken und Winkel leuchtete Juliet mit der Taschenlampe hinein. Der hallende Raum war leer und unberührt.

Juliet war gerade zwei Stufen wieder hinuntergegangen, als sie durch die Fenster in ihrem Rücken laut und deutlich die inzwischen vertrauten Geräusche vernahm. *Hufe trommelten auf festgestampfter Erde, Ledersättel knarzten und knirschten, Eisen klirrte – bewaffnete Reiter.*

Reiter! Die Erkenntnis durchfuhr Juliet wie ein Blitz, und sie ließ die Taschenlampe fallen. Beim Aufprall auf die Treppe verlöschte das Licht, und Juliet stürzte wieder nach oben. Obwohl sie die Glühbirne bereits ausgeschaltet hatte, war es nicht dunkel. Durch die Fenster fiel Licht, als wäre es heller Nachmittag und nicht sechs Stunden nach Sonnenuntergang. Dieses Licht schimmerte und glänzte auf den Möbeln, auf den riesigen Truhen, den massiven Tischen und den Wandteppichen.

Juliet war nicht besessen. Sie wusste genau, wer sie war, und ihr war klar, dass etwas Außergewöhnliches vor sich ging. Als sie ans Fenster trat, war sie ganz sie selbst.

Doch dann, zwischen zwei Schritten, wurde sie plötzlich zu einer anderen, sie zählte hektisch die Reiter und suchte nach der Fahne, an der sie zu erkennen waren.

Sie hatte gewusst, was kommen würde, und dennoch hatte sie gehofft. Auf George, vielleicht, denn welche Abscheulichkeiten er auch begangen haben mochte, er war ihr doch gewisslich zugetan, und allen Berichten zufolge war er als Mann noch genauso wankelmütig wie damals als Junge. Sie hatte ihn schon als kleines Kind gekannt, und das konnte sie nutzen, sie konnte das Wissen um all seine verwickelten Allianzen gegen ihn verwenden.

Doch es war nicht das königliche Banner mit den drei silbernen Balken, das Georges Ferne vom Thron seines Bruders anzeigte.

Es war der weiße Bär mit dem knorrigen Stab auf rotem Feld – das Banner des Königsmachers selbst, des Grafen von Warwick.

In diesem Moment wusste sie, dass es keine Barmherzigkeit geben würde. Der Graf von Warwick kannte nur eins: töten.

Als Juliets Panik so weit abgeklungen war, dass sie sich erinnerte, wer sie war und wo und in welcher Zeit sie lebte, befand sie sich bereits wieder in ihrem Zimmer, ohne sich aber erinnern zu können, wie sie dorthin gelangt war. Sie hatte zwar Angst, aber nicht um sich selbst, sondern um die Menschen, denen hier etwas so Entsetzliches zugestoßen war, dass es selbst nach Jahrhunderten noch die Kraft besaß, andere das Fürchten zu lehren. Sie lag lange wach, bis ihr Herzschlag sich beruhigt hatte.

Noch vor dem Morgengrauen wurde sie wieder geweckt, nicht von übernatürlichen Phänomenen, sondern vom schlichten Ping einer SMS, der rasch einige weitere folgten.

Natürlich, es war Duncan. Juliets Magen verkrampfte sich. Offenbar hatte er alle Versuche, überzeugend und vernünftig zu sein, aufgegeben. Ihr Schweigen hatte ihn schließlich zur Raserei gebracht, und aus jeder der hasserfüllten Beschuldigungen und wütenden Beschimpfungen, die er ihr jetzt entgegenschleuderte, tropfte Gift. *Hast mich nie geliebt … wolltest durch die Ehe bloß aufsteigen … frigides Miststück … Flittchen …*

Juliet fragte sich, wie Duncan den Widerspruch zwischen den letzten beiden Schimpfwörtern erklären würde. Doch dann verdrängte seine abschließende Nachricht alle anderen Gedanken aus ihrem Kopf. Es war ein Foto. Offenbar durch ein Flughafenfenster hatte er ein Flugzeug aufgenommen, das gerade an eine Fluggastbrücke gezogen wurde.

Eine Maschine der British Airways.

36

Diana

November 1918

SCHWESTERNTAGEBUCH

15. Nov., 01:37 Uhr: Percy Nicholson ist gestorben. Wir haben ihn in Laken gehüllt und in einen leeren Schlafraum gelegt, bis er in die Leichenhalle gebracht werden kann. Joshua Murray erkrankt: 40 Fieber, Puls 65, keine Lungengeräusche.

15. Nov., 05:00 Uhr: Ankunft Krankenwagen. George Humphrey und Max Lovell ins Krankenhaus geschickt. Den Bestatter gerufen. Clarissa Somersby weiterhin 40,1 Fieber.

15. Nov., 15:00 Uhr: Percy Nicholson wurde in die Leichenhalle überführt. Mrs McCann fiel in Ohnmacht. 39,2 Fieber. Hätte sie fast festbinden müssen, um sie im Bett zu halten.

16. Nov., 07:00 Uhr: Mit Dr. Bennett telefoniert. Lawrence Dean ist vor zwei Stunden gestorben. Krankenhaus ist überbelegt, er will weiterhin versuchen, mir eine Hilfsschwester zu schicken. Was ist das nur für eine Grippe, an der junge, gesunde Menschen so plötzlich sterben?

Auch in Frankreich hatte Diana zur Genüge Überstunden abgeleistet. Die Krankenschwestern hatten dort regelmäßig achtundvierzig Stunden am Stück gearbeitet, mit nur kurzen Pausen für einen Kaffee, oder um mal zwanzig Minuten zu dösen. Aber Diana hatte sich dem Ertrinken in Arbeit noch nie so nahe gefühlt wie am fünften Tag der Quarantäne. Nur sie selbst, Luther Weston und Jasper Willis hatten sich bisher nicht angesteckt, vermutlich, weil er mit seinem gebrochenen Bein in einem Extrazimmer lag. Die beiden Erwachsenen mussten sich somit um alle anderen kümmern.

Dr. Bennett hatte versprochen, ihr bis zum Abend eine Hilfsschwester zu schicken, aber immer wieder überkam Diana die Sorge, dass sie es bis dahin nicht schaffen würde. Kaum hatte sie die Runde auf der Krankenstation beendet, hatte bei allen Patienten Temperatur und Puls gemessen, die Atmung kontrolliert sowie Schmerzen mit Aspirin und Salicin behandelt, war es fast schon Zeit, wieder von vorn zu beginnen. Außerdem mussten sie dafür sorgen, dass die Kranken genug tranken und Brühe zu sich nahmen, wenn sie dazu fähig waren, sie mussten die Bettwäsche wechseln … Seit 1915 hatte Diana nicht mehr auf einer Station geweint. An diesem Samstag jedoch wäre sie dutzendmal fast in Tränen ausgebrochen.

In Frankreich hatte sie die Patienten nicht gekannt, bevor sie Hilfe brauchten. Und auch wenn einige ihr ans Herzen wuchsen, wurden die meisten doch so schnell durchgeschleust, dass sie nichts weiter tun konnte, als die notwendigen Pflegemaßnahmen durchzuführen, und zwar an Männern, die, selbst wenn sie noch jung waren, doch alt genug gewesen waren, um in den Krieg zu ziehen. Aber

Schuljungen zu pflegen, die fern von ihren Familien waren und sich so sehr bemühten, tapfer zu sein, war etwas völlig anderes.

Von Joshua ganz zu schweigen. Von dem Moment an, als er vor ihren Augen zusammengebrochen war, hatte Diana gespürt, wie schwierig es war, einen Patienten fachgerecht zu pflegen, wenn man persönlich mit ihm verbunden war. Sie durfte nicht zulassen, dass sie Joshua aufgrund ihrer Gefühle für ihn anders behandelte als die anderen – und das war unglaublich schwer. Am liebsten hätte sie nur noch an seinem Bett gesessen und ihn durch reine Willenskraft genesen lassen.

Nachmittags um fünf traf die Hilfsschwester endlich ein. Miss Bartholomew kam aus Newcastle und war eine wackere, grauhaarige Krankenschwester im Ruhestand. Sie wirkte alt genug, um im Krimkrieg unter Florence Nightingale gearbeitet zu haben. Aber sie war nicht auf den Kopf gefallen und konnte Fieber messen und Aspirin und Getränke verteilen. Gleich nach ihrer Ankunft schickte Diana Luther Weston fort, damit er ein paar Stunden Schlaf bekam, und dann führte sie Miss Bartholomew in die Arbeit in ihrem improvisierten Krankensaal ein und brachte sie auf den neuesten Stand.

Als Weston abends um halb neun zurückkehrte, wirkte er deutlich erfrischt. Er brauchte Diana nicht zweimal zu sagen, dass sie sich jetzt selbst schlafen legen sollte. Zum ersten Mal seit Dienstag ging sie in ihr Zimmer. Sie zog ihre befleckte Bluse und den Rock aus und konnte sich nicht entscheiden, ob sie sich erst noch waschen oder sich gleich aufs Bett fallen lassen sollte. In diesem Moment fingen die Türen ihres Kleiderschranks an zu rütteln und zu schlagen.

Der Klang von Schritten, viele Füße in schweren Stiefeln trampeln durch den Flur, Männerstimmen, stählerne Dolchgriffe hämmern gegen geschlossene Türen und Truhen, hallen durch ihren Kopf und ihre Knochen und –

»Hört auf!« Diana knüllte ihren Rock zusammen und schleuderte ihn gegen den Kleiderschrank. Da das keine Wirkung zeigte, griff sie nach ihrer Weckeruhr am Bett und warf sie dem Rock nach. »Hört auf, mich zu quälen! Warum gerade ich? Was wollt ihr denn bloß von mir?«

Sie hörte auf zu schreien und horchte, während ihre Brust sich in halb unterdrücktem Schluchzen hob und senkte. Immer noch hörte sie den Lärm von Stahl und Stiefeln, aber er war ein wenig schwächer geworden. Diana meinte fast, sehen zu können, wie … jemand? etwas? … innehielt und lauschend den Kopf schräg legte. Als hätte sie endlich Gehör gefunden.

»Bitte«, flüsterte Diana. Plötzlich hatte sie nicht mehr die Kraft, stehen zu bleiben, und sank auf den Boden. Sie lehnte sich an das Bett hinter ihr. »Bitte, lasst mich in Ruhe. Ich bin müde. Ich habe Angst. Ich möchte einfach nur die Jungen retten.«

Der kleine Teil ihres Verstandes, der noch aktiv war, sagte ihr, dass das lächerlich klang. Aber was hatte sie zu verlieren?

»Könnt ihr mir helfen? Ich weiß nicht, vielleicht könnt ihr mit Gott reden oder so?« Obwohl – handelte es sich bei Gespenstern nicht um Verstorbene, die eben nicht ins Jenseits hinübergegangen waren? »Oder gönnt mir wenigstens eine Pause. Nur, bis die Grippe vorbei ist. Wenn ich alle gerettet habe, könnt ihr mich mein ganzes Leben lang verfolgen, wenn ihr wollt. Nur, lasst mich jetzt bitte ausruhen.«

Die Geräusche hörten auf. Schließlich nickte Diana auf dem Fußboden ein. Als sie wieder erwachte, war sie steif, und ihr tat alles weh. Aber ihr Kopf war klar. Und sie war schmutzig. Sie hob ihren Wecker auf, der den Wurf zum Glück heil überstanden hatte. Er zeigte ihr an, dass sie zwei Stunden geschlafen hatte.

Sie wusch sich rasch und war schon wieder halb angezogen, als es klopfte.

»Miss Neville?«, rief Weston.

»Kommen Sie rein.«

Er blieb stehen, als er sah, dass Diana gerade ihre Bluse zuknöpfte. »Schon gut«, sagte sie und drehte sich um, »sagen Sie mir, was los ist.«

»Miss Bartholomew holt gerade frisches Wasser aus der Küche, und alle schlafen mehr oder weniger friedlich. Ich bin aus dem Saal gegangen, um nach Jasper Willis zu sehen.«

Es sah Weston nicht ähnlich, Berichte in die Länge zu ziehen. »Und?«, drängte Diana und wandte sich ihm wieder zu.

»Jasper geht's gut. Aber als ich in den Speisesaal zurückgekommen bin, lag Austin Willis nicht mehr im Bett. Im Waschraum war er auch nicht.«

Diana sah Weston ungläubig an.

»Und«, fuhr er ungewöhnlich kleinlaut fort, »Clarissa Somersby ist auch fort.«

»Das ist nicht zu fassen.« Diana rieb sich das Gesicht. »Wo kann sie denn bloß hin sein?«

»Ich glaube, wir haben beide die gleiche Vermutung. Sie hat sich auf die Suche nach Thomas gemacht. Und ich fürchte, sie hat Austin mitgenommen.«

»Ach, du lieber Himmel.« Diana bedachte in aller Eile ihr Vorhaben, die Tageszeit und das Wetter und begann, ihren Rock wieder aufzuknöpfen. »Gehen Sie nur, ich komme gleich. Ich will bloß nicht mitten in der Nacht im Rock durch die Landschaft wandern.«

Sie zog ihre Motorradhosen und ihren wärmsten Pullover an und schnappte sich ihren Mantel und eine Wollmütze. Weston erwartete sie an der Tür zum Krankensaal. »Ich muss eben noch mit Miss Bartholomew sprechen«, sagte Diana. »Wenn hier alles ruhig ist, brauche ich bei der Suche gleich Ihre Hilfe. Die beiden können noch nicht weit sein.«

Doch wie sich herausstellte, kamen eine schwer kranke Frau und ein kranker Neunjähriger selbst in Regen und Wind und Dunkelheit viel schneller vorwärts, als Diana geglaubt hatte. Die Lichtkegel ihrer Taschenlampen huschten vor ihnen her, als sie mit Weston zusammen rasch durch den Hof und dann am Pferdestall und am Gärtnerschuppen vorbeiging.

Diana überlegte fieberhaft. Jede Minute zählte. Sie hatte keine konkreten Anhaltspunkte, nur Vermutungen und Ahnungen, aber war das nicht auch die Ebene, auf der Clarissa agierte? Bei ihrer Suche nach Thomas folgte sie ihrer Fantasie, nicht dem logischen Verstand.

Komm, versteck dich mit mir im Eiskeller.

Die Worte ließen Dianas Körper vibrieren wie bei dem Nachbeben der Explosion in Villers-Bretonneux. Warum nur stellte sie sich vor, dass eine junge Frau in langen Röcken ihr diesen Satz ins Ohr wisperte?

Irgendwo mussten sie anfangen. »Mr Murray hat Jasper neulich fast eine Meile von hier entfernt gefunden, bei den

Ruinen des mittelalterlichen Eiskellers«, sagte Diana. »Clarissa glaubte, dass der Junge dem gleichen Geist gefolgt war wie ihr Bruder – daher vermute ich, dass sie jetzt die Richtung dorthin eingeschlagen hat. Vielleicht hat sie Austin als Führer mitgenommen, vielleicht hat sie gehofft, dass der Geist ihm ebenso erscheinen würde wie damals ihrem Bruder. Was meinen Sie?«

»Mir fällt auch nichts Besseres ein. Finden Sie in dieser Finsternis den Weg?« Westons Stimme klang zweifelnd.

Weil an der Dunkelheit ohnehin nichts zu ändern war, würdigte Diana ihn keiner Antwort. Das Einzige, was man dem Wetter zugutehalten konnte, war, dass es im Moment nicht regnete.

Der Marsch durch die pechschwarze, feuchte, kalte Nacht, die durch das hüpfende Licht der Taschenlampen kaum erhellt wurde, war trübselig, und sie kamen zu langsam vorwärts. Diana wäre am liebsten gerannt, aber sie wusste nur zu gut, wie leicht Weston oder sie selbst dann stolpern oder fallen konnten, und eine Verletzung konnten sie sich beide nicht leisten, schließlich waren sie die letzten gesunden Erwachsenen auf Havencross.

Als sie die Ruinen des Eiskellers fast erreicht hatten, leuchtete im Kegel der Taschenlampen ein flatternder weißer Streifen auf. Clarissa trug über ihrem langen Nachthemd einen geborgten Männermantel. Und sie war immerhin so vernünftig gewesen, Gummistiefel anzuziehen. Doch als Diana ihr ins Gesicht leuchtete, sah sie, dass die Vernunft im Moment für die Entscheidungen der Direktorin keine große Rolle spielte.

»Diana! Ich bin so froh, dass du gekommen bist!« Clarissa packte sie an der Schulter. Sie trug keine Handschuhe, hatte keine Lampe … Wie hatte sie es bloß ohne Licht bis hierher geschafft?

»Du musst mit mir zurückkommen«, sagte Diana so beruhigend, wie sie es trotz Furcht und Zorn vermochte. »Wir bringen dich sicher zurück in die Wärme und ins Bett. Clarissa, wo ist Austin?«

»Er ist vorgelaufen. Er konnte ihn sehen, er ist dem Geisterjungen gefolgt! Ich habe ihm gesagt, er soll den Jungen nicht aus den Augen verlieren und mich ruhig allein lassen.«

Daraufhin platzte Diana nun doch der Kragen. »Austin *ist* doch der Junge! Er ist der einzige Junge, der jetzt wichtig ist. Mein Gott, Clarissa, wie konntest du einen Neunjährigen mitten in der Nacht hier herauslocken?«

»Er sieht das gleiche Kind, das Thomas damals gesehen hat.«

»Das gleiche *tote* Kind, Clarissa. Ein Gespenst ist ein toter Mensch. Sind auf Havencross nicht schon genug Jungen umgekommen? Willst du, dass noch mehr sterben? Wenn Austin sich jetzt deinetwegen verletzt oder krank wird oder, Gott bewahre, stirbt, werde ich dir das niemals verzeihen – und du dir auch nicht.«

Clarissa sah aus wie ein kleines Mädchen, dem klar wird, dass es etwas falsch gemacht hat. Ihre Augen füllten sich mit Tränen. »Ich wollte doch nur Thomas finden.«

»Thomas ist tot, Clarissa. Und wenn dir die Bedürfnisse der lebenden Kinder nicht wichtiger sind als dein toter Bruder, hast du nicht das Recht, eine Schule zu leiten. Mr Weston?«

Dianas Ausbruch schien den Lehrer fast ebenso verblüfft zu haben wie Clarissa. Er sah sie wachsam an. »Ja?«

»Bringen Sie Clarissa nach Havencross zurück. Ich suche Austin.«

»Das kann ich doch tun.«

Aber Diana hatte mit einem Blick Clarissas körperlichen Zustand erfasst. »Miss Somersby wird den Rückweg nicht aus eigener Kraft schaffen«, sagte sie. »Und ich kann sie nicht tragen. Außerdem weiß ich, wo ich Austin finden werde. Gehen Sie jetzt einfach schnell mit ihr zurück.«

Zum Glück war die Öffnung, die Joshua und sie im Schutt vor dem Eingang gegraben hatten, so groß, dass Diana sie mit der Taschenlampe rasch fand. Austin hatte offenbar noch weitere Steine weggeschoben, um in den Tunnel hineinzugelangen. Diana legte sich auf den Bauch. »Austin? Austin, bist du da?«, rief sie in den Tunnel hinunter.

Für einen angstvollen Moment blieb alles still. Dann überkam Diana eine Welle der Erleichterung, denn sie hörte schwach eine Jungenstimme. »Ich bin hier. Miss Somersby?«

»Nein, ich bin's, Miss Neville. Austin, bitte komm sofort da raus. Ich muss dich ins Bett zurückbringen, bevor deine Mutter böse auf mich wird.«

»Ich … Miss Neville … ich glaube, ich hänge fest. Der Tunnel ist hier so eng und so steinig, vielleicht ist mal ein Teil davon eingestürzt.«

Diana verscheuchte einen Anflug von Panik. »Meinst du, du hast keinen Platz, um dich umzudrehen? Kannst du nicht einfach rückwärts wieder rauskriechen? Ich weiß, dass das unangenehm ist.«

»Hab ich schon versucht. Aber ich glaube, mein Hemd hängt irgendwo fest, und ich komme nicht dran und weiß nicht, was da ist. Können Sie mir helfen, Miss Neville?«

Diana atmete einmal tief durch. Und dann noch einmal. Als sie sicher war, dass ihre Stimme beim Sprechen nicht zittern würde, sagte sie: »Klar kann ich dir helfen. Bleib einfach ruhig, ich komme zu dir.«

Nicht an Frankreich denken, befahl sie sich. Das ist hier etwas ganz anderes als in Villers-Bretonneux. Dieses Mal begebe ich mich in voller Absicht in einen Tunnel, weil er so eng ist, dass ein neunjähriger Junge sich nicht daraus befreien kann. Alles wird gut gehen.

Mit der Taschenlampe in einer Hand durch die feuchte, kalte Erde zu kriechen, war eine Qual für Körper und Geist. Das Entsetzen lauerte an den Rändern ihres Bewusstseins, und Diana konnte es nur in Schach halten, indem sie Austin mit einem unablässigen Strom von Worten bedachte.

»Ich finde es wirklich nicht fair von deinem Gespenst, dass es dich hier hineinlockt«, bemerkte sie. »Vermutlich fällt es einem Geist nicht so schwer, sich durch enge Tunnel zu bewegen. Wenn wir wieder draußen sind, werden wir uns einmal ernsthaft über Logik und Verantwortung unterhalten, Austin.«

Endlich brach sich der Strahl ihrer Lampe an den Sohlen seiner Hausschuhe. Anders als Clarissa hatte er es nicht mehr geschafft, Stiefel anzuziehen. »Prima, ich sehe dich, Austin. Ich lege jetzt meine Lampe hin und rutsche ganz vorsichtig zu dir und strecke meinen Arm neben dir aus. An welcher Seite hängst du fest?«

»An der rechten, Miss Neville.«

Diana verkeilte die Taschenlampe an der Wand. Obwohl sie im Tunnel nur kriechen konnte, war es nicht so eng, wie sie befürchtet hatte. Allerdings war das hier alles andere als eine gleichmäßig ausgeschaufelte Röhre. Es sah, wie Austin schon gesagt hatte, so aus, als wäre früher einmal ein Stück eingebrochen. An diesem Chaos aus herabgestürztem Geröll war Austins Hemd hängen geblieben. Der Stoff hatte sich hinter einem Stein festgehakt, und Austins Versuche, sich zu befreien, hatten nur dazu geführt, dass der Stoff sich noch fester um den Stein gewickelt hatte.

Vorsichtig befreite Diana sein Hemd. »Gut, Austin, jetzt kannst du rückwärts rausrutschen. Ich robbe auch ein Stückchen zurück, und dann müsstest du dich an mir vorbeischieben können.«

»Ich kann doch auch einfach hinter Ihnen herkrabbeln.«

»Kommt nicht infrage. Du siehst doch, was passiert ist, als wir dich für fünf Minuten aus den Augen gelassen haben. Du krabbelst vor mir her nach draußen, damit ich sicher sein kann, dass du nicht plötzlich einen Abstecher machst.«

»Ja, Miss Neville.«

Sie hörte die Erleichterung in Austins Stimme und fühlte sich für ihre Bemühungen, ruhig zu sprechen, reichlich belohnt. Als sie beide knapp zwanzig Meter rückwärts gekrochen waren, wurde der Tunnel so breit, dass Austin sich an ihr vorbeischlängeln und sich dann umdrehen konnte. Mit aller Vorsicht gelang es Diana, sich ebenfalls in die richtige Richtung zu drehen.

»In Ordnung, du führst uns«, sagte sie und machte sich bereit, Austins Hausschuhen zu folgen. Immerhin krochen sie jetzt nicht mehr auf dem Bauch, sondern hatten genug Platz, um auf allen vieren zu krabbeln.

Als Diana aus Versehen mit der Taschenlampe gegen die Tunnelwand stieß, glaubte sie auf einmal, in dem schwankenden Licht die Umrisse einer Jungengestalt zu erkennen. Austin konnte es nicht sein, denn erstens stand dieser Junge aufrecht, und seine Unterschenkel steckten in der Erde, so als würde er sich aus einem Grab erheben.

Und zweitens war er durchsichtig.

Sie schrie auf.

»Was ist passiert, Miss?«, rief Austin.

Diana wollte ihn beruhigen und ihn bitten, sich schneller zu bewegen, aber sie hatte noch keinen Ton herausgebracht, als sie die Vibration spürte und das Rumpeln hörte, das ihr Körper wiedererkannte, noch bevor ihr Gehirn es einordnen konnte.

»Pass auf!«, schrie sie, duckte sich und schützte den Kopf mit den Armen. Und dann nahm sie nichts mehr wahr außer Prasseln und Donnern und den Geschmack von Erde im Mund.

37

Diana

November 1918

»Nein, ich will raus, nein, nein, nein …« Diana war sich sicher, dass sie laut schrie, aber ihre Ohren vernahmen nur ein Wimmern. Ohren und Mund waren voller Erde, alles war dunkel und feucht, und sie konnte nichts sehen, konnte sich nicht bewegen …

Aber es war nicht ihr eigenes Wimmern, und diese Wahrnehmung ließ ihren Kopf wieder anspringen. Sie spuckte Erde aus und krächzte: »Austin? Alles in Ordnung?«

»Miss – Miss Neville? Ich hab meine Taschenlampe verloren.«

»Ich meine auch.« Zu ihrer Überraschung hörte Diana, dass ihre Stimme ruhig klang. Nichts sorgte so gut dafür, dass man gefasst blieb, wie ein Kind, das einen brauchte. »Keine Sorge, der Tunnel geht nur in eine Richtung. Wir können uns nicht verirren.«

Das stimmte zwar, aber Diana wurde schnell klar, dass die größte Geröllmenge zwischen ihr und Austin niedergegangen war. Kein Wunder also, dass seine Stimme so gedämpft und so fern klang.

Sie brauchte etwas Zeit, um herauszufinden, wie viel Schutt zwischen ihr und dem Jungen lag. Bis sie festgestellt hatte, dass sie die Brocken allein nicht schnell genug würde forträumen können, schwatzte sie belangloses Zeug.

»Austin, ich brauche deine Hilfe«, sagte sie dann. Es war immer sinnvoll, Menschen eine Aufgabe zu geben. Für jemanden verantwortlich zu sein, konnte die schlimmste Angst dämpfen, das wusste sie gut. »Ich brauche Hilfe, um hier rauszukommen. Du musst aus dem Tunnel rauskrabbeln und zurück in die Schule laufen. Wahrscheinlich triffst du unterwegs Mr Weston. Sag ihm, was passiert ist, und dass er Werkzeug braucht, um sich zu mir durchzugraben.«

»Es ist doch ganz dunkel.«

»Ich weiß. Es tut mir leid. Aber ich brauche wirklich Hilfe.«

Diana wusste zwar, dass sie durch den Erdhaufen hindurch leise Geräusche nicht hören konnte, aber sie bildete sich ein, dass Austin schwer schluckte, bevor er mit etwas festerer Stimme sagte: »Ja. Ich gehe. Miss Neville?« Plötzlich klang er rührend besorgt. »Können Sie im Dunkeln allein bleiben?«

»Auf jeden Fall. Ich habe keine Angst vor der Dunkelheit.«

Das stimmte. Nicht die Dunkelheit setzte ihr zu, als die leisen Geräusche von Austins Bewegungen verklungen waren, sondern das erdrückende, allumfassende Gefühl, gefangen zu sein. Es war, als würde die Erde ringsherum sich unmerklich bewegen, sich langsam um sie herum verdichten und heimtückisch nur darauf warten, sie tiefer in sich hineinzuziehen, bis sie für immer gefangen war, für immer nach Luft und Licht und Leben lechzen würde …

Diana schwindelte, der kalte Schweiß brach ihr aus, und wenn es nicht schon vollkommen dunkel gewesen wäre, hätte ihr Blick sich getrübt.

Tief durchatmen, hatte der Arzt ihr geraten. Diana zählte und atmete und zählte und atmete und brachte sich auf diese Weise nach und nach dazu, ihre Verfassung und ihre Umgebung zu überprüfen. Sie hatte Schmerzen, vor allem in der linken Schulter, weil der Arm verdreht war, aber sie hatte nicht das Gefühl, dass sie irgendwo blutete oder dass sie sich den Kopf gestoßen hatte. Jetzt musste sie einfach nur abwarten.

Sie hatte auch früher schon warten müssen – in viel unangenehmeren Situationen. Immerhin lag sie nicht unter einem dreistöckigen Château begraben und auch nicht zusammen mit verwundeten Soldaten, die sie nicht erreichen konnte. Zudem waren keine feindlichen Truppen im Anmarsch, die sie finden konnten, bevor ihre eigenen Leute sie ausgruben. Sie musste einfach … warten.

Sie kommt wieder.

Es war nicht ihr eigener Gedanke. Diana hätte schwören können, dass sie den Atem des Satzes wie Spinnweben auf der Haut spürte. Und nicht nur einmal; die Wörter wurden wie in einer Litanei gemurmelt, immer weiter, Gebet und Versprechen zugleich. *Sie kommt wieder, sie kommt wieder, sie kommt, sie kommt, sie kommt …*

Viel eher als erwartet hörte Diana, wie jemand auf der anderen Seite des Geröllhaufens durch den Tunnel kam. »Mr Weston?«, rief sie.

»Nein, ich bin's, Miss Neville, Michael Murray. Joshua hat auf der Farm angerufen und berichtet, was los ist. Ich habe gesehen, wie der Junge aus dem Tunnel herausgekrabbelt ist und ihn mit dem Auto zurück nach Havencross gefahren. Keine Sorge, wir holen Sie jetzt ganz schnell da raus.«

Jetzt hörte Diana sogar schon, dass auf der anderen Seite

Erde bewegt wurde. Sie stellte sich vor, wie Joshuas Großvater schaufelte, wie der stämmige Farmer einen Eimer Erde nach dem anderen durch den Tunnel an Weston weiterreichte. Trotzdem schaffte er es noch, ununterbrochen mit ihr zu sprechen. Sie fragte sich, ob Joshua ihm erzählt hatte, dass sie unter Klaustrophobie litt.

Diana blieb nicht tatenlos. Sie schaufelte auf ihrer Seite mit den Händen fort, was sie konnte. Irgendwann nahm sie den Lichtstrahl einer Taschenlampe und einen fast unmerklichen Luftstrom wahr. Der Durchbruch war geschafft. Sie schloss die Augen zu einem wortlosen Dank. Mit vermehrter Kraft half sie, die Öffnung zu vergrößern.

Dass die kleinen Scheibchen, die sie in der Erde ertastete, Geldstücke waren, erkannte Diana sofort an ihrem Gewicht und an ihrer Größe. Waren es weitere mittelalterliche Münzen? Da sie heute nun doch nicht sterben würde, steckte sie alle ein, die sie fand. Dann stießen ihre Finger auf etwas Ungewöhnliches. Es war weder Stein noch Erde und auch kein Metall, es war steif, aber nicht hart, besaß eine ovale Form und hatte etwa die Größe ihrer Handfläche. Als die Öffnung so groß war, dass Diana Mr Murrays ganzes Gesicht sehen konnte, fiel auch so viel Licht hindurch, dass sie ihr Fundstück genauer betrachten konnte. Sie hatte keine Ahnung, was es war, und es gelang ihr, es zu den Münzen in die Tasche zu stecken. Dann konzentrierte sie sich ganz darauf, sich durch das Loch vor ihr zu zwängen.

Noch nie war sie so glücklich gewesen, ins Freie treten zu können – nicht einmal in Villers-Bretonneux, denn dort war sie vierzehn Stunden lang verschüttet gewesen und hatte nach ihrer Rettung vor lauter Schock, Erschöpfung und Hunger nur eine dumpfe Erleichterung verspürt. Sie machte den Eingang zum Tunnel frei, damit Mr Murray ihr nach draußen folgen konnte, und wollte sich bei Luther Weston bedanken.

Doch neben Weston stand der Mann, nach dem sie sich am meisten sehnte – auch wenn er fiebernd und krank im Bett hätte liegen sollen.

»Joshua Murray«, sagte sie mit ihrer klarsten Schwesternstimme, »was machen Sie Mitte November und mitten in der Nacht hier draußen, obwohl Sie die Grippe haben?«

Er war bleich und zitterte, stand aber fest auf den Beinen. »Glaubst du wirklich, ich würde im Bett bleiben, wenn ich weiß, dass du verschüttet wurdest? Denk mal ein bisschen nach, Frau.«

Sein Necken war genauso wenig ernst gemeint wie ihr Tadel, und Diana ließ sich von ihm in die Arme nehmen. Sie spürte seine Fieberhitze, spürte, dass er genauso zitterte wie sie selbst, und schmiegte sich in seine Arme und hielt ihn ganz fest. Obwohl sie wusste, was sie in der Schule erwartete, und trotz ihrer ständigen Angst um die kranken Jungen und Erwachsenen hatte sie das gleiche Gefühl wie an ihrem ersten Tag auf dem Moor – dass sie nach Hause gekommen war.

38

Juliet

2018

Juliet hatte eine unruhige Nacht, in der sich Träume von angreifenden Rittern und einem bedrohlichen Ex-Mann abwechselten. Manchmal verschwammen sie auch miteinander, sodass sie träumte, bewaffnete Männer seien in die Universität eingedrungen, an der sie früher gearbeitet hatte, und im nächsten Moment bedrohte Duncan sie aus einer Ecke mit einem erhobenen Zweihandschwert.

Um acht quälte sie sich aus dem Bett und fragte sich, warum das Licht, das durch die Fenster fiel, so merkwürdig anders war. Als sie hinausschaute, stockte ihr der Atem angesichts der Märchenwelt, die sich vor ihr ausbreitete. In der Nacht hatte es geschneit; Juliet, die so lange im schneereichen Maine gelebt hatte, schätzte, dass mindestens ein Viertelmeter Schnee gefallen war, der nun den Boden und die Klosterruinen bedeckte, die sie aus ihrem Schlafzimmerfenster sehen konnte. Sie zog das nächstbeste Sweatshirt über und flitzte nach unten in das prächtige vordere Schlafzimmer. Sie musste lächeln, so schön sah es draußen aus. Der Schnee hatte die Unebenheiten des Bodens geglättet und den wuchernden Hecken weiße Hauben aufgesetzt, und die Steinbrücke über den Fluss sah aus, als stamme sie von einem dunstig überhauchten Kalenderfoto.

Immer noch schwebten träge Flocken aus dem bleigrauen Himmel hinab, und Juliet stellte sich vor, dass sie den Tag in Decken gehüllt und nach Herzenslust lesend verbringen würde, bis Noah kam …

Noah. Die schmale Brücke. Und ein Fluss, der trotz der Kälte wild strömte und in der vergangenen Nacht gefährlich angeschwollen war. Juliet lief in ihr Zimmer zurück, und erst jetzt fiel ihr auf, dass ihre bloßen Füße eiskalt waren. Noch während sie sich Wollsocken überzog, rief sie Noah an.

»Ich hab gehört, dass es bei euch da oben geschneit hat«, waren seine ersten Worte.

»Hat es in Newcastle nicht geschneit?«

»Nicht der Rede wert, vielleicht fünfzehn Zentimeter. Du machst dir doch keine Sorgen, dass ich heil bei dir ankomme?«, fragte er neckend.

»Doch, ein bisschen schon.« Während sie weitersprachen, checkte Juliet eine Wetter-App. »Sieht aus, als gäbe es heute Nachmittag noch mehr Schnee.«

»Ich habe mein ganzes Leben hier verbracht, Juliet. Ich weiß, wie man sich in Northumberland bewegt, auch in einem Schneesturm. Mein Wagen hat Allradantrieb, und er ist so schwer, dass er sicher auf der Straße liegt.«

Ja, Noah hatte dieses schwere, breite Auto. »Aber ich sorge mich wegen der Brücke«, sagte Juliet. »Das Wasser ist schon ganz nah an der Fahrspur. Wenn sie überflutet wird –«

»Wenn sie überschwemmt wird, kann ich erst zur Farm rausfahren. Da haben wir einen Traktor, der würde mich notfalls durch die Antarktis bringen. So leicht wirst du mich nicht los, Juliet.«

»Das finde ich wirklich beruhigend«, gab sie zu. Doch während sie sprachen, sah sie immer wieder das Foto von der British-Airways-Maschine vor sich, das Duncan ihr geschickt hatte. Offenbar hatte er herausbekommen, wo sie sich aufhielt, jedenfalls so ungefähr.

Juliet redete sich ein, dass es nicht wichtig war. Sie sagte sich, dass Duncan nichts lieber tat, als seine Spielchen zu spielen und sie ständig aus dem Gleichgewicht zu bringen. Bis Weihnachten waren es nur noch vier Tage, selbst wenn Duncan in seiner Arroganz glaubte, er könnte einfach nach England fliegen und sie intuitiv finden. Der Job auf Havencross hatte sich erst nach Liams Tod ergeben, und ihre Mutter hatte Duncan gegenüber ganz bestimmt keine Andeutungen gemacht. Folglich bestand überhaupt keine Gefahr. Und wenn Noah dann heute Abend kam, würde ihr Glück vollkommen sein.

»Alles klar bei dir?«, fragte Noah.

Sie wollte ihn nicht belasten, aber auch nicht belügen. »Mein Ex-Mann schickt mir seit einer Weile Nachrichten«, gestand sie. »Er hat Probleme an der Uni – ach, wenn dich das echt interessiert, erzähle ich dir heute Abend ausführlich von unserer Trennung. Aber du brauchst dir keine Sorgen zu machen. Duncan ist ein Arschloch, das ist alles. Ich möchte viel lieber an dich denken.«

»Wenn du dir da so sicher bist«, sagte Noah ein wenig zweifelnd. Selbst durchs Telefon verstand er intuitiv, was in ihr vorging. Juliet fand das herzerwärmend. »Hör mal«, fügte er nun hinzu, »wenn das Wetter noch schlechter wird, fahre ich hier los, sobald irgend möglich. Du erinnerst dich, wie man den Boiler checkt und wo die Taschenlampen und die Kerzen sind?«

»Ja.«

»Und sollte tatsächlich der Strom ausfallen, kannst du in dem kleinen Kamin in deinem Wohnzimmer ein Feuer machen. Wenn wir genügend Decken auf dem Fußboden ausbreiten …«

Juliet lachte über seine Andeutung und legte auf. »Heute ist ein guter Tag«, sagte sie sich nachdrücklich. »Und heute Abend wird wunderschön.«

Sie zog sich warm an, aß eins von Rachels selbst gebackenen Scones zum Frühstück und brach zu ihrem Rundgang durchs Haus auf. Das Gebäude hatte den nächtlichen Schneefall ohne besondere Vorkommnisse überstanden, aber wenn die Wettervorhersagen recht behielten, stand ein Unwetter mit orkanartigen Stürmen bevor. Zum ersten Mal seit ihrer Ankunft schloss Juliet die schweren Fensterläden, die größtenteils die viktorianischen Fenster einrahmten. Die daraus resultierende Finsternis war unheimlicher als die nächtliche Dunkelheit, und Juliet war froh, wieder in ihren Teil von Havencross zurückkehren zu können, der so gebaut war, dass weder Belagerungen noch Orkane ihm etwas anhaben konnten. Die drei Meter dicken Mauern der mittelalterlichen Festung waren undurchdringlich und durch nichts zu erschüttern.

Juliet brachte alles, was nötig war, um mit Noah zusammen einen Stromausfall zu überstehen, in ihr kleines Wohnzimmer: Feuerholz, Streichhölzer, Stumpenkerzen, zwei Petroleumlampen, Ersatzbatterien für die Taschenlampen, fünf Decken, Cracker und Früchtekuchen, Proteinriegel und zwei Flaschen Wein. Der kürzeste Tag des Jahres ging rasch in die Nacht über, und so machte sie gleich anschließend noch einen Rundgang und beendete ihre Inspektionen dann mit einem Besuch beim Boiler. Soweit sie es beurteilen konnte, machte er seine Arbeit prima. Als sie zurück in ihren Wohntrakt ging, hatte der Schneesturm mit voller Kraft losgelegt.

Starker Schneefall war eine Sache – aber ein ausgewachsener Schneesturm war etwas ganz anderes. Während ihrer Jahre in Maine hatte Juliet drei oder vier Blizzards miterlebt, und sie wusste, wie schnell man die Orientierung verlieren konnte, wenn der Schnee im Gesicht brannte und der Wind einem den Atem verschlug, und wie die Luftstrudel einem vorgaukelten, dass der Schnee nicht einfach von oben herabfiel, sondern aus allen Richtungen angriff, sogar vom Erdboden her.

Juliet stand im vorderen viktorianischen Schlafzimmer am Fenster. Die Brücke war nicht mehr zu sehen. Sie beobachtete den wirbelnden Schnee, bis ihr schwindlig wurde, und zog sich dann in ihr behagliches kleines Nest zurück. Ausnahmsweise ließ sie die Historikerin einmal beiseite und versenkte sich in einen Klassiker von Daphne du Maurier, den sie in einer der Dienstbotenkammern im Obergeschoss gefunden hatte.

Als sie das nächste Mal auf ihr Handy schaute, war es fünf Uhr nachmittags. Anscheinend hatte sie gar keinen Empfang mehr – sie sah weder Balken noch verpasste Anrufe oder Nachrichten von Noah. Kein Problem, beruhigte sie sich. Er kommt. Und im Notfall konnte sie das Festnetztelefon unten in Clarissas Schlafzimmer benutzen.

Sie streckte sich und überlegte, nach unten zu gehen, um sich ein Sandwich zu machen, beschloss dann aber, lieber auf Noah zu warten. Wenigstens konnte sie etwas Netteres anziehen, jedenfalls unter ihr Thermoshirt und ihre Leggings. Sie lächelte bei der Vorstellung, wie Noah ihren schönsten Spitzen-BH entdeckte, und trat auf den Flur hinaus.

Das Haus war den ganzen Tag ungewöhnlich still gewesen, erst jetzt wurde der lautlose Schneefall durch den tosenden Sturm abgelöst. Und kaum hatte Juliet den ersten Schritt aus dem Wohnzimmer hinaus auf den Flur gemacht, da wurde sie von weiterem Lärm überflutet: *Der Klang von Schritten, viele Füße in schweren Stiefeln trampeln durch den Flur, Männerstimmen, stählerne Dolchgriffe hämmern gegen geschlossene Türen und Truhen, hallen durch ihren Kopf und ihre Knochen und –*

Juliet stieß einen Schrei aus und stürzte über den Flur zu ihrer Schlafzimmertür. Sie hob den alten Riegel an und dachte dabei trotz Krach und Getöse: *Ich bin sicher, dass ich diese Tür nicht zugemacht habe.*

Sie schob die Tür weit auf und hoffte, dass der Lärm im Flur ihr nicht folgen würde, hoffte auf einen Raum, in dem sie sich zusammenreißen und herausfinden konnte, was hier eigentlich vorging.

»Hallo, Juliet. Ich hab dich vermisst.«

Aus ihrem Bett lächelte Duncan ihr entgegen, mit seinem Raubtierlächeln, dem sie aus gutem Grund schon lange misstraute. Als sie zurückschreckte, stand er langsam auf, ohne den Blick von ihr zu wenden.

»Wir müssen reden«, sagte er. »Und dann kommst du mit mir nach Hause.«

39

Ismay

März 1471

Und dann versagte der Graf von Warwick König Eduard IV. seine weitere Unterstützung. Er riet George, dem Herzog von Clarence und jüngsten Bruder des Königs, seine älteste Tochter zu heiraten, ohne dass König Eduard ihm dazu geraten oder auch nur davon gewusst hätte. Dessenthalben war der König voller Missvergnügen über seinen jüngsten Bruder und auch über den Grafen von Warwick, so sehr, dass nach diesem Tag nie wieder ein freundschaftlicher Umgang zwischen ihnen möglich war.

Dann beteiligte sich John Neville, ein jüngerer Bruder des Richard Graf von Warwick, an einer Verschwörung, deren Ziel es war, König Eduard zu ergreifen. Sobald das dem König über einen Spion zu Ohren kam, fühlte er sich zu seiner eigenen Sicherheit und der seiner Gefolgschaft gezwungen, in aller Eile zum Hafen von Bishops's Lynn in Norfolk zu fliehen. Hier setzte er mit seinen Gefolgsleuten, nahezu zweitausend an der Zahl, in mehreren Schiffen über das Meer nach Holland über, das zum Herrschaftsgebiet des Herzogs von Burgund gehörte. Das ereignete sich etwa zum Fest des heiligen Michael im Jahre

unseres Herrn 1470, und es war das neunte Jahr der Herrschaft von König Eduard IV.
Auf diese Weise triumphierte der Graf von Warwick ruhmreich über besagten König Eduard.

Von dem Moment an, als man auf Havencross zum ersten Mal das Gerücht vernahm, die Treue des Grafen Warwick zu König Eduard sei zweifelhaft, trug Ismay in ihrer Brust den Stein der Angst mit sich herum. Sie ging mit ihren Befürchtungen so um, wie sie es von Herzogin Cecily gelernt hatte: Sie bereitete sich so gründlich wie möglich auf das Schlimmste vor. Schon vor langer Zeit hatte sie Pläne geschmiedet, um unabhängig von Eduards Angebot die Sicherheit ihres Sohnes gewährleisten zu können. Jetzt zahlte ihre Klugheit sich aus.

Sie würde niemals zulassen, dass irgendjemand in England ihrem Sohn ein Leid zufügte, und schon gar nicht aus politischen Gründen.

Vielleicht war es töricht gewesen, das Kind nach seinem Vater zu benennen, aber als die Hebamme ihr das Söhnchen in die Arme gelegt hatte, hatte Ismay Edmunds Anwesenheit gespürt. Sie gab dem Jungen ihren Familiennamen und machte ihn damit zum Bastard, aber dieser Status brauchte seine Zukunft nicht zu zerstören, wenn sie ihn lehrte, seine Erwartungen zu zügeln.

Und das war, wie sie gern zugab, kein großes Problem für einen Neunjährigen, dessen größte Freude es war, seine kleine Stute zu reiten, und dessen größte Hoffnung, eines Tages die herrliche Stadt York zu sehen. Der Junge hatte helles Haar und blaue Augen wie sein Vater und König Eduard, aber seine Gesichtszüge und seine Neugier erinnerten Ismay an Richard, den jüngsten Bruder des Königs. Und von ihr selbst hatte ihr Sohn, oder jedenfalls stellte sie sich das gern vor, ihre Liebe zu Havencross geerbt.

Als John Neville Eduard verraten hatte, sodass er und der achtzehnjährige Richard, der letzte Bruder, der ihm noch die Treue hielt, nach Burgund fliehen mussten, konnte Ismay nur dafür danken, dass sie nicht gezwungen worden war, in eine Eheschließung mit John einzuwilligen. Dass er die Treue zu Eduard gebrochen hatte, fand Ismay nicht sonderlich überraschend – und dass der Graf von Warwick sich gegen den König erhoben hatte, schon gar nicht. Seit jeher hatte sie den Eindruck gehabt, dass der Graf zu gewitzt, zu ehrgeizig und zu stolz war, um als Königsmacher für immer im Schatten eines Königs zu stehen.

Die Hauptsache war jetzt, dass der Königsmacher mit seinen Ambitionen schön im Süden blieb.

Es war Mitte März, als das Warnsystem, das Ismay in Northumberland und York aufgebaut hatte, zum ersten Mal Alarm schlug. Die Nachricht war schlicht: Der Graf von Warwick war auf dem Weg nach Middleham Castle. Das kam nicht unerwartet – die Burg im Norden Yorkshires war schon seit Langem sein Zuhause. Aber da sie nur siebzig Meilen von Havencross entfernt war, bekam Ismay es mit der Angst zu tun.

Sie sagte sich, es sei unwahrscheinlich, dass Warwick nach Havencross kommen würde. Schließlich war es mehr als elf Jahre her, dass der Graf ein Auge auf Ismay geworfen hatte, und womöglich hatte er sie längst vergessen. Selbst wenn die Gerüchte, dass sie einen Bastard geboren hatte, zu ihm durchgesickert waren, was würde ihn das kümmern? Bastarde zählten nicht.

Nichtsdestotrotz begann Ismay, ihren Plan in die Tat umzusetzen. Mit dem ersten Punkt musste sie den kleinen Edmund verärgern. »Du darfst den Hof und den Garten vorläufig nicht verlassen«, befahl sie ihrem Sohn.

»Wie lange nicht?«, fragte er.

»Bis ich etwas anderes sage.«

Er überlegte kurz. Wie sein Vater nahm Edmund sich Zeit zum Nachdenken, bevor er sprach.

»Hast du mich gehört?«, fragte sie, als er nicht antwortete.

»Ja, Mutter.«

Leider beherrschte Edmund auch den Trick seines Onkels, des Königs: Er gab sich, als willige er ein, und machte dann, was er wollte.

Als sein Hauslehrer ihn zum zweiten Mal von dem Weg zum alten Eiskeller zurückbrachte, war Ismay klar, dass sie ihrem Sohn gegenüber etwas ausführlicher werden musste.

Sie holte ihn nach oben in ihr Privatgemach und hieß ihn sich setzen. Er hatte das Kinn trotzig vorgereckt und schaute mit seinen blauen Augen auf den Boden.

»Edmund, erinnerst du dich noch, was ich dir über den Tod deines Vaters erzählt habe?«

Nun konnte der Junge nicht anders, als Interesse zu zeigen, denn Ismay sprach selten über etwas aus der Vergangenheit. Auf einmal sah er seiner Mutter in die Augen. »Er ist in einer Schlacht gefallen«, antwortete er.

»Richtig.«

»Damals gab es viele Schlachten«, fügte der Junge hinzu. »Aber jetzt nicht mehr.«

»Edmund, leider haben im vergangenen Winter auch wieder Schlachten stattgefunden.« Als der Junge aufgeregt die Ohren spitzte, fuhr sie fort: »Und in Bezug auf Schlachten musst du dir nur eins merken: Bleib ihnen so fern, wie du nur kannst.«

Der Junge seufzte. »Deswegen wohnen wir hier.«

»Ja. Aber manchmal, ganz gleich, wie sehr wir uns auch bemühen, finden die Kämpfe zu uns. Edmund, es ist möglich, dass Havencross in diesem Frühjahr Besuch von feindlichen Männern bekommt. Falls das geschieht, muss ich dich schnell finden können – und dann musst du alles tun, was ich sage. Du vertraust mir, oder?«

»Ja, Mutter.« Seine Augen waren groß und rund, sein Kinn weiterhin trotzig. »Aber wenn die Krieger kommen, muss ich dich doch verteidigen.«

Ganz der Vater. »Wenn diese Leute kommen, Edmund, ist es nur wichtig, dass sie dich nicht finden. Mir werden sie nichts tun, denn bewaffnete Männer sind für Frauen keine Gefahr.« Ismay betete um Vergebung dafür, dass sie ihrem Sohn diese himmelschreiende Lüge auftischte, aber falls es zum Schlimmsten kam, musste sie sicher sein, dass er ihren Anweisungen unverzüglich Folge leistete.

In den nächsten drei Tagen blieb Edmund in ihrer Nähe, gehorsam und bedrückt. Ismay fand es schrecklich, dass der Graf von Warwick nach all diesen Jahren weiterhin die Macht besaß, auf das Leben eines kleinen Jungen einzuwirken, von dessen Existenz er wahrscheinlich gar nichts wusste. Sie betete, dass danach das Schlimmste überstanden sein würde. Für den Fall, dass ihr Gebet nicht erhört würde, schickte sie die gesamte Dienerschaft zusammen mit ihrem Verwalter nach York. Nur James Ascham, Edmunds Hauslehrer, blieb auf Havencross, denn falls es zum Äußersten käme, würde Ismay seine Hilfe brauchen.

Als der Verwalter Einspruch erhob, sagte Ismay: »Gehen

Sie in die Kirche, und beten Sie oder was auch immer … Mir ist ganz gleich, was Sie tun. Aber Sie dürfen erst wiederkommen, wenn ich Ihnen Bescheid gebe. Das sollte innerhalb der nächsten Woche sein.« Wie lange konnte der Graf von Warwick sich wohl in der Burg Middleham aufhalten? Er versuchte, die Macht über ein ganzes Land zu übernehmen, da musste er doch überall zugleich sein.

Zwei Tage später, an einem Donnerstagnachmittag, als die Dienstboten Havencross verlassen hatten und die bleiche Sonne schon im Westen unterging, kam die letzte Warnmeldung. Ismay fand Edmund mit seinem Hauslehrer im Schulzimmer, das ihrem Schlafzimmer gegenüberlag. So unbekümmert, wie sie konnte, sagte sie: »Edmund, bitte geh und hole deinen wärmsten Umhang und die Stiefel.«

Der Junge wurde blass. »Kommen sie?«

»Uns passiert nichts«, sagte Ismay. »Sie glauben, sie könnten uns überrumpeln und fangen, aber sie wissen nicht, wie listig deine Mutter ist.«

Edmund biss sich auf die Lippe und stürzte dann aus dem Zimmer. »Ist es Zeit?«, fragte Ascham.

»Sie wissen, was Sie zu tun haben. Reiten Sie nach Carlisle und senden Sie von dort aus eine Nachricht nach Schottland.«

»Und wenn ich zurückkomme?«

»Gehen Sie direkt zu dem alten Eiskeller, den ich Ihnen gezeigt habe, und von dort aus zu Edmund in den Tunnel. Nach etwa einer Viertelmeile werden Sie auf ihn stoßen. Er wird sich in einer Erweiterung aufhalten, die gerade so groß ist, dass er stehen und sich ein wenig bewegen kann. Sie wissen, wo Sie ihn hinbringen sollen?«

»Zurück nach Carlisle.«

»Aber nur für einen Tag«, erinnerte Ismay den Lehrer. »Falls ich dann bis morgen Abend nicht bei Ihnen angelangt sein sollte, reiten Sie mit ihm über die Grenze nach Schottland. Die Familie meiner Mutter wird ihn erwarten.«

»Lady Ismay, sind Sie sicher? Das alles erscheint mir unnötig kompliziert. Wir könnten doch jetzt zu dritt auf schnellstem Wege nach Schottland reiten.«

»Wenn es um den Grafen von Warwick geht, gibt es nichts, was zu kompliziert wäre. Sorgen Sie sich nicht, Ascham, ich bezweifle, dass wir nach Schottland müssen. Ich plane jetzt, dass wir uns in Carlisle treffen«, erwiderte Ismay betont zuversichtlich. »Wir wollen Edmund nicht mehr ängstigen als nötig. Ich rechne damit, dass wir morgen bei Anbruch der Nacht alle wohlbehalten wieder auf Havencross zusammentreffen.«

Natürlich war auch Ascham bewusst, was Ismay nicht aussprach – dass eine Gruppe zu Pferd mit einer Frau und einem kleinen Jungen auf dem Weg zur schottischen Grenze von bewaffneten Männern rasch eingeholt werden würde. Daher rührte ihre Verzögerungstaktik. Sie würde selbst als Köder dienen und damit ihrem Sohn Zeit zum Verschwinden geben. Ismay sah, dass Ascham weitere Gründe anführen wollte, dass er sie anflehen wollte, trotz allem mitzukommen. Sie hatte schon seit einiger Zeit gespürt, dass sein Interesse an ihr nicht nur beruflicher Natur war.

»Ich habe meine Entscheidung getroffen«, sagte sie nachdrücklich.

Ascham befolgte ihre Anweisung und ritt los, während Ismay sich um Edmund kümmerte. Er hatte alles, was er für seinen Ausflug für nötig hielt, in einen kleinen Beutel gepackt. Ismay steckte auch Eduards Abzeichen in den Beutel.

Den Ring mit dem Siegel des Königs hatte sie James Ascham anvertraut, für den Fall, dass er ihn brauchen sollte. Sie baute darauf, dass Eduard auch von Burgund aus für den Sohn seines Bruders tun würde, was in seiner Macht stand.

Sie führte Edmund zu der alten Klosterkapelle, in der sie und sein Vater getraut worden waren. »Das haben wir ja neulich schon mal gemacht«, erinnerte sie den Jungen. »Es ist einfach ein Abenteuer. Du hast ganz viele Kerzen und das Essen, das wir in die Höhle gebracht haben, du weißt ja. Du wartest in der Höhle, bis Mr Ascham oder ich kommen und dich holen. Solange du etwas zu essen und Licht hast, darfst du den Tunnel ohne einen von uns nicht verlassen, ist das klar?«

»Ja, Mutter.« Er umarmte Ismay, und im letzten Moment umklammerte er ihre Hand. »Komm, versteck dich mit mir«, flüsterte er, und Ismay brach fast das Herz. *Komm, versteck dich mit mir*, hatte Edmund sie damals auf der Burg Ludlow gedrängt, bevor er sie zum ersten Mal geküsst hatte.

»Das geht nicht, mein Kind. Du musst jetzt tapfer sein. Und versprich mir, dass du erst wieder aus dem Tunnel herauskommst, wenn entweder Mr Ascham oder ich dich holen, ganz gleich, was geschieht. Versprich es mir.«

»Ich verspreche es«, sagte der Junge fast tonlos.

Als sein heller Kopf und das Licht der Kerze in der Dunkelheit verschwunden waren und Ismay die ausgehöhlte Grabplatte über die Öffnung des Geheimgangs schob, flehte sie den jungen Mann an, den sie geliebt hatte und der sie mit diesem Kind beschenkt hatte. »Beschütze deinen Sohn, Edmund. Versprich es mir.«

Um ein Haar hätte sie sich zu viel Zeit gelassen. Als Ismay durch den Vorhof schritt, hörte sie in der Ferne bereits Hufgeklapper. Sie ließ das Tor offen und rannte bis nach oben in ihre Privatgemächer, von wo aus sie eine gute Sicht hatte.

Plötzlich ergriff sie die Todesangst, die sie so viele Wochen lang in sich verborgen hatte. Hektisch zählte sie die Reiter und suchte nach der Fahne, an der sie zu erkennen waren.

Sie hatte gewusst, was kommen würde, und dennoch hatte sie gehofft. Auf George, vielleicht, denn welche Abscheulichkeiten er auch begangen haben mochte, er war ihr doch gewisslich zugetan, und allen Berichten zufolge war er als Mann noch genauso wankelmütig wie damals als Junge. Sie hatte ihn schon als kleines Kind gekannt, und das konnte sie nutzen, sie konnte das Wissen um all seine verwickelten Allianzen gegen ihn verwenden.

Doch es war nicht das königliche Banner mit den drei silbernen Balken, das Georges Ferne vom Thron seines Bruders anzeigte.

Nein, das Banner, das heute Abend im Wind Northumberlands wehte, zeigte den weißen Bären mit dem knorrigen Stab auf rotem Feld – es war das Banner des Königsmachers selbst, des Grafen von Warwick.

In diesem Moment wusste Ismay, dass es keine Barmherzigkeit geben würde. Der Graf von Warwick kannte nur eins: töten.

40

Juliet

2018

Bevor Juliet sich in den Flur zurückziehen konnte, hatte Duncan mit wenigen Schritten das Zimmer durchquert und die Tür geschlossen. Er drückte die Hand dagegen. »Wir werden einfach miteinander reden«, wiederholte er.

»Wenn du wirklich nur reden wolltest, wärst du nicht hier eingebrochen.«

»Ich hätte nicht einbrechen müssen, wenn du vernünftig gewesen wärst und so auf meine Nachrichten geantwortet hättest, wie es sich gehört.«

Wie hatte Duncan sie bloß gefunden? Doch diese Frage hob Juliet sich für später auf, denn jetzt erforderte die Situation ihren ganzen Scharfsinn. Duncan war zwar nicht besoffen, aber sie war sich ziemlich sicher, dass er etwas getrunken hatte. Aber wo? Und wie war er mitten in einem Schneesturm nach Havencross gelangt?

Plötzlich kam ihr ein Bild in den Sinn, so deutlich, als hätte sie es mit eigenen Augen gesehen: Duncan knackte das Schloss einer Seitentür und versteckte sich tagelang in den zahlreichen Zimmern und Fluren auf Havencross. Er spionierte ihr nach, war ihr auf ihren abendlichen Runden immer einen Schritt voraus und wartete auf den idealen Moment, um sich zu zeigen.

Juliet legte den Kopf schräg und versuchte, alles bis auf Neugier aus ihrer Stimme zu verbannen. »Seit wann bist du denn auf Havencross?«, fragte sie.

»Schlaues Mädel«, säuselte er, während er mit dem Blick ihren Körper streichelte, so, wie sie es früher geliebt hatte. »Allerdings nicht so schlau, dass du gemerkt hättest, wie ich bereits vor Jahren eine Ortungs-App auf deinem Handy installiert habe. Ich bin schon zwei ganze Tage hier, hab dich bei deinen Sicherheitschecks beobachtet« – das vorletzte Wort sprach er mit Anführungszeichen aus – »und dich bei deinen Selbstgesprächen und Telefonaten belauscht. Wer ist er?«

Als Duncan diese Frage auf sie abfeuerte, zuckte Juliet zusammen. Sie zwang sich, einen Schritt zur Seite zu treten, fort von der Tür und fort von Duncan, und überlegte, wie sie ihn hinhalten konnte, bis Noah kam. Sie durfte ihren Ex-Mann nicht noch weiter reizen, aber sie war auch entschlossen, seine Spielchen nicht mitzuspielen. Jahrelang hatte sie sich bemüht, zuvorkommend zu sein, Duncan zu beschwichtigen, seine Absichten zu erraten und seine Wünsche zu erfüllen. Doch das hatte ihr nur ein einsames Krankenhauszimmer und ein winziges Grab eingebracht.

»Noah ist ein Freund«, sagte sie. »Seine Familie wohnt in der Nähe, und er kümmert sich mit um das Haus.«

»Ein Freund? Ich habe gestern Abend gehört, wie du mit ihm gesprochen hast. Seit wann schläfst du mit ihm?«

»Ich mache da nicht mit, Duncan. Keine Ahnung, was in dir vorgeht, aber mit uns ist es aus. Ich bin dir keine Rechenschaft über mein Leben schuldig. Ich bin dir gar nichts schuldig.«

Er schlug mit der flachen Hand gegen die geschlossene Tür. »Du bist mir alles schuldig. Deinetwegen bin ich jetzt beurlaubt. Weil du mich aus unserem Bett und unserem Haus vertrieben hast. Dieses Miststück Kelsey hatte ja nur darauf gewartet –«

»Das reicht! Du hast dir das alles selbst zuzuschreiben, Duncan, von Anfang an. Du bist ein drittklassiger Professor an einem zweitklassigen College und hast geglaubt, mit einer einundzwanzigjährigen Studentin rumzuvögeln, würde dich begehrenswert machen. Aber du bist bloß noch jämmerlicher geworden. Du bist ein jämmerlicher, verbitterter Mann, der –«

Er verpasste ihr eine so kräftige Ohrfeige, dass sie rückwärts gegen ihren Schreibtisch stolperte. Hätte er mit der Faust zugeschlagen, dann läge sie jetzt bewusstlos auf dem Boden, da war Juliet sich sicher. Sie riss sich zusammen, hielt sich eine Hand an die schmerzende Wange und suchte mit der anderen hinter sich auf dem Schreibtisch nach irgendeinem nützlichen Gegenstand.

Duncan kam näher. Seine Pupillen waren so groß, dass die Augen fast schwarz wirkten. Hinter ihrem Rücken schloss Juliet die Hand um einen Briefbeschwerer, eine Eule. Angespannt wartete sie auf den richtigen Moment.

Ohne jedes warnende Flackern ging das Licht aus, und plötzlich war alles stockdunkel. Juliet reagierte sofort, schwang die Eule in Duncans Richtung und traf ihn irgendwo so hart, dass er seine Stellung veränderte. Weil sie ihr Zimmer inzwischen im Schlaf kannte, konnte sie um ihn herumhuschen und die Tür aufreißen.

Auch im Flur herrschte pechschwarze Finsternis. Juliet wusste, dass sie ihren Orientierungssinn verlieren würde, wenn sie zögerte. Sie rannte nach rechts, zu der Tür, die den mittelalterlichen mit dem viktorianischen Gebäudeteil verband. Hinter sich hörte sie, wie Duncan hemmungslos fluchte, während er die Verfolgung aufnahm.

Er würde vorsichtig sein müssen, während Juliet es sich leisten konnte, rascher zu laufen. Außerdem trug sie nur Wollsocken, sodass ihre Schritte im heulenden Sturm nicht zu hören waren. Sie rannte direkt zur Haupttreppe, denn sie wollte zur viktorianischen Küche und weiter zu Clarissas früheren Räumen. Wo das Festnetztelefon wartete.

Erst die Polizei anrufen oder erst die Bennetts? Über die Felder war die Farm nur zwei Meilen entfernt; wenn sie dort einen Traktor hatten, dem ein Schneesturm nichts ausmachte, würden sie mit Sicherheit viel schneller bei ihr sein als die Polizei. Sie musste nur dafür sorgen, dass Duncan sie nicht erwischte.

Die erste Prüfung war, dass Juliet, als sie den Hörer des alten Telefons an Clarissas Bett abhob, nichts hörte – kein Klicken, keinen Wählton. Der verdammte Schneesturm, fluchte sie lautlos. Gleich nach dieser Enttäuschung kam die zweite Prüfung: ein ohrenbetäubender Schuss.

Wo hatte Duncan die Waffe her?

»Hörst du das, Juliet? Ich hab reichlich Kugeln. Genug, um auf jeden Schatten zu schießen, und für dich bleibt immer noch eine übrig. Ich weiß, dass du im Haus bist. Ich finde dich. Ich bin seit zwei Tagen hier, bin überall herumgepirscht und habe alle Verstecke ausgespäht. Wenn du bloß mit mir geredet hättest, wäre es niemals so weit gekommen.«

Das klang fast betrübt, aber Juliet klopfte das Herz bis zum Hals, und sie sagte sich mahnend, dass Duncans Kummer nichts weiter war als Selbstmitleid. Fieberhaft überlegte sie, wo sie sich verstecken könnte. Die Farm würde sie niemals erreichen, denn der Schneesturm löschte alle Orientierungshilfen aus. Und die Vorstellung, durch das finstere Haus zu schleichen und zu versuchen, Duncan immer einen Schritt voraus zu sein, behagte ihr gar nicht.

Draußen? Der alte Pferdestall stand noch, aber sie hatte keinen Mantel, keine Mütze und keine Stiefel. Selbst wenn sie Licht hätte, um vom Haus zum Stall zu gelangen, würde sie unterwegs erfrieren. Es sei denn …

Vorerst war Duncan an ihr vorbeigelaufen – seine Stimme entfernte sich immer weiter. Juliet schlich durch die viktorianische Küche in die Waschküche, durch die sie Havencross vor vielen Wochen betreten hatte. Genauso, wie sie es in Erinnerung hatte, hingen an der Wand einige Jacken und Mäntel, ganz steif, weil sie alt und lange nicht benutzt worden waren. Außerdem standen dort zwei Paar Gummistiefel.

Juliet zögerte. Was war am sichersten? Ein Blick aus dem Waschküchenfenster brachte sie nicht weiter – da draußen war es genauso dunkel wie im Haus. »Hilf mir«, betete sie. Flehte sie Liam an?

Da schimmerte draußen ein Licht, schwach zuerst, doch allmählich wurde es heller. Es war nicht der Scheinwerfer eines Traktors oder eines Autos, sondern das wabernde, unirdische Licht, das sie schon einmal im Flur vor ihrem Schlafzimmer gesehen hatte. Geisterlicht.

Komm, versteck dich mit mir.

Doch dieses Mal erkannte Juliet in dem Licht nicht eine Jungengestalt, sondern eine Frau in langen Röcken. Mit einem eindeutigen Winken drängte sie Juliet, rasch zu ihr zu kommen.

Da bist du in Sicherheit.

Juliet ließ das Universum entscheiden. Sie zog das kleinere Paar Gummistiefel an und dazu den schwersten Mantel, offenbar einen Herrenmantel, der wasserdicht und mit Flanell gefüttert war. In einer Tasche fand sie sogar einen Filzhut, und sie setzte ihn auf und stopfte ihr Haar darunter. Dann atmete sie tief durch, stieß ein letztes Stoßgebet aus, öffnete die Waschküchentür und stürzte ins Freie.

Der Sturm verschlug ihr den Atem, und noch mehr als der Wind setzte die Kälte ihr zu. Aber das Licht leuchtete weiter, und verbissen begann Juliet, sich hinter dem Lichtschein her zum Stall durchzukämpfen. Sie konzentrierte sich so sehr auf die fahle weibliche Gestalt, dass sie anfangs nicht merkte, dass ihr Weg sie gar nicht zum Stall führte. Erst als die schimmernde Gestalt zwischen verfallenen Mauern hindurchschlüpfte, die jetzt gefährlich mit Schnee bedeckt waren, wurde Juliet klar, dass die gespenstische Frau sie in die alte Kapelle lockte.

Ihr erster Gedanke war: *Das hilft mir nicht.* Doch da blieb die Gestalt stehen und bückte sich. Es war die gleiche Bewegung, die Juliet vor einigen Tagen über Noahs Schulter hinweg wahrgenommen hatte – eine Frau packte eine Grabplatte an den Rändern, um sie fortzuschieben.

Der Eingang in den Tunnel, den Noah und sie entdeckt hatten, in den Tunnel, in den sie gefahrlos hinuntersteigen konnte und dessen Öffnung sich von innen verschließen ließ. Dort unten mochte es zwar nicht sonderlich viel wärmer sein, aber immerhin trocken und windstill. Und dort würde Duncan sie niemals finden.

Als Juliet vom Haus her Rufe und einen weiteren Schuss hörte, stand ihre Entscheidung fest. »Ich sehe deine Fußstapfen, Juliet. Glaubst du wirklich, dass du draußen sicherer bist? Komm zurück und rede mit mir!«

Dieses Angebot wäre verlockender gewesen, wenn Duncan die letzten Worte nicht gebrüllt hätte. Was auch immer in ihm vorging, er hatte jedenfalls die Nerven verloren. Juliet betrat die Kapelle und bemühte sich dabei, möglichst viele verwirrende Spuren zu hinterlassen. Sie trampelte herum und warf mit den Armen Schnee in alle Richtungen, außerdem wischte sie den Schnee von allen Grabplatten, die sie auf die Schnelle fand, sodass Duncan sich nicht sicher sein konnte, wo genau sie hingegangen war. Sie bezweifelte, dass sein erster Gedanke *Geheimgang* sein würde.

Juliet hockte sich vor die ausgehöhlte Grabplatte, zog die Mantelärmel über die Hände und fasste den Stein an den Rändern. Er ließ sich recht leicht verschieben, sodass sie durch das Loch auf die leiterähnliche Treppe steigen konnte. Nach ein paar Stufen blieb sie stehen, schob die Grabplatte an ihren Platz zurück und hielt inne. Würde sie genug Luft bekommen, wenn sie den Eingang ganz verschloss? Für alle Fälle ließ sie einen schmalen Spalt offen.

Ihre größte Sorge jedoch waren ihr unberechenbarer Ex-Mann und seine Waffe. Wie allen Tyrannen ging es ihm in erster Linie um sein eigenes Überleben, und sie konnte sich nicht vorstellen, dass er Noah in einem fairen Kampf gegenübertreten würde. Wenn ein Traktor mit Scheinwerferlicht und Getucker über die Felder herangerumpelt kam, würde Duncan aller Wahrscheinlichkeit nach abhauen. Aber vielleicht war er auch schon so durchgeknallt, dass er Schüsse auf einen Menschen abfeuern würde, der nicht ahnen konnte, dass er es mit einem Bewaffneten zu tun hatte.

Nachdem sie die Grabplatte so weit über den Eingang gezogen hatte, wie sie sich traute, legte Juliet den Kopf auf eine Stufe und flüsterte: »Bitte mach, dass heute Abend niemand verletzt wird.«

Bevor sie zu Ende gesprochen hatte, hellte das erdrückende Dunkel sich auf. Juliet schaute nach unten. Dieselbe, nur in Umrissen erkennbare Frauengestalt winkte sie mit der gleichen Geste zu sich.

Juliet erinnerte sich an die Besitzurkunden und den königlichen Erlass, die sie in Nells Aktenordnern gefunden hatte: »Besagtes Anwesen bleibt im Besitz der Krone und wird zugunsten eines anerkannten Erben der vorherigen Besitzerin, Lady Ismay Deacon, von der Krone verwaltet. Für einen Mindestzeitraum von siebzig Jahren darf ebendieser Besitz an niemanden abgetreten werden als an jenen besagten Erben.«

»Sind Sie das?« Juliet wisperte die Worte zwischen ihnen in die Luft. »Sind Sie Ismay Deacon?«

Falls sie eine Antwort erwartet hatte, wurde sie enttäuscht. Die Gestalt, oder, um das Kind beim Namen zu nennen, das *Gespenst*, winkte Juliet nur weiter. Die Geste hatte nichts Bedrohliches oder Beängstigendes, bloß diese Dringlichkeit. Und da Juliet im Moment nichts anderes zu tun hatte, als abzuwarten, bis Duncan draußen seiner Suche überdrüssig wurde oder bis Noah eintraf, konnte sie ebenso gut nachsehen, was das Gespenst von ihr wollte.

Sie stieg die restlichen Stufen hinunter und blickte in den Gang hinein. »Führen Sie mich«, sagte sie.

Es war keineswegs so, als würde sie einem Menschen aus

Fleisch und Blut folgen. Zum einen hörte Juliet kein Geräusch außer ihren eigenen Schritten und ihrem Atem, und zum anderen schien das geisterhafte Licht, dem sie folgte, willentlich zusammenschrumpfen und sich wieder ausdehnen zu können. Manchmal war es sogar, als schimmere es aus der Tunnelwand. Anfangs zählte Juliet ihre Schritte, aber bei etwa zweihundert kam sie durcheinander. Der Gang war zwar eng, doch bisher so hoch, dass sie nur ein wenig gebückt zu gehen brauchte. Falls sie sich auf alle viere niederlassen müsste, würde sie nicht mehr mitmachen, entschied sie. Nicht auszudenken, wie es wäre, hier unten festzustecken und langsam zu sterben, ohne dass jemals eine Menschenseele erfahren würde, wo sie geblieben war.

Aber als die Tunnelröhre sich veränderte, wurde sie nicht niedriger, sondern höher und breiter. Und bald betrat Juliet aufrecht eine Art unterirdischer Höhle. Sie vermutete, dass der Raum ursprünglich eine natürliche Höhle gewesen war, denn der Boden sah aus, als wäre hier vor langer Zeit Wasser durchgeflossen. Dann hatte man diese Höhle anscheinend zu den Seiten hin erweitert, um einen Raum zu schaffen, in dem die Mönche sich bei Gefahr mit ihrem Gold und ihren juwelenbesetzten Gefäßen verstecken konnten.

An einer Seite war die Wand eingestürzt, und dort schwebte das Gespenst nun auf der Stelle. Vorsichtig suchte Juliet sich den Weg über den Boden, bis sie den Rand des Geröllhaufens erreichte. Die Erde war mit Ziegelsteinen vermischt. Es musste also eine gemauerte Wand gewesen sein oder aber –

»Der Brunnen!« Plötzlich sah Juliet im Geiste den Lageplan vor sich, den Noah ihr gezeigt hatte. Das hier musste der mittelalterliche Brunnen sein, der zugeschüttet worden war, als Gideon Somersby mit dem Bauen begonnen hatte. Wenn Juliet eine Linie zwischen dem Tunneleingang in der verfallenen Kapelle und dem mittelalterlichen Eiskeller, wo der Tunnel möglicherweise einst geendet hatte, hätte ziehen sollen, hätte diese Linie ganz dicht an dem alten Brunnen vorbeigeführt.

Juliet überlegte, wie sehr Daniel Gitonga sich über diese Entdeckung freuen würde, und sie hoffte, dass es zu einer professionellen Ausgrabung kommen würde – und dass sie dabei sein durfte. Sie hob den Blick zu der Geisterfrau, die sich jetzt gar nicht mehr bewegte.

»Wollten Sie mir den alten Brunnen zeigen?«, fragte Juliet, diesmal, ohne eine Antwort zu erwarten.

Inzwischen schien die geisterhafte Frau deutlichere Umrisse bekommen zu haben, sodass Juliet ein junges Gesicht erkennen konnte und offenes Haar, das ihr über die Schultern fiel. Als Antwort streckte sie die rechte Hand aus und deutete auf etwas.

Juliet folgte ihrem Zeigefinger mit dem Blick. Was sollte sie da sehen? Das Gespenst gab ja nicht gerade viel Licht ab, und Theaterscheinwerfer hingen auch nicht an der Tunneldecke, aber Juliet hockte sich hin und betrachtete den Schutt der eingebrochenen Brunnenwand.

Da glitzerte etwas. Mit angehaltenem Atem griff Juliet danach, so behutsam, als wäre es eine Feder, und voller Angst, dass es verschwinden könnte. Doch es war kein Gegenstand aus der Geisterwelt. Sie schloss die Hand um einen Ring. Der goldene Reif war mit der Zeit und vom Schmutz stumpf geworden, aber stellenweise glänzte er noch, und sein Gewicht sagte Juliet, dass er aus massivem Gold bestand. Die Ringplatte trug einen dunklen, rechteckigen Stein. Juliet steckte sich den Ring an den kleinen Finger der linken Hand, weil sie fand, dass er dort am sichersten aufgehoben war.

Als sie sich wieder der Geisterfrau zuwandte, hatte deren ausgestreckter Zeigefinger sich nicht bewegt. Es ging also nicht um den Ring – oder jedenfalls nicht nur um den Ring. Juliet nahm eine stabilere Position ein, indem sie sich auf die Knie niederließ, und schabte an der Stelle, wo der Ring gelegen hatte, vorsichtig die Erde fort. Nach wenigen Minuten ertasteten ihre Fingerspitzen wieder etwas. Es war weder Erde noch Stein und auch nichts von Menschenhand Hergestelltes …

Mit angehaltenem Atem zog Juliet die Hände zurück und faltete sie in einer unbewussten Gebetsgeste vor der Brust. Bevor ihr Verstand es begriff, hatte ihr Körper schon erkannt, dass dieser neuerliche Fund Andacht verlangte.

Knochen. Die brüchigen, vergilbten Knochen eines menschlichen Brustkorbs.

Juliet rang nach Luft und schaute zu ihrer Geisterfrau hoch.

In diesem Moment verschwand das Gespenst und nahm alles Licht mit sich.

41

Ismay

März 1471

Ismay ging Warwick und seinen Leuten entgegen. Es gelang ihr, die Ruhe zu bewahren, weil das Leben ihres Sohnes davon abhing und weil sie die Herzogin Cecily über Jahre hinweg in den herausforderndsten Momenten ihres Lebens beobachtet hatte. Sie hatte sich die aufrechte Haltung, das erhobene Kinn und die unbewegte Miene abgeschaut, die Cecily Neville an jenem Tag gezeigt hatte, als Ludlow an das Haus Lancaster gefallen war und sie auf die Ankunft des Grafen von Warwick gewartet hatte.

Der Graf war zwar mehr als zehn Jahre älter als bei ihrer letzten Begegnung an ebenjenem schicksalhaften Tag, aber auch mit zweiundvierzig hatte er nichts von der Energie verloren, die stets seine auffälligste Eigenschaft gewesen war. Er stieg vom Pferd, warf die Zügel einem seiner Krieger zu und befahl dem anderen Dutzend: »Sichert das Tor und den Hof. Niemand verlässt diesen Ort, bevor ich es gestatte.«

»Verhalten Sie sich bei Besuchen immer so, als würden Sie ein bewaffnetes Lager betreten?«, fragte Ismay.

Er stand unten an der Eingangstreppe und musterte sie auf die gleiche unpersönliche Art wie damals, als sie zwölf

Jahre alt gewesen war. Warwick lächelte nicht, aber das tat er ohnehin selten. Den Charme überließ er seinem königlichen Neffen Eduard.

»Meine Tante wäre stolz auf Sie, Lady Ismay«, sagte er. »Aber schließlich hatten Sie ja schon immer ein wenig Temperament. Sie wissen, warum ich hier bin.«

»Um mir wieder eine Ehe mit einem Neville anzubieten?«

»Im Moment wünschen Sie sich sicherlich, Sie hätten John damals genommen.«

»John Neville – ein Mann, der seinen König hintergangen hat.«

»Ein Mann, der sich für seine Familie entschieden hat«, konterte Warwick.

»Eduard gehört genauso zu Ihrer Familie«, sagte Ismay. »Was hält denn Ihre Tante von Ihren neuen Allianzen?«

»Da einer ihrer Söhne auf meiner Seite bleibt, sieht sie die Sache … ganz nüchtern.«

»Und sieht sie Ihr Bündnis mit Margarete von Anjou auch so nüchtern?« Ismay konnte sich nicht vorstellen, dass die Herzogin von York das Bündnis ihres Neffen mit der verhassten früheren Königin und den Anhängern des Hauses Lancaster, die ihren Ehemann und ihren zweitältesten Sohn umgebracht hatten, nüchtern sah.

Warwick überhörte diese Spitze. »Wie es aussieht, haben Sie Ihre Dienerschaft weggeschickt, sicherlich, weil es Ihnen unangenehm wäre, wenn ich Gerüchte über die wahre Abkunft Ihres Sohnes in Umlauf setzen würde.«

»Es ist kein Geheimnis, dass er nicht den Namen seines Vaters trägt.« Ismay konnte sich nicht überwinden, ihren Sohn ganz offen als Bastard zu bezeichnen.

»Wollen wir unsere Unterredung nicht im Haus fortsetzen, Lady Ismay? Oder möchten Sie diese sehr persönlichen Angelegenheiten weiter im Freien besprechen?«

»Ich will keine bewaffneten Männer in meinem Haus haben.«

»Meine Krieger bleiben hier draußen. Möchten Sie, dass ich mein Schwert ablege?«, fragte er mit ausgesuchter Höflichkeit.

»Das ist nicht nötig.« Falls Warwick sie umbringen wollte, würde er das auch ohne Schwert schaffen.

Ismay führte ihn in das Studierzimmer im Erdgeschoss, in dem sie sich vor neun Jahren mit Eduard getroffen hatte. Warwick lehnte sich mit verschränkten Armen gegen den Tisch, und auch sie selbst blieb stehen.

»Ich muss zugeben«, sagte er, »dass ich Sie im vergangenen Jahrzehnt aus den Augen verloren habe. Ein törichtes Mädchen, das es nicht vermocht hatte, einen Vorteil aus den Verbindungen zu meiner Familie zu ziehen – was kümmerten mich die Pläne dieses Kindes? Aber George … George konnte eine sehr interessante Geschichte über die hübsche Ismay erzählen, für die er als Junge eine große Zuneigung verspürt hatte. Er wusste, dass Lady Ismay sich in den Norden zurückgezogen und dort ein uneheliches Kind zur Welt gebracht hatte. George hielt anscheinend Eduard für den Verantwortlichen.«

Jetzt lächelte Warwick sie tatsächlich an. »Allerdings habe ich Ihren Namen in den vergangenen zehn Jahren nicht ein einziges Mal aus Eduards Mund gehört. Und wenn es eines gibt, worüber Eduard gern spricht, dann sind das seine Frauen und Kinder. Die Woodville, diese Hexe, die er geheiratet hat, beklagt sich oft genug darüber. Und dann fiel mir ein, wie ich Sie das letzte Mal gesehen habe, Lady Ismay, an jenem Abend, bevor Ludlow fiel. Sie klammerten sich an meinen Vetter, das stimmt, mit roten Augen und bebenden Lippen. Aber es war nicht Eduard – es war mein Vetter Edmund.«

Da der Graf offenbar vollauf zufrieden damit war, sich selbst reden zu hören, versuchte Ismay erst gar nicht, ihn zu unterbrechen.

»Und Edmund war Frauen gegenüber nie so ungeniert wie sein Bruder. Seine romantische Ader war ja nicht zu übersehen, und ich hielt es für sehr wahrscheinlich, dass er erst nach einer Vermählung Ihr Bettgenosse werden würde.«

»Was kümmert Sie das?«, fragte Ismay. »Vermählt oder nicht, Edmund ist schon zehn Jahre tot.«

»Sie sind im Haus des Herzogs von York aufgewachsen, Sie kennen sich also mit der komplizierten Thronfolge aus. In dem Moment, als Eduard König wurde, wurde George sein Nachfolger.«

»Soweit mir bekannt ist, hat die Königin endlich einen Sohn geboren.«

»An ihrem Zufluchtsort in Westminster. Wegen eines kleinen Jungen mache ich mir keine Sorgen. Und George ist günstigerweise auf meiner Seite, er ist ja mit meiner ältesten Tochter verheiratet.«

»Und weiter?«

Ismay wollte ihn zwingen, es ausdrücklich zu sagen, und anscheinend wurde ihm das allmählich klar.

»Ich muss also ganz deutlich werden? Die Thronfolge ist von der ehelichen Geburt und von der Stellung in der Geschwisterreihe abhängig. Edmund war der nächstjüngere Bruder unseres jetzigen Königs, und George ist der dritte in der Reihe. Aber falls Edmund einen ehelichen Sohn hinterlassen hat, hat dieser Vorrang vor George.«

»Das alles spielt jedoch keine Rolle, da es Ihnen gelungen ist, Eduard aus England zu vertreiben und Margarete von Anjous Sohn zurückkehren zu lassen. Der praktischerweise mit Ihrer jüngeren Tochter verheiratet ist.«

»Ich bin überzeugt, dass Sie um die Hintergründe wissen, Lady Ismay. Ich brauchte Geld und Leute, und Margarete konnte mir beides verschaffen. Eduard erwies sich als enttäuschend halsstarrig, George ist in dieser Hinsicht anders.«

»Der Königsmacher will herrschen«, sagte Ismay. »Sie werden Margarete von Anjou und ihren Sohn benutzen und die beiden dann beiseiteschaffen, wenn sie Ihnen unbequem werden. Und Sie glauben, George wäre leichter zu beeinflussen, zumal er ja Ihr Schwiegersohn ist.«

»Richtig. Meine Aufgabe besteht darin, sicherzustellen, dass es keine weiteren Thronanwärter aus dem Hause York gibt. Irgendwann wird Eduard mit seinem kleinen Bruder Richard zurückkehren, und die beiden werden genauso in der Schlacht fallen wie ihr Vater vor ihnen. Eduards verabscheungswürdige Königin kann nicht ewig in ihrem Asyl bleiben – und Kleinkinder sind bekanntermaßen anfällig. Damit bleibt nur noch Ihr Sohn übrig, Lady Ismay, der auch Edmunds Sohn ist.«

»Welch eine glückliche Fügung für Sie, dass mein Sohn tot ist. Er ist in diesem Winter an einem Fieber gestorben.«

»Ich glaube Ihnen nicht.«

»Glauben Sie, was Sie wollen. Suchen Sie, wo Sie wollen. Hier ist kein Kind mehr.«

Ismay hatte gewusst, dass er ihre Aussagen bezweifeln würde. Sie hatte gewusst, wie schwer es sein würde, dem

Grafen von Warwick ins Gesicht zu lügen, daher hatte sie ihre Dienerschaft fortgeschickt. Aber jetzt merkte sie, dass sie keine Angst vor dem Grafen hatte, solange ihr Sohn sich außerhalb seiner Reichweite befand.

Seine Krieger nahmen das Haus auseinander, sie suchten vom Keller bis unters Dach, rissen Wandteppiche herunter und leerten Fässer, als hätte Ismay einen Neunjährigen in einem Mehlfass versteckt. Überall in ihrem schönen Zuhause polterten Schritte, viele Füße in schweren Stiefeln trampelten durch die Flure, Männerstimmen, stählerne Dolchgriffe wummerten gegen geschlossene Türen und Truhen, hallten durch ihren Kopf und ihre Knochen, bis sie glaubte, sie müsse wahnsinnig werden.

Als die Männer mit dem Haus und den Nebengebäuden fertig waren, war es bereits stockdunkel. Ismay hatte alles schweigend beobachtet und sich währenddessen nie weiter als bis auf Armeslänge von Richard von Warwick entfernt.

Die meisten Männer, die sie kannte, gaben kleine Zeichen, bevor ihnen der Geduldsfaden riss. Der Graf jedoch verpasste ihr ohne Vorwarnung eine schmerzhafte Ohrfeige. Sie befanden sich im Küchengarten, und hinter seinem Rücken zeichnete sich die alte Kapelle ab.

»Wo ist er?«, fragte der Graf.

»Hier ist kein Kind.« Es waren die einzigen Worte, die Ismay in den vergangenen Stunden gesagt hatte.

»Glauben Sie, ich verstünde es nicht, Menschen zum Reden zu bringen?«

»Ich glaube, Sie können jemanden dazu bringen, das zu sagen, was Sie hören wollen, aber das ist nicht das Gleiche, wie die Wahrheit zu sagen.«

»Das werden wir ja sehen.«

Vielleicht, dachte Ismay, als sie in sein unbewegtes Gesicht blickte, sollte ich doch immer noch Angst vor ihm haben.

Aber kaum hatte der Mann, dem Warwick befohlen hatte, sie festzuhalten, wieder ihren Arm gepackt, als eine der Wachen am Tor um die Ecke gerannt kam, gefolgt von einem keuchenden Boten.

»Was gibt's?«, fuhr Warwick ihn an.

»Neuigkeiten, Mylord. Eduard von York und sein Bruder Richard sind in Ravenspurn gelandet, und dann wurde ihnen Einlass in die Stadt York gewährt.«

Ismay konnte nicht anders, sie lachte. Sie hätte sich denken sollen, dass Eduard ihr zu Hilfe kommen würde, auch wenn er selbst in größter Not war und es nicht beabsichtigt hatte.

Der Graf von Warwick beugte sich drohend über Ismay, während sein Waffenknecht sie weiter von hinten festhielt. »Ich habe Ihnen gesagt, dass Sie Ihren Mangel an Begeisterung für meine Absichten eines Tages bereuen würden.«

Er packte Ismays Oberarm mit der linken Hand und sagte zu dem Mann: »Nimm die Platte vom Brunnen.«

Bevor Ismay mehr als einen Anflug von Verwirrung oder Angst verspüren konnte, zog der Graf seinen Dolch. Was er vorhatte, erkannte Ismay erst im letzten Moment, bevor er ihr das stumpfe Ende des Dolchgriffs in die Schläfe schlug.

42

Juliet

2018

Juliet erwachte in einem fremden Bett und wusste einen Moment lang nicht, wo sie war. Dann setzte die Erinnerung ein: Duncan, Schneesturm, Gespenst, Tunnel, Gerippe. Sie ließ sich in die bequemen Kissen zurücksinken und alles noch einmal an sich vorbeiziehen.

Nachdem ihre geisterhafte Führerin so schnell verschwunden war, hatte Juliet vorsichtig den Rückweg angetreten. Sie hatte sich mit beiden Händen an den Wänden des engen Tunnels entlanggetastet und sich so tief gebückt, dass ihr Nacken heute Morgen höllisch wehtat. Am schwierigsten war es gewesen, in der Finsternis die schmale, steile Treppe hinaufzusteigen und die ausgehöhlte Grabplatte fortzuschieben – und sich dabei die ganze Zeit zu fragen, was sie dort oben erwartete.

Die Antwort war die gedämpfte Stille einer Landschaft gewesen, die mehr als einen halben Meter hoch mit Schnee bedeckt war. Der Wind hatte sich gelegt, und die Wolken teilten sich gerade weit genug, um einen Strahl Mondlicht durchzulassen, das auf den Schnee fiel und die Umgebung in ein unheimliches Licht tauchte. Juliet schob sich an der Mauer entlang und lugte um die Ecke.

Erst da kehrte der Ton in die Welt zurück: das Brummen eines Traktormotors, Duncans wohlbekannte Stimme, die sich lautstark beschwerte, und eine weitere Stimme, die Juliet nicht erwartet hatte.

»Wenn Sie mich noch einmal beschimpfen, schieße ich mit dieser Flinte über Ihren Kopf hinweg. Der Schuss wird Sie nicht umbringen, aber die Schrotkugeln werden brennen.« Rachel Bennett klang wie ein Schauspieler in einem amerikanischen Western – wie der rechtschaffene Sheriff, der den Gesetzlosen gestellt hat.

Duncan lernte einfach nicht dazu. »Miststück!«

Juliet rannte los, um die Außenmauern der Kapelle herum, und kam gerade rechtzeitig, um die Wirkung von Noahs Boxhieb mitzuerleben. Anscheinend hatte er Duncan die Hände mit einem Strick zusammengebunden, der vermutlich im Traktor gewesen war. Duncan ging unter Noahs Hieb in die Knie, und als er ausspuckte, war der Schnee blutig.

»Sagen Sie das Wort noch mal«, herrschte Noah ihn an. »Dann schießt meine Schwester. Und jetzt zum letzten Mal – wo ist Juliet?«

Danach wurden Juliets Erinnerungen ein bisschen verschwommen. Sie hatte sich in Noahs Arme geworfen, Rachel hatte auch Duncans Beine gefesselt, die Polizei war gekommen … Die Beamten hatten die Aussagen der Bennetts aufgenommen und auch Juliet befragt und Duncan dann wegen Hausfriedensbruchs, Stalking, Bedrohung und unerlaubten Waffenbesitzes in Gewahrsam genommen. Er hätte Juliet fast leidtun können, wenn er sie nicht vom Rücksitz des Polizeiwagens aus noch angebrüllt hätte: »Nur du bist schuld, dass es so weit gekommen ist!«

Daraufhin hatte der Polizeibeamte die Wagentür zugeschlagen. Noah und Rachel hatten Juliet in die Kabine des Traktors verfrachtet, mit auf die Farm genommen und ins Bett gesteckt, und zwar in –

»Guten Morgen«, sagte Noah von der Tür aus. Als sie fragend auf den leeren Platz neben sich im Doppelbett blickte, lachte er. »Du warst gestern Nacht fix und fertig. Da bin ich bei den Jungs untergeschlüpft.«

»Was hab ich denn an?« Juliet betrachtete das viel zu große Flanellhemd und schwang die Beine aus dem Bett.

»Nicht aufstehen«, sagte Noah. »Bleib noch gemütlich liegen, und wir reden hier. Sobald du nämlich dieses Zimmer verlässt, wirst du von besorgten Erwachsenen und neugierigen Kindern belagert werden.«

Noah machte es sich auf der anderen Betthälfte bequem und lehnte sich gegen das Kopfteil. Juliet kuschelte sich neben ihm ein, und er legte ihr den Arm um die Schultern. »Eure Familie hat sich bestimmt nicht gerade gefreut, dass ihr beide, du und Rachel, in so großer Gefahr wart.«

»Gefahr? Ich bitte dich. Er wollte uns nicht erschießen. Und selbst wenn er es gewollt hätte, hätte er nicht gewusst, wie man mit einer Waffe umgeht, das war sonnenklar.«

»Da wir gerade von Waffen reden. Fährt deine Schwester oft mit einer griffbereiten Schrotflinte auf der Farm herum?«

»Ich verrate dir jetzt ein Geheimnis: Die Flinte war nicht geladen. Ja, wir haben eine Schrotflinte im Traktor. Ganz selten kommt es mal vor, dass wir damit Tiere verjagen müssen. Aber seit die Jungs hier auf der Farm wohnen, liegen die Patronen im Safe.« Noah zog Juliet dichter an sich. »Doch ich will das nicht herunterspielen. Ich gebe zu, dass ich eine Wahnsinnsangst hatte, als dieser Amerikaner da rumgerannt ist und mit einer Waffe gefuchtelt und deinen Namen gebrüllt hat. Ich wusste ja nicht, ob du ihm entkommen warst oder ob er dich umgebracht hatte. Was hat dich auf die Idee gebracht, dich im Tunnel zu verstecken?«

Juliet schloss die Augen und lehnte den Kopf an seine Brust. »Du bist der Einzige, der mir glauben wird.«

Sie begann mit dem Augenblick, als das Licht ausgegangen und sie nach unten gerannt war. Und sie berichtete haarklein – von der Geisterfrau, von ihrem drängenden Winken, von dem Licht, das es Juliet ermöglicht hatte, dem Gespenst durch den Tunnel zu folgen, und von dem bleichen Zeigefinger, der sie auf die eingebrochene Wand und die Knochen darin hingewiesen hatte.

Über die Gebeine zu sprechen, war das Einzige, was Juliet am vergangenen Abend noch geschafft hatte, obwohl Noah seine Fragen auf ein Minimum beschränkt hatte. Jetzt sagte er: »Ich habe heute Morgen Daniel Gitonga angerufen und ihm von deinem Fund erzählt. Vermutlich ist er schon auf der Polizeiwache und sorgt dafür, dass nicht irgendwelche Amateure an dieser potenziellen archäologischen Grabungsstätte herumpfuschen. Die Gerichtsmediziner müssen überprüfen, ob die Knochen tatsächlich alt sind, und erst dann kann die Polizei den Fundort für die Historiker freigeben –«

»Doch, die Knochen sind alt.« Juliet erinnerte sich an die poröse, abschilfernde Substanz, die sie mit den Fingerspitzen ertastet hatte. Und dann fiel ihr noch etwas ein …

Sie streckte die linke Hand aus und zeigte Noah den Ring, den sie aus der Erde gezogen hatte. Bevor sie am Abend ins Bett gefallen war, hatte sie ihn noch ganz behutsam gesäubert, denn einerseits wollte sie den Ring wie ein historisches Artefakt behandeln, andererseits aber hatte die Neugier sie getrieben, ihn zu untersuchen.

»Diesen Ring hast du im Geheimgang gefunden?«, fragte Noah.

Juliet nahm ihn ab und erlaubte Noah, ihn ins Licht zu halten. »Der dunkle Stein könnte wohl ein Granat sein. Und der Reif ist eindeutig echtes Gold«, sagte sie. »Auf der Innenseite ist etwas eingraviert.«

Noah kniff die Augen zusammen und drehte den Ring, bis das Licht im richtigen Winkel darauf fiel. »Dafür wird Daniel eine Lupe brauchten.«

Als Juliet schwieg, warf er ihr einen Blick zu. »Es sei denn … Weißt du etwa schon, was da steht?«

Ja, sie wusste es. Obwohl die Gravur kaum zu sehen und die Orthografie ungewohnt war, war Juliet sich sicher. Als sie nämlich gestern Abend versucht hatte, Buchstabe für Buchstabe zu entziffern, waren in ihrem Kopf Wörter aufgetaucht und hatten sich ihr eingeprägt.

»Da steht: ›Meine Treue ist unverbrüchlich‹.« Juliet deutete auf die winzigen Lettern auf der Innenseite des Goldreifs. »Und dazu ein Name. Ein Name von vor über fünfhundert Jahren.«

»Lass mich raten – Eduard IV.?«

Das war nicht schlecht geraten, wenn man bedachte, was sie bereits erfahren hatten, und vor allem, dass Eduards königliches Abzeichen vor hundert Jahren ein Stück weiter im gleichen Geheimgang gefunden worden war. Doch Juliet schüttelte den Kopf. »Die Unterschrift lautet Ed, und daran wurde noch ein zweites kleines d angehängt. Diese Abkürzung könnte Eduard bedeuten – oder auch Edmund.

Und das nächste Wort ist kein Name, sondern ein Titel: Rutland.«

Als Noah sie immer noch verständnislos ansah, sprach Juliet weiter: »Das weiß ich bloß, weil ich Clarissa Somersbys Interesse an den Rosenkriegen nachgegangen bin und mich in das Thema eingelesen habe. Bevor Eduard IV. König wurde, war er Eduard, Graf von March. Und er hatte drei Brüder: George, den Shakespeare in einem Fass Malvasierwein sterben ließ, den armen Richard und einen Bruder, der nur ein Jahr jünger war als er.« Juliet berührte den Ring in Noahs Hand und sagte leise: »Das war Edmund, Graf von Rutland. Er wurde mit siebzehn nach der Schlacht von Wakefield, in der sein Vater gefallen war, auf der Flucht ermordet, drei Monate, bevor Eduard die Krone errang.«

Juliet war sich sicher, dass sie recht hatte. Ja, der Ring würde datiert werden müssen, und man würde Fachleute rufen, die die Gravur begutachteten, und dann würden Historiker wie sie sich jahrelang über die Bedeutung streiten und diskutieren, warum dieser Ring in einem Geheimgang in Northumberland gefunden worden war … Aber Juliet wusste Bescheid. Sie wusste es, weil ihre gespenstische Führerin es gewusst hatte.

Nein, dachte Juliet, sei mutig. Nenne diese Geisterfrau bei ihrem Namen: Ismay.

Letztlich würde es natürlich immer eine Hypothese bleiben. Das alles war viel zu lange her, und es gab zu wenige schriftliche Dokumente, um es zu beweisen.

Noah steckte ihr den Ring wieder an den kleinen Finger, damit er sicher verwahrt war. »Und was«, fragte er gespielt beiläufig, »hast du jetzt vor?«

»Ich habe ja noch drei Wintermonate Haushüten auf Havencross vor mir. In dieser Zeit will ich meine Doktorarbeit über die Spanische Grippe anfangen, und wahrscheinlich werde ich deinen Freund Daniel mit ständigen Anfragen nerven, was sie mit den Gebeinen aus dem Tunnel vorhaben. Mit Duncan soll die Polizei verfahren, wie es ihr richtig erscheint. Mir wäre es recht, wenn sie ihn einfach in die Staaten zurückschicken würden. Da erwarten ihn schon genug Probleme.«

»Und wenn der Frühling kommt und du auf Havencross nicht mehr gebraucht wirst? Dann wirst du vermutlich gleich wieder in die Staaten abzischen und dir da irgendwo einen neuen Job an der Uni suchen.« Noah sagte das, ohne sie anzusehen, als wolle er ihre Antwort auf keinen Fall beeinflussen.

»Weißt du«, Juliet schmiegte sich noch dichter an ihn, »dass ich eigentlich nie Collegestudenten unterrichten wollte? Ich wollte immer an einer Highschool arbeiten, vielleicht sogar auf der Mittelstufe unterrichten. Aber in Duncans Augen hatte so eine Lehrerstelle nicht genug Prestige. Ich nehme mal an, dass ihr auch hier drüben in England Lehrerinnen an der – wie nennt ihr die Highschool hier? Sekundarschule? – gebrauchen könnt.«

Sie spürte, wie ein ganz leichtes Zittern durch Noahs Arm lief. »Wenn du mich ärgern willst, dann sag mir das lieber gleich«, mahnte er.

Juliet wandte ihm das Gesicht zu. Er hatte seine schönen nussbraunen Augen weit geöffnet, und aus seinem Blick sprach eine einzige Bitte.

»Ich will dich nicht ärgern«, sagte Juliet und küsste ihn.

43

Diana

März 1919

In diesem Jahr kam der Frühling in Northumberland zeitig. Joshua hatte Diana zwar gewarnt, dass dem Wetter nicht zu trauen sei. »Das ist kein echtes Frühjahr, vor Ostern gibt es noch Schnee«, hatte er gesagt, aber nach den langen Winterwochen empfand sie den Sonnenschein und das laue Lüftchen als Geschenk.

Das Internat hatte vier Grippetote zu beklagen, drei Schüler und den Gärtner. Diana hatte mitverfolgt, wie die Grippe über die Welt hinwegfegte, und ihr war bewusst, dass es Havencross schlimmer hätte treffen können. Sie wachte zwar immer noch mehrmals in der Woche nachts auf, weil sie Albträume von zu vielen Patienten und nicht genügend Hilfe hatte, aber auf der anderen Seite hatten die Albträume, dass sie lebendig begraben wurde, aufgehört. Sie wusste jetzt, dass Kummer kam und ging wie Ebbe und Flut und dass er im Laufe des Lebens ganz langsam völlig abfließen würde.

An diesem Samstagnachmittag saß Diana mit einem Buch auf dem Schoß auf der Vordertreppe und beobachtete das ausgelassene Treiben der Jungen. Manche spielten Kricket, andere Krocket, und einige jüngere Schüler spielten übermütig Fangen. Austin und Jasper Willis fotografierten abwechselnd mit der Kamera, die ihre Mutter ihnen zu Weihnachten geschenkt hatte, aber die meisten Fotos würden unscharf werden, dachte Diana, solange die Motive nicht lernten stillzustehen.

Joshua befand sich auf der anderen Seite des Rasens und machte für die Kricketspieler den Werfer. Er hatte sich von der Grippe am langsamsten erholt, aber endlich hatte sein Gesicht nach der Blässe der Krankheit wieder Farbe bekommen, und ganz allmählich erreichte er, nachdem er stark abgenommen hatte, auch wieder sein altes Gewicht.

Clarissa saß neben Diana auf der Treppe. Sie trug einen legeren Rock und eine Bluse und hatte die verschränkten Arme auf die Knie gestützt. Seit der Nacht im Moor war sie sanfter und herzlicher geworden. Anfangs war Diana nicht sicher gewesen, ob die Direktorin sie wegen ihrer deutlichen, scharfen Worte feuern würde, aber Clarissa war nur ein einziges Mal darauf zurückgekommen. An dem Tag, als der letzte Patient den provisorischen Krankensaal verließ und sie anfingen, den Speisesaal wieder für seine eigentliche Nutzung bereit zu machen, war Clarissa zu Diana getreten und hatte unvermittelt gesagt: »Ich werde nie vergessen, was du in der Nacht, als ich Austin fast umgebracht hätte, für mich getan hast. Danke.«

Doch auch wenn Clarissa sanfter geworden war, hatte sie ihre schroffe Art nicht ganz abgelegt. »Ich habe Neuigkeiten für dich«, sagte sie plötzlich.

»Ach ja?« Diana hörte nur halb zu, denn ihre Aufmerksamkeit galt vor allem Joshua, der gerade von den Fangen spielenden Kindern beim Werfen gestört wurde. Diana staunte immer noch, wie mühelos er zwischen ihnen herumflitzte.

»Ich verlasse Havencross. Im Juni«, verkündete Clarissa.

Überrascht fuhr Diana herum. »Wirklich?«

»Ich fahre erst zu meiner Familie nach London, und im Herbst schreibe ich mich dann in Oxford am Somerville College ein.«

»Ich … Clarissa, ich freue mich so für dich.« Diana freute sich aufrichtig. Allerdings war sie auch aufrichtig besorgt – um die Schule und um ihre Stelle.

Clarissa deutete Dianas Reaktion richtig. »Ich habe keinen Zweifel daran, dass deine Stelle absolut sicher ist, wenn du sie behalten möchtest«, sagte sie. »Ich habe Joshua Murray den Direktorenposten angeboten. Er nimmt ihn an.«

Diana schaute wieder über den Rasen. Als könnte er die Frauen hören oder erraten, worüber sie sprachen, unterbrach Joshua sein Spiel mit den Jungen und hob bestätigend die Hand. Diana brauchte seine Augen nicht zu sehen, um zu wissen, was sie jetzt ausdrückten: Sehnsucht und Erheiterung und Liebe, alles zusammen. Gestern hatte sie diesem Mann ihr Jawort gegeben.

»Darf ich dich etwas fragen, Diana?«

»Natürlich.« Sie wappnete sich, denn ein Gespräch mit Clarissa war ein wenig wie eine Seefahrt – man wusste nie, wo die nächste Welle herkommen oder wie schwer sie einen treffen würde.

»Alle diese Streiche, die dir im letzten Herbst gespielt wurden, das Klopfen und die Zerstörung deiner Sachen und die Kratzer am Hals …«

Joshua musste Clarissa von den Kratzern erzählt haben, denn Diana hatte nie darüber gesprochen.

»… was glaubst du, wer dafür verantwortlich war?«

»Das ist sehr schön ausgedrückt«, bemerkte Diana. »Da

könnte fast jedes Wesen unter den Lebenden und den Toten gemeint sein.«

»Ich gebe zu, dass ich diese Vorkommnisse nicht mit dem Geisterjungen in Zusammenhang bringen kann. Er suchte doch bloß jemanden, der sich mit ihm versteckte.«

»Richtig«, sagte Diana, »ich glaube auch nicht, dass er es war. Ich glaube …« Sie überlegte, wie sie es am besten erklären sollte. »Du hast einmal das gleiche Erlebnis gehabt wie ich, oben in den mittelalterlichen Privatgemächern, stimmt das? Dieses Gefühl, von einem fremden Entsetzen überwältigt zu werden? Ich bin mir ziemlich sicher, dass es die Panik einer Frau war, einer Mutter, die Angst um ihren Sohn hatte. Ich kann mir zwar nicht denken, warum sie mich so sehr ablehnte oder sogar als Bedrohung empfand, aber ich vermute, dass diese Frau es war, die versucht hat, mich aus Havencross zu vertreiben. Ich komme bloß nicht dahinter, warum.«

Clarissa blickte sie merkwürdig an. »Wenn du dich an dein Erlebnis in dem Raum oben erinnerst, dann weißt du auch noch, dass du die Reiter gezählt und nach einer Fahne Ausschau gehalten hast, um sie einzuordnen.«

»Der Graf von Warwick«, sagte Diana. »Und das allein sagt schon etwas aus, denn vor diesem Erlebnis hatte ich nicht die geringste Ahnung, wer dieser Graf war und wie seine Fahne aussah.«

»Der Bär und der knorrige Stab«, sagte Clarissa mit abwesendem Gesichtsausdruck. »Ja, der Graf von Warwick. Nach dem Entsetzen zu urteilen, das uns beide erfasst hat, muss er ein Feind der Gespensterdame gewesen sein. Und heute ist mir endlich aufgegangen, warum sie ihre Feindseligkeit ihm gegenüber auf dich übertragen hat.«

Diana hob die Augenbrauen. »Ich bin ganz Ohr.«

Als Clarissa lächelte, sah sie wie das unbekümmerte Schulmädchen aus, das sie nie gewesen war. »Weißt du noch, wie ich dich an dem Tag, als wir uns kennenlernten, gefragt habe, ob du hier im Norden Verwandte hast? ›Graf von Warwick‹ ist ein Titel, kein Name. Er war der sechzehnte Graf von Warwick, und heute bezeichnet man ihn auch als den Königsmacher, aber obendrein hatte er einen ganz normalen Familiennamen.«

Die Antwort lag Diana auf der Zunge, sie musste doch wissen, wie der Königsmacher geheißen hatte …

Mit ungewohntem Humor sagte Clarissa: »Der Graf von Warwick hieß Richard Neville.«

Diana blinzelte. Und blinzelte noch einmal. Dann sagte sie langsam: »Willst du damit sagen, dass ich mir ein Gespenst zum Feind gemacht habe, weil ich mit Nachnamen Neville heiße? Weil diese Dame, wer immer sie war, mich als Bedrohung empfand?« Doch noch während Diana sprach, erinnerte sie sich an die Nacht, in der die Streiche ganz aufgehört hatten. Es war die Nacht gewesen, in der sie Austin in den Geheimgang gefolgt war – vorher jedoch hatte sie ihr Zimmer verwüstet vorgefunden und war zusammengebrochen. Sie hatte gefleht, man solle sie bitte in Ruhe lassen, wenigstens, bis sie die Jungen gerettet habe, die sie retten könne.

Hatte das die gespenstische Dame veranlasst, ihre Attacken einzustellen? Die Erkenntnis, dass die Schulkrankenschwester Diana für die Jungen keine Bedrohung darstellte?

Sie schüttelte den Kopf. Das war ihr viel zu mystisch. Sie würde sich an die Welt der beobachtbaren Probleme und diagnostizierbaren Symptome halten, an den wunderbaren

Mann, den sie heiraten würde, und an die komplizierte Frau neben sich, die ihre Freundin geworden war.

»Miss Somersby, Miss Neville, bitte hersehen!«

Austin Willis richtete die Kamera auf die beiden Frauen, und Diana lächelte der Zukunft entgegen.

44

Ed Murray

März 1490

Am Ufer des Flusses zügelte der Reiter sein Pferd und blickte zu dem grauen Steingebäude hinüber. Sein Vetter Graham hatte die Chance, Carlisle zu einem Tag im Freien mit Reiten und Trinken zu verlassen, nur zu gern wahrgenommen. Jetzt brummte er missmutig.

»Da kommen wir nie und nimmer rüber.«

Einst war an dieser Stelle eine Brücke gewesen, doch die gab es nicht mehr. Aber Ed brauchte den Fluss gar nicht zu überqueren, um sich das Gebäude genauer anzuschauen. Er musste nur die Augen schließen, dann sah er das Haus so, wie er es erinnerte: Es war das prächtigste, beständigste Herrenhaus im Norden Englands. Die Mauern ringsherum waren hoch und dick; das Doppeltor öffnete sich auf einen Vorhof, in dem es von Pferdeburschen und Mägden und Waffenknechten wimmelte; drinnen waren die Wände mit Wandteppichen behängt; aus den Privatgemächern im Dachgeschoss konnte man die Landschaft ringsherum überblicken. Von dort aus hätte die Dame des Hauses auch ihn jetzt sehen können, falls sie aus dem Fenster geschaut hätte.

Graham hatte dem Hund gepfiffen und war flussaufwärts auf Erkundungstour geritten. Ed blieb auf seinem Pferd sitzen und hing seinen Erinnerungen nach.

Als ihm klar geworden war, dass seine Flucht und seine Ankunft in Carlisle heute auf den Tag genau zwanzig Jahre her sein würden, hatte er gewusst, dass er zurückkehren musste. Endlich. Dutzende Male hatte er als Erwachsener die Grenze nach England überquert, ohne je das Bedürfnis zu verspüren, sich sein früheres Zuhause anzuschauen. Er wusste, dass es unbewohnt war. Er hatte erfahren, dass es im Besitz der Krone war und von dort aus zugunsten eines anerkannten Erben der vorherigen Besitzerin, Lady Ismay Deacon, verwaltet wurde. Aber man hatte ihn gelehrt, gekrönten Häuptern zu misstrauen, insbesondere den englischen, denn sie gaben die Krone weiter wie glühende Kohlen.

Als er zwölf war, drei Jahre nach der Flucht über die Grenze nach Schottland, hatte sein Hauslehrer James Ascham ihm einen Ring übergeben, in dessen Stein das Siegel des englischen Königs eingraviert war, und ihm gesagt, seine Mutter habe die Anweisung hinterlassen, dass er es im Falle höchster Not benutzen solle. Erst viel später war Ed klar geworden, dass Ascham in seine Mutter verliebt gewesen war. Hatte sie das gewusst und seine Gefühle erwidert? Oder hatte sie ihr Herz allen anderen Männern verschlossen, weil sie seinen toten Vater darin bewahrte?

Er kannte die Gerüchte, die in der schottischen Verwandtschaft seiner Mutter weit verbreitet waren. Demnach war er der uneheliche Sohn des verstorbenen Eduard IV. Doch Ed wusste, dass das nicht stimmte. Seine Mutter hatte ihm zwar nur zwei Dinge über seinen Vater gesagt, aber diese Aussagen hatten ihm gereicht, um sich, als er älter wurde, eine eigene Meinung zu bilden. Sein Vater sei in einer Schlacht gefallen, und er selbst trage den Vornamen seines Vaters, hatte sie gesagt.

Edmund.

Er hatte nie versucht, dieses Wissen oder diese Vermutung zu seinem Vorteil zu nutzen. Nicht, als ein unbekannter Onkel dem anderen auf dem englischen Thron gefolgt war, und auch jetzt nicht, da die englische Königin seine Cousine ersten Grades war. Als ihm klar geworden war, dass Havencross von Bewaffneten überfallen worden und dass seine Mutter entgegen ihren Versprechungen dabei ums Leben gekommen war, hatte er seine kindliche Liebe zu Krieg und Ruhm abgeschüttelt. Er war mit seinem Leben in Galloway zufrieden, war Farmer und trieb Handel und verdiente genügend Geld, um ein eigenes Steinhaus für seine Familie zu bauen.

Einen Moment lang wandte sein Herz sich dem Haus auf der anderen Seite des Flusses zu, und er wollte sagen: »Ich wünschte, du hättest Marsali kennenlernen können, Mutter. Sie ist lieb und praktisch und schön – wie du es warst.«

»Ed!«

Graham kam über das Moor herangetrabt, und der Hund rannte hinter ihm her. »Hast du alles gesehen, was du sehen wolltest? Wenn wir jetzt nicht zurückreiten, kommen wir erst bei Dunkelheit in Carlisle an.«

Ed Murray atmete noch einmal tief durch. »Ich habe hier abgeschlossen.«

Doch als er das Pferd wendete, erblickte er auf der anderen Seite des Flusses ein schimmerndes, zitterndes Licht. Es kam von der hinteren Ecke des Gebäudes, aus der Richtung, wo sich die Ruinen der Klosterkapelle befanden. Ed hielt das Pferd an und beobachtete, wie der Schimmer Gestalt annahm und zu einem hochgewachsenen, blassen Jungen mit hellem Haar und großen Augen wurde. Er brauchte nicht näher heranzureiten, um zu hören, was der Junge sagte: *Komm, versteck dich mit mir.*

Das war unheimlich und seltsam, und vielleicht hätte er Angst haben sollen, aber die Schotten besaßen eine Vorliebe für das Unheimliche. Ed trieb sein Pferd an, und während er Graham nach Westen folgte, tröstete ihn das Wissen, dass ein Teil von Edmund Deacon auf Havencross geblieben war und eine lange, geduldige Wache für die Seele seiner Mutter hielt.

EVENING CHRONICLE
NEWCASTLE UPON TYNE
17. April 2019
Ein Bericht von Tiera Jacobs

BERWICK-UPON-TWEED Heute haben eine Gerichtsmedizinerin und ein Mediävist aus dem Museum in Berwick die Ergebnisse der Tests an den beiden Skeletten, die auf Gut Havencross gefunden wurden, verkündet. Anfangs wurde vermutet, es handle sich nur um ein Skelett, aber bei den Ausgrabungen im vergangenen Monat wurden die Gebeine einer zweiten Person gefunden. Beide Skelette haben ein so hohes Alter, dass sie für die Polizei nicht mehr von Bedeutung sind.

Die Gerichtsmedizinerin, Dr. Joy Latimer, berichtete heute, das erste Skelett »hat einer erwachsenen Frau gehört, etwa 155 Zentimeter groß, die aller Wahrscheinlichkeit nach mindestens einmal geboren hat. Es weist keine offensichtlichen Zeichen von Krankheit und keine Verletzungen auf, bis auf eine Verletzung durch einen Schlag gegen die Schläfe.« Auf die Frage, ob die Frau ermordet wurde, sagte Dr. Latimer, zu diesem Zeitpunkt könne man nicht mehr bestimmen, ob ihr der Schlag vor oder nach dem Tod zugefügt worden sei. »Die Tatsache, dass sie nicht begraben war, sondern in den Überresten eines alten Brunnens gefunden wurde, ist allerdings vielsagend«, räumte sie ein. Als Dr. Latimer nach dem Alter der Knochen gefragt wurde, wollte sie sich nur »auf eine Zeit vor 1600« festlegen.

Das zweite Skelett ist deutlich jünger, es wurde auf etwa 1880 bis 1920 datiert. Der Gerichtsmedizinerin zufolge sind es die Gebeine »eines Jungen vor der Pubertät, etwa einen Meter zwanzig groß, ohne sichtbare Anzeichen für Krankheit oder Verletzungen«. Als eine Lokalreporterin nachhakte, räumte Dr. Latimer ein, dass die Beschreibung durchaus auf Thomas Somersby zutreffen könnte, das Kind, das im Jahre 1907 von Havencross verschwunden ist. Sie gab an, dass zurzeit DNA von der Familie Somersby gesammelt wird, um eine Identifizierung zu versuchen.

Dr. Daniel Gitonga, der Kurator der mittelalterlichen Abteilung des Museums in Berwick, stellte vergrößerte Fotos von verschiedenen Gegenständen aus, die bei den Skeletten gefunden wurden. Am faszinierendsten ist ein Ring von der Art, wie sie im Mittelalter und in der Renaissance üblicherweise von Liebenden verschenkt wurden, meistens mit einer gefühlvollen Gravur. Dr. Gitonga lehnte es ab, sich zu einer etwaigen Inschrift auf dem Ring oder zu ihrem Inhalt zu äußern. »Wir möchten lieber erst die Sachverhalte klären, damit wir unsere Mutmaßungen im richtigen Zusammenhang anstellen können.«

Er untersucht die Artefakte zusammen mit der amerikanischen Historikerin Juliet Stratford, und die beiden Wissenschaftler beabsichtigen, ihre Ergebnisse gemeinsam zu veröffentlichen. Dr. Stratford war es, die im Dezember die Skelette und den Ring auf Havencross entdeckt hatte. Sie lebt in

Newcastle und unterrichtet an einer dortigen Gesamtschule Geschichte.

Dank

Als ich 2018 begann, dieses Buch zu schreiben, konnte ich nicht ahnen, dass ich meine Geschichte über die Grippepandemie von 1918 wegen einer neuen, in diesem Jahrhundert ausgebrochenen Pandemie im Lockdown in meinem Haus beenden würde. Die Idee für Dianas Geschichte ging dem Coronavirus voraus, und Auslöser dafür waren die Hundertjahrfeiern zum Ende des Ersten Weltkrieges. Ich interessiere mich seit jeher für diesen Krieg und dafür, wie sich das Leiden in den Kriegsjahren und das Leiden unter der grausamen Krankheit, die weltweit mehr als doppelt so viele Opfer forderte wie der Erste Weltkrieg, überlagerten.

Natürlich haben die Ereignisse von 2020 dieses Interesse noch verstärkt und ihm einen ganz persönlichen Beigeschmack gegeben – und hinzu kommt, dass ich diese Danksagungen unmittelbar nach meiner eigenen Covid-19-Erkrankung schreibe. Ich gehöre zu denjenigen, die Glück gehabt haben. Dieses Buch ist meine Gedenkgabe für die Millionen Menschen, die die Welt zu früh an die Pandemie verloren hat, und ich habe es auch im Gedenken an die vielen weiteren Millionen, die unter Covid-19 gelitten haben und noch leiden, geschrieben.

Wie immer danke ich zuerst meiner unbeirrbaren Agentin Tamar Rydzinski. Abgesehen von meiner unmittelbaren Familie, hat noch nie im Leben ein Mensch so lange und so beharrlich an mich geglaubt. Ein Riesendankeschön geht auch an Sarah Knofius bei der Agentur Schlück, weil sie dabei geholfen hat, meine Bücher in die Hände der deutschen Leserschaft zu legen.

Ich bin sehr stolz, dass der Piper Verlag meine Bücher veröffentlicht, und ich bin dankbar für die Sorgfalt, die die Mitarbeiterinnen und Mitarbeiter dort in jedes Buch stecken. Mein besonderer Dank gilt meiner Lektorin Anne Scharf.

Mein Dank geht auch an Johannes Wiebel von punchdesign für seine umwerfend schönen Cover. Ebenfalls danke ich Kerstin von Dobschütz, der Redakteurin, die mich vor mehreren Fehlern bei den Datumsangaben bewahrt hat. (Wenn man mit drei Zeitebenen arbeitet, können die Zahlen manchmal ein wenig durcheinandergeraten.)

Außerdem bin ich Sabine Schulte sehr dankbar, die bei der Übersetzung des Buches, das Sie jetzt in Händen halten, außerordentliche Arbeit geleistet hat, und Susanne Keller, in deren großartiger Übersetzung mein voriges Werk, *Das geheime Turmzimmer*, vorliegt. Ich wünschte, ich könnte in allen Sprachen der Welt schreiben, aber ich mache, ehrlich gesagt, schon beim Schreiben auf Englisch genügend Fehler.

Vor allem aber gilt meine Dankbarkeit jeder einzelnen deutschsprachigen Leserin und jedem Leser, die oder der eines meiner Bücher zur Hand nimmt. Als der Piper Verlag zusagte, die Rechte an *Das Haus der tausend Fenster* zu erwerben, befand ich mich gerade mitten in einer langen

Phase des Selbstmitleids, die durch die normalen praktischen Realitäten des Verlagsalltags sowie durch die (ebenfalls normalen) Zweifel und Ängste einer Schriftstellerin ausgelöst worden war. Doch gerade als ich anfing zu glauben, ich würde nie im Leben mehr ein Buch schreiben, das irgendjemand außer mir selbst lesen wollte, sprachen Deutschland und seine Leserinnen und Leser mir ihr Vertrauen aus. Ich hoffe, dass *Das Haus der tausend Fenster* ihnen dieses Vertrauen mit guter Unterhaltung, Spannung, Liebe und Hoffnung vergelten wird.